1 Dunkler Himmel

Die *U.S.S. Memo* war etwas Besonderes. Sie war aus dem allerseltensten, allersichersten Metall im Universum hergestellt. Xyzium rostete nicht, ermüdete nicht und schmolz nicht einmal in größter Nähe zu einem Stern. Von welchem Planetensystem das ganze Xyzium herkam, wussten wir Kadetten nicht, das war Staatsgeheimnis.

Die *Memo* war auf routinemäßiger Ausbildungsmission, als eine unheimliche Gravitationsstörung unsere Instrumente durcheinander brachte und wir die Orientierung verloren. Wir trieben durch interstellaren Staub, der von unseren Positionslichtern gespenstisch angestrahlt wurde. Von Zeit zu Zeit zischte ein Zwergstern vorbei und durch das Schiff ging ein Ruck von der Gravitationskraft des Sterns, die an ihm zerrte. Unsere Neutrinouhr spielte verrückt und die Koordinaten schienen sich jede Minute zu ändern, so dass unsere Sternkarten nutzlos waren. Der Commander war sehr gut darin, sich seine Angst nicht anmerken zu lassen, wie Captain Kirk in *Raumschiff Enterprise* – aber diesmal war es in echt, nicht im Fernsehen.

Die gelangweilte Stimme der Computerin sagte: »Achtung! Sie sind in das Alte Reich der Toten eingedrungen. Alle Zeit muss jetzt renormiert werden. Auf mein Zeichen. Zehn. Neun ...«

Die meisten Besatzungsmitglieder waren Kadetten in schwarzen Ninja-Kampfanzügen und schwarzen Basecaps mit einem Stern vorne drauf. Ich war der Erste Navigator, ich saß an der Navigationskonsole und überprüfte die Koordinaten. Das Gesicht des Commanders erschien auf dem Videokom-Schirm neben mir.

»Mr. Heden, überprüfen Sie noch einmal die Koordinaten«, befahl er.

»Koordinaten überprüfen, aye, Sir«, sagte ich. Klickerdiklackerdiklack – ich versuchte, meine zitternden Finger superschnell über die Tastatur zu bewegen. Ich wollte mutig sein, wie alle.

»Koordinaten sind 20 Grad NC458 renormiert und 41 Grad FC128 renormiert, Sir!«, sagte ich.

Der Commander sah genervt aus.

»In was für ein Renormierungsfeld sind wir da geraten? Das ergibt keinen Sinn!«, sagte er.

»Ich – äh – ich weiß nicht, Sir«, sagte ich.

Der Schirm wurde dunkel.

Als wir aus der Staubwolke hinaus ins Freie kamen, zeigte die verrückte Neutrinouhr eine renormierte Nanosekundenzeit von 23:09:30.25.07.1989/NORM. an. Ich konnte durch das Fenster direkt vor mir sehen und die Position visuell bestimmen. Die Erschütterungen hatten aufgehört. Auf einmal war es dort draußen *hell* – ich hätte bei einem Weltraumspaziergang das Handbuch studieren können. Vor uns lag ein dunkler Nebel, daneben ein riesiger weißer Stern, so weiß glühend, dass ich meinen Sichtschutz über die Augen ziehen musste um ihn zu betrachten. Mein Scanner klassifizierte den Nebel als 1,1 Lichtjahre breit, nicht in den Karten verzeichnet. Der Stern war unglaublich schön – und plötzlich fing er vor meinen Augen an zu verblassen. Er wurde drei Größenordnungen dunkler, dann pumpte er sich wieder zu voller Helligkeit auf. Es war also ein Veränderlicher mit unglaublich kurzer Periode.

Die ganze Crew um mich herum war vor Erschöpfung weggedöst.

Ich war als Einziger wach und ganz wild darauf, diesen wichtigen neuen Stern in die Karten einzutragen ... ich kannte nur seine Koordinaten nicht. Dieser Nebel war so schwarz, dass er aussah wie ein Loch, durch das wir durchfliegen konnten. Der Scanner fokussierte ihn, berechnete seine Topographie von jedem möglichen Blickwinkel aus und spuckte dann aus: »Dunkler Nebel – nicht verzeichnet.« Wir kannten alle den Pferdekopfnebel, den Ringnebel, die Säulen und andere Nebel aus verschiedenen Blickwinkeln. Der Commander hatte mir aufgetragen, ihre Umrisse auswendig zu lernen. Wenn die Instrumente versagen, sagte er, müssen Sie aufs einfache Handwerk zurückgreifen – auf Sicht navigieren. Am allerbesten lässt sich nach veränderlichen Sternen navigieren, weil jeder eine einzigartige Periode hat. Sie sind das, was für die Schifffahrt auf der Erde die Leuchtfeuer sind, sagte er.

Plötzlich knackte es wieder im Interkom.

Das Bild eines Fremden baute sich auf dem Schirm auf. Er war groß gewachsen und breitschultrig und trug eine blaue Jacke. Durch die Schlitze in seinem schwarzen Visier fixierten mich seine Augen. Er stand in einer Art Verladedock, das bis auf einen riesigen Kran und einige im Raum verteilte Erzhaufen leer war. Wo immer er sich befand, dort musste jedenfalls Erz abgebaut werden – womöglich Xyzium. Wie kam er auf meinen Schirm?

»Hallo, Finder«, sagte er ruhig.

Mir blieb fast das Herz stehen. Dieser Typ kannte meinen Geheimnamen. Niemand auf dem Schiff kannte meinen Geheimnamen, nicht einmal der Commander.

Ich schaute mich um. Alle schliefen. Dann blickte ich wieder den Mann an. »Wer ... wer sind Sie?« Meine Stimme zitterte.

»Ich bin dein Vater.«

Mein Herz raste. »Mein Vater ist tot.«

»Nein, Finder – ich lebe.«

»Du bist gestorben, bevor ich geboren wurde. Woher kennst du meinen Namen?«

»Ich zippe dir ein Fenster mit meiner Position durch. Präg es dir gut ein. Ich arbeite hier unter extremen Ausnahmebedingungen, deswegen kann ich dir diese Daten nur einmal durchgeben.«

Auf dem Schirm poppte ein neues Fenster hoch, mit einer gezoomten Ansicht des dunklen Nebels. Er war jetzt stark vergrößert, schwarz, und hatte die Form einer großen liegenden Katze. Im Körper der Katze konnte ich blasse Sterne erkennen, wie Flecken auf ihrem Fell. Der Riesenstern wurde wieder dunkler. Der Scanner zeigte an, dass es sich um einen neuen Stern handelte, Periode: 60 Sekunden. Eine großartige Entdeckung: Wir würden die Uhren danach stellen können und hätten wieder eine Zeit. Der Commander würde sich freuen ... ich würde vielleicht befördert. Mechanisch griff meine Hand nach der Maus, und ich öffnete das Formular zur Erfassung einer Neuentdeckung. Ich schrieb Astronomiegeschichte, ich gab einem neuen Referenzpunkt einen Namen. KATZENNEBEL, tippte ich ein. Dann fütterte ich die Datenbank des Computers mit den Messdaten des Nebels und des pulsierenden Sterns. Jetzt stellte sich auch unsere Zeitkorrektureinheit auf den Stern ein. Wir hatten wieder eine Zeit. Die Uhren wurden wieder hochgefahren. Auf der ganzen Brücke blinkten rote Leuchtanzeigen.

Das Zoomfenster war erloschen. Der Mann war wieder auf dem Schirm.

»Ich glaube Ihnen nicht, dass Sie mein Vater sind«, sagte ich. »Nehmen Sie den Sichtschutz ab und zeigen Sie Ihr Gesicht.«

»Vertrau mir. Ich bin auf dem Foto in deiner Geheimkiste«, sagte er.

Ein Schwall von Gefühlen schoss durch mich hindurch wie ein Meteorit, der ein Sonnensegel durchschlägt – Freude, Angst, Erschrecken, Erregung, alles gleichzeitig. Niemand außer mir wusste etwas von der Kiste. Ich hatte sie an Bord geschmuggelt. Dieser Mann musste mein Dad sein. Ich wusste nicht, wie er von der Kiste wissen konnte. Tränen stiegen mir in die Augen – sein Bild verschwamm. Ich wischte sie hastig weg. Ein Kadett weinte nicht im Dienst.

Ich legte meine Hand auf den Bildschirm. Ich wollte meinen Dad berühren.

»Dad ... Dad, warum hast du mich verlassen?«, sagte ich.

»Wenn du mich findest«, sagte er, »können wir wieder zusammen sein. Wenn du Commander auf deinem eigenen Schiff geworden bist, komm wieder und hol mich hier raus.«

»Wo bist du?« Ich war misstrauisch. »Bist du in Gefangenschaft?«

»Keine Zeit für Erklärungen. Hör gut zu. Um mich zu finden musst du den veränderlichen Stern lokalisieren und die Zeit danach stellen, dann geh auf Kurs 23 ... nach ... von deinem ...«

Wieder rasten meine Finger über die Tastatur und gaben die Daten ein. Aber das Signal verrauschte immer mehr – es wurde von der starken Strahlung des Sterns dort draußen gestört.

»Noch mal! Ich verliere dich! Dreiundzwanzig was?«

Verzweifelt drückte ich sämtliche Fehlerbehandlungstasten, eine nach der anderen, um die Störung auszufiltern.

Sein Kinn bewegte sich noch unter dem Sichtschutz, als würde er weitersprechen, aber ich konnte ihn nicht mehr hören. Er streckte die Arme aus, wie um mich zu umarmen. Ich konnte ihn fast spüren, seinen Geruch nach Rasierwasser, seine Körperwärme. Er war so nah, so wirklich, in mir brüllte etwas, wie ein neugeborener Stern, der ins Brennstadium übergeht. »Daaaaad, ich kann dich nicht mehr hören!«, schrie ich.

Die Besatzung der *Memo* wachte auf. Alle starrten mich an. Ich schrie – ich war verrückt geworden.

Sein Bild zerbröselte auf dem Schirm, als würde es von einem Virus aufgefressen. Ich schrie mir die Seele aus dem Leib. »DAAAAD...«

Mit einem Ruck wachte ich auf. Ich war wieder im Jahr 1989 und saß in einem Haufen Klamotten von mir auf dem Rücksitz von Moms Auto, das mich hin und her schleuderte. Mein Rucksack rutschte runter, auf die Kiste, in die mein Teleskopspiegel verpackt war. Mein Basecap war auf den Boden gefallen. Was war passiert? ... Ich war weggepennt und hatte diesen Traum gehabt, der mir so wirklich vorkam, von meinem Dad und einem Raumschiff. Immer noch war dieses magische Gefühl um mich rum, dass ich meinen Dad gesehen hatte. Ich spürte das Glas des Bildschirms unter meiner Hand, die ihn berühren wollte. Wie hieß das Schiff noch mal? Momo? Memo? Mambo?

Tante Marian saß am Steuer unseres alten verstaubten blauen Nash Ramblers. Vor uns wackelte das langweilige verstaubte Hinterteil des gemieteten Lieferwagens, den Mom fuhr. Ein Schild witschte vorbei: LOS ANGELES 120 MEILEN. Der Traum war so echt gewesen wie dieses Schild.

Meinen Dad retten? Mit meinem eigenen Schiff hinausfahren und ihn finden?

»Was hast du denn?«, fragte Tante Marian. Sie schaute mich im Rückspiegel an.

»Nix«, murmelte ich und zog das Basecap wieder auf.

Ich versuchte, den Traum festzuhalten, bevor er mir wegrutschte.

Ich war noch im Halbschlaf. Reine geometrische Formen schwebten vor meinen Augen vorbei.

»Du hast geschrien wie am Spieß: *Dad, Dad* ...«, sagte Tante.

Ihre Schönheitssalonfrisur schwang herum, als sie sich kurz nach mir umdrehte. Tante sah immer aus wie aus der Haarsprayreklame. Sonst war sie immer ganz aufgeschickst, in Kostüm und Stöckelschuhen, aber heute hatte sie Hosen an, weil sie uns beim Umzug half. Tante war meiner bestgehassten Lehrerin an der Marysville Junior High viel zu ähnlich, als dass ich ihr hätte trauen können. »Du hast geträumt?«, fragte sie.

Die Traumfiguren verschwanden plötzlich.

»Nö, bin bloß vom Sitz gefallen«, log ich.

Auf meinem blauen Rucksack war ein NASA-Aufnäher, den ich bei einem Garagenverkauf gefunden hatte. Dass ich ihn überhaupt haben durfte, war ein großes Zugeständnis von Mom gewesen, weil sie gegen alles Militärische war. Aber ich argumentierte mit der friedlichen Erforschung des Weltraums und leierte ihr den Dollar für den Aufnäher ab. Wenn ich meinen Rucksack mit all meinen geheimen Sachen drin berührte, konnte ich den Traum besser festhalten. Das Gefühl umhüllte mich wie ein warmes Badetuch – wie lebendig er war. Seine Augen hinter dem Sichtschutz – welche Farbe hatten sie? Bedeutete renormiert tot?

Ich bekam am ganzen Körper Gänsehaut.

Ich zog den Reißverschluss am Rucksack auf und tastete nach meinen Schätzen. Astronomiebücher, Beobachtungshefte, meine *Star Wars*-Videosammlung. Die geheime Blechkiste mit Fotos von meinem Dad. Das gerahmte Foto von ihm. Ich hatte durch den Sichtschutz seine Wimpern nicht sehen können. Waren sie kurz oder lang? Das Foto war zu klein, ich konnte es nicht erkennen. Mom sagte, er war einsachtundsiebzig groß, aber im Traum war er mir größer vorgekommen. Ich hatte mir Dad immer als eine Kombination aus einem Weisen Alten und einem Barbaren-Krieger vorgestellt, der viel, viel mehr wusste als ich.

Schnell, bevor ich's vergaß, kramte ich das Heft heraus, fischte einen Kuli aus der Seitentasche und schrieb: »Katzennebel, 1,1 Lichtjahre breit. Pulsierender veränderlicher weißer Riese, 60 Sekunden. Uhr danach stellen, Kurs 23 – was?« Ich skizzierte den

Nebel. Es war wichtig, nichts zu vergessen. Welcher Veränderliche hatte so eine kurze Periode? Die einzigen, die ich kannte, waren die Cepheiden. Die hatten eine bis siebzig Tage. Aber 60 Sekunden? Und was bedeutete 23?

»Bist du traurig wegen dem Umzug?«, fragte Tante.

»Nein, nur ... müde.« Ich schluckte den Kloß in meinem Hals runter. »Sind wir bald da?«

»Was hast du geträumt?«

Wenn ich der Tante von dem Traum erzählte, würde sie es Mom weitersagen, und die würde mich wieder zu den Psychos schleppen. Mom machte mich wahnsinnig mit ihren Fragen, warum ich Albträume hatte, an die ich mich nicht erinnern konnte. Dieser Traum war der erste, den ich noch wusste.

»Gar nix«, sagte ich.

»Irgendetwas muss es schon gewesen sein«, beharrte sie.

»Ver-*zeihung*.«

Dass das ein Schimpfwort war, wusste Tante nicht. Die Rektorin von Marysville duldete keine schmutzigen Wörter auf dem Schulgelände, also sagten die Schüler stattdessen Verzeihung. Das war der große Brüller an der Schule. Ich würde diese bescheuerte Schule vermissen, auch wenn ich dort nie einen Freund gehabt hatte und alle auf mir rumgehackt hatten, weil ich klein war und lauter Einsen bekam. Ich war der absolute kleine Professor. Meine einzige gute Freundin war Mom.

»Tante, hast du wirklich meinen Dad gekannt?«, fragte ich.

»Aber natürlich, Schatz.«

»Erzähl mir Geschichten über ihn.«

»Na, ich kann dir bestimmt nicht mehr erzählen als deine Mutter.«

Immer diese Geheimniskrämerei. »Hat er irgendwas Schlimmes getan?«

»Warum meinst du?«

»Mom redet kaum über ihn. War er im Gefängnis?«

»William, dein Dad war ein guter Mensch. Der allerbeste. Aber es war ein schwerer Schlag für deine Mutter, als sie ihn verloren hat ... für uns alle.«

Für die Familie? Außer Tante Marian hatte ich keine Familie.

Wenn ich wenigstens eine Oma gehabt hätte! Manchmal fragte ich mich, ob ich adoptiert war. Ich hatte schon in Moms Papierkram rumspioniert um das herauszufinden.

Mom und ich zogen nach Südkalifornien, ins Reich der Philister. Sie ging als Sporttrainerin für Mädchen ans Orange College in Costa Mesa. Tante Marian war aus Malibu gekommen um uns zu helfen.

Die Philister kotzten Mom an, weil sie einen männlichen Gott anbeteten und keinen Respekt vor Frauen hatten. Mom war eine Liberale und sie redete gern von der Dummheit unserer Erdenkultur – dass die Philister Frauen verachten und den Planeten verwüsten und Lehrerinnen und Lehrern zu wenig Gehalt geben. In *Star Wars* wären die Philister ein außerirdisches Volk mit winzigen Hirnen und Quäkstimmen. Mom war so kurz gewachsen wie ich, darum hatte sie gelernt, sich zu wehren, wie ich auch. Sie war Aikido-Meisterin geworden, weil Aikido gewaltfrei ist und sie ihr Leben dem gewaltfreien Kampf für die Große Schuhgöttin Nike widmete. Sie sagte, im Orange County, wo wir hinzogen, gebe es Unmengen von Philistern. Die Philister hatte ich schon abgeschrieben.

Hinter uns lag das Sacramento Valley, wo ich aufgewachsen war. Dort gab es lauter Obstgärten und Reisfelder und das Ricelands Community College, wo Mom Sportlehrerin gewesen war. Manchmal, wenn ich auf dem Rad die Landstraßen entlangfuhr, konnte ich den Stealth-Bomber vom Beale-Luftwaffenstützpunkt herüberfliegen sehen – das war hightechmäßig das Einzige in der Gegend. Marysville war nicht gerade Philistergebiet. Es war mehr die Barbarenzone, wo die Leute Pick-ups und Trecker fuhren und technisch rückständig waren. Barbaren hatten eine höhere Zivilisationsstufe erreicht als Philister – sehr intelligente Wesen, aber ohne Hightech. Ich war stolz, mich einen Barbaren nennen zu dürfen, denn das hieß schließlich, dass ich was in der Birne hatte und erfinderisch war.

Seit mein Dad gestorben war, war ich der Mann im Haus. Mom brach sich einen ab um früh von der Schule nach Hause zu kommen und was mit mir zu machen. Die meisten Kids, die ich kannte, kamen nach der Schule mit dem Schlüssel rein, niemand war zu Haus, also schauten sie Fernsehserien über glückliche Familien mit Mutter und Vater. Sogar in der *Addams-Familie* gab es eine Mutter und einen Vater. In der Heden-Familie stand ich mit Mom gegen den Rest der Welt.

Andere Kinder sagten Muttersöhnchen zu mir, weil ich klein war und meiner Mom half. Sie sagten, mit meinen langen Wimpern sähe ich aus wie ein Mädchen. Ich prügelte mich ständig, und verlor. So ist es nun mal –niemand, der einssechsundfünfzig groß ist und lange Wimpern hat, hat je das Universum erobert. Mom wusste, dass ich gegen den Rest der Welt kämpfen musste, und brachte mir Aikido bei, aber Karate war tabu. Ich musste ihr versprechen, dass ich nicht auf den Gewalt-Trip kommen würde. Von da an gewann ich die Kämpfe, aber ich gewann keine Freunde. Also fantasierte ich davon, an einem anderen Ort des Universums zu sein, bei einem hochzivilisierten Volk in Schlachtraumschiffen. Wir entdeckten neue Galaxien und gründeten Kolonien, in denen Cyborgsklaven seltene Erze schürften und für alle den Abwasch machten. Und irgendwo dort draußen würde ein Weiser Alter leben, einer wie Yoda in *Star Wars*, der mir helfen würde, die Dinge zu erkennen.

Das Traumgefühl war jetzt weg. Aber ich hörte immer noch Dads Stimme in meinem Kopf. »Komm wieder und finde mich ... hol mich hier raus ...«

In meiner Kehle klumpte sich etwas zusammen.

Vor uns fuhr Moms Lieferwagen von der Interstate 5 runter. Kaum hatten wir geparkt, flitzte ich vor ihnen ins Restaurant – ich war am Verhungern. Die beiden Ladys gingen sich das Näschen pudern, dann aßen wir Hamburger und Pommes. Mom hatte kaum seltene Metalle dabei, also zahlte Tante Marian.

Als Tante Marian sich eine *USA Today* holen ging, fragte Mom mich: »Du hast geträumt?«

Tante Marian hatte gepetzt – wahrscheinlich auf der Toilette.

»Erinnerst du dich an den Traum?«, fragte Mom.

»Nein.« Ich spielte mit meinen Pommes.

Ihre blauen Kriegerinnenaugen mit den langen Mädchenwimpern bohrten sich eine Nanosekunde lang in meine. »Ich glaube, du erinnerst dich ganz gut. Aber ich zieh dir die Würmer nicht aus der Nase. Du kannst es mir erzählen, wenn du dazu bereit bist.«

»Warum sehen Kinder so aus wie ihre Eltern?«, fragte ich.

»Wegen den Genen.«

»Wegen dem Gähnen?«

»Gene. DNA. Weißt du nicht mehr? Was du bei Miss Haskell gelernt hast?«

»Du meinst das Gewusel da in unseren Zellen.«

»Von Astronomie hast du Ahnung, aber von dir selbst verstehst du anscheinend nicht viel. Die DNA ist ein Protein, die enthält den Plan, nach dem du gemacht bist. Einen Teil davon hast du von deinem Vater und einen Teil von deiner Mutter.« Ihr Gesicht erstarrte, als sie merkte, dass sie das Wort mit V ausgesprochen hatte.

Sie stand auf und leerte unsere Tabletts in den Mülleimer.

»William, der Umzug wird uns gut tun«, sagte sie, als wir zum Parkplatz zurückgingen. »Du erinnerst dich bestimmt bald wieder an deine Träume. Fährst du mit mir im Truck?«

Später fuhren wir an L.A. vorbei. Als wir über den Grapevine kamen, lag es als hell strahlende Masse weit weg im Smognebel, es schien ein Lichtjahr breit, wie eine Galaxie. Beim Näherkommen sah L.A. nicht mehr aus wie eine Stadt aus der Zukunft, nur größer und hässlicher als Sacramento.

Auf dem Flughafen starteten statt Xyzium-Frachtschiffen nur primitive Passagierflugzeuge, ich war ziemlich enttäuscht. Bei dem dichten Smog konnte ich wohl froh sein, wenn ich auch nur den Mond sah. Als wir schließlich im Orange County ankamen und vom Freeway 405 herunterfuhren, sagte Mom verächtlich: »Da hast du's – Philisterland.«

»Um die kümmer ich mich schon.« Ich zielte mit meinem unsichtbaren Protonenstrahler. »Pau-pau!«

Sie schüttelte den Kopf und fuhr auf den Newport Boulevard.

»Es nützt nichts, sie umzubringen. Man muss sie erziehen«, sagte sie.

»Ach was, man muss sie renormieren und noch mal neu anfangen.«

»Göttin! Was für ein blutrünstiges Kind habe ich mir da herangezüchtet!« Sie haute knirschend den Gang rein wie ein richtiger Trucker.

Jetzt, mit zwölf, war es mir manchmal peinlich, dass Mom so ein Kraftweib war. Sie war klein und hatte schnelle Beine wie ich. Von der mütterlichen Seite ihrer Familie, der libanesischen, hatte sie die kaffeebraune Haut. Der norwegische Anteil zeigte sich nur in ihren großen blauen Augen mit den ultralangen Wimpern, mit denen sie meine Gene versaut hatte. Die schwarzen gewellten Haare trug sie kürzer geschoren als ich meine. Sie lief schneller als die meisten Mädchen in ihrem Leichtathletikteam. Sogar jetzt beim Umzug hatte sie die Highschool-Jacke an, auf die »Coach Betsy Heden« gestickt war.

Costa Mesa war eindeutig technisch rückständig, aus Beton statt Xyzium. Es gab mehr Einkaufszentren und Parkplätze als in Marysville, viel mehr Palmen und Bürogebäude, auf denen neonbrauner Smog lastete wie in einem Alptraum.

Mom redete immer noch. »Trainerinnen werden viel schlechter bezahlt als Männer. Und wir müssen das Haus abzahlen ...«

»Wir können doch wieder zur Miete wohnen.«

»Und jeden Monat Geld aus dem Fenster schmeißen? Nix da.«

Ich starrte aus dem Fenster und fragte mich, ob ich hier einen einzigen Freund finden würde. Keinen Philister – vielleicht einen Barbaren wie ich selbst. Ich war nicht gern allein, Mom anscheinend schon. Ihre Kolleginnen wollten sie immer mit Typen verkuppeln und unter die Haube bringen. Aber sie schien nicht interessiert. Sie hatte meinen Dad geliebt, vielleicht wollte sie keinen anderen. Das fand ich gut, dass sie treu war.

Ich war das einzige Kind im Universum, das keinen Dad hatte.

»Willst du Männer kennen lernen?«, fragte ich so beiläufig wie möglich.

»Machst du Witze? Ich werde schuften wie ein Tier, und du wirst ein bisschen mehr helfen müssen.« Sie ließ die Straße nicht aus den Augen.

»Mhm, da hab ich bestimmt viel Zeit zu helfen. Bei dem Smog kann ich mein Teleskop eh vergessen.«

»Ich entschädige dich dafür. Wir machen Sternguckerausflüge in die Wüste ... Ich nehm dich mit ins *Jet Propulsion Laboratory* – oder ins Griffith-Observatorium. Okay?«

Ich gab keine Antwort, obwohl das Raketenlabor der NASA ein Traum von mir war. Sie sah mich an. »Geht dir irgendwas im Kopf herum?«

Ich zuckte mit den Achseln.

»Du bezweckst doch etwas mit dieser Frage nach Verabredungen.«

»Neue Stadt, neuer Dad.«

»Das«, sagte sie und überfuhr fast einen Obdachlosen, der einen Einkaufswagen schob, »geht dich überhaupt nichts an.«

»Warum erzählst du mir so wenig von meinem Dad?«

»Du weißt, dass das ein schmerzhaftes Thema für mich ist.«

»Aber warum hast du so wenig Fotos von ihm? Warum hab ich keine Großeltern?«

»Du hast welche. Ich komm nur nicht mit ihnen klar. Vergiss es. Das ist mein Ernst, William.«

Das große Geheimnis um meinen Dad war schon immer da gewesen, wie die Albträume, wie die Sterne. Als ich in dem Motel in Costa Mesa, wo wir abgestiegen waren, aus dem Fenster schaute, erinnerte ich mich, wie Mom das Interesse für Astronomie bei mir geweckt hatte.

Als ich ganz klein war, fing es damit an, dass ich mit ihr eine Mondfinsternis anschaute. Als ich zehn war, fuhr sie mit mir in die Wüste zelten. Sie hatte sich von Mr. Yamamoto, einem Professor am Ricelands College, ein Fernglas und ein Buch geliehen. Das Buch hatte sie sogar ganz gelesen. Als ich durch das Fernglas schaute und den Mond so nah und lebendig sah, mit Sternen, die hinter seinem Rand verschwanden, war ich sofort voll drauf. Mom und ich saßen die ganze Nacht in Schlafsäcke eingemummelt da und froren. Wir machten kein Feuer wegen der Sicht. Je weiter ich ins Weltall hinausschaute, umso mehr begeisterte es mich. Sie sah im Buch nach und sagte mir, in welche Richtung ich schauen musste. Ich fand die Jupitermonde und dann den Doppelstern im Schwert des Orion.

»Die Wolken da sind Galaxien«, sagte sie. »Die sind außerhalb unserer eigenen Galaxie.«

»Wow. Wie weit sind die weg?«

»Hier steht, 180.000 Lichtjahre. Ein Lichtjahr ist die Strecke, die Photonen in einem Jahr zurücklegen. Photonen ... das sind Lichtteilchen, die fliegen wie Pistolenkugeln, immer, immer weiter. Wenn sie nicht auf irgendwas treffen.«

»Wie lang ist ein Lichtjahr?«, fragte ich sie.

»Hier steht ... 9.460 Milliarden Kilometer. Du musst also 180.000 mal 9.460 Milliarden rechnen und ...«

»Krass.« Ich versuchte es im Kopf zu rechnen. Mir gingen die Nullen aus.

Mom war keine Weise, aber sie war die Kriegerin-Priesterin, die ein paar wichtige Sachen wusste, sie redete davon, wie alles eine Seele hat, wie alles sich in Kreisen bewegt.

»Die Galaxien«, sagte sie, »ich glaube, das sind in Wirklichkeit die Seelen von geheimnisvollen, untergegangenen Zivilisationen.«

»Wirklich?« Meine Haut kribbelte.

»Rom«, sagte sie träumerisch, »Babylon, das alte China ...«

Ich lauschte, den Kopf auf ihrer Schulter, und schaute immer noch zu diesen Lichtern hinaus, die so weit weg waren – so lebendig, wie sie sagte. Ihr Arm, den sie um mich gelegt hatte, war das einzig Warme.

»Wir sitzen hier auf der Erde«, sagte sie, »und sehen da draußen die Seelen von allen Ruinen, die die Archäologen irgendwo ausbuddeln. In der Türkei, in Mexiko.« Ihre Augen wurden wach, und sie war nicht mehr traurig wie sonst meistens. Sie war eine andere Mom als die, die in die Trillerpfeife blies und die Läuferinnen anschrie: »Und hoch die Knie!«

»Was ist mit den Menschen in diesen Zivilisationen passiert?«, fragte ich.

»Hm ... vielleicht sind die einzelnen Sterne in den Galaxien die Seelen von Menschen. Wenn ein Stern als Nova explodiert und ein schwarzes Loch wird, dann ist das nicht das Ende, weil dann die Seele zur Erde zurückkehrt um geboren zu werden. Und wenn jemand stirbt, ist das auch nicht das Ende. Sie oder er wird dann als neuer Stern da draußen geboren.«

Als ich mit offenem Mund diese unglaublichen Weiten bestaunte, dachte ich, das war wohl ein guter Platz für meinen Dad. »Ist einer von den Sternen wirklich Dad?«, wollte ich wissen.

»Ich glaube schon«, sagte sie. »Ich hab immer so ein Gefühl gehabt.«

»Und Doppelsterne?«

»Vielleicht«, sagte sie, »sind das zwei Menschen, die sich lieben.«

Ich kuschelte mich näher an sie ran, und sie zog den Schlafsack um uns herum. Welcher Stern war mein Dad? Es war geil zu wissen, dass sie ihn so lieb gehabt hatte. Sie schaute in den Himmel und ihre Augen füllten sich mit Tränen. »Und du bist ein Stern, der heruntergekommen ist um bei mir geboren zu werden«, sagte sie.

Als wir wieder in Marysville waren, musste ich immer noch an die Sterne denken. Mom hatte nicht genug Geld für ein Amateur-Teleskop. Aber Mr. Yamamoto schickte mich in den Armyladen, und für zehn Dollar bekam ich dort ein Fernglas aus dem Zweiten Weltkrieg, mit dem sie nach U-Booten Ausschau gehalten hatten. Damit konnte man prima Sterne gucken. Zum Geburtstag bekam ich dann von Mom ein tolles Buch mit einer drehbaren Sternkarte drin. Wenn man das Rad drehte, konnte man auf dem Rand ablesen, welche Sternbilder diesen Monat zu einer bestimmten Uhrzeit den Meridian überquerten. Mit dem Buch war es ganz einfach, den ganzen Himmel kennen zu lernen und mit Hilfe der Sternbilder Sterne und Nebel zu finden.

Mit zwei Dollar vom Rasenmähen kaufte ich mir ein altes Buch mit dem Titel *Teleskope selbst gebaut*. Für den Naturkundeunterricht der fünften Klasse machte ich mit Mr. Yamamotos Hilfe aus dem Fernglas ein kleines Teleskop. Aber es war mir nicht stark genug. Da half mir Mr. Yamamoto, ein echtes Teleskop mit 4-Zoll-Reflektorspiegel zu bauen. Als wir den Spiegel mit Silberfulminat beschichteten, sprengten wir uns fast in die Luft – das Zeug ist ziemlich instabil. Der versilberte Spiegel war schon nach einem Jahr halb blind.

Dann baute ich für die Naturkunde-AG in der sechsten Klasse ein 6-Zoll-Teleskop mit einem größeren Reflektorspiegel. Man nimmt dazu zwei Pyrex-Rohlinge und schleift sie aufeinander mit

Wasser und Karborundum, bis einer von den beiden sphärisch konkav und glatt poliert ist – ohne den kleinsten Kratzer. Die hohle Seite ist der Spiegel, mit dem man die Abbilder der Sterne einfängt. Ich schickte ihn weg zur Aluminiumbeschichtung. Dieses Teleskop kostete mich 150 Dollar, die ich mir mit Zeitungsaustragen verdiente. Die anderen Kinder lachten mich aus, für die hieß Hightech, mit einem Jeep rumzukacheln. Aber mir konnten diese Sklaven des Massengeschmacks nichts anhaben, nichts konnte mir dieses geile Gefühl nehmen, als ich die Brennweite justierte und zum ersten Mal den Pferdekopfnebel mit eigenen Augen sah. Jedes Mal, wenn ich einen neuen Stern identifiziert hatte, fragte ich mich, ob das mein Dad war.

Letztes Jahr fing Mom davon an, dass sie einen besseren Job finden wollte und in die Nähe einer größeren Stadt ziehen, damit ich auf eine gute Highschool gehen könnte, wegen der Berufsaussichten.

Jetzt wollte ich Mom den Traum erzählen, den ich gerade gehabt hatte. Aber ihr war nicht zu trauen – sie wollte mich von dem Vater-Mysterium fern halten. Vielleicht war es gar kein Traum gewesen. Vielleicht war er wirklich irgendwo da draußen und ich konnte ihn über diesen pulsierenden Stern finden. Ich bekam Gänsehaut. Mein Dad musste mich noch sehr lieb haben, wenn er über einen Traum Kontakt mit mir aufnahm. Vielleicht war er ja Zillionen Lichtjahre weit weg.

Warum verbarg Dad sein Gesicht hinter dem Sichtschutz? Auf meinen Fotos hatte er das schönste Gesicht der Welt.

2 Stadt der Zukunft

Tante Marian wollte uns Geld für den Hauskauf leihen. Aber Mom sagte, sie würde schon alleine klarkommen. Ich bekam ein eigenes Zimmer im Motel. Während sie auf Häuserjagd waren, fläzte ich mich auf dem Bett, guckte Wissenschaftssendungen und dachte dabei an meinen Dad im Reich der Toten.

Nach stundenlangem gelangweiltem Rumzappen landete ich bei einer Sendung über das Raumfahrtprogramm. Mit müden Augen sah ich das primitive Raumschiff starten. Die Astronauten stießen nur ein paar Zentimeter in die Tiefen des Raums vor. Bis zum Mars würde man 227 Tage brauchen, vierzehn Jahre nur bis zum Pluto. Der nächste Stern außerhalb unseres Sonnensystems, Proxima Centauri, ist 4,3 Lichtjahre entfernt. Bis zum Jahr 2000, sagte Arthur C. Clarke, würden wir in der Lage sein, dorthin zu reisen – und in hunderttausend Jahren ankommen. Er sagte, im besten Fall könnten wir ein Zehntel der Lichtgeschwindigkeit erreichen.

Ich kritzelte wilde Berechnungen in mein Heft. Bis ich mich als Astronaut qualifizierte, beherrschten sie vielleicht die Kryotechnik, wo die Besatzung tiefgefroren wird und auf der Reise nicht altert. Oder die Raketeningenieure entdeckten einen neuen Antrieb, einen Photonenakzelerator oder so, mit dem man in Überlichtgeschwindigkeit reisen konnte. Booom-*roooaaar*! Oder Gedankenreisen. Du denkst an das Ziel, wo du hinwillst, und schon bist du da! Im Traum konnte ich das bereits, so hatte mich mein Dad ja gefunden. Aber es musste in Echtzeit sein. Die Kryogeschichte galt also nicht, und als Eis am Stiel in der Truhe zu liegen, darauf war ich auch nicht so scharf.

Die NASA würde mich nehmen müssen, sonst würde Mom die übel zurichten. Ich wäre der killermäßige Astronaut mit meinen Kenntnissen in Astronomie und Kampfsport und mit dem stärksten Highscore aller Zeiten in Fergy's Spielhölle in Marysville.

Wenn mein Dad heimkam, würden alle Leute sagen, wenn sie mich sahen: »Das ist der Junge von Billy.« Jetzt hieß es nur »Betsys Kurzer«. Was war die Mindestkörpergröße für die NASA?

Ich überflog meine *Memo*-Notizen. Das Bild des Katzennebels und des veränderlichen Sterns, der blinkte wie ein Leuchtfeuer, war in meinen Gedanken so klar. Er konnte Milliarden Lichtjahre weit draußen sein ... oder hier in unserer Milchstraße. Wir Menschen können das helle Zentrum der Milchstraße nicht sehen, weil so viele Schichten von dichtem interstellarem Staub dazwischen liegen. Vielleicht war das der Staub, in dem die *Memo* sich im Traum verirrt hatte. Vielleicht hatte eine starke Strahlung aus dem Zentrum der Galaxie die Instrumente durcheinander gebracht. Dann war der

Nebel womöglich schon kartographiert und nummeriert und ein Foto davon im Archiv von irgendeiner Sternwarte.

Wenn der Katzennebel nicht so weit entfernt war, konnte ich ihn mit meinem eigenen Teleskop finden! Aber ich brauchte einen größeren Spiegel – einen 10-Zöller.

Was war Renormierung? Der Tod?

Als die beiden Ladys wiederkamen, hatten sie ein kirschrotes Lächeln aufgesetzt. Mom hatte ihr Barbarinnenschwert einem Philister-Banker an die Kehle gehalten und ihm ein Haus abgepresst. Die Raten würden Tonnen von seltenen Erzen verschlingen, und Mom nervte immer noch damit, dass ich ihr mehr im Haushalt helfen müsste.

»Wenn du mich auf die Astronautenschule schickst«, sagte ich.

Sie glotzte mich an. »Und ich dachte, du willst Astronom werden.«

»Ein Astronaut muss Astronomie können«, belehrte ich sie.

Sie war zu müde um mir einen Vortrag zu halten, wie gewalttätig und böse die Militärs waren. »Eins nach dem anderen. Erst mal machst du die Highschool fertig. Aber du wirst einen ausgezeichneten Naturkundelehrer bekommen, Mr. Miller. Ich hab ihn mir schon angeschaut. Abgemacht?«

»Krieg ich auch ein größeres Zimmer?«

»Klar. Abgemacht?«

»Und kann ich in der Garage eine Werkbank aufbauen? Ich will einen 10-Zoll-Spiegel bauen.«

»Ganz schön ehrgeizig. Spreng bloß nicht das Haus in die Luft mit deinem Silberzeug. Okay?«

Reiche Leute wohnen in Häusern, die aussehen wie von einer anderen Welt. Unseres sah genauso aus wie alle anderen in der Lemon Street. Es hatte die Nummer 248, Risse im Schornstein vom letzten Erdbeben, einen Palisadenzaun davor und eine staubige Terrasse hintendran mit einem Basketballkorb über dem Garagentor. Tante Marian zog Mom mit dem Palisadenzaun auf, sie wäre jetzt ja wohl völlig verspießert.

Mom fand das nicht komisch.

Das Haus nebenan war Nummer 250 und hatte den Erdbebenriss unter dem Erkerfenster. Hinterm Haus war ein winziger Swimmingpool mit einem Hundezaun aus Maschendraht drumrum, aber kein Hund. Dafür lehnte ein Jungenfahrrad an der Garage. Dieser Philisterjunge war bestimmt größer als ich. Tante Marian und Mom sagten, wenn ich beim Auspacken half, dürfte ich nachher spielen. Also wuchtete ich zwei Stunden lang Kartons mit Küchenkram — und dann schnappte ich mir meinen Basketball und stürmte türenknallend nach draußen.

Bei dem heißen Wind kam ich schnell ins Schwitzen. Die Barbarenlocken klebten an meiner Stirn. Beim Basketball konnte ich meine Energie rauslassen, selbst wenn Magic Johnson seine Taille auf Höhe meines Scheitels hatte. Ich hatte ein schnelles Beinspiel und ging aufs Ganze, deswegen rutschte ich dauernd auf den Steinen aus, fiel ein paar Mal hin, und das Blut lief mir übers Knie. Schließlich erfand ich ein neues Manöver, ich stieß mich am Maschendraht ab wie an einem Trampolin und kam so höher und konnte einen Slam Dunk landen. Vielleicht sah mir der Junge von nebenan durchs Fenster zu.

Auf einmal stand er da und guckte durch den Drahtzaun zwischen unseren Häusern.

Er war dünn, und die blaue Badehose und das enge T-Shirt machten ihn noch dünner. Er war genauso groß wie ich. Er hatte einen langen Hals, dunkelblond behaarte lange Beine und kleine Hände und Füße. Seine goldblonden Haare wurden vom Wind aufgebauscht. Wir sahen uns an, unsere Haare wehten gleichzeitig in den Windstößen. Seine Augen nahmen mich ins Fadenkreuz.

Ein unheimliches Hitzegefühl durchflutete mich. Das war ein Philister. Konnte man ihm trauen? Seine Eltern waren auch Philister. Das war gefährlich. Ich musste vorsichtig sein.

»Tag«, sagte er. Diese zwei schrägen Augen, die durch zwei Löcher im Zaun guckten, und diese kleinen Hände, die sich am Zaun festklammerten. Er sah aus wie ein Kobold im Sträflingslager. Seine Wimpern waren kurz, wenigstens nicht so ein langwimpriger Mutant wie ich. Seine Augen blickten hungrig. Vielleicht suchte er auch einen Freund. Die Arme und Beine waren verschrammt, also ein Draufgänger wie ich.

Er musste erst einen Probeflug absolvieren. »Willste Körbe werfen?«, fragte ich.

Das Tor im Zaun war eingerostet. Zuerst versuchte er, über den Zaun zu klettern, aber er rutschte mit dem Fuß ab und fiel runter. Er riss sich das Bein am Draht auf und blutete. Schließlich trat er mit Karacho gegen das Tor, und es flog auf. Er rannte auf mich zu und das Blut lief stoßweise an seinem Bein hinunter. Seine seidigen blonden Haare wehten im Laufen wild auf und ab. Die schräg stehenden Augen hatten mich im Visier und er nahm Kurs auf mich, als wäre es sein einziges Ziel, in meinen Sektor des Universums zu gelangen.

»Ich heiße Shawn Heaster«, sagte er. »Und du?«

Ich wollte ihm meinen offiziellen Namen nicht sagen, weil der bescheuert war, aber meinen Geheimnamen konnte ich ihm nicht anvertrauen.

»William.«

»Bescheuerter Name.« Er machte einen Hookshot, der daneben ging.

Ich schnappte mir den Ball und landete einen Hook. Er ging sauber rein. »Auch nicht bescheuerter als Shawn. Und ich hab noch 'n anderen Namen. Der ist cool.«

»Ach, echt?«

»Echt. Ein *verschärft* cooler Name.«

»Muss ja total verschärft sein«, sagte er verächtlich.

»Ich bin ein Barbar, der in euer Reich eingefallen ist. Du würdest meinen Namen sowieso nicht verstehen, der ist nämlich außerirdisch.«

Wir wechselten uns mit Hookshots ab, während das Blut in Streifen auf unseren Schienbeinen antrocknete.

»Ach, echt?«

»Echt. Barbaren sind richtig verschärft.«

»Tja, ich hab auch so einen verschärften Namen«, sagte er überlegen, dribbelte mit einem Täuschungsmanöver an mir vorbei und warf. Daneben.

Ich fing den Ball ab und machte einen Korb. »Und der wäre?«

»Hör zu, Dumpfbacke. Meinen Namen sag ich nicht jedem.« Er sprang in die Luft und landete auch einen Korb.

Plötzlich sah ich einen großen Mann, der über den Zaun lehnte. Er hatte harte blaue Augen, dunkelblonde Haare, die nicht im Wind flogen, und sah aus wie Chuck Norris.

»He, Shawn! Belästigst du die neuen Nachbarn?«, brüllte er.

Der Neid quetschte mir die Kehle zusammen. Ich hätte nichts gegen einen Dad, der mich anschrie.

Shawns Dad sah mich an und sein Blick wurde freundlicher. »Meine Frau ist ganz aufgeregt«, sagte er. »Sie hat sich immer Nachbarn gewünscht. Euer Haus stand drei Jahre lang zum Verkauf. Marilyn!«, rief er.

Marilyn hatte braune Haare und eine Rüschenschürze, und sie roch nach frisch gebackenen Keksen. Sie rief durchs Fenster zu Mom rüber, hallo und willkommen und ob ich rüberkommen durfte, frisch gebackenen Kuchen essen. In der nächsten Nanosekunde saß ich neben Shawn bei Heasters in der Küche und kaute das Ambrosia der Göttinnen und Götter, frischen Apfelkuchen. Marilyn brachte Mom und Tante Marian auch je ein großes Stück. Mom lächelte doch tatsächlich und meinte, sie hätte gar nicht gewusst, dass man das noch so macht, den neuen Nachbarn einen Apfelkuchen backen. Schließlich landete ich bei Shawn im Zimmer und wir schauten seine Sciencefiction-Comics an und spielten Nintendo. Er hatte sich gelangweilt und war reif für etwas Besseres. Es war Schicksal, dass wir uns kennen gelernt hatten. Die Weisen in den Sciencefiction-Geschichten haben es immer mit der Macht des Schicksals.

An diesem Abend waren wir zu fertig zum Kochen, und die Heasters luden uns zum Essen in ihren Garten ein und auf einen Sprung in ihren Pool. Mom sagte später: »Philister hin oder her, jedenfalls backt Marilyn wahrhaft himmlischen Kuchen.«

Am Tag drauf besuchte mich mein neuer Kumpel in meinem neuen Zimmer. Es hatte einen Balkon, den ich zu meiner Sternwarte machen wollte. Wir machten uns an die Umzugskartons mit meinem Kram. Er half die Poster aufhängen und sagte, die wären cool – besonders das mit Darth Vader und Luke, wie sie mit Lichtschwertern gegeneinander kämpfen. Aber als mein Fiberglastubus mit dem 6-Zoll-Spiegel zum Vorschein kam, war Shawn richtig beeindruckt.

»Man kann es zum Transport zerlegen«, sagte ich stolz. Zusammen schraubten wir es wieder auf das schwere Stativ aus galvanisierten Rohrteilen vom Schrottplatz.

»Das hast du *selbst* gebaut?«

»Ich hab fünfunddreißig Stunden gebraucht um den Spiegel zu polieren.«

»Wow. So was ist echt cool.«

In dieser Nacht sahen wir in dem überstrahlten Himmel doch noch den Polarstern über den ganzen Bäumen, und er half mir, das Teleskop auszurichten. »Wooooow«, sagte er, als er durchgeschaut hatte. »Unglaublich.« Ein paar Wows später war es, als wären wir miteinander aufgewachsen. Also ließen wir das Teleskop stehen und ich zeigte ihm meine Geheimkiste.

»Du hast so coole Sachen«, sagte er.

Auf dem obersten Foto war mein Daddy in einem komischen retromäßigen Anzug, mit langen lockigen Haaren. Er grinste in die Kamera. Ich mochte die Art, wie mein Dad grinste – man sah gleich, der Typ ist in Ordnung. Er sah auch diszipliniert aus – Mom betonte immer, wie diszipliniert er war. Sein Blick war mutig, aber auch fröhlich. Shawn schaute sich die anderen Fotos von anno dazumal an – Läufer vom Collegeteam in altmodischen Sportklamotten und Schuhen. Auf einem Bild posierte mein Dad neben seinem Trainer mit einem silbernen Pokal in der Hand. Hinten drauf hatte Mom geschrieben: »Van Cordtland Cross-Country '76«. Mom hatte das Foto so beschnitten, dass Billy in der Bildmitte war, das Gesicht des Trainers war weggeschnitten. Man sah nur seine Schulter und seine Trainerjacke. Auf einem anderen Foto saßen Dad und Mom auf einem altmodischen Fahrrad und streckten der Kamera die Zunge raus.

»Meine Eltern waren College-Freunde«, sagte ich.

»Deine Mutter ist cool. Meine würde so was nie tun.«

»Mein Dad war US-Meister bei den Collegemeisterschaften.«

»Wo ist er jetzt?«

»Er ist tot. Ein Unfall mit einer Knarre.« Ich drehte mich weg.

»O Gott, das tut mir Leid«, sagte er hinter mir.

»Mhm ... mir auch.«

»Meine Alten dachten, deine Mutter wär geschieden.«

»Sie hasst Waffen.«

»Mein Dad findet Waffen gut. Er nimmt mich immer zu Schießübungen mit.«

Ich holte tief Luft. »Ich hab so einen verrückten Traum gehabt, dass mein Dad in einer anderen Galaxie lebt. Krass, was? Aber ich hab so ein Gefühl ... ich weiß auch nicht, wie wenn es diesen Ort aus dem Traum *wirklich* gibt. Wenn ich weiter den Himmel absuche, dann ... finde ich ihn vielleicht.«

Das war der große Test. Würde er mir das abnehmen?

Shawn bekam große Augen. »Echt?«

Ich versuchte ihm zu erklären, was Mr. Yamamoto und Arthur C. Clarke über die Relativität von Raum und Zeit gesagt hatten. Je schneller man sich fortbewegt, desto langsamer vergeht die Zeit. Bei Lichtgeschwindigkeit gibt es keine Zeit mehr. Wenn man schneller als das Licht reisen könnte, könnte ich vielleicht rückwärts durch die Zeit reisen und meinen Dad treffen, als er noch am Leben war. Das Licht, das uns aus anderen Galaxien erreicht, kommt aus der Vergangenheit. Und das nicht nur im Sciencefiction-Film, sondern in echt.

»Ich will Astronaut werden, ich will da hoch und es rausfinden«, sagte ich.

Langsam machte Shawn die Geheimkiste zu und gab sie mir zurück. Ob er das mit meinem Traum wirklich verstehen konnte? Mir stand er immer noch ganz klar vor Augen, bis ins letzte Detail, wie ein Foto, das irgendein berühmter Astronom mit einem 2,5-m-Teleskop aufgenommen und im *Scientific American* veröffentlicht hatte.

»Alle Achtung«, sagte er.

Auf einmal sah er mir direkt in die Augen. »Ich glaube, du musst *meinen* Geheimnamen wissen«, sagte er.

»Ja?« Mir wurde vor Erleichterung ganz schwindlig.

»Mein Name ist Orik von Sol.«

»Orik«, sagte ich, stand auf und reichte ihm die Hand. »Willkommen auf der Brücke der *U.S.S. Memo*. Ich bin Commander Finder.«

Er stand auch auf. Wir schüttelten uns die Hand. »Ich hab wohl Glück gehabt. Mein Dad ist noch am Leben«, sagte er.

»Mhm. Ist er cool?«

»Er ist streng, aber ... er ist nie da ... immer auf Arbeit.«

Ich räumte die Blechschachtel weg.

»Hey ... Ich melde mich freiwillig um dir bei der Suche nach deinem Dad zu helfen«, sagte er. »Das ist eine großartige Mission. Ich komm mit dir mit und ...«

»Im Ernst?« Einen Moment lang fragte ich mich, ob jetzt ein Traum von mir in Erfüllung gegangen war, der Traum, einen Freund zu haben. Aber ich wollte nicht aufwachen und wieder derselbe einsame Spinner sein.

»Ich bin dein Erster Offizier oder was auch immer ...«

»Bis in den Tod?«, sagte ich.

»Bis in den Tod. Ich dachte, man muss sowieso sterben um so weit rauszufahren.«

»Quatsch, du wirst nur tiefgefroren oder so, und dann wirst du wieder belebt, wenn du dort bist. Da arbeiten sie dran.«

Wir gingen zurück zum Teleskop und ich zeigte ihm etwas Wichtiges. »Siehst du das Dreieck aus drei Sternen? Drei ganz helle?«

»Glaub schon. Ja.«

»Das ist das Sommerdreieck. Die Sterne heißen Deneb, Wega und Altair. Links von dem Dreieck, die Staubwolke da?«

»Ja?«

»Dahinter ist das Zentrum unserer Milchstraße. Eigentlich wäre das total hell, Unmengen von Sternen auf einem Haufen. Aber das sieht man nicht wegen dem Staub. Ich hab so ein Gefühl, dass da mein Dad ist.«

»Wieso?« Orik glotzte mich mit offenem Mund an.

»Weil, wenn er Zillionen Lichtjahre von unserer Galaxie entfernt wäre, dann könnte ich ihn nie finden. Bis ich an die Stelle komme, die ich im Teleskop gesehen habe, wäre der Katzennebel längst verschwunden. Wenn er irgendwo wäre, wo ich gar nicht hinkommen kann, würde er ja nicht sagen, dass ich ihn suchen soll. Verstehst du?«

»Ich dachte immer, zu den Sternen fahren wär nur so was ... na ja, dass es das nur im Film gibt«, sagte er.

Als Orik weg war, stellte ich das gerahmte Foto von Dad vorsichtig auf die Kommode.

Unten kämpfte Mom immer noch mit den Umzugskartons. Sie hatte die Kerze schon auf den Kaminsims gestellt und angezündet. Es war so ein großes Glaslicht, das eine ganze Woche lang brannte. Mom sagte immer, dass sie die Kerze für alle anzündete, die sie gern gehabt hatte und die gestorben waren, besonders für meinen Dad. Ich fragte mich, an wen sie noch dachte außer ihm. Über ihre Eltern redete sie nie.

Von da an waren Orik und ich unzertrennlich. Wir tollten den Sommer über in Badehosen rum und hatten viel Spaß. Einmal fuhren die Heasters und Mom mit uns nach Disneyland und wir fuhren total auf die Achterbahnen ab und auf die Tom-Sawyer-Insel. Mom zog uns auf, wir wären wie Tom Sawyer und Huck Finn. In der Schule hatte ich mich darum gedrückt, das Buch zu lesen, weil ich zu sehr mit Naturkunde beschäftigt war.

Manchmal nahmen die Heasters Orik mit nach San Diego zu seiner Großmutter, und ich vermisste ihn wahnsinnig. Wenn er wiederkam, rannte er durch das Tor mit fliegenden Haaren auf mich zu. Mom stellte ein Extrabett in mein Zimmer und die Heasters stellten eins in sein Zimmer, so konnten wir an den Wochenenden zum Sternegucken aufbleiben und beieinander schlafen.

Bald konnte ich mich gar nicht mehr erinnern, wie es war, als Orik noch nicht in meinem Leben war.

Es dauerte nicht lange, da wohnte ich praktisch bei den Heasters. Marilyn arbeitete nicht, weil Jerry sagte, es sei ihre Pflicht, im Haus zu bleiben. Sie hatte sich tonnenweise Kinder gewünscht, aber nach Orik hatte sie aufgehört, weil mit ihrem weiblichen Röhrensystem was nicht stimmte. Wenn Marilyn nicht gerade einkaufen war, bekam ich von ihr Umarmungen und Pflaster und frisch gebackene Kekse und Knöpfe angenäht. Ich war ein lieber Junge und half ihr im Haushalt. Bei Orik lernten wir. Nach einem Monat kannte er alle Sternbilder und konnte mit meinem Buch mit dem Sternenrad alles Mögliche am Himmel finden.

Bei mir saßen wir am Teleskop. Im August, während des Perseidenschwarms, kamen wir gar nicht mehr raus aus den Wows.

Als die Schule wieder losging, war Mom oft weg – bei Wettkämpfen, Regionalmeisterschaften, kümmerte sich um ihre Karriere, für dreißigtausend Dollar im Jahr. An einem Wochenende, als sie weg war, ging die Kerze aus, und ich zündete eine neue an und stellte den Leuchter auf meine Kommode neben das Foto von Dad. Sie meinte, das ginge in Ordnung, dann wäre jetzt ich der Hüter der Flamme.

Immer öfter fragte ich sie nach Dad. Es gab viel Streit.

Einmal wurde ich richtig wütend auf sie. Da fuhr ich mit dem Bus zur Bibliothek im Orange College, angeblich um Astronomiekram nachzuschlagen. In Wirklichkeit suchte ich in einem dicken Buch mit allen Colleges und Universitäten der USA das Prescott College. Aber es stand nicht drin. Jetzt wusste ich also sicher, dass sie mir etwas verschwieg. In mir wuchs ein Trotz heran, dunkel und fern, aber mit klaren Umrissen, wie ein interstellarer Nebel. Ich war ultrasauer auf sie. Vielleicht brach da auch dieses Teenager-Rebellionsding durch wie bei den Kids, die man in der Glotze sieht.

Jerry Heaster konnte vielleicht ein Ersatz-Dad für mich sein, auch wenn er von sechs Uhr früh bis abends um acht aus dem Haus war, auf Maloche, um die Raten abzuzahlen, wie Mom auch.

Jerry war in der Army bei der Versorgungseinheit gewesen, er hatte es also mit Regeln und Organisation. Er sah gut aus, mochte Sport, wusste, wie man was macht ... wie die Soldaten und Händler im Fernsehen, die auf gefährliche Mission in fremde Sektoren gehen um gegen Klingonen und intergalaktische Drogenkartelle zu kämpfen. Jerry erinnerte mich immer noch an Chuck Norris, in den Filmen, wo er einen Vater spielt. Die Dads, die ich gut fand, waren alle aus dem Fernsehen, im richtigen Leben waren sie meistens nicht da. Besonders mochte ich *Drei Mädchen und zwei Jungen*, sogar die außerirdischen Väter in *Raumschiff Enterprise*, aber kein Dad war so großartig wie der von Luke in *Star Wars*. Jerry klopfte mir auf den Rücken und nahm mich mit Shawn zum Schießen mit. Das tat er allerdings einmal und nie wieder, weil Mom ihn fast erschlagen hätte, als sie erfuhr, dass er mir eine Waffe in die Hand gegeben hatte.

Wenn die Nachbarn über Orik sprachen, sagten sie »Jerrys Junge«. Ich beneidete ihn darum.

Aber manchmal machte mir Jerry Angst, so wie er über den Krieg redete, von wegen Pflicht und kein Pardon und so. Manchmal erzählte er uns Geschichten, die er in Vietnam gehört hatte. Er war bei der Versorgung gewesen, hatte nie einen Kampfeinsatz gehabt. Aber Jerry hatte was gegen Farbige. Er erzählte uns Sachen, die er von anderen gehört hatte, was unsere Jungs mit den männlichen Kriegsgefangenen von der anderen Seite gemacht hatten, sie nackt ausgezogen und gefoltert ... Uns standen die Haare zu Berge. Was würde eine höher entwickelte Zivilisation uns Weltraumkids antun, wenn sie uns gefangen nahmen?

Mom hörte Jerry nicht gern vom Krieg erzählen. Sie war eine Friedenskämpferin, sagte sie.

Orik war gleich alt wie ich – er hatte am 9. September Geburtstag, zwei Tage nach mir. Wir feierten zusammen eine geile Geburtstagsparty. Das Tor zwischen unseren Häusern stand offen, auf beiden Seiten gab es Kuchen, Kerzen und Geschenke. Es war, als wäre sein Stern meinem Stern zur Erde gefolgt, damit wir zusammen geboren werden konnten.

Als die Schule losging, kamen wir zusammen in die Siebte. Jeder Tag war eine neue Mission – ein Einsatz, der Teil der großen Mission war. Wir wuchsen ein bisschen, aber nicht viel. Es war klar, dass aus uns keine Magic Johnsons werden würden – Jerry sagte immer, dass Orik nach seiner Mutter kam, und die war so klein wie meine. Wir nannten es den Fluch der Kleinen Mütter.

So waren wir zwei brave Jungs, die zusammen die Hölle losmachten, während unsere Eltern beim Einkaufen oder bei der Fronarbeit in den Xyziumminen waren. Wir lernten Mikrowelle, Saubermachen und Müllrausbringen. Wir konnten sogar das Geld von unseren Eltern zum Automaten am Newport Boulevard bringen und aufs Konto einzahlen. Wir waren so unheimlich brav, dass sie uns ganz vertrauten und nicht groß auf uns Acht gaben. Wir lebten auf Autopilot.

Wenn wir beieinander übernachteten, zogen wir uns immer zusammen an oder duschten zusammen, da hatten wir viel Gelegenheit, uns unsere Körper genauer anzuschauen. Mom war mit Nacktsein nicht etepetete, da gab's also keine Probleme. Shawn wollte wissen, warum ich um die Mündung von meiner Laserkanone mehr Haut hatte als er. Ich wusste Bescheid, weil Mom mir mal erzählt hatte, dass es da ein Ritual gibt aus grauer Vorzeit, wo die Menschen den Hautzipfel wegschneiden und ihrem Männlichen Gott opfern. Manche Eltern tun das immer noch, erklärte sie mir. Ich sagte, ich wär froh, dass sie nie ein Stück von mir geopfert hat, und sie meinte, schon deswegen nicht, weil meine Geburt etwas Besonderes war.

»Igitt«, sagte Orik, als ich ihm das mit dem Ritual erzählte. Er war fasziniert von meinem Hautzipfelchen. Er konnte seine Finger nicht davon lassen, und natürlich mochte es das, wenn es angefasst wurde. Er war sauer auf seine Eltern, weil sie ihm seins abgeschnippelt hatten.

Dann kamen wir auf geheime Kriegsspiele, wo man den anderen finden muss, der irgendwo gefangen gehalten wird, nackt und gefesselt, und ihn retten muss und dann der Held ist. Das machte so viel Spaß, dass wir ganz kribblig wurden und Gänsehaut kriegten und es nicht erwarten konnten, dass unsere Eltern endlich weggingen, damit wir uns wieder nackt ausziehen konnten. Zuschauen, wie dem anderen der Ballermann auf Anschlag geht, war für uns so normal wie Familienserien gucken.

Einmal war ihm kalt, weil im Weltraum die Temperatur ja weit unter dem Gefrierpunkt ist, und ich hatte die Idee, dass ich ihn nach der Rettung unbedingt aufwärmen müsste. Allerdings ächzte und maunzte er, auch dann noch, als wir Moms Vaseline dazunahmen, und so kam ich nicht wirklich rein. Aber auch so wurde ich von einer großen Welle von komischen, beängstigenden Gefühlen überschwemmt wie von einem scharfen Sternenwind, der den kosmischen Staub wegpustet, so dass der Stern wild, heiß und hell erstrahlen kann. Ich schubberte an ihm vor und zurück und rieb ihn um ihn wieder zu beleben. Er hatte die Augen zu und machte ohh und mhh. Dann rettete er mich genauso. Wir waren Weltraumbrüder. Es war so cool.

Es hatte etwas Aufregendes und Geheimnisvolles, wenn wir allein im Haus waren. Wir passten immer auf, dass niemand was mitkriegte. Wenn wir genug hatten von dem Heldenkram, lagen wir rum und lasen das *Astronomie-Magazin* oder schauten durch mein Teleskop. Oder wir guckten Weltraumfilme, *Der Stoff, aus dem die Helden sind* und so.

Manchmal erwischten wir andere Jungs, wie sie die echt geheimen Sachen miteinander machten. Soweit wir wussten, taten es die meisten. Wir fragten uns, ob Mädchen das auch machten. Bei Jungs gibt es verschiedene Bezeichnungen dafür – Initiationsriten oder Rummachen. Sie tun es immer, wenn sie von Ein-richtiger-Mann-Sein und Frauen-Aufreißen reden, dann ist es auch okay. Das Richtige-Männer-Gesetz besagt, dass man über die geheimen Sachen nie reden darf. Schlimm war es nur, wenn man eine Tunte war, die sich nicht für Mädchen interessiert. Orik und ich waren richtige Männer und wir würden irgendwann auch unsere Mädchen haben.

In der Schule war ein mexikanischer Junge, Alberto, dem alle Schwulibert hinterherriefen. Die aus der Achten umzingelten ihn im Jungensklo, zogen ihm die Hosen runter und machten ihm die Beine breit. Dann pissten alle ihn an und traten ihn. Sie schoben ihm sogar Bleistifte rein und sagten die ganze Zeit: »Das willste doch, was? Das gefällt dir, na na na-na na«. Orik und ich schauten zu. Es war ziemlich aufregend, aber wir hatten ein komisches Gefühl dabei und machten nicht mit. Das war so wie das, was wir miteinander machten, nur auf die gemeine Art, um jemandem wehzutun.

Alberto heulte und hatte ganz offensichtlich keinen Spaß daran. Wir nutzten die Gelegenheit, uns die Geheimwaffen der älteren Jungs anzuschauen, und wussten, dass unsere auch mal so groß werden würden, auch wenn meine nicht ganz so groß war wie die von Orik.

»Und wehe, du petzt«, sagten sie zu Alberto, »dann kassierst du nächstes Mal doppelt und dreifach.«

Einmal, beim Zelten, erhaschte ich einen Blick auf Jerry, wie er nackt unter der Dusche stand. Ich war total von den Socken, wie groß seine Geheimwaffe war. Ich konnte es kaum erwarten, auch so auszusehen.

Manchmal fragte ich mich, ob Mom was von unserem geheimen Kram mitgekriegt hatte. Sie war nicht gerade doof. Aber unsere Eltern passten nicht groß auf uns auf. Sie mussten Fronarbeit in den Xyziumminen tun um die Häuser abzuzahlen. Jerry malochte bei einer Versicherungsgesellschaft und Marilyn wollte auch malochen – sie studierte Wirtschaft auf dem College. Aber Jerry rastete aus und schrie sie an von wegen es sei ihre Pflicht, zu Hause bei ihrem Kind zu bleiben. Manchmal fetzten sie sich deswegen.

Jeden Morgen ganz früh fuhr Mom ins College. Ein bisschen später fuhr Oriks Mom uns zur Schule. Orik und ich fuhren um vier mit dem Schulbus heim. Marilyn war um die Zeit immer unterwegs, einkaufen und Erledigungen machen. Wir hatten immer ein, zwei Stunden sturmfreie Bude und konnten Rettungskommando spielen. Wir machten immer schnell, aus Angst, erwischt zu werden. Am Wochenende hatten wir manchmal mehr Zeit, wenn sie den ganzen Tag einkaufen waren. Wenn wir ein Auto in der Einfahrt parken hörten, waren wir immer schon geduscht und halfen einander bei den Hausaufgaben oder hingen vor der Glotze wie zwei brave Jungs.

Ein paar Mal hätten sie uns beinahe erwischt, und mit irrem Herzrasen konnten wir uns gerade noch die Klamotten überzerren und uns in die Hausaufgaben vertiefen.

Aber Mom sagte nur: »Orik ist cool, was?«

»Mhm«, gab ich zu.

»Man findet wenig echte Freunde im Leben.«

»*Deine* echte Freundin ist Tante Marian, oder?«, fragte ich. Auf einmal kam mir der Gedanke, dass Mom mit Tante Marian geheime Sachen machte, wenn sie alleine waren.

»Na ja, eher so 'ne Art Mutter«, grinste Mom. »Sie sagt mir immer, was ich tun soll.«

Orik und ich waren so voller Energie, angetrieben von unserer geheimen Mission, dass manche Lehrkräfte sich darüber beschwerten. Der Naturkundelehrer, Mr. Miller, konnte nicht klagen, weil unsere Energie bei ihm in die Hausaufgaben floss und er von meinem selbst gebauten Teleskop total beeindruckt war. Aber die Schülerberaterin war auf dem Herrscherin-des-Imperiums-Trip – sie traf sich mit unseren Eltern und wollte ihre Erlaubnis, uns Ritalin zu geben, damit wir ruhiger werden. Psychodrogen sind harter Stoff. In den intergalaktischen Imperien haben sie immer Drogen um ganze Völker ruhig zu halten. Alle Weltraumzivilisationen führen Kriege um Drogen. Ihr Herrscher, gebt den Kindern Drogen, und sie tun, was ihr befehlt. Ich redete mit Orik darüber, und uns war klar, dass Ritalin so eine üble Droge war. Mom hasste Drogen. Sie meinte, sie hätte sich in ihrer Jugend einige Hirnzellen weggekifft. Oriks Eltern zwangen ihm das Ritalin auf, aber ihm wurde übel davon und er kotzte es wieder raus. Er bettelte sie an, es nicht mehr nehmen zu müssen. Dann fing er an, die Tabletten verschwinden zu lassen. Die Schulkrankenschwester ließ ihn die Tablette vor ihren Augen schlucken, aber er kriegte den Bogen raus, sie in der Backentasche zu verstecken und später auszuspucken. Schließlich hatten unsere Eltern Mordszoff mit der Schule und drohten mit dem Anwalt. Da mussten wir das Zeug nicht mehr nehmen.

Wenn der Schuldealer in unsere Nähe kam, gaben wir ihm verzeihungsmäßig eins auf die Fresse und nannten ihn einen Agenten des Imperiums des Bösen.

In der Schule hießen wir »William und Shawn«. Sein Grinsen verzauberte die Schule – er wurde zum Klassensprecher gewählt. Ich war das Superhirn mit lauter Einsen. Er galt als der Anführer von uns beiden. Die haben nie gecheckt, dass ich der geheime Einsatzleiter war. Mir war das recht – ich war der geborene Undercover. Manchmal kam ich unter Beschuss von Leuten, denen meine langen Wimpern nicht passten. Aber ich war beim Kämpfen so hemmungslos, dass sie immer den Kürzeren zogen und Muffe vor mir bekamen. Sie nannten mich den wahnsinnigen William.

In einem Armyladen fanden Orik und ich Sterne zum Aufnähen und wir nähten sie auf unsere Basecaps, wie in meinem Traum. Ich trug den Schirm immer nach vorn um klarzustellen, dass ich kein Cooler war. Die Coolen trugen den Schirm nach hinten, weil sie Drogen nahmen oder in einer Gang waren oder was auch immer. Für so was hatte ich keine Zeit.

Irgendwie waren wir so damit beschäftigt, Spaß miteinander zu haben, dass das 10-Zoll-Teleskop nicht fertig wurde.

3 Leuchtfeuer

Eines Tages brachte mich der Naturkundeunterricht meinem Dad einen Schritt näher.

Mr. Miller redete über Mendel und seine Erbsenzüchtungsversuche. Miller war ein guter Lehrer, auch wenn er die Klasse nicht im Griff hatte und die Krampen flogen wie ein Meteoritenschwarm. Ich war einer der wenigen, die aufpassten, weil Mom damals die DNA erwähnt hatte. Miller malte ein X an die Tafel, das war die große Vatererbse, und verband es mit einem anderen X, das war die kleine Muttererbse. Während die Schüler sich Briefchen schrieben und die Krampen umherzischten, erklärte Miller, wie jedes Elternteil dem Baby einen Teil von seinem genetischen DNA-Zeug mitgibt. Deswegen wurde bei Mendel das Erbsenbaby groß, aber es hatte immer noch das Gen für Kleinsein in sich drin versteckt.

Die meisten von uns hatten keinen Schimmer, was eine Erbsenpflanze war, und fanden das Wort komisch. Da zeigte uns Mr. Miller eine echte Pflanze, die er gepflanzt hatte. Bei mir machte es pling. Dieser Genkram, da ging es um mich.

»Habt ihr Fragen?« Ich hatte nie Hemmungen, mich zu melden, schon gar nicht in Naturkunde. »Ja, William?«, fragte Mr. Miller.

»Ja, William?«, sagte einer meiner Feinde mit einer komischen Stimme. Ein paar lachten. Ich ignorierte diesen Angeber und seine Schleimerbande, weil ich wusste, dass ich eines Tages Großes vollbringen würde und sie nicht.

»Ist das bei Menschen auch so?«, fragte ich Mr. Miller.

»Es ist bei allen Lebewesen so«, sagte er. »Bei Menschen, Bäumen, Elefanten, Schmetterlingen. Beide Eltern steuern die Gene bei, die man das Leben lang mit sich herumträgt. Sie bestimmen, wie man aussieht – welche Krankheiten man bekommt – sogar wie lange man lebt.«

Während ich ihm zuhörte, kam dieses seltsame, aufregende, fiebrige Gefühl aus dem Katzennebeltraum wieder in mir hoch. Da war wirklich etwas in mir, etwas Lebendiges, Geheimes, eine codierte Botschaft von meinem Dad. Ich konnte es nicht sehen, aber es war da. Vielleicht war er deswegen im Traum zu mir gekommen, damit ich herausfand, wie die Botschaft lautete. Vielleicht waren die Koordinaten des Katzennebels in meinem genetischen Code verschlüsselt. Aber ich hatte noch eine große Frage, die mich umtrieb.

Also gingen Orik und ich eines Tages nach der Stunde mit dieser Frage nach vorn zu Mr. Millers Pult. Es war schwer, so etwas Peinliches zu fragen, und ich brauchte einige Ähs und Hms, bis ich es herausbrachte. »Mein Dad war groß gewachsen. Wie kann es dann sein, dass ich ... äh, nicht so groß bin wie er?«

»Vielleicht hatte dein Dad das Gen für ›klein‹«, sagte Mr. Miller, »und die beiden Kleinheitsgene haben sich verbunden, das von ihm und das von deiner Mutter. Vielleicht war ja seine Mutter klein. Oder sein Vater. Das rezessive Gen kann über Generationen verborgen bleiben.«

»Cool«, sagte Orik. »Bei mir ist das bestimmt auch so.«

In den nächsten Wochen ging ich immer wieder nach vorn zu Mr. Miller. Als er mir erzählte, dass alle Elemente des Körpers auch im Weltraum vorkommen – Kohlenstoff, Kalzium, Wasserstoff, alle –, fühlte ich mich wie high. Ich träumte vor mich hin und malte mein Heft voll mit Stammbäumen aus lauter X-en. In meinem Naturkundebuch waren Bilder von Chromosomen. In diesen ringeligen Wurmdingern steckte der genetische Code. Die Gene stehen hintereinander wie Buchstaben in einem Wort. In jeder von den Milliarden Zellen in meinem Körper steckten die Gene von Dad und Mom – nur dass jede Zelle einem eigenen Programm folgte, das sie zu einer Hirnzelle oder einer Blutzelle oder sonst was machte. Die DNA war meine wirkliche Verbindung zu Dad und den Sternen.

»Kann ich meine Chromosome richtig sehen?«, fragte ich.

»Sicher«, sagte Mr. Miller. Er sagte, ich solle mir mit einem Eisstiel was aus dem Mund schaben. Das trug er auf einen Objektträger auf und wir schauten es unter dem einzigen Mikroskop der Schule an. Das waren meine Zellen! In jeder war in der Mitte ein Klumpen von verwurstelten Spaghettis, das war die DNA. Als ich sie betrachtete, wurde mir heiß und kalt. Ich hörte beinahe meinen Dad sprechen.

»Und es gibt ein neues Verfahren, die Elektrophorese«, sagte Mr. Miller, »wo man die Zellen unter Strom setzt. Damit kann man die DNA-Sequenz abscannen und als Bandenmuster sichtbar machen. Damit macht man Vaterschaftstests.«

»Was ist das?«

»Manchmal ist unklar, wer der Vater eines Kindes ist«, sagte Mr. Miller. »Dann ordnet das Gericht einen Vaterschaftstest an um es rauszufinden, und sie schauen sich die DNA an.«

Zu Hause kritzelte ich weiter vor mich hin – ein X für Dad, ein X für Mom, verband sie mit einem X, das ich war, und versuchte mir das vorzustellen. Dad sah mir nicht sehr ähnlich – er war groß und dünn und hatte dunkelblonde Haare und Sommersprossen. Wie lang seine Wimpern waren, wusste ich nicht. Ich war klein und dunkelhäutig mit den breiten Schultern von Mom und diesen verzeihungsmäßig blauen Augen und den widerlichen langen Wimpern. Mamas-Liebling-Augen, sagten die anderen immer noch. Mädchenaugen. Daran war also auch Mom schuld. Ich hasste meine Augen und meine Wimpern. Aber die Locken von meinem Dad hatte ich nicht abgekriegt.

Mr. Miller und Mr. Yamamoto wussten viel, aber waren sie auch weise? Ich durchsuchte meine abgespeicherten Fernsehbilder nach Beispielen von Weisen Alten. In *Raumschiff Enterprise* gab es Guinan, in *Star Wars* gab es Yoda. Aber in echt, auf der Erde, schien es keine Weisen zu geben ... zumindest keine alten. Die alten Erdlinge im Fernsehen waren meistens Mitleid erweckende Wesen, die über dritte Zähne und Arthritis jammerten und Windeln anhatten für den Fall des Falls. Nicht mal mein Dad wirkte auf mich wie ein Weiser, auch wenn er angeblich sehr klug und mutig gewesen war.

Der Weise fehlte in meinem Leben.

Die Suche nach meinem Dad brachte uns schließlich dazu, die Schulbibliothekarin nach dem Prescott College zu fragen. Sie kannte es nicht und schickte uns in die große Bibliothek der Universität Irvine. Wir zeigten der Bibliothekarin, einer netten Mormonin namens Mrs. Danich, das Foto von meinem Dad mit der Collegeteamjacke, und sie ging direkt zu dem dicken Wälzer, den ich schon kannte und wo es nicht drinstand. Aber dann ging Mrs. Danich ins Hinterzimmer und fand ein älteres Buch. Sie warf die alten Bücher nie weg, sagte sie. Und da war es – in Sayville, New York, Direktor Joseph A. Prescott, 2500 Studienplätze, mit Telefon und Adresse.

»Entweder es existiert nicht mehr«, sagte sie, »oder es hat den Namen geändert ... oder es gehört jetzt zu einem größeren College.«

»Vielleicht gibt es noch Unterlagen über meinen Vater?«

Aber die Telefonnummer gab es nicht mehr und die Auskunft konnte uns nicht weiterhelfen. Mrs. Danich schrieb der Schule einen Brief, der mit empfänger unbekannt zurückkam.

Mrs. Danich legte sich wirklich ins Zeug für uns. Aus irgendeinem Grund interessieren sich Mormonen sehr für Familiengeschichte und Stammbäume. Wie konnte sie zwei so lieben Jungs widerstehen, die einen Dad suchten? Ich hielt diese Operation streng geheim, denn Mom würde ausrasten, wenn sie davon erfuhr. Mrs. Danich sagte ich nur, es sei für eine Hausaufgabe. Sie meinte, sie wäre froh, dass ich in die Bibliothek kam anstatt in der Schule Haschisch zu kaufen.

Mrs. Danich schaute sich mit uns die Fotos mit der Lupe an und wir machten eine Liste mit Spuren. Einer von den Funktionären hatte AAU auf der Jacke stehen. Auf dem Pokal konnte man RRC NATIONAL CROS entziffern. Mom hatte die NCAA erwähnt.

»Der AAU ist der Amateur-Leichtathletikverband. Der NCAA ist der Nationale College-Leichtathletikverband«, sagte Mrs. Danich und setzte sich an den Computer. Sie ging mit einem Modem ins Internet, durch das man von einem College zum anderen Nachrichten verschicken konnte. Mrs. Danich konnte mit ein paar Mal Tastendrücken Leute anwählen und sich Informationen aus der ganzen Welt herunterladen, vor allem von anderen Universitäten und sogar von der Regierung. Die Informationen erschienen auf ihrem Bildschirm wie durch Zauberei. Orik und ich lugten fasziniert über ihre Schulter und lernten die verschiedenen Codes wie gov, edu und org.

Die flinken kleinen Finger von Mrs. Danich tippten Nachrichten ein und die Antworten kamen auf den Schirm. Die AAU gab es auch nicht mehr. Die NCAA gab es noch, aber als Mrs. Danich in den Daten einer anderen Universität nach einem Querfeldeinlauf-Sieger in den Siebzigern namens Billy Heden stöberte, fanden sie nichts. Der RRC entpuppte sich als der *Road Runners Club*. Die hatten auch keinen Heden in den Akten. Im Keller der Bibliothek fand Mrs. Danich sogar kistenweise eingestaubte alte Jahrgänge von Leichtathletikzeitschriften. Orik und ich durchsuchten sie nach Läufern in der Zeit um 1976. Aber die Hefte gingen nur bis 1980 zurück.

Es schien tatsächlich niemand Unterlagen zu haben, die so weit zurückreichten. »Dieses Land erstickt an Informationen«, sagte Mrs. Danich. »Der Lagerraum wird knapp und die alten Unterlagen wandern auf den Müll.«

Ich starrte auf die Schulter des Trainers auf dem Foto. Er war das große Mysterium. Wenn nur der Name auf seiner Jacke nicht abgeschnitten wäre!

Mrs. Danich sah mein trauriges Gesicht. Sie sagte: »Ich habe ein komisches Gefühl dabei, wenn wir ohne schriftliche Genehmigung deiner Mutter so weit gehen.«

»Sie will nicht, dass ich es rausfinde.« Ich konnte kaum sprechen.

»Wieso nicht?«

»Dad ist bei einem Unfall gestorben.« Mir schnürte es die Kehle zu. »Sie will nicht darüber reden.«

»Es muss noch andere Gründe geben. Jede Familie hat ihre Geheimnisse.«

»Daran habe ich auch schon gedacht.« Eine Träne lief mir die Backe runter. »Sie müssen mir helfen, Mrs. Danich.«

Sie seufzte. Die Träne wirkte. »Es gibt noch eine Möglichkeit«, sagte sie und gab mir ein Papiertaschentuch.

»Was?« Ich schnäuzte mich.

»Vielleicht hieß er nicht Heden mit Nachnamen. Heutzutage behalten emanzipierte Frauen manchmal ihren Mädchennamen. Hast du deine Geburtsurkunde mal gesehen?«

»Nein.«

»Da steht der Name deines Vaters drauf. Ohne den richtigen Namen ist es schwer, mehr herauszufinden.«

Sie sagte nicht, dass ich Moms Schubladen durchstöbern sollte, aber ich wusste auch so, was zu tun war. Mrs. Danich war ein richtiger Outlaw, wie ich.

Mrs. Danich half mir auch, aus dem Internet Daten über veränderliche Sterne zu ziehen. »Ich darf das eigentlich nicht, aber vielleicht wirst du ja ein neuer Edward Hubble«, sagte sie.

Also ließ sie mich an ihrem Computer sitzen, wenn sie ihn nicht brauchte, und zeigte mir, wie man eine Suchmaschine benutzt. Ich musste nur »veränderliche Sterne« eintippen und *zosch!* kamen Tausende von Einträgen durchs Modem gerauscht. Im Internet gab es massig Astronomie-Sites. Es gab sogar eine »Gesellschaft zur Beobachtung veränderlicher Sterne« für Amateure. Unter Mrs. Danichs Account hackte ich wie wild auf die Tasten ein und las von den Veränderlichen vom Typ R Coronae Borealis. Sie sind selten und machen komische Sachen mit ihrem Wasserstoff und Kohlenstoff, wodurch sie in verrückten Abständen heller und dunkler werden. Die Mira-Veränderlichen sind rote Riesen, Periode 80 bis 1000 Tage mit einem speziellen Strahlungsspektrum. RV Tauri-Veränderliche sind gelbe Superriesen, 30 bis 150 Tage.

Aber gab es denn keine mit kurzer Periode? Es *musste* sie geben ...

Ein Jahr lang lief alles gut, bis zur achten Klasse. Orik und ich waren dreizehn, als zwischen unseren Familien alles anders zu werden begann.

Eines Tages kam Orik rüber und hatte ein blaues Auge. Er sagte, es sei nicht der Rede wert – sein Vater hatte ihm eine runtergehauen, weil er ein Wort mit »Sch« gesagt hatte. Jerry brüllte jetzt öfter rum als früher. Er sagte, wir würden zu viel vor der Glotze hängen, und drückte uns den Film weg um selber auf CNN Nachrichten zu gucken. Bei den Nachrichten schimpfte er laut über Liberale, Mexikaner, rote Socken und Schwule. Er sagte, die würden das Land in den Ruin treiben. Er sagte, dass die Schwuchteln diese Krankheit namens AIDS verbreiten und dass AIDS von einem Homo durch die Luft auf einen überspringen kann. »AIDS macht alle Tunten tot«, sagte er. Es war ziemlich beängstigend, ihn reden zu hören. Er schimpfte auch über schwangere Mädchen in der Schule und sogar über liberale Frauen wie Mom. Sie lieferte sich hitzige Wortgefechte mit ihm. Jerry und Marilyn fingen an, Mom damit zu nerven, dass sie wieder heiraten sollte, damit ich einen Vater habe. Sie sagten, es sei moralisch falsch, dass ich ohne Vater aufwachse.

»Nein danke. Das eine Mal hat mir gereicht«, sagte Mom.

»Du bist zwar meine Freundin«, sagte Marilyn, »aber ich muss trotzdem sagen, du bist wirklich eine gottlose Frau.«

»Dafür habe ich meine Göttin«, gab meine Mutter zurück.

An einem Wochenende schleppten sie Orik zu etwas mit, das sie einen Kreuzzug nannten. Ich hing das ganze Wochenende alleine rum und blies Trübsal, vermisste ihn, half Mom die Küche streichen. Als sie wiederkamen, war Orik ganz bedrückt. Jerry und Marilyn redeten pausenlos von Reverend Edwin Dwight und seiner Predigt und dass sie wieder geboren worden waren und dass Jesus Amerika erretten würde vor all den schlechten Menschen, die unter uns leben.

»Haben sie dich auch wieder geboren?«, fragte ich Orik.

»Mein Dad hat gesagt, es muss sein.«

Von da an redeten Jerry und Marilyn immer über die Familie und dass sie das Wichtigste auf der Welt sei.

Jerry kam jetzt früher heim und nahm mir Orik weg um mit ihm sein Programm durchzuziehen, das Dad-Spezialprogramm, wie Jerry es nannte. Auf einmal fingen sie an, Orik mit in die Kirche zu zerren. Zuerst protestierte er, weil Kirche öde war und wir dann nicht mehr den halben Sonntag lang Rettungskommando spielen konnten. Aber er hatte dabei nicht mitzureden. Er sah ängstlich aus in dem beknackten grauen Anzug, den sie ihm im Einkaufszentrum aufgezwungen hatten. Sein Vater hielt ihn am Ellbogen fest, wie die Bullen in den Nachrichten das mit Gefangenen machen. Seine Haare wehten nicht fröhlich rauf und runter – sie waren platt an den Kopf geklebt.

Zu dieser Zeit versuchte Jerry ständig herauszufinden, ob Orik und ich mit Mädchen sündige Sachen machten. Mädchen fand ich immer noch ziemlich doof, auch wenn ich bereit war, mich eines Besseren belehren zu lassen. Jerry nahm Orik richtig ins Verhör und hielt ihm eine Predigt, was pfui-pfui ist mit Mädchen. Aber Orik hielt dicht, was unsere Rettungseinsätze anging.

Manchmal ging ich mit in die Kirche, nur um mit Orik zusammen zu sein. Ich hätte alles getan um bei meinem besten Freund zu sein. Mom war nicht gerade begeistert, dass ich in die Kirche ging, aber sie war ja die Superliberale und sagte, es wäre meine Entscheidung, woran ich glaube. Ich wusste, dass sie aufgehört hatte, in die Kirche zu gehen, als mein Dad gestorben war. Aber sie sagte nie, dass die Kirche gut oder schlecht sei.

»Du musst deinen eigenen Weg finden«, sagte sie.

»Mach ich«, sagte ich.

Ab und zu versuchten Jerry und Marilyn, Mom mitzuschleppen. Mom sagte, dass sie ihre Kirche nicht mochte, weil die Kirche die Göttin nicht anerkannte. Jerry und Marilyn sagten, dass Göttinnen etwas Böses sind. Sie stritten sich.

Manchmal erwischte ich Orik dabei, wie er mit Mädchen rumhing. Er beichtete mir, dass sein Vater das von ihm erwartete, auch wenn er mit dem Sex aufpassen sollte. Beim Ball der achten Klasse brachten die Heasters Orik dazu, ein Mädchen einzuladen. Ich ging solo und stand dort naserümpfend rum. Ich würde bestimmt nicht mit so einem blöden Weib tanzen. Ich stand bei der Bowle und starrte Orik böse an, der in seinem blauen Jackett sehr cool aussah und mit seinem Date namens Donnala tanzte. Die Heasters hatten ihre Familie in der Kirche kennen gelernt.

Manchmal schimpften die Heasters über meine »heidnische Ahnenverehrung«, und dass ich das in Oriks Gegenwart nicht mehr tun sollte. »Die meinen deine Kerzen und das Bild von Dad«, knurrte Mom. »Tu, was du für richtig hältst, und hör nicht auf die.« Da kamen sie drauf, dass Orik mir ein Jesusbildchen geben sollte. Orik wollte, dass ich es neben dem Foto von Dad an die Wand klebe. Das tat ich auch, ihm zuliebe.

Die Suche nach der Geburtsurkunde war immer noch im Gange. Aber jetzt machte ich es alleine. Manchmal, wenn Mom nicht in der Nähe war, spionierte ich in ihren Schubladen herum und suchte die Urkunde. Mrs. Danich hatte gesagt, mit Dads richtigem Namen könnte ich die Heiratsurkunde bekommen, seinen Totenschein, seinen Eintrag im Wählerverzeichnis, seine Militärdaten, falls er beim Militär war, sogar sein Vorstrafenregister. Das waren alles öffentliche Daten, sagte Mrs. Danich.

Was ich fand, war Moms Geburtsurkunde, zwischen unbezahlten Rechnungen, als wäre sie ihr egal. Elizabeth Carey Heden, geboren am 2.11.1955 in Lansing, Michigan. Vater: Sven Heden, geboren in Menominee, Wisconsin. Mutter: Sada LaTouf, geboren in Damaskus, Syrien. Sie war zweiundzwanzig, als sie mich bekam. Wie ein Geheimagent musste ich alles genau so hinterlassen, wie ich es vorgefunden hatte.

Meine Geburtsurkunde war nirgends im Haus.

»Wahrscheinlich bewahrt sie die Papiere in einem Safe auf«, sagte Mrs. Danich. »Ich mache das so. Oder sie hat sie verloren. Kein Problem – die Leute verlieren andauernd ihre Geburtsurkunden. Sie sind öffentlich, es ist also einfach, eine Kopie zu bekommen. Wann und wo bist du geboren?«

»7. September 1977. New York City ... glaub ich.«

Mrs. Danich gab mir die Adresse des Standesamts in New York City und sagte mir genau, was ich in dem Brief schreiben sollte. Ich musste fünfzehn Dollar zahlen, also sparte ich ein paar Wochen das Geld für die Cafeteria zusammen und holte mir eine Postanweisung, weil ich keinen Scheck ausstellen konnte. Wir nahmen die Privatadresse von Mrs. Danich als Absender.

Mrs. Danich wusste jede Menge über Geburtsurkunden. »Die Leute sagen nicht immer die Wahrheit. Ich habe Vorfahren, die amerikanische Ureinwohner waren. Manche Mormonen haben Indianer geheiratet, weil die von dem verschollenen Stamm Israels abstammen. Du glaubst gar nicht, wie viel Weißwäscherei da einige betrieben haben um ihre indianischen Vorfahren zu verstecken ...«

Es dauerte fast einen Monat. Endlich sagte Mrs. Danich, als ich sie von der Schule aus anrief, aufgeregt: »Es ist da!«

»Aufmachen, vorlesen«, sagte ich.

»Das ist deine Privatangelegenheit. Da musst du dich schon selbst herbemühen, junger Mann.«

An diesem Tag wurde die Fahrt zur Irvine-Universität zur Zitterpartie – der Bus fuhr mir vor der Nase weg und dann noch Stau wegen einem Unfall. Fünf Minuten vorm Schließen kam ich in die Bibliothek gerannt. Mrs. Danich schaute mir besorgt zu, wie ich den Umschlag aufriss. Darin war eine Fotokopie. Mit zitternden Händen faltete ich das Stück Papier auseinander, auf dem mein Schicksal in den Sternen stand.

Ich war laut Urkunde um 19 Uhr 36 im Lenox Hill-Krankenhaus geboren. Unter »voller Name des Kindes« stand: John William Heden. Geburtsname der Mutter: Elizabeth Carey Heden. Alter der Mutter: 22. Geburtsort der Mutter: Michigan. Beruf der Mutter: Hilfstrainerin.

Unter Vater stand: unbekannt. Das Feld »ehelich« war leer.

Das zerschmetterte mich wie ein Gravitationskollaps ... wie wenn ein alter Stern von einem schwarzen Loch zerfetzt und verschlungen wird. Mom war eine von diesen ledigen Müttern gewesen, gegen die Jerry immer tobte. Vielleicht war sie mit Hinz und Kunz ins Bett gegangen und wusste nicht einmal, von welchem Hinz oder Kunz sie mich hatte. Vielleicht hatte der Typ, den sie als meinen Dad bezeichnete, ihr nur ein paar Fotos gegeben, damit sie mich später besser anlügen konnte.

Ich ließ mich auf einen Stuhl fallen.

Mrs. Danich erriet, was ich erfahren hatte.

Sie räusperte sich. »Es muss nicht das bedeuten, was du glaubst«, sagte sie sanft.

»Was?«, drang meine Stimme aus dem schwarzen Loch.

»Manchmal muss eine Mutter die Identität des Vaters geheim halten ... wenn seine oder ihre Eltern der Verbindung feindlich gegenüberstehen. Die Adoptionsvermittlungsstellen fälschen auch manchmal Geburtsurkunden, besonders die kirchlichen.«

Manchmal ist die Mutter auch eine Schlampe und weiß nicht, wer der Vater ist. Oder das Kind ist adoptiert. Ich wollte nicht adoptiert sein.

Ich schleppte mich nach draußen. Mrs. Danich rief hinter mir her: »Du wirst doch jetzt nicht klein beigeben, junger Mann.«

Die Geburtsurkunde wäre fast im erstbesten Mülleimer gelandet. Aber Mrs. Danichs Worte hallten mir in den Ohren und ich steckte das Blatt in eine Geheimtasche in meinem Rucksack.

Als ich in der Woche drauf wieder bei meinen astronomischen Recherchen vor Mrs. Danichs Tastatur saß, war Orik zum ersten Mal seit einiger Zeit wieder mitgekommen. Und da fanden wir endlich das Geheimnis, nach dem wir das Universum durchscannt hatten. Die Mitteilungen der »Gesellschaft zur Beobachtung veränderlicher Sterne« enthielten einen kleinen Artikel über die RR Lyrae-Sterne, weiße Riesen, die mit kurzer Periode pulsieren. RR Lyrae war der erste kurzperiodige Stern, den man entdeckt hatte.

»Wow. Kuck mal!«, sagte Orik. »Die kürzeste Periode ist nur ein halber Tag!«

In meinen Ohren brüllte und brauste es. Mir wurde fast schwindlig.

Wir klatschten uns ab. Dann klickte ich auf »Drucken« und steckte den Ausdruck in die Geheimtasche.

Ein Internetanschluss zu Hause wäre cool gewesen. Aber Mom sagte, ich müsste ihn selber bezahlen. Orik konnte sich keinen zulegen, sein Dad fand, er würde schon viel zu viel vor diesem elenden Computer hocken.

Jerry wollte keinen verweichlichten Computerspinner zum Sohn haben, sagte er. Orik sollte mehr Sport treiben und an die frische Luft gehen. Ich konnte Mom in ihrem Büro in der Schule besuchen und über ihren Account umsonst ins Netz gehen, aber ... dann bekam sie vielleicht mit, was ich tat.

In dieser Nacht visierten wir mit dem Teleskop das Sternbild Leier an. Wir kniffen die Augen zusammen um bei diesem überstrahlten Himmel und den Flugzeugen vom John Wayne Airport mit dem kleinen 6-Zoll-Spiegel die RR Lyrae zu erkennen. Keine Chance. Schließlich machte sich Jerry ein Wochenende frei und fuhr mit uns auf Sternguckerfahrt in die Wüste hinaus. Die Nacht war perfekt, klar und mit niedriger Luftfeuchte. Gegen zehn Uhr abends fanden wir den Stern, der weiß und gleichmäßig strahlte. Wir brachten die ganze Nacht frierend vor dem Okular zu, während Jerry im Zelt schnarchte. Unsere Augen schmerzten vor Anstrengung. Zitternd vor Aufregung sahen wir RR Lyrae verblassen. Gegen vier Uhr morgens konnten wir ihn kaum noch erkennen.

»Es muss einen mit 60 Sekunden geben«, sagte ich.

Es war eine geile Nacht. Wir tauschten unsere Fotos vom Achte-Klasse-Abschluss aus und schworen uns wieder: »Bis in den Tod.«

Es sollte sich herausstellen, dass dieser Ausflug das letzte Mal war, dass Oriks Dad irgendwas Cooles für uns tat.

4 Gefühle

Kurz nach dem Achte-Klasse-Abschluss wurde alles schlimmer. Es war jetzt Juni 1991.

Die Heasters, Mom und ich fuhren in die Sierras zelten. Nach einer endlosen und endlos langweiligen Fahrt Richtung Norden kamen wir über eine unbefestigte Straße mitten in den Bergen an einen Ort namens Tahoe. Und schließlich an einen kleinen See. Es war unter der Woche, alles war menschenleer. Der Wald war unglaublich schön, wie der in *Rückkehr der Jedi-Ritter*. Solche riesigen Bäume hatte ich noch nie gesehen – die waren sicher etliche Tausend Jahre alt. Es gab auch einen Wasserfall, der über viele Felsen vom Berg runterrauschte, man konnte ihn von unserem Zeltplatz aus hören. Ich wusste sofort, dass es irgendwo einen Planeten gab, der genauso aussah, und wollte gleich mit Orik das Terrain erkunden. Aber sein Dad hielt ihn die ganze Zeit am Ellbogen fest.

Beim Zeltaufschlagen gab es einen Streit zwischen Oriks Dad und meiner Mom, ob Orik und ich unser eigenes Zelt haben durften. Jerry sagte, Orik sei kein Baby mehr und er sollte ein Zelt für sich allein haben. Auf Orik hörte niemand. Deprimiert bauten wir beide uns zwei Zelte auf. Dann kam Orik aus seinem Zelt und hatte beknackt aussehende neue karierte Boxershorts an statt der scharfen schwarzen Speedo-Badehose, die er sonst immer trug. Die seidigen langen Haare hatte er sich auf Befehl seines Dads abschneiden müssen. Er sah so bescheuert, belämmert und entwürdigt aus, dass ich lachen musste.

Orik lief rot an.

Jerry zerrte uns ins Wasser und wir mussten Wasserball spielen, während die beiden Ladys sich fingerdick mit Sunblocker beschmierten und auf Liegestühlen rumlagen und quatschten. Der rote Bikini von Mom brachte ihre öligen Muskeln gut zur Geltung – sie wirkte wie eine Bodybuilderin. Ich musste zugeben, im Vergleich mit der schlabberigen weißhäutigen Marilyn in ihrem omahaften Einteiler mit Röckchen sah sie klasse aus. Auf dem Campingtisch lag Marilyns neue Bibel. Sah ganz so aus, als hätten die Heasters sich noch ein bisschen Missionsarbeit vorgenommen.

Jerry trieb uns an, härter gegeneinander zu kämpfen. »Hart zuschlagen!«, schrie er. »Schnell zuschlagen! Härter! Schneller!«

Orik war sauer auf mich und wir fingen an, uns zu fetzen, dass das Wasser nur so schäumte. Wir kratzten uns und knallten uns gegen den Bootssteg. Ich ignorierte meine blutende Nase und schnellte aus dem Wasser um einen Wurf zu landen. Später verfehlte ich den Ball und traf aus Versehen Orik. Ich muss ihm richtig wehgetan haben. Orik verbiss sich die Tränen und verpasste mir einen Fausthieb. Ich haute zurück. Jerry beendete die Keilerei und lenkte die Wut, die wir aufeinander hatten, auf das Spiel.

»Jungs, ihr müsst hart sein für Jesus. Haut drauf für Jesus!«

»Jesuuuuus!«, schrie Orik gellend und schmetterte den Ball mit ganzer Kraft.

»Göttiiiiin!«, schrie ich, um Jerry zu ärgern, und schlug den Ball zurück.

»Schluss mit dem heidnischen Dreck!«, sagte Jerry.

»Es gibt so was wie Meinungsfreiheit«, rief Mom herüber, »die gibt meinem Jungen das Recht, beim Wasserballspielen jede beliebige Gottheit anzurufen.«

Jerry grummelte etwas von gotteslästerlichen Liberalen und wir legten schnaufend eine Pause ein. Meine Ohren rotierten wie Radarschüsseln um einzufangen, was die beiden Frauen da über mich redeten. Marilyn reichte Mom gerade die Brownies, die sie gebacken hatte, und sagte: »... und, Betsy, du musst dir klarmachen, dass das ein Problem ist.«

»Im Moment hab ich überhaupt keine Probleme.« Mom aalte sich in der Sonne mit Wattepads auf den Augen. »Im Moment hab ich Ferien.«

»Dein Sohn sieht mit jedem Tag ... äh ... erwachsener aus.« Marilyn sagte jetzt »dein Sohn« statt »dein Junge«. Kaum zu glauben, dass das dieselbe gute alte Marilyn war, die Kuchen backte und ein einsames Schlüsselkind von nebenan zu sich rüberholte.

»Das soll ein Problem sein?«, sagte Mom gedehnt und wackelte dabei mit den Zehen.

»Die Mädchen fangen an, ihn ... äh ... wahrzunehmen.«

Welche Mädchen redeten da hinter meinem Rücken über mich?

»Kein Problem, Marilyn. Ich vermiete ihn als Model, das bringt mir locker fünftausend Dollar die Woche. Ich kann ja zur Abwechslung mal von ihm leben statt umgekehrt.«

Mom sagte gern solche Sachen, nur um Marilyn auf die Palme zu bringen. Marilyn ging ihr auf den Leim und war eingeschnappt. »Im Ernst, Betsy ...« Sie redete leiser, aber ich verstand alles. »Du kannst ihn nicht in diesen knappen Höschen rumlaufen lassen. Bald rennt ihm jeder Pädophile im ganzen Orange County hinterher. Wenn du zum Einkaufen keine Zeit hast, kann ich dir mal hübsche unauffällige Badeshorts mitbringen und du gibst uns das Geld wieder. Jerry macht sich wirklich Sorgen.«

»Okay, okay«, sagte Mom und wedelte mit der Hand, wie um eine Fliege zu verscheuchen. »Aber nichts über zehn Dollar.«

Ich betastete mich heimlich unter Wasser. Ohne Scheiß, die alte rote Speedo, die ich zwei Sommer lang angehabt hatte, war inzwischen hauteng und zeigte alles, was ich mit meinen dreizehn Jahren zu bieten hatte. Mom hatte mir erklärt, was Pädophile sind. Das sind Typen, die Kinder in ihr Auto locken und mit ihnen wegfahren und sie zu ekligen Sexsachen zwingen. Mich würde kein Pädophiler kriegen. Den würde ich gleich renormieren.

In der nächsten Spielpause hörte ich, wie Marilyn das nächste Pulverfass aufmachte.

»... und wir finden auch, du solltest anfangen, dich mit ein paar netten Männern zu verabreden. Du hast diese Bürde jahrelang allein getragen. Es ist nicht gottgefällig, dass eine Frau allein stehend ist. Es ist nicht gottgefällig, dass William keinen Vater hat.«

Jetzt hatten die Ladys auch ihren Zweikampf – *tsching, klong* prallten die Schwertklingen aufeinander.

»Einmal hat gereicht. Bis jetzt haben wir es auch so geschafft«, sagte Mom. »In ein paar Jahren ist er flügge und baut sein eigenes Nest.«

Marilyn langte nach ihrer Bibel, schlug sie auf und fing an zu rezitieren. »Darum wird ein Mann seinen Vater und seine Mutter verlassen und seinem Weibe anhangen, und sie werden sein ein Fleisch ...«

Mom langte nach ihrer Pepsi. »Meine Liebe«, sagte sie über die Schulter, »es gibt nicht so viele gute Männer, denen ich anhangen könnte. Ich bin schon allen Sorten von blöden Heinis und Haustyrannen über den Weg gelaufen.«

»Kein Wunder ... wenn du in diese schrecklichen Singlekneipen gehst.«

Mom hieb um sich, als wäre sie die Letzte der Barbarinnen und stünde mit dem Rücken zur Wand. »Ich gehe *nie* in Singlekneipen«, sagte sie eisig. »Meine Arbeit ist zu hart und meine Schulden zu groß, als dass ich für so einen Mist Zeit hätte.«

Jetzt versuchte Marilyn es auf die Versöhnliche.

»Ich gebe ja zu, dass ich Glück gehabt habe«, sagte sie mit demonstrativem Strahlen und bedachte Jerry mit einem Auf- meinen-Mann-kann-ich-stolz-sein-Blick.

»Na«, sagte Mom anzüglich, »wenn du ihn behalten willst, solltest du deine allein stehenden Freundinnen nicht ermutigen, auf die Pirsch zu gehen.«

Sonst fand ich es immer gut, wie Mom Marilyns christlichen Schmonzes zerbröselte wie ein gigantischer Xyzium-Schaufelradbagger. Aber aus irgendeinem Grund bekam ich diesmal eine Wut auf sie. Vielleicht verfolgte mich immer noch das leere Feld auf der Geburtsurkunde. Ich sprang mit einem großen Satz aus dem Wasser und stand tropfnass da und starrte sie böse an. Lässig wischte ich mir mit dem Arm das Blut von der Nase wie zur Warnung – es könnte auch ihr Blut sein.

Das Abendessen verlief in angespannter Atmosphäre, besonders als Jerry einen Teller Hacksteaks ins Lagerfeuer fallen ließ.

Später war der Himmel dunkel und klar, ohne Stadtlichter, perfekt für die Sternenparty. Aber als ich Orik fragte, ob er mit mir das Teleskop aufbauen wollte, zuckte er mit den Achseln. »Heute nicht. Mein Dad will, dass ich was lese.« Später, als ich zufällig in sein Zelt schaute, lag er da mit der Bibel vor sich. Ich versuchte, in den Himmel zu gucken, aber mit dem alten 6-Zoll-Spiegel war es nur frustrierend. Von der Luftfeuchtigkeit beschlug immer wieder die Optik. Dann lag ich in meinem Zelt und war deprimiert.

Der nächste Tag fing noch schlimmer an. Jerry nahm Orik mit auf einen langen Ausflug. Ich latschte den ganzen Tag um den See rum und war angeödet und einsam. Vielleicht war die einzige Möglichkeit, zu meinem Dad zu kommen, selbst zu sterben ... wirklich zu sterben, meine ich. Vielleicht war die Renormierung wirklich der Tod. Vielleicht musste ich mich im See ersäufen. Vergiss die Astronautenausbildung – einfach die Abkürzung zu den Sternen nehmen statt mir diese Tortur anzutun. In *Unsolved Mysteries* im Fernsehen, wo sie nach Vermissten suchten, sagten sie immer, wenn du auf die andere Seite kommst, erwarten dich dort die, die du lieb hast. Mein Dad würde dort sein, sternenhell, und mich umarmen.

Ich konnte mich totmachen und die Renormierungsgrenze überschreiten.

Wasser einatmen und ersticken ... war das auszuhalten?

Dann in der Nacht schleppte ich mein Teleskop durch den Wald, in dem die Eulen *schuhuu* machten, auf eine Lichtung oberhalb des Sees. Die Luft war trockener, ideale Bedingungen. Es war das erste Mal, seit Orik und ich Freunde waren, dass ich es alleine tat. Keine ernsthafte Observation ... ich saß nur da und schaute mir alte Freunde an wie die Veränderlichen, die ich schon kannte. Gegen zehn funkelte La Superba rot am westlichen Himmel. In der Nähe des Polarsterns betrachtete ich lange den ersten Cepheidenstern, den man entdeckt hatte. Ein Foto kann nie so aufregend sein wie dieses Gefühl, wenn die Sterne mich mit ihren feurigen Augen anschauten, als wollten sie mir irgendwas mitteilen. Aber keiner davon war ein 60-Sekunden-Stern.

Die blinkenden Lichter eines Flugzeugs durchkreuzten mein Sichtfeld, die Umrisse der Passagiere in den Fenstern. Menschen waren langweilig. Schließlich schleppte ich das Teleskop zurück zum Zelt, kämpfte mit der Taschenlampe und verfluchte den Tag, an dem ich geboren wurde.

Am nächsten Morgen wachte ich in meinem Zelt auf und war wieder ganz allein, so war es jetzt, traurig und allein. Ich würde mich ganz allein ertränken müssen, ohne dass Orik dabei war.

Draußen am Ufer platschten Wellen auf Steine. Kein einziges vertrautes Geräusch – keine Autos, keine Stimmen von anderen Kids, kein Skateboardgerumpel. In der Lemon Street war ich immer früh aufgewacht, am Wochenende mit Orik im selben Zimmer. Dann kroch ich zu ihm ins Bett oder er zu mir und wir kuschelten oder retteten uns unter der Bettdecke. Bei meiner Mom im Haus war es hightechmäßiger, weil wir ihre Vaseline oder ihre Handcreme klauen konnten. Beim kleinsten Geräusch witschten wir sofort jeder ins eigene Bett.

Jetzt fror ich in meinem Schlafsack, umarmte mich selbst, starrte an die Zeltdecke, auf die das im Wind schwankende Geäst kalte, unheimliche Schatten warf. Der kraftvolle kalte Geruch der Bäume brannte mir in der Nase wie Terpentin. Diese alten Bäume waren schon am Leben gewesen, als mein Dad noch lebte. Hatten Bäume Erinnerungen? Erinnerten sie sich an meinen Dad? Warum musste Oriks Dad sich so verändern und die Religion kriegen?

Jetzt verließ mich Orik wie Dad mich verlassen hatte. Er lag wahrscheinlich auch wach. Vermisste er mich? Oder dachte er an Weibertitten? Er rollte sich immer zu mir rüber, so dass sein Kopf an meinem war, sein Atem in meinem Gesicht. Seine schmutzigblonden Haare sahen so weich aus, dass ich sie am liebsten angefasst hätte. Aber ein Typ fasst einem anderen Typ nicht an die Haare, außer er ist Frisör, oder vielleicht wenn ein Dad einem die Haare zerstruwwelt. Aber sonst fasst man einem Typ nicht an den Kopf, nur wenn man ihm seine Kraft rauben will, und kein echter Mann lässt es zu, dass irgendjemand das versucht. Unter der Bettdecke ertasteten meine Finger die Veränderungen an seinem Körper ... mehr Muskeln unter den Brustwarzen, flacherer Bauch mit beginnendem Waschbrettmuster statt Kleinkinderkugelbäuchlein. Er hatte jetzt sogar Haare um seine Laserkanone rum, und die war größer als meine. Seine Blicke verlangten noch eine Rettungsmission.

»William!« Moms Stimme vor dem Zelt zerstörte die magische Aura.

»*William* ...«, äffte Jerry sie mit tuntiger Stimme nach. »Gib dem Jungen doch mal einen Männernamen. Wie wär's mit Bill?«

Der Vormittag war öde. Die Erwachsenen waren am Angeln. Jerry zeigte Mom, wie man die Angel besser auswirft, und dann fing sie eine größere Forelle als er und er war sauer. Orik und ich waren zu hibbelig um im Boot stillzusitzen. Wir nervten so lange rum, bis ein Wunder geschah – bis unsere Eltern sagten, wir sollten ihnen von der Pelle rücken und zusammen woandershin gehen.

»Aber nicht so weit weg«, knurrte Jerry. »Ihr seid in einer Stunde wieder da.«

»Nehmt euch vor den Giftsumach-Büschen in Acht!«, rief uns Marilyn hinterher.

Kaum waren wir im Wald, sagte Orik leise: »Tut mir Leid, dass ich gestern so ver-zeihungsmäßig war. Mein Dad ... bringt mich dazu, Sachen zu machen, die ich nicht will.« Er nahm sogar meine Hand und drückte sie fest.

Mein Herz wurde vor Freude zur Supernova.

Wir rasten durchs Gebüsch, auf einem Trampelpfad mitten zwischen den alten Baumriesen durch. Es war schwer, es wieder so sein zu lassen wie früher, aber wir versuchten es. Als ob es die Kirche nie gegeben hätte. Ich erzählte Orik, dass wir auf einem anderen Planeten waren. Bald umgab uns das alte aufgekratzte, süße, gruselige Gefühl wie eine knisternde blaue Kugel aus reiner Energie. Das letzte Mal, dass wir geheime Sachen miteinander gemacht hatten, war ziemlich lange her, und wir waren voll auf Entzug.

Wir bremsten schlitternd ab. Der Wasserfall machte weißes Rauschen. Der See war wackelpuddinggrün mit trinkenden Rehen am Ufer, die sich in die Büsche schlugen, als sie uns sahen.

Hier fanden wir Spuren, die darauf hindeuteten, dass schon andere Lebewesen auf diesem fremden Planeten gelandet waren. Auf einem verlassenen Zeltplatz lag interessanter Müll rum. Ein Hirschgeweih mit einem blutigen Schädelstück dran. Whiskyflaschen, Patronenhülsen, eine Dose Vaseline und haufenweise leere Kondomhüllen pappten auf der Erde. Auch drei Magazine mit Fotos von nackten Weibern in abartigen Positionen und ein Stück Fallschirmschnur hatte der Regen am Boden festgeleimt. In der Nähe war ein verfaulter Bootssteg mit einem Rohrkolbensumpf dahinter. Rohrkolben kannte ich aus Marysville, da wuchsen sie am Highway, wo das Wasser von den Reisfeldern abläuft.

»Jesusmaria«, sagte ich, während ich die Pornoheftchen aufklaubte. »Ganz schön gruselig hier.«

»Lass Jesus und Maria da raus.« Er sammelte die Schnurstücke ein.

»Glaubst du, die haben hier 'ne Jungfrau geopfert und im Wald verbuddelt?« Er popelte mit dem großen Zeh an den Kondomverpackungen rum. Ich blätterte ein Heftchen durch und betrachtete kosmische Brüste. War ich dafür bestimmt?

»Wenn, dann haben sie vorher einen Haufen Spaß gehabt«, sagte er.

»Möpse sind langweilig«, sagte ich und gab ihm einen männlichen Knuff. Er nahm die Vaselinedose in die Hand. Sie rief Erinnerungen an tiefschwarze Samstagnachmittage wach, während die Erwachsenen einkaufen waren.

»Deine Mutter erwürgt dich, wenn sie das hört.«

»Soll sie nur versuchen. Ich bin der Finder!«, protzte ich. Er bückte sich nach einem anderen Heftchen und ich sprang ihn an.

»Gefangen«, sagte ich. »Du musst gerettet werden.«

»Das gilt nicht, wir sind in der Erholungsphase.«

»Gilt doch, du hast deine Deckung vernachlässigt.«

Das elektrische Knistern der Erregung umgab uns lauter als je zuvor. Wir mussten einen sicheren Ort finden. Schließlich fesselte ich ihm die Hände mit der Schnur hinter dem Rücken und trieb ihn vor mir her, über einen Trampelpfad in die Rohrkolben hinein. Ich zwang ihn, auf den Knien zu rutschen, und genoss den Anblick der albernen Boxershorts, die seinen Arsch halb runtergerutscht waren, bis wir einen geheimen Platz fanden, wo vielleicht die Rehe nachts schliefen, von einer grünen Wand aus Rohrkolben abgeschirmt. Ein schönes Bett aus verwelktem Laub. Kein Müll ... alles sauber und schön. Ein starker Geruch nach Wasser und Pflanzen durchfeuchtete uns.

Ich blickte auf ihn herab. Er lag auf der Seite und wartete auf meine Heldentat.

Er machte die Augen zu. »Äh, vielleicht lassen wir das lieber. Kann sein, dass sie uns suchen.«

»Wir hören sie schon rechtzeitig«, sagte ich, riss ihm die Boxershorts runter und kitzelte ihn an den Fußsohlen. Nackt und hilflos fing er an zu lachen und nach mir zu treten, die Augen fest zugekniffen, die Haare voller Blätter. Sogar noch mit kurz geschorenen Haaren sah er so großartig aus. Seine Laserkanone war gefechtsbereit, höchstes Energieniveau. Dieses Gefühl explodierte in mir, schleuderte Schockwellen von heiß glühendem Wasserstoff ins All hinaus.

»Du stehst doch auf Folter«, sagte ich, kniete mich zwischen seine Knie und kitzelte ihn noch mehr durch, in den Kniekehlen, wo ich wusste, dass er es am wenigsten aushielt. »Du willst es. Es ist dein sehnlichster Wunsch.«

»Mich kannst du nicht einschüchtern, Erdling.« Aber er bekam kaum noch Luft vor unterdrücktem Lachen.

»Sag mir, worüber dein Dad mit dir gesprochen hat.«

»Niemals.«

»Die Wahrheit, erbärmlicher Asteroidenfresser.«

Orik lachte nicht mehr, obwohl ich ihn jetzt an der empfindlichsten Stelle an seinem Bauch kitzelte. »Er hat mir eine lange Predigt über Mädchen gehalten.«

»Du lügst.« Ich hörte auf zu kitzeln.

»Dass es Zeit ist, dass ich mich verabrede ... dass die meisten Frauen Huren und Teufelsanbeterinnen sind, dass ich da aufpassen muss.«

»Du hast doch noch nie 'ne Frau gehabt«, sagte ich verächtlich.

»Vielleicht hab ich ja Donnala gehabt, nach der Abschlussfete.«

Plötzlich nahm er mich in die Beinschere und schaffte es selbst mit gefesselten Händen, mich niederzuzwingen und sich auf mich zu wälzen. Mein Herz zerfloss, als ich sein nacktes Gewicht auf mir spürte.

»Jetzt bist du *mein* Gefangener«, knurrte er. Aber er klang nicht sehr überzeugend und auf einmal war die Weltraumfantasie verschwunden. Er lag da, halb auf mir drauf. Die Sonnenhitze glühte auf unserer Haut. Unsere Körper krümmten und wanden sich, und ich zog mir meine Speedo runter und presste mich von hinten an ihn ran. Meine Arme umfassten ihn und meine Geheimwaffe quetschte sich in seine Furche, da, wo ich sie am liebsten hatte. Ich zog mein Schweizermesser und schnitt ihm die Fesseln auf. Nur ein Stück Schnur baumelte noch an seinem Handgelenk. Mit geschlossenen Augen ließen wir uns fallen in diese magische Nähe und Geborgenheit, rund um uns die Rohrkolben, durch die der Wind pfiff. Weit über dem See stieß irgendein Vogel einen langen pfeifenden Schrei aus.

»Alles in Ordnung bei Ihnen? Hat der Feind Sie verletzt?«, fragte ich.

»Nein.«

»Ich untersuche Sie besser mal, sicherheitshalber.«

Meine Hand hatte sich schon auf den Weg dorthin gemacht, als Orik plötzlich sagte: »Mein Dad sagt, er schickt mich auf eine Militärschule.«

Mein Magen sackte durch. Ich drehte uns herum, so dass ich oben lag. Ich hielt ihn zwischen meinen Knien fest. »Ich lass dich nicht weg«, platzte ich heraus.

»Mein Gott.« Er machte die Augen zu. »Meinst du vielleicht, ich will da hin?«

Die Fallschirmschnur immer noch am Handgelenk, tat er etwas, was er vorher noch nie getan hatte, er umfasste mich tatsächlich mit den Armen und zog mich auf sich runter, so dass mein Gesicht direkt auf seinem lag. Die nackten Beine meines besten Freundes, die mich umschlossen, seine Arme, die über meinen nackten Rücken glitten, mich so eng und so fest hielten, dieses Gefühl ließ eine unglaubliche Flut von Schauern über mich prasseln. Schweißnasse Haare klebten uns an der Stirn. Unsere Lippen berührten sich fast, warme Atemstöße bliesen uns ins Gesicht. Das war schon hart an der Grenze, fast eine Verletzung des Ehrenkodex. Man durfte keine Gefühle haben. Man musste cool und fies sein.

Mit geschlossenen Augen redete er mir ins Gesicht. »Wenn meine Eltern mich irgendwo hinschicken, dann hau ich ab und komm zurück, das schwör ich.«

»Du schwörst es?«

»Ich schwöre es. Wir gehen zusammen auf die Highschool, in die Astronautenausbildung, überallhin.«

»Du wirst unsere Mission nicht vergessen?« Unsere Backen rieben gegeneinander. Zum ersten Mal bemerkte ich die goldenen Härchen auf seiner Oberlippe und seinem Kinn.

»Ich habe dem Finder meinen Eid geschworen.«

»Ewige unverbrüchliche Freundschaft?«, sagte ich und berührte mit zitternden Fingern sein flaumiges Kinn.

»Ewig und unverbrüchlich«, flüsterte er zurück. Unsere Lippen berührten sich ganz leicht.

»Bis zur Renormierung?«

Seine Beine zitterten. Meine Beine zitterten. Unsere Zähne klapperten. Wir hatten es schon seit einem Monat nicht mehr getan. »Bis zur Renormierung«, flüsterte er. Seine Lippen bebten. »Ohhh«, stöhnte er, als ich die Gefangenenuntersuchung vornahm. Seins war jetzt größer als meins. Wir lagen uns in den Armen, Gesicht an Gesicht, und bearbeiteten einander. Auf einmal berührten sich unsere Lippen, wollten sich aufeinander pressen. Tiefe, kehlige Atemstöße voller Erleichterung und unerfüllter Sehnsucht. Lippen, die sich wieder fast berührten, offene Münder. Jetzt würde ein Kuss kommen. Typen küssten nur Frauen, also konnte ich das nicht tun. Was ich aber konnte war, ihm alle Wärme meines Körpers zu geben, so wie ich es die anderen Male schon fast getan hatte, aber diesmal ganz, wenn ich nur wüsste wie. Vielleicht sahen wir uns nie wieder.

Meine Hand tastete gerade nach der Vaselinedose, als wir von der anderen Seite des Zeltplatzes Stimmen hörten. Die Stimme von Jerry, die Stimmen unserer Mütter.

Eine Explosion von Entsetzen und heißem Schweiß riss uns auseinander. Wir waren gelähmt vor Angst.

Jerry schrie: »Wo zum Kuckuck sind diese verdammten Jungen?« Meine Hände nestelten hektisch an der Schnur an seinem Handgelenk.

»Mein Gott«, sagte Orik. Seine Augen sahen aus wie die von einem Tier, das gleich von einem Auto überfahren wird. »Schnell! Mein Gott ...«

Ich fummelte und zerrte an dem Knoten. Wo war nur mein Schweizermesser? Die Stimmen kamen näher. Ich tastete im Laub rum und fand das Messer. Die Klinge schnitt ihm ins Handgelenk und er blutete.

»Spring ins Wasser«, sagte ich mit klappernden Zähnen. Die Dose und die Schnur segelten ins Röhricht.

»W-warum?« Er zerrte sich die Boxershorts hoch.

»Dann sieht's so aus, als ob wir spielen, du Depp. Und wir können den Dreck abwaschen.«

Also holten wir beide tief Luft, stießen einen Ki-yai aus und schossen durch die Rohrkolben und mit großem Platsch ins Wasser. Ich tauchte auf den Grund, holte Sand und rubbelte mir damit alle

Spuren von irgendwas von den Händen. Orik tat dasselbe. Wir tauchten noch einmal tief unter und richteten unter Wasser unsere Hosen. Als die Erwachsenen ankamen, planschten wir mit wilden Kampfschreien beim Bootssteg rum und wirkten hoffentlich ganz normal,.

»Ihr wart zwei Stunden weg«, blaffte uns Jerry vom Bootssteg aus an.

»Tut mir Leid, Dad ... hier ist es so toll«, rief Orik zurück.

»Du hast mir nicht gehorcht. Was habt ihr getan?«

»Gespielt ...«

»Raus aus dem Wasser! *Aber zack, zack*!«, brüllte Jerry.

Mir standen die Haare zu Berge. Ich hatte Jerry Heaster noch nie so brüllen hören. Auf seiner Stirn traten dicke Adern hervor.

Orik kroch schlotternd aus dem Wasser. Ich konnte ihm seine Angst ansehen.

»Wo hast du dich geschnitten?«, knurrte Jerry.

»Weiß nicht. Irgendwas Scharfes auf dem Grund.«

Mit gesenktem Kopf zog Orik sich die Schuhe an und ließ sich tropfend von seinem Dad den Trampelpfad entlang abführen. Aus einiger Entfernung hörten wir, wie Jerry ihn anschrie, dass den Eltern gehorchen dasselbe sei wie dem Herrgott gehorchen. »Wenn du mich vergisst, dann vergisst du Jesus Christus. Ich bin die Stimme von Jesus in deiner Welt!«

Meine Zähne klapperten. Das Herz pochte mir im ganzen Leib.

Mom drückte mir schweigend die Schulter um mir zu verstehen zu geben, dass sie mir nicht böse war.

Als ich in dieser Nacht alleine im Zelt lag, belauschte ich Jerry und Marilyn in ihrem Zelt. Jerry versuchte immer noch, aus Orik herauszuquetschen, was wir getan hatten. Ab und zu gab es einen Knall – Jerry schlug ihn. Ab und zu murmelte Marilyn etwas. Bis jetzt hatte Orik unser Geheimnis bewahrt. Aber vielleicht würde mein Kumpel dem Verhör nicht standhalten und Jerry würde zurück zum Wasserfall gehen und die Schnur und die Vaseline finden. Wie auch immer, der Ausflug war gelaufen und die Heasters meinten, Orik müsse bestraft werden. Sie sagten zu Mom, dass ich mich zu einem satanischen Einfluss auf ihn entwickelte und sie müsse etwas dagegen tun, sonst ...

Am nächsten Morgen hatte Orik ein blaues Auge. Sie packten zusammen und fuhren heim.

Mom und ich blieben noch ein paar Stunden. Wir saßen auf einem großen Stein am See, und sie rauchte, was sie selten tat. Kleine Wellen plätscherten an die Steine. Sie versuchte mit mir zu reden.

»Was habt ihr gemacht, du und Shawn?«

»Gar nix. Meine Güte, Mom. Wir waren am Spielen. Ist spielen verboten?«

»Mich brauchst du nicht anzulügen.« Ihre Stimme war ruhig. »Ich war auch mal in deinem Alter. Ihr habt miteinander rumgemacht.«

Mir brach wieder der heiße Schweiß aus. Sie kannte sogar die Codewörter. »Mom, ich schwör dir ...«

»Rummachen ist ganz normal. Aber Jerry wird immer durchgeknallter und herrschsüchtiger. Also seid vorsichtig, ja?«

»Rummachen? Igitt!« Hier ging es nicht ums Rummachen. Es ging um petzen oder nicht petzen.

»Wie du willst.« Sie starrte über den See.

Plötzlich sagte sie: »Was ist eigentlich zwischen uns beide gekommen? Und wann? Es hat angefangen, als wir ins Orange County gezogen sind. Bist du wegen irgendwas böse auf mich?«

5 Es fliegt auf

In der folgenden Woche war zwischen unseren Häusern ein schwarzes Loch. Ich wusste nicht, ob die Heasters mich und Orik überhaupt noch miteinander telefonieren lassen würden. Auch die Frage nach meinem Dad ließ mir keine Ruhe mehr. Am Mittwoch, als Mrs. Danich wieder nachmittags Dienst hatte, schleppte ich mich zu ihr ins Büro.

»Du darfst nie aufgeben«, sagte sie. »Wusstest du, dass Väter am häufigsten gesucht werden? Öfter als Mütter oder Geschwister oder leibliche Eltern. Die Mütter bekommen das Sorgerecht ... die Väter können sehen, wo sie bleiben.«

Ich saß da und heulte Rotz und Wasser. Sie dachte, es wäre alles wegen Dad, und reichte mir Taschentücher.

»Es sind neue Datenbanken online gegangen«, sagte sie. »Es wird immer leichter, an öffentliche Daten zu kommen – Geburten, Todesfälle, Scheidungen. Wir haben den richtigen Nachnamen nicht, das ist ein Problem. Aber weißt du vielleicht, wo dein Dad geboren wurde? Sein Geburtsdatum? Und bist du dir beim Vornamen sicher?«

»San Francisco ... glaub ich.«

Mrs. Danich war ein Wirbelwind am Computer. Ihre zierlichen Finger mit dem Ehering und dem diamantbesetzten Verlobungsring flogen über die Tastatur wie meine Finger in dem Traum. Sie loggte sich in die Datenbank des Standesamts San Francisco ein und suchte nach allen Williams, die im September 1953 geboren wurden, den Tag wusste ich nicht genau. Eine Suchmaschine ist wie ein Teleskop, dachte ich, sie schaut in die Vergangenheit und sammelt Daten.

William Harry Bettleston
William Copley
William Marion Drawes
William Harcourt Fallon II
William Bradford Gore
William Norwalk
William Bayley O'Brien
William O'Malley
William Harry Peterson
William Darrell Powers
William Sive
William Sorenson
William Tuttle Williams
William Yanccy Zane II

»Jeder von denen könnte also mein Dad sein«, sagte ich.

»*Wenn* San Francisco stimmt. Mit der damaligen Adresse deiner Mutter kämen wir weiter. Weißt du die?«

Ich schüttelte den Kopf.

»Weißt du, wo er gestorben ist? Das Todesdatum? Die Sterberegister sind auch öffentlich.«

»Er ist vor meiner Geburt gestorben.« Mir stieß auf, wie sorgsam Mom alles im Vagen gelassen hatte. Und dass ich zu wenig nachgefragt hatte.

»Dann muss er in den letzten neun Monaten vor deiner Geburt gestorben sein. Nur mal so aus Neugier ...« Sie versuchte es mit Todesfällen in San Francisco, in dem Bezirk des Staates New York, wo das Prescott College gewesen war, sogar in Marysville. Nichts.

»Wir brauchen mehr Informationen«, sagte sie.

Am Donnerstag rief Orik mich an. Er war wütend auf seine Eltern. Sie hatten ihn zum Arzt geschleppt wegen irgendeiner blöden Untersuchung. Ich fragte, ob alles klar wäre bei ihm. Er sagte ganz lässig ja, doch ... Irgendwas mit der Militärschule. Keine Einzelheiten. Ich hatte das Gefühl, dass er von diesem Arztbesuch verängstigt und gestresst war. Es war das erste Mal, dass er mir etwas verschwieg.

Am Samstag war keine Rede davon, dass ich abends rüberkommen sollte. Gegen Abend sah ich von meinem Balkon aus, wo ich so tat, als würde ich das Teleskop justieren, durchs Fenster Orik ganz allein vor seinem Nintendo hängen und *Mortal Kombat* spielen. Mir brach das Herz wie ein Basketballkorb, wenn sich einer zu sehr dranhängt. Ich versuchte es mit Sterngucken, aber es war zu viel Smog. Am späten Abend wurde ich vor Verzweiflung tollkühn und ging die Heasters fragen, ob ich am nächsten Tag mit ihnen zur Kirche durfte.

Jerry schaute mich durch die Fliegentür an, als wäre nichts gewesen. »Na klar«, sagte er. »Wenn du dich benimmst.«

»Ich bin ein braver Junge«, sagte ich unerschrocken.

»Da wärst du der Erste.«

»Wir gehen zur Erweckungsveranstaltung im Stadion von Irvine«, lächelte Marilyn.

Als ich es morgens Mom sagte, zuckte sie mit den Achseln. »Geh halt. Ich weiß doch, dass dein Freund dir fehlt. Schau dir den Religionskram an ... bilde dir selber eine Meinung.« Sie fuhr zum College um Ordnung in ihre Akten zu bringen.

Und ich kramte meinen zutiefst gehassten guten Anzug und

die Krawatte raus. Nach dem Duschen betrachtete ich mich lange im Badezimmerspiegel. Herb-männlich genug? Nein. Mit Moms Ladyshave ging ich mir so lange über die Haare, bis sie radikal kurz geschoren waren. Immer noch nicht genug. Da glotzten mich immer noch diese langwimprigen Mädi-Augen an. Ich fand Moms Nagelschere und stutzte sie sorgfältig auf praktisch Null zurück. Aus dem Spiegel blickte mich jetzt der perfekte Kadett aus dem Reich der Toten an.

Weil ich spät dran war, ließ ich die Haare auf dem Badezimmerboden liegen.

Im Stadion schaute ich mich um – der perfekte Kadett mit gefechtsbereiter Laserwaffe, tief im Philisterland. Das Stadion war gestopft voll mit 25.000 Menschen, die schon erlöst waren oder erlöst werden wollten. Alle waren ganz aus dem Häuschen, weil heute der berühmte Dr. Dwight sprechen würde. Die Bühne stand voller Palmwedel und Blumen, als wäre Palmsonntag und Jesus hätte sich angesagt.

Neben mir stand Orik im grauen Anzug und Krawatte, steif wie ein Erwachsener. Orik sah in letzter Zeit so genial aus im Jackett. Seine Wimpern hatten genau die richtige Länge. Seine Haut war so rein als käme er direkt aus der Clearasilwerbung. Heute blickten die schrägen Augen kalt und ungewohnt herausfordernd, fast arrogant. Das bedeutete hoffentlich, dass er der Inquisition standhielt.

Neben Orik stand Jerry in Habachtstellung. Daneben Marilyn, ganz auf nett und adrett im weißen Sonntagskleid. Aber das Familiengefühl war futsch. Warum musste sich alles ändern?

Plötzlich schmetterte ein ohrenbetäubendes Georgel und Gesinge los. Die Leute sangen wie die Wahnsinnigen und streckten die Hände in die Luft. Marilyn beugte sich zu mir und flüsterte, das würde bedeuten, dass sie den Heiligen Geist empfangen. Orik sang mit um den Schein zu wahren, aber er hatte die ganze Zeit Donnala im Visier, die eine Reihe weiter stand. Mir rutschte das Herz in die Hose. War es möglich, dass das letzte Vater-Sohn-Gespräch mir meinen besten Freund geklaut hatte? Orik warf ihr eindeutige Blicke zu und sie warf zurück. Da fasste ich ihm unters Jackett, wo seine Eltern es nicht sahen, und kniff ihn in die Backe.

»Ich aber will verkündigen – AU!«, entfuhr es Orik.

»Hey«, zischte Jerry. »Augen geradeaus, Jungs!«

Dann kam Dr. Dwight aufs Podium einmarschiert.

Dieser Prediger zog eine Show ab, die mich faszinierte. Der war jenseitiger als ein Alien, hopste herum, machte komische Tanzschritte, schwitzte wie ein Basketballer und schrie, dass ihm die Augen aus dem Kopf quollen. Heute brachte er die Teenage-Sex-Nummer. Er vergoss bittere Tränen über die armen Jugendlichen, die vom Teufel verderbt wurden. Er sagte, der einzige Sex, den der Herr erlaubte, wäre der nach der Heirat, mit einem Partner vom anderen Geschlecht. Dr. Dwight geiferte gegen antiautoritäre Eltern wie meine Mom, Sexualkundeunterricht und schmutzige homosexuelle Satanisten, die Jugendliche verführten und mit AIDS ansteckten. Die jugendliche Sexualität ist außer Kontrolle geraten, sagte er. Vor allem hier in unserem großen gottgegebenen Staat Kalifornien.

Meine Gedanken schweiften zum See zurück. Nichts, was wir miteinander gemacht hatten, hatte sich je so sehr in meiner Erinnerung festgesetzt. Wasser auf seinem Gesicht, Rohrkolbenschatten auf seinem ganzen Körper, sein Geruch, sein Flüstern, sein warmer Atem auf meiner Haut, alles war mir ins Gedächtnis eingebrannt wie neu entdeckte Sterne auf den Fotoplatten in einem großen Observatorium. Irgendwie waren wir nicht fertig geworden ... Ich wusste nicht mal, wie es hätte weitergehen sollen. Jetzt würde es auch nicht mehr dazu kommen. Orik entdeckte die Mädchenwelt. Vielleicht war er bald nicht mehr mein Freund.

Dr. Dwight sprang über die Bühne wie ein rasender Irrwisch und schleuderte Boxhiebe in die Luft.

»Also sage ich! im Namen Jesu! es ist an der Zeiiiiit, dass wir unsere Kinder dem Teufel wieder entreißen! Im Namen Jesu! es ist an der Zeiiiiit, in Kalifornien aufzuräumen! Oh ja, Herr! Halleluja! Unser schöner Staat braucht eine tiiiiiiiiefe religiöse *Reinigung* im Feuuuuuer des Heiligen Geistes!«

»Amen!«, »Ja, Herr!«, kreischten die Leute. Jerry, Marilyn und Orik hatten die Hände in die Luft gestreckt.

Aber manche Kids im Publikum hielten sich mit dem Ja-Herr zurück. Unzählige Teenageraugen starrten Dr. Dwight an. Etwa die

Hälfte von uns, bis runter zu den Zehnjährigen, hatte die Sachen schon mal gemacht, gegen die er da tobte. Es zumindest versucht. Unwillkürlich fragte ich mich, ob er das meinte, was Orik und ich getan hatten. Das war doch kein Sex. Das galt doch nicht. Andere anständige Kids, die wir kannten, taten das auch ... sofern ihre Eltern sie nicht zu sehr eingeschüchtert hatten.

Ich hatte raus, wie dieses ganze Geheimnissystem funktionierte. Es war ziemlich simpel. Jeder Junge hat seinen besten Freund oder Cousin oder sonst jemand, mit dem er Jungssachen macht. Du hilfst einfach anderen Jungs aus, wenn sie Druck haben und kein Mädchen da ist. Es muss fies sein, deswegen die Quälereien und Initiationsriten. Es muss ein Witz sein, mit viel Gekicher und Gelächter. Wenn die anderen den Eindruck bekommen, dass du es *wirklich* gern tust, wenn sie dich erwischen, wie du einen Jungen küsst oder so, dann bist du eine Tunte.

Die Sodomiten, die Reverend Dwight so hasste – die zeigten der ganzen Welt, wie gern sie sich haben. Die Leute hassen Schwule, weil die die geheimen Sachen ausplaudern. Sie brechen das Schweigegebot. Aber wenn du den Mund hältst und so tust, als wäre es nichts Besonderes, dann bist du kein Schwuler. Orik und ich waren ganz klar nicht schwul. Trotzdem war mir in dem Moment, als würde ich das Zittern von allen anderen Jungs in meinen Knien spüren.

Orik schielte jetzt nicht mehr zu Donnala rüber, er blickte starr geradeaus. Seine Augen sagten mir, dass er in sich drin war und sich mit etwas herumquälte.

Als der Prediger die Leute aufforderte, nach vorn zu kommen und den Herrn Jesus zu empfangen, stieß Jerry mich an.

Ich wollte unbedingt mit den Heasters wieder ins Reine kommen. Aber das hier konnte ich nicht. Ich schüttelte den Kopf.

»Na los, William«, sagte Jerry. »Hol's dir.«

»Es wird Zeit, dass du Jesus dein Herz schenkst«, sagte Marilyn.

»Meine Mom würde mich umbringen, wenn ich das mache ohne sie zu fragen.«

»Dann frag sie«, sagte Jerry. »Du kannst es nächsten Sonntag tun.«

Nach der Erweckungsveranstaltung fuhren wir zurück nach Costa Mesa. Orik und ich saßen schweigend auf dem Rücksitz und starrten jeder aus seinem Fenster. Wenn Jerry sich wirklich beruhigt hatte, konnte ich vielleicht in dieser Nacht wieder bei Orik schlafen. Ich fragte mich, ob ich es riskieren würde, zu ihm ins Bett zu kriechen. Die Gefahr war groß. Wenn Jerry uns je erwischte ... er würde es missverstehen. Darum konnte ich auch Jesus nicht annehmen, nicht mal den Heasters zuliebe. Dann hätte ich bei irgendeinem Philisterpriester die Beichte ablegen müssen, und das hieße Verrat. Ob mein Dad jemals ein Geheimnis verraten würde? Bestimmt nicht.

Mom rief mich aus dem Küchenfenster zum Brunch.

»Du solltest mehr Zeit mit deiner Mutter verbringen«, sagte Marilyn. »Vielleicht kriegst *du* sie ja so weit, dass sie mit zur Kirche kommt.«

Jerry haute mir auf die Schulter und schubste mich auf unser Haus zu.

Als er mich berührte, explodierte mein Herz vor Sehnsucht. Ich hungerte immerzu danach, dass dieser Vater mich in den Arm nahm, mit mir Sternegucken fuhr, mir Bälle zuwarf. In meiner Welt gab es ein schwarzes Loch an der Stelle, wo ein Dad hätte sein sollen. Wenn es keinen Dad gab, das wusste ich vom Getratsche in der Schule, dann hieß das, die Eltern sind geschieden und das Scheidungsgericht hat die Kinder auseinander gerissen und der Vater kümmert sich einen Dreck und zahlt die Alimente nicht. Mom gab sich große Mühe, ein Dad für mich zu sein – das musste ich anerkennen. Aber es war nicht dasselbe. Eine Frau ist kein Mann. Jerry hatte mal gesagt, der liebe Gott werde schon einen Grund gehabt haben, meinen Dad zu sich zu holen. Wenn Gott so was getan hatte, dann Ver-*zeihung*, lieber Gott.

»Komm doch nachher rüber«, sagte Marilyn. »Du kannst mit einkaufen kommen.«

Mir zitterten schon wieder die Knie. Die Übernachtungsfrage hing immer noch in der Luft. Ich latschte zu unserem Haus.

Mom klapperte in der Küche rum. Ich trottete in mein Zimmer um mich umzuziehen. Das Schild war jetzt schon seit einem Jahr an der Tür.

KOMMANDOBRÜCKE DER U.S.S. MEMO
NUR AUTORISIERTES PERSONAL

Auf meinem Schreibtisch herrschte Chaos, altes Schulzeug mit meinem Rucksack obendrauf. Alle vier Wände mit Postern, Sternkarten und Zeitungsfotos von Astronauten gepflastert. Das Regal quoll über von meiner Videosammlung – so ziemlich jeder Weltraumfilm, der je gedreht wurde. Ich wollte ein Held sein wie Luke Skywalker ... meinen Dad retten, die Demokratie retten, das Universum retten oder so. Ein Held darf auch Pickel oder Mädchenwimpern haben, das ist egal. Filmhelden retteten auch immer Frauen das Leben, so weit würde ich aber nicht gehen. Wahrscheinlich würde ich die Frau zur Ablenkung dem Feind vorwerfen und stattdessen meinem Kumpel das Leben retten. Außer Mom – die würde ich, glaub ich, retten. In vier Jahren würde ich siebzehn sein, dann könnte ich zum Militär, natürlich zu einer Eliteeinheit, zur Air Force oder den SEALs. Von da aus konnte ich ins Astronautenprogramm. Das war noch Jahre hin. Zehn vielleicht. Eine Ewigkeit. Aber bis dahin hatten sie den Photonenakzelerator und ich konnte die Tiefe des Weltalls erkunden. Vielleicht würde ich Orik auch retten müssen – vor seinem Dad und der blöden Militärschule.

Im Bad gefror mir das Blut. Am Waschbecken war eine neue Zahnbürste. Mom hatte die Sauerei mit den Haaren entdeckt.

Ich schmiss die Kirchenklamotten auch auf den Badezimmerboden, sprang in Jeans, T-Shirt und Nikes und setzte mein Basecap auf. An der Kommode blieb ich vor dem gerahmten Bild von Dad stehen. Billy sah auch aus wie ein verkleideter Sportler – mit Blazer und Krawatte. Ob er diesen Aufzug genauso hasste wie ich? Ich lehnte mich mit den Ellbogen auf die Kommode.

»Warum hast du nicht auf mich gewartet?«, fragte ich das Foto. »Weißt du ... es war ganz schön blöd von dir, in diesen Unfall mit der Knarre zu geraten. Das weiß doch jedes Kind, dass man mit Knarren vorsichtig sein muss.«

Mein Dad grinste nur. Neben ihm hing das Jesusbildchen. Ehrlich gesagt sah Jesus ziemlich tuntig aus, vor allem im Vergleich zu den erschöpften Astronauten auf den Zeitungsausschnitten. Sogar die Astronautinnen sahen männlicher aus. Dieser Jesus war kein harter Kerl, der es drei Stunden am Kreuz aushielt. So einer Pissnelke würde ich mein Herz garantiert nicht schenken.

Mom stellte gerade fettarme Fertigpasteten auf den Küchentisch.

»Hallo, Mom«, sagte ich.

»Hallo, William«, sagte sie aufgesetzt fröhlich.

Wir saßen da, fischten die süßen Stückchen direkt aus der Schachtel und versuchten, so einen Gute-Laune-Familien-Brunch hinzukriegen wie in den Fernsehserien ... wie sonst immer bei uns. Sie war guter Laune, das schien mir eine gute Gelegenheit, sie auszuquetschen.

»Du ... William klingt so doof. Hab ich nie einen Spitznamen gehabt, so wie richtige Männer?«

»Dein Dad hat William geheißen.«

»Ich weiß ... Aber man sagt doch nicht ... Sag doch mal, hat mich noch nie jemand Bill genannt – oder Will – Chuck – irgend so was?«

Sie hatte mir den Rücken zugekehrt um sich Kaffee nachzuschenken. »Es gab mal jemand, der hat dich Falke genannt.«

»Wer?«

»Ein Freund von deinem Dad«, sagte sie ohne mich anzuschauen. Auf einmal war sie komisch. Mom wurde immer komisch, wenn ich in der Vergangenheit rumstocherte.

»Und warum?«, fragte ich ganz aufgeregt.

»Ach ... als du laufen gelernt hast, hast du dich immer auf irgendwas gestürzt und es dir geschnappt. Er hat gesagt, dass Falken so jagen, im Sturzflug.«

Auf einmal konnte ich durch einen dunklen interstellaren Nebel zum ersten Mal das Zentrum der Milchstraße sehen, hell strahlend von unzähligen Sternen. »Wer war das? Ein Biologe oder so?«

»Nein.«

»Verehrer von dir?«

Sie lachte und ging zum Kühlschrank. »Nein. Einfach ein Freund.«

»Wie hat er geheißen?«

»Kein Verhör.« Sie nahm Magermilch aus dem Kühlschrank.

»Ich will's einfach nur wissen. Was ist daran so schlimm?«

»Er hieß Harlan.« Sie goss sich Milch in den Kaffeebecher.

»Harlan und wie weiter?« Es war eine Qual, ihr alles aus der Nase ziehen zu müssen.

»Nerv mich nicht.« Sie stellte die Milch in den Kühlschrank zurück.

Mein Magen fühlte sich an wie ein Geschwür. »Warum erzählst du *nie* was von Dad?«

Als sie die Kanne aus der Kaffeemaschine nahm und sich nachschenkte, zitterte ihre Hand. »Pass mal auf, William. Du musst das verstehen – es war alles schrecklich damals.« Ihre Stimme lud sich auf.

»Aber du hast kein Recht, mir das zu verschweigen! Ich kann damit umgehen! Ich will damit umgehen können!«

Sie stampfte mit der gläsernen Kaffeekanne zur Anrichte zurück. Plötzlich wirbelte sie herum und schrie: »Ich *habe* ein Recht, es dir zu verschweigen! Ich bin nicht deine Sklavin! Und wo wir schon mal dabei sind, wenn du wieder so eine Sauerei im Bad hinterlässt, dann kriegst du von mir ver-zeihungsmäßig den Arsch versohlt!«

Aus irgendeinem Grund hatte sie damit meinen roten Knopf getroffen. Alles, was in mir verborgen war, explodierte wie eine Nova. Ich sprang auf und stieß sie. Ich vergaß, dass sie die Kaffeekanne noch in der Hand hatte. Es war das erste Mal, dass ich mit Mom so etwas machte. Sie war überhaupt nicht darauf gefasst. Aber sie schaltete schnell und schleuderte die Kanne beiseite, damit keiner von uns den heißen Kaffee abbekam. Die Kanne krachte in die Ecke und zerbrach. Sie sprang in Kampfstellung, mit erhobenen Händen. Ich dachte, dass das Aikido mich ihr ebenbürtig machte, weil ich schließlich ein Kerl war und sie nur eine Frau. Oder sie würde klein beigeben – die liberale Mutter mit dem weichen Herzen musste doch auf gewaltfrei machen. Also machte ich so eine Karatebewegung wie in den Filmen. Sie gab mir mit einem Finger einen Stups, der mich zurückwarf. Ich stürzte mich auf sie wie ein Klingone. Mom machte zwei kleine Bewegungen, die mich auf den Küchenboden schmissen. Es war unfassbar, wie schnell alles ging – und wie hart der Boden war.

»Na los«, schrie sie. »Du willst deine Mutter verprügeln? Komm her, versuch's! Was ist denn? Hast wohl Schiss vor deinem alten Mütterlein?«

Als ich mich endlich aufrappelte, war sie nach oben gegangen. Ich wankte aus der Küche, wo braune Pfützen und Scherben den Boden übersäten. Ich schnappte mir meinen Rucksack und machte, dass ich wegkam.

Nebenan stopften uns die Heasters in ihr Auto und wir fuhren los ins Einkaufszentrum. Ich saß mit wehem Arsch und einem pochenden Schmerz im Ellbogen in meiner Ecke auf dem Rücksitz. Denen würde ich nicht erzählen, was passiert war. Der Spitzname sang mir in den Ohren. *Falke, Falke*. Der Name war in Ordnung.

»Worüber hast du dich mit deiner Mutter gestritten?«, fragte Jerry.

»Man hat euch in der ganzen Nachbarschaft schreien gehört«, fügte Marilyn hinzu.

»Ich hab ... sie wieder mal nach meinem Dad gefragt«, flüsterte ich.

»Nach Jesus hast du sie nicht gefragt, oder?«, hakte Jerry nach.

»Hatte keine Zeit.«

»Deine Mutter sollte wieder heiraten. Das haben wir schon tausend Mal gesagt«, sagte Marilyn. Sie schaute Jerry verliebt an. Er grinste und erwiderte den Blick. Die beiden machten kein Geheimnis daraus, dass sie ein gutes Sexleben hatten. Manchmal, als ich noch bei Orik schlief, konnten wir sie durch die Wand hören.

Als wir auf den Parkplatz fuhren, sagte Jerry: »Seht mal da! Da ist ein junger Homosexueller.«

»Dem schaut doch der Teufel aus den Augen.« Marilyn schüttelte sich, als hätte der Teufel eine Kältewelle über sie geschickt.

Es war Alberto, dieser tuntige Mexikaner aus der Costa Mesa Highschool, und er hatte einen älteren Jungen bei sich. Jetzt hatte er eine dicke Brille auf, aber diese langen Locken und das Mädchengesicht würde ich überall wieder erkennen. Für mich sahen seine Augen mehr nach trauriger Hundewelpe aus als nach Satan. Aber vielleicht hatten die Heasters mehr Übung darin, den Teufel zu erkennen.

»Seine Eltern sollten ihm den Teufel aus dem Leib prügeln«, sagte Marilyn.

»Ach, ich bin sicher, dass es andere Jungs gibt, die sich darum kümmern«, sagte Jerry. »Richtige Jungs.« Er schaute uns an, wie um uns einen Wink zu geben.

Während Jerry und Marilyn shoppen waren, durften wir uns trollen. Wir sollten sie dann im Eisladen treffen.

Es wurde schon dunkel. Orik und ich erkundeten den Parkplatz, die Autoreihen rauf und runter. Wir waren leise und wachsam mit unseren Sternen-Basecaps, die wir mit dem Schild nach vorn trugen um nicht für Coole gehalten zu werden. Die Flutlichter gingen an und wir warfen Schatten nach allen Richtungen. Unsere Eltern mahnten immer, wir sollten nicht mit Fremden reden oder uns im Auto mitnehmen lassen. Aber sie hatten keinen Schimmer, was sich hier tat. Während die weißen Kids einklauen gingen, hingen die schwarzen und mexikanischen Kids bei einem tiefer gelegten Sportwagen mit aufgedrehter Anlage rum und waren am Saufen und Quatschen.

Orik und ich hielten uns abseits. Wir hatten unsere eigene Mission. Ein guter Mann hielt sich von Alkohol und Drogen fern. Wir durchkämmten die finsteren Durchfahrten hinter den Läden und stöberten die kleine Tunte auf. Er und sein Freund kletterten gerade aus einem Müllcontainer.

»Der hat sich's bestimmt von hinten besorgen lassen da drin«, sagte ich.

Orik dachte immer über alles nach. »Woher weißt du das? Vielleicht waren sie einfach am Containern.«

Ich war immer für Action. »Komm. Schnappen wir sie uns.«

Wir preschten auf die beiden Jungs zu. Der ältere verpisste sich durch die Durchfahrt und ließ seinen Freund im Stich.

Dann drängten wir Alberto an die Rückwand vom Thrifty's-Discountmarkt und machten uns bereit, ihm ordentlich eins zu verpassen. Die ganze Wut und Anspannung platzte in mir auf. Kein Dad. Eine Mom, mit der ich über Kreuz war. Mein Leben in Gefahr. Den Teufel im Leib. Ich griff mir einen zerbrochenen Besenstiel aus einem Müllcontainer und wollte Alberto damit eins überziehen. Alberto wusste, was kam, er erkannte uns aus dem Jungensklo in der Schule wieder. Plötzlich ging er auf die Knie.

»Mach dich zum Sterben bereit, Erdlingsschwuchtel«, sagte ich.

»Bitte«, sagte er. »Bitte tu's nicht.« Um seine Knie herum bildete sich eine Pfütze. Er hatte solche Angst vor uns, dass er sich in die Hosen machte.

Plötzlich hatte ich so ein komisches Gefühl, dass mein Dad mich beobachtete. Ich spürte seine Blicke, und was wir gleich tun würden, gefiel ihm nicht.

»Mein Gott«, sagte Orik angeekelt.

Unser Opfer heulte Rotz und Wasser. Uns wurde kotzübel.

»Komm«, sagte ich zu Orik, »hauen wir ab.«

Ich warf den Besenstiel weg. Auf dem Weg zurück sahen wir uns nicht an.

Im Eisladen schauten Jerry und Marilyn gerade in die Karte. »Seid ihr dieser Schwuchtel begegnet?«, fragte Jerry.

»Ja, den haben wir weit weg gejagt«, log ich.

»Ja, der wird hier nicht mehr rumschwuchteln«, sagte Orik.

»Umso besser für euch«, sagte Jerry. »Bananensplitts für alle.«

Die Heasters verwöhnten uns zwei Krieger. Aber zwischen Schlagsahne und Schokosoße kam der wahre Grund heraus, warum sie mich hierher mitgenommen hatten. »Wir wollen, dass du mit deiner Mutter über bestimmte Dinge redest«, sagte Marilyn. »Manchmal kann ein Kind das Herz seiner Mutter erweichen. Wenn es von dir kommt, wird sie auch zuhören.«

»Deine Mutter muss Gott in ihr Leben lassen«, sagte Jerry. »Sie muss einen guten Mann finden und wieder heiraten. Sie muss aufhören zu arbeiten, der Mann kann für sie sorgen und sie kann ganz für dich da sein.«

Das Unheimliche daran war, dass Jerry herausgespürt hatte, wie sehr ich meinen Dad herbeisehnte. Aber er lag trotzdem falsch. Das Eis klebte mir im Hals.

»Mom *ist* ganz für mich da.«

»In der Bibel steht, wenn in alten Zeiten ein Mann starb, dann hat sein Bruder seine Frau geheiratet ...«

»Seine Frau*en*«, korrigierte Marilyn.

»Weib, halt dich da raus. Ich bin hier der Lehrer.« Er warf ihr einen bösen Blick zu und schaute dann wieder mich an. »Ein Bruder hat sich der Familie des Toten angenommen, damit die

Kinder einen Vater von eigenem Fleisch und Blut hatten. So will es Gott. Deine Mutter tut, als wäre sie ein Mann, sie will alles selber machen. Das ist nicht gut.«

Die Stimmen der Leute, das Tellerklappern, alles verquirlte sich zu betäubendem Lärm. Tränen kamen hoch und alle verschwammen – sogar Orik, dem das Ganze peinlich zu sein schien. »Ich will keinen anderen Dad«, sagte ich. »Ich will den, der gestorben ist.«

»Nun, dein Dad ist jetzt im Himmel, oder in der Hölle, wenn er ein schlechter Mensch war, also kannst du –«

»Mein Dad war kein schlechter Mensch!« Ich wäre fast aufgesprungen.

»Ich will damit nur sagen«, sagte Jerry hastig, »du kannst ihn nicht zurückholen. Du musst Gottes Willen akzeptieren. Du musst aufhören mit diesem Ahnenkult, den du da treibst, und nach vorn blicken.«

Mein Eisbecher schmolz vor sich hin. Ich aß keinen Bissen mehr. Orik auch nicht. Die Heasters redeten auf mich ein, aber ich gab nicht nach. Irgendwann machte der Eisladen zu und wir mussten gehen.

Auf dem Rückweg platzte ich endlich heraus: »Es wird spät werden ... Kann ich bei Orik schlafen?«

Jerry drehte nicht einmal den Kopf. Die Straßenlaternen am Newport Boulevard strömten an uns vorbei. »Das ist was für kleine Kinder. Ihr beide seid jetzt Männer.«

Ich fiel in ein schwarzes Loch.

Als ich zu Hause war, rief ich in panischer Angst Orik an. »Was ist mit deinem Dad los? Hast du ihm was gesagt über ... uns?«

»Nein! Ich schwör's dir ...«

Plötzlich war die Leitung unterbrochen. Ich raste auf meinen Balkon, wo mein Teleskop unter einer Plastikplane stand. Ich kauerte mich in eine dunkle Ecke und hörte, wie Jerry auf Orik einredete. Orik sagte: »Nein ... hab ich nicht ...« Ein Krachen – Jerry hatte ihn geschlagen. *Krach, krach*! Ein dumpfer Aufschlag – etwas fiel zu Boden. Mir kam der schreckliche Verdacht, dass Jerry ihn immer noch löcherte, was am See passiert war.

Mom stand im Schlafanzug in meiner Tür. In ihrem Zimmer brannte Licht. Jetzt kam aus Oriks Zimmer durchs offene Fenster ein Knallen und Krachen. Diesmal kriegte Orik die volle Ladung. »Nein, Dad ... bitte ... neiiiin ...«

»Du sagst mir jetzt, was da läuft ...« *Krach, krach.* »In der Bibel steht, den ungehorsamen Sohn sollen steinigen alle Leute seiner Stadt ...« *Peng, rums.*

»O Göttin ...«, sagte Mom.

Ich lehnte mich an meinen Schreibtisch. Ich zitterte. Durchs offene Fenster hörten wir Orik immer noch schreien. Marilyn schrie Jerry an. Noch mehr Krachen und Knallen. »Ruf die Polizei ... zeig diesen Satansbraten an wegen irgendwas ...«, tobte Jerry.

»Spinnst du?«, schrie Marilyn. »Der Arzt hat nichts gefunden. Soll denn die ganze Nachbarschaft hören ...«

»Scheiß auf die Nachbarn!«, röhrte Jerry. »Gott ist auf meiner Seite! Ich bringe wieder Ordnung in meine Familie!«

Mom sah mich an. »Was ist denn in Jerry gefahren?

Ich konnte kaum sprechen, so sehr zitterten meine Lippen. »Wir waren einkaufen und Jerry hat mir einen großen Vortrag gehalten, dass ich mit dir über Jesus reden soll und dass du wieder heiraten sollst, und ich wollte nicht. Und dann hab ich gefragt, ob ich bei Shawn schlafen kann ... Jerry hat nein gesagt ... und dann hab ich Shawn angerufen ...«

»Ich sag doch, Jerry spinnt«, sagte sie. »Haltet euch lieber mal 'ne Weile zurück, was meinst du?«

»Er tut ihm weh!«

Plötzlich blitzte von draußen rotes Licht herein – ein Polizeiauto hinter den Bäumen.

»Oje«, murmelte Mom, »da hat wohl jemand die Bullen gerufen. Göttin, jetzt fängt das Drama erst an.«

»Du hast mich gestern geschlagen«, sagte ich.

»Nicht so wie Jerry. Du hast mich angegriffen«, sagte sie im Rausgehen. »Und ich hab dich nicht verletzt, oder?«

Zwei Polizisten standen vor Oriks Haustür. Keine bedrohlich aussehenden Hightech-Cops wie in der Glotze. Ein Dicker und ein Alter. Jerry provozierte sie, indem er sagte, sie hätten kein Recht, sich in seine Familienangelegenheiten einzumischen, und sie legten ihm Handschellen an und setzten ihn in den Streifenwagen. Dann ging der Alte ins Haus und der Dicke blieb bei Jerry. Nach einer

Weile kamen sie zu uns rüber und klopften. Mom war ganz die barbarische Kriegerin in der Schlacht – immer cool, nicht so ein typisches hysterisches Weibsbild wie im Film. Sie hatte sich angezogen und runtergeschaltet, und sie war höflich.

»Was wirft man ihm vor?«, fragte sie.

Sie erklärten es. Ich fühlte eine abartige dumpfe Panik. Morgen würden wir das Schulgespräch sein.

Mom war empört, aber sie hielt ihre Stimme ruhig.

»Wenn mein Sohn zwanzig wäre, na gut ... aber mit dreizehn? Sie sind im selben Alter, meine Güte. Die Jungs sind seit Jahren befreundet ... mit Wissen und Zustimmung der Heasters wohlgemerkt. Shawn ist fünf Zentimeter größer und hat den grünen Gürtel in Karate. Wenn mein Junge ihm zu nahe gekommen wäre und Shawn ein Problem damit gehabt hätte, hätte er meinem Sohn das Genick brechen können. Ich mache mir mehr Sorgen, was *Heaster* seinem Jungen angetan hat. Er hat ihn aufs Übelste verprügelt. Ist Shawn verletzt?«

Die Polizisten wollten mit mir sprechen. Mom blieb dabei.

Ich sah ihnen in die Augen, wie es von einem erwartet wird. »So was hab ich nie mit ihm gemacht«, sagte ich. »Pfui Deibel!«

Sie redeten mit anderen Nachbarn, und die sagten, dass Jerry seinen Sohn geschlagen hatte. Dann gingen sie zu Oriks Haus zurück. Es war ihnen anzumerken, wie sehr es sie anstank, mitten in der Nacht hier raus zu müssen, weil zwei kleine Jungs rumgemacht hatten oder einer eine Tracht Prügel bezogen hatte. Sie hatten Wichtigeres zu tun, Leute wegen Hasch und Prostitution hochnehmen und so. Hier ging es nur um Familienkram, den Bengel mal übers Knie gelegt, keine gebrochenen Knochen oder so. Es war ihnen anzusehen, dass es ihnen egal war. Marilyn fror im Bademantel auf dem Bürgersteig, während die Bullen Jerry die Handschellen abnahmen. Alle wurden vom Suchscheinwerfer des Streifenwagens angestrahlt. Die Nachbarn sahen vom anderen Straßenrand zu, ich lauschte aus dem Fenster.

Endlich schaute der Sergeant noch mal bei uns rein.

»Der Junge hat ein paar blaue Flecken. Aber er sagt, er sei hingefallen. Er und die Frau werden nicht gegen Heaster aussagen. Schönen Abend noch.«

Sie fuhren weg.

Um Mitternacht telefonierte Mom mit einem Anwalt, den sie gut genug kannte um ihn aus dem Bett klingeln zu können. »John«, hörte ich sie sagen, »tut mir wirklich Leid, dass ich mich nicht mehr gemeldet hab, aber ... wir haben hier ein großes Problem ...« Während sie redete, observierte ich Oriks Zimmerfenster mit meinem alten U-Boot-Fernglas und sah endlich Orik. Er hatte Schrammen auf dem Arm und im Gesicht, und wieder kündigte sich ein blaues Auge an.

Um ein Uhr nachts kam Marilyn durchs Tor mit T-Shirts von mir, die ich in Oriks Zimmer hatte liegen lassen, und dem Sternenrad-Buch. Sie klopfte an und gab alles Mom. Ihre Stimme bebte. »Wir wollen, dass Shawn ab jetzt sein eigenes Leben lebt«, sagte sie.

Jerry brüllte durchs Fenster: »Sag ihr, sie soll ihren Teufelsbraten von unserem Sohn fern halten oder wir sehen uns vor Gericht!«

»Nur zu«, schrie Mom zurück. »Halt du dich lieber von *meinem* Kind fern! Und wenn du weiter *dein* Kind prügelst, ruft irgendwer das Jugendamt an, vielleicht sogar ich!«

»Geht's vielleicht noch lauter?«, kreischte eine Nachbarin. »Morgen ist Montag, wir brauchen unseren Schlaf!«

»Genau«, brüllte ihr Mann, »sonst holen wir die Nationalgarde!«

Marilyn rannte wieder zu sich rüber und knallte das Gartentor zu.

6 Operation Entziehung

Am nächsten Morgen wachte ich gegen zehn auf und hatte das Gefühl, den schlimmsten Traum meines Lebens hinter mir zu haben – nur dass ich mich an nichts erinnern konnte. Garantiert wusste jetzt die ganze Nachbarschaft Bescheid. Durchs offene Fenster sah ich Orik in seinem Haus. Später stiegen seine Eltern ins Auto und fuhren weg. Ich wählte ihre Nummer und erst nach zwanzigmal Klingeln ging er ran. Seine Stimme klang verheult.

»Da ist jetzt ein Schloss am Telefon, ich kann dich nicht mehr anrufen«, sagte er. »Ich darf nicht mit dir reden.«

»Alles okay bei dir?«

»Dad ist wirklich verrückt«, flüsterte er. »Ich darf nicht aus dem Haus. Wir beide müssen eine Weile undercover gehen.«

»Lass dich nicht fertig machen, Bruder. Denk an das, was du mir geschworen hast.«

»Ich denk daran.«

»Wenn es schlimm wird, gib mir ein Zeichen. Leg dein Basecap ins Fenster. Wenn ich das sehe, dann lässt Mom ihn verhaften.«

»Finder, bitte tu das nicht.«

»Er ist gemein zu dir.«

»Ja, aber er ist mein Dad«, sagte Orik.

»Na, hör mal – er hat nicht das Recht, dich zu verprügeln ...«

»Oh-oh, ich glaub, ich hör das Auto.« Er legte auf.

In der Küche trank Mom Möhrensaft und hatte ihre Papiere für die Herbstwettkämpfe überall verstreut. Noch im größten Drama immer mit dem Schulkram beschäftigt. Ich aß an der Anrichte ein Erdnussbutterbrot und wollte ihr immer noch heimzahlen, dass sie mich gestern geschlagen hatte. Deswegen gab ich damit an, was Orik und ich im Einkaufszentrum getan hatten.

Sie legte den Stift weg. »Göttin, William – habt ihr ihm was getan?«

»Nö. Wir haben schon aufgepasst.«

»Eine nette Definition von aufpassen hast du da. Seine Eltern hätten euch verhaften lassen können!«

»Pah ... alle machen doch auf dem Jungensklo so Sachen mit ihm.«

Mom sah schockiert aus. »Wann?«

Ich erzählte ihr, was in der Schule passiert war.

»Habt ihr da mitgemacht?«, fragte sie.

»Nicht wirklich. Wir haben ... äh ... zugeschaut.«

»Wissen Jerry und Marilyn das?«

»Jerry hat uns doch – na ja ... so halb dazu aufgefordert.«

Mom starrte mich an. Es war ihr nicht anzusehen, was sie dachte. Schließlich vergrub sie das Gesicht in den Händen. »Gute Göttin ...«

»Tunten sind doch keine Menschen«, schrie ich. »Jerry hat gesagt, das sind widerliche Bestien und sie schleudern das AIDS durch die Luft.«

»Was weiß der schon über Tunten?«

»Wieso verteidigst du die auch noch?«

Wir steigerten uns in eine Schreierei hinein. Ich schmiss ihre Papiere überallhin. »Wenn du mir noch mal mit Karate kommst«, schrie ich, »krieg ich dich dafür dran. Du wirst nie wissen, wann es kommt. Und belogen hast du mich auch.«

»Was –?«

»Du warst nie auf dem Prescott College. Du hast meinen Dad nie geheiratet. Ich hab alles überprüft. Du lügst!«

Die belastenden Kopien und Ausdrucke kamen aus meinem Rucksack und flogen auf sie nieder. Dann zerschmiss ich ein paar Teller und Kaffeetassen an der Wand. Mom klaubte meine Dossiers auf und starrte darauf. Schließlich ließ sie ihre eigenen Papiere überall rumliegen und schloss sich im Arbeitszimmer ein. Wahrscheinlich, damit ich nicht wieder auf sie losgehen konnte. Danach kam ich mir bescheuert vor und war wieder der brave Junge, der die Sauerei wegmacht. Mit zitternden Fingern strich ich ihre Papiere glatt und steckte meine wieder in meinen Rucksack.

Später telefonierte Mom hinter der verschlossenen Tür. Ich lauschte durchs Schlüsselloch. Sie jammerte Tante Marian voll, dass die nettesten Nachbarn, die man sich vorstellen kann, zu Philistern mutiert waren ... und in was für ein faschistisches Philistermonster ich mich gerade verwandelte. Angeekelt warf ich mich aufs Sofa und guckte zum zweitausendfünfhundertsten Mal *Rückkehr der Jedi-Ritter*, aber nach einer Weile schaltete ich gelangweilt ab. Irgendwie liefen mir immer noch Tränen übers Gesicht. Weltraumkriege und Raumschiffe, die *kawumm* machen, waren nichts gegen Jerrys Hiebe und Ohrfeigen, die auf meinem besten Freund landeten. Mein Ersatz-Dad – doch ein Philister. Und Marilyn auch.

Ein paar Stunden später brachte jemand in einem grauen Toyota

4Runner Tante Marian vorbei. Mom fuhr mit ihr irgendwo essen, offensichtlich um über mich zu reden. Ich lag in meinem Zimmer und wusste nicht, was ich tun sollte. Den neuen Spiegel planen? Öde. Nach zehn waren hinterm Haus Stimmen zu hören. Ich lauschte zum Flurfenster hinaus. Mom und Tante Marian saßen im Dunkeln auf Gartenstühlen und redeten.

»... jahrelang alleine mit dir rumgeschleppt«, sagte die Stimme von Tante Marian. »Nun lass doch endlich mal zu, dass die Familie dir hilft.«

Welche Familie?

Mom weinte. Wahrscheinlich tätschelte Tante Marian ihr die Hand. »Also«, fragte die Tante, »was *hast* du William denn nun erzählt?«

Schnäuzen. »So wenig wie möglich. Aber er lässt sich nicht abspeisen. Fragen, Fragen. Wenn ich seinen Dad lieb hatte (schnief), warum ich dann so wenig Fotos habe. Ob ich Liebesbriefe von ihm habe. Wo sein Grab ist. Ob er das Grab besuchen darf. Ich hab ihm erzählt, Billy sei verbrannt worden – stimmt ja auch. Und dass ich keine Erinnerungsstücke um mich rum haben will. Aber ... (schnief) er hat nachgeforscht. Er hat versucht, an den Totenschein zu kommen ... Ich weiß nicht, wo der archiviert ist ... Kanada, nehm ich an.«

Kanada? War mein Dad vor der Army abgehauen? Jerry sagte, dass manche Weicheier und schwulen Säue das getan hatten und dass er sie dafür hasste.

»Wenn du ihm die Wahrheit verschweigst«, sagte Tante Marian, »dann schlägt es irgendwann auf dich zurück. Er wird dich dafür hassen.«

Was verschwieg sie mir? Mir wurde schwindlig.

»Ich hab wirklich ein Problem, was? Aber nicht das, was Marilyn glaubt. Und das Schlimmste ist – William steigert sich da so rein, dass er richtig bedrohlich wird.«

»Was heißt das?«

»Neulich hat er mich gestoßen. Es ist eskaliert ... ich musste mich verteidigen.«

»Als ich klein war, war so was undenkbar, die eigene Mutter zu stoßen ...« Marian klang schockiert.

»Hallo, Gott, hörst du mich? Warum hast du mir einen Jungen geschickt?« Mom schaute wahrscheinlich in den überstrahlten Himmel. »Dafür könnte ich dich umbringen, Gott.«

»Ein Mädchen würde auch die Wahrheit wissen wollen. Kinder müssen über ihre Eltern Bescheid wissen. Ich begreife nicht, warum du es ihm nicht sagst. Vielleicht brauchst *du* eine Therapie.«

»Psychofritzen ... pah. Ich weiß verdammt gut, wo das Problem liegt. Zusehen müssen, wie Billy umgebracht wird, wissen, dass es wieder passieren kann. Ausrasten und es an Harlan auslassen. Marla verlieren. Dieses isolierte Leben. Schulden, Ausgebranntsein ...«

Wie mein Dad *umgebracht* wird? Und wer war Marla? Ihre Schwester?

»... alles Ausreden«, sagte meine Tante.

»Früher konnte ich mit William reden – über das Leben, sogar über seinen Körper. Aber jetzt ist diese Mauer zwischen uns. Es fing damit an, dass er so viel nebenan war. Und ich weiß, dass er einen Freund brauchte. Aber irgendwie ...« Mom seufzte wieder. »Er war schon immer hyperaktiv ... in letzter Zeit ist er depressiv ... und mit diesem Astronautenfimmel dreht er völlig ab. Wenn er nicht mit Orik zusammen ist, hockt er allein in seinem Zimmer. Er baut Unfälle ... Ich habe das Gefühl, er driftet irgendwie in Richtung, na ja, suizide ...«

Den Helden, der ich war, erkannte ich in diesen Worten nicht wieder.

»Vielleicht braucht *er* eine Therapie«, sagte Tante.

»Ha! Er hat schon seine Schülerberaterin und einen Kassenpsychofritzen in den Wahnsinn getrieben. Er ist alles andere als kooperativ.«

»Glaubst du, er ist ...«

»Das ist im Moment meine allergeringste Sorge.«

Ich bin was?

»Betsy, erlaubst du mir, Harlan zu sagen, was los ist?«

Ich hörte Moms Seufzer bis in den ersten Stock. »Ich geb auf. Okay. Aber sag ihm nicht meine Nummer, ehe ich grünes Licht gebe. Erst mal müssen wir hier mit dieser Situation klarkommen.«

»Gehen wir doch rein, Liebes. Du zitterst ja ...«

»Ich hab dir das Gästezimmer hergerichtet«, sagte Mom.

Mit einem Satz war ich wieder in meinem Zimmer. Ich war völlig geschockt. Was war wirklich mit meinem Dad passiert? Was sollte die ganze Vertuschungsaktion? Und wieder dieser Harlan, der mich Falke genannt hatte. Warum war er ihnen so wichtig? Ich versuchte einzuschlafen. Das andere Bett war leer, ein Streifen Mondlicht fiel quer darüber. Gewöhnte sich Orik jetzt daran, mich nicht mehr zu sehen? Klopfte sich einen ab und dachte an Mädchen?

Am nächsten Morgen war Mom die Freundlichkeit selbst. »Tante Marian hat uns ein paar Wochen nach Malibu eingeladen«, sagte sie.

»Wie öde.«

Mom troff vor Nettigkeit. »Schau, William – wir müssen mal weg von diesen negativen Schwingungen von nebenan. Ein bisschen Zeit miteinander verbringen. Ich bin verkrampft, du bist verkrampft. Das muss doch nicht sein.«

Und wenn Orik mir das Zeichen gab und ich war nicht da?

»Da sind überhaupt keine Kids. Das wird ultraöde«, sagte ich.

»Also, wir fahren jedenfalls. Pack ein. Nimm dein Teleskop mit und so. Wir fahren heute Abend gegen sieben.«

»Kannste haken. Ich komm nicht mit.«

»Du bist dreizehn und du tust, was ich dir sage.«

»Wenn du mich zwingen willst, hau ich ab. Ich geh vor Gericht und lass mich adoptieren.«

»Wer dich adoptiert, wird's bald bereuen«, gab sie zurück.

Am Nachmittag war ich allein im Vorgarten, kickte den Basketball gedankenlos gegen den Palisadenzaun und hielt Ausschau nach Oriks Zeichen, als dieser glänzende graue 4Runner wieder in unsere Einfahrt bog. Ein tough aussehender Mexikaner stieg aus. Oder vielleicht Asiate. Er schlenderte durchs Gartentor rein und sah sich um. War das Harlan? Er war nicht viel größer als ich, vielleicht einsachtundsiebzig. Kalte graue Augen scannten das Haus der Heasters, dann die Umgebung, dann mich. Er musste im Motel übernachtet haben. Ich stand unter dem alten Pfefferbaum und starrte zurück. Die Sonnen- und Schattenflecken spielten auf ihm wie ein lebendiges Camouflagemuster. Durch mich lief ein Schauder wie ein Jupitersturm.

Marian lehnte sich aus der Tür. »Hallo, Chino.«

»Hallo«, sagte er. Lächelte nicht, sah sich nur weiter um.

Dieser harte Typ kannte also meine Tante. Sie passte gar nicht zu ihm mit ihrem pinkfarbenen Hosenanzug und der Perlenkette. Sie sah eher aus wie die Frau von Reverend Dwight. »William«, sagte Marian honigsüß, »das ist ein alter Freund von mir. Chino Cabrera.«

Ich starrte Chino an, ein flaues Gefühl im Bauch. Sein Gesicht war das eines außerirdischen Truppenführers aus einem alten Sciencefiction-Film. Er hatte die kältesten, müdesten Augen, die ich je gesehen hatte, und einen langen Pferdeschwanz. Sein Gesicht war milchkaffeebraun und glatt rasiert – kein Mexikoschnäuzer. Er war nicht flippig oder cholo-gangstermäßig angezogen – nur Jeans, weißes T-Shirt, alte Dschungelkämpferstiefel, kein Gürtel. Aber die Jeans hatten doch tatsächlich eine Bügelfalte.

»Hallo, Chino.« Mom kam raus. »Danke fürs Kommen.«

Mom kannte Chino also auch. Vielleicht hatte er meinen Dad gekannt.

Chino sagte nichts. Er ging an mir vorbei und nahm durch die Tür das Haus in Augenschein.

»William, hast du gepackt?«, fragte Mom. »Wir müssen los.«

Plötzlich wusste ich, dass Chino ihnen helfen sollte, mich ins Auto zu kriegen. Jetzt hatte Mom schon Angst vor mir. Durchs Wohnzimmerfenster spähte ich in Heasters Küche. Jerry und Marilyn machten auf supernett und harmonisch und teilten das Essen aus. Die perfekte Fernsehfamilienszene, abgesehen von dem Pflaster auf Oriks Stirn und seinem verkrampften Lächeln. Donnala war auch da – sie hatten sie tatsächlich eingeladen. Ob Orik schon die Hand unter ihrem Rock gehabt hatte?

Chinos Hand packte meine Schulter. Natürlich versuchte ich mich mit meinem Junior-Highschool-Aikido zu wehren. Aber die saftige Filmkampfszene, die das Publikum zum Toben brachte, blieb aus, denn er konnte ein paar rabenschwarze Tricks. Er kniff mir ein bisschen in die Schulter und ich ging in die Knie. Dann schubste er mich hoch in mein Zimmer und warf einen Blick auf die Astronautenposter und Sternenkarten.

»Packen«, sagte er.

Ich beschloss, auf Zeit zu spielen und erst mal zu kooperieren. Später, wenn seine Wachsamkeit nachließ, würde ich abhauen. Klamotten, die Bilder von Dad, eine neue Kerze, alles stopfte ich in den Rucksack. Chino half mir das Teleskop auseinander nehmen und einpacken. Beim Runtergehen sah ich durch das Flurfenster Orik in seinem Zimmer und beschloss, die Treppe runterzufallen um Zeit zu schinden. Wenn ich mir ein Bein brach, mussten sie mich hier lassen. Ich ließ mich fallen, aber schon packte Chinos Hand meinen Arm und umklammerte ihn wie ein gefühlloser Roboter. Ich stieß mir nur das Knie und die Schulter an, sonst nichts.

Draußen war es dunkel. Chinos gnadenlose Hand schob mich zum 4Runner.

Jerry kam raus. »Wo soll's denn hingehen?«, fragte er mit Reverend-Dwight-Stimme.

»Wir brauchen mal Urlaub von euch«, sagte Mom.

»Du willst flüchten. Du weißt, dass er meinem Sohn etwas zuleide getan hat.«

»Nein, das weiß ich nicht. Und die Polizei auch nicht.«

»Ihr hört von meinem Anwalt.«

»Scheiß auf deinen Anwalt!«, schrie sie Jerry an. »Ich hab gehört, dass du beim Einkaufsbummel Lektionen in Überfall und Körperverletzung erteilst! Vielen Dank auch, dass du William beibringst, andere Kids zusammenzuschlagen!«

»Du solltest wirklich mal mit unserem Pastor reden. Es gibt Kliniken, wo so einem wie deinem Jungen geholfen werden kann. Wenn du nicht mitspielst, werden wir auf jeden Fall die Staatsanwaltschaft einschalten.«

»Nur zu«, sagte Mom. »Dann kannst du denen gleich erzählen, wie du dein eigenes Kind zusammengeschlagen hast, und ich sage gegen dich aus.«

Marians Arm schnellte zu Jerry vor. »Hier ist meine Karte. Sie wissen, wo Sie uns finden.«

»Aber sicher, Frau Stadträtin«, sagte Jerry, »wir werden Sie wegen Anstiftung und Beihilfe verklagen.«

Ohne mich loszulassen schob sich Chino zwischen Mom und Jerry – sie schrien um ihn herum. Wenn Chino und Jerry sich prügelten, musste Chino mich loslassen, und ich würde rennen, was das Zeug hielt. Aber Jerry sah in Chinos böse graue Alien-Augen und entschied, sich mit dem Feldherrn aus einer fremden Welt nicht anzulegen. Orik war aus der Hintertür geschlüpft und schaute mich durch den Maschendrahtzaun an. Seinen traurigen Koboldaugen waren je von einem Karo im Zaun eingerahmt. Jetzt war er wirklich ein Gefangener.

Marian setzte sich ans Steuer, Mom auf den Beifahrersitz. Chino stieß mich auf die Rückbank und stieg neben mir ein. Mein Knie und meine Schulter puckerten. Marian ließ die Zentralverriegelung einrasten. Ich war auch ein Gefangener. Der blitzblanke 4Runner bog kreischend auf die Straße und ließ den verstaubten Rambler meiner Mom in der Garage eingesperrt zurück.

Plötzlich kletterte Orik über den Zaun und rannte auf die Straße, hinter uns her. Er bewegte den Mund, als riefe er mit einer schrecklich gellenden Stimme: »FINDEEEEER!« Er hetzte uns nach, seine Haare flogen. Sein Dad jagte ihm nach und versuchte ihn zu packen. Orik stolperte, fiel auf die Straße, rollte ab und kam wieder auf die Beine. Er hinkte jetzt. Er wurde immer kleiner. Sein Dad holte ihn ein, packte ihn am Arm und schlug ihm ein paar Mal quer übers Gesicht.

Schneller als Chino reagieren konnte, haute ich Marian von hinten auf den Kopf. Sie verlor die Kontrolle und der 4Runner scherte aus, kam ins Schleudern und hätte fast ein anderes Auto erwischt. Als Chino nach vorn schnellte um das Lenkrad zu packen, schleuderte ich mich mit aller Kraft gegen das Heckfenster um durchzubrechen und zu Oriks Rettung zu eilen. Dann wurde alles dunkel.

Als ich die Augen wieder aufmachte, drückte Chino mir ein Tuch auf die Stirn. Das Heckfenster war zerborsten. In meinem Kopf wummerte es und mein Gesicht fühlte sich klebrig an. Ein beleuchtetes Freeway-Schild flog in der Dunkelheit vorbei. Jetzt fuhren wir nach Norden, Richtung L.A.

»Du kannst jetzt nichts für deinen Kumpel tun«, sagte der außerirdische Feldherr und schickte mir einen Laserblick aus seinen grauen Augen, die aussahen wie aus reinem poliertem Xyzium. »Also reiß dich zusammen.«

In den unendlichsten Weiten des Universums hätte ich mich

nicht so einsam gefühlt wie auf dieser Fahrt über den Freeway 405. Mir war schweinekalt, ich hatte Blut und den Tod geschmeckt, hatte meinen Freund im Gefecht verloren und war für ein paar Minuten meinem Dad nahe gewesen. Meine Tante lenkte mit einer Hand und tätschelte Moms Hand mit der anderen. Mom weinte. Alle redeten über mich, als wäre ich nicht dabei.

»Er wollte sich absichtlich die Treppe runterfallen lassen«, sagte Chino.

»Unser kleiner Delinquent. Dreizehn und tut als wär er achtzehn. Hoher IQ und außer Kontrolle. Das hab ich jetzt davon, dass ich ihn vom Ritalin runtergeholt habe. Und ich hab mir solche Mühe gegeben.«

Chino saß entspannt in seiner Ecke. Selbst in dieser Dunkelheit sah er so asiatisch aus. Warum hatte er graue Augen und sah gleichzeitig asiatisch aus? Auf seinen Händen, die auf den starken Schenkeln ruhten, waren Messernarben. Auf den Armen auch. War er von der mexikanischen Mafia? Nein, er hatte was Militärisches. Aber er war nicht unbedingt schneller als ich. Er war alt und ich wäre ihm fast entwischt.

»Machen Sie das öfter, Kids entführen?«, fragte ich.

»Tagtäglich.« Seine Stimme war tief und heiser, wie bei einem Rocksänger, der seine Stimmbänder überbeansprucht hat. Er hatte keinen mexikanischen Akzent.

»Sie sind wohl ein Schnüffler?«

»Ganz daneben.«

»Ein Söldner.«

Er antwortete nicht. Mom weinte immer noch auf dem Vordersitz. »William«, sagte sie, »wenn wir in Malibu sind, reden wir über deinen Dad. Es war ... kompliziert.«

»Dann ... hab ich also Recht gehabt. Dad war 'n Verbrecher oder so was?«

»Hab etwas Geduld mit mir, okay?«

»Du redest jetzt!«, forderte ich.

Chino runzelte die Stirn. »Deine Respektlosigkeit deiner Mutter gegenüber kotzt mich an. Was soll das?«

Etwas in seiner Stimme lief mir kalt den Rücken runter. Ich schwieg und starrte aus dem Fenster. Die Lichter von Orange

County, L.A., Santa Monica flogen in der Dunkelheit vorbei wie Pseudosterne in Weltraumsendungen. In Malibu fuhren wir vom Pacific Coast Highway ab und über dunkle Serpentinen einen Canyon hoch. Echt primitive Gegend – vor dem 4Runner sprang ein Reh über die Straße.

Das Haus von Tante Marian war eine weiße Villa, so groß wie das Pentagon. Es stand einsam am Hang, ringsum nur Dickicht und unten der Canyon. Tante sagte, dass die hell erleuchtete Villa weiter oben Axl Rose gehörte. Vierhundert Meter tiefer lag der Pazifik – beim Aussteigen hörten wir die Brandung. Tante hatte fett geerbt von ihrem Mann Joe, der eine Computerfirma gehabt hatte und vor zwei Jahren gestorben war. Sie saß für die Republikaner im Stadtrat von Malibu, aber die Lokalpolitik ödete sie an und sie wollte höher hinaus. Eine Mexikanerin, Nancy Perez, wohnte als Haushälterin und Bürohilfe auch hier.

Marian steckte mich in ein Zimmer zwischen Chinos Zimmer und dem von Mom. Auch als ich Dads Foto auf die Kommode gestellt und die Kerze davor angezündet hatte, mochte ich das Zimmer nicht. Alles war so nobel und zerbrechlich, nichts Gemütliches zum Draufrumfläzen. Aber es hatte einen kleinen Balkon, auf dem ich mein Teleskop aufbaute. Als alle schlafen gegangen waren, schlich ich mich an eins von Marians Edeltelefonen und rief Orik an. Jerry ging ran und ich legte auf. Beim nächsten Versuch ging Orik ran. Seine Stimme zitterte und er klang sehr seltsam.

»Hat dein Dad dich wieder verprügelt?«

»Nein.«

»Ich merk doch, dass er's getan hat.« Meine Faust ballte sich um den Hörer.

»Hat er nicht.« Oriks Stimme zitterte noch mehr.

»Hol dir einen Stift und schreib meine neue Nummer auf, lern sie auswendig und lass den Zettel verschwinden.«

»Okay.«

Ich gab ihm die Nummer durch.

»Aber ich darf meinen Dad nicht noch mehr aufregen. Und sowieso ... sowieso war alles deine Schuld«, sagte er.

»Meine Schuld?«

»Du wolltest unbedingt Rettungskommando spielen.«

»Du hast nicht nein gesagt.«

»Und jetzt sitzt er mir ständig im Nacken, nur wegen dir. Ruf mich eine Weile nicht mehr an.« Und er legte auf.

Ich verstand die Welt nicht mehr. Vielleicht sollte ich abhauen, nach Costa Mesa zurücktrampen. Aber wenn er nur sauer auf mich war und nicht zu mir hielt, gab es keinen Grund dafür. Orik war schon fast seit Anbeginn des Universums ein Teil meines Lebens. Ich konnte zwanzig Milliarden Jahre weit in den Weltraum rausschauen und irgendwo seinen Stern sehen. Jetzt verpisste er sich, einfach so, wie eine Lichtwelle, die sich am Rand des expandierenden Universums von mir fort bewegt.

Als ich mich umdrehte, um ins Zimmer zurückzuschleichen, lehnte der Alienkrieger mit verschränkten Armen im Dunkeln an der Wand. »Macht es Spaß, Kids aufzulauern?«, zischte ich ihn an.

»Ruf ihn jetzt nicht an. Es macht alles nur noch schlimmer. Lass die Eltern sich mal beruhigen.«

Ich funkelte Chino böse an.

»Vertrau mir«, sagte er. »Ich bin auf deiner Seite. Geh schlafen.«

Er ging weg, den Flur entlang.

Komischerweise gehorchte ich ihm und kroch in das feudale Himmelbett mit Seeblick. In meinem Kopf pochte es immer noch – die erste große Kriegsverletzung. Woher kannte Chino meinen Dad? Vielleicht sollte ich mein Teleskop ausrichten und ein bisschen in den Himmel schauen. Um Mitternacht würde das Sommerdreieck den Meridian passieren. Aber ich hatte nicht mehr die Energie dazu. Irgendwann schlief ich ein, trieb durch kreiselnde Sternennebel aus geometrischen Figuren und hatte wieder einen Raumfahrertraum, aber diesmal einen anderen. Chino war der Commander und wir waren draußen auf Erkundungsfahrt, nur den Katzennebel oder den Veränderlichen konnten wir nirgends finden.

7 Mein Commander

Am nächsten Morgen dachte ich, dass Mom jetzt endlich mit mir über Dad reden würde. Aber sie fuhr mit Nancy Perez nach Costa Mesa zurück um unser Auto zu holen.

Beim Frühstück unterhielten sich Tante Marian und Chino über die schlimmen Zustände in diesem Land. Ich saß da, gelangweilt und verzweifelt, und starrte durchs Fenster aufs Meer hinaus. Es war ein klarer Tag, man konnte sogar die Catalina-Insel sehen. Wahrscheinlich könnte ich sogar Sterne sehen, wenn ich nur scharf genug hinguckte.

Marian sagte, die Zeiten ändern sich. Neun Jahre vor der Jahrtausendwende. Religiöse Fanatiker erobern das Land. Überall Menschenrechtsverletzungen, sogar durch die Demokratische Partei, aber besonders durch ihre eigene. Sie hatte es satt rumzueiern. Sie hatte die lokale Klüngelpolitik satt. Sie wollte als Rebellin bei den Republikanern für das kalifornische Parlament kandidieren. Bla, bla, blubb.

Chino stimmte ihr zu. In Los Angeles braute sich etwas zusammen, sagte er. Der Rassenhass spitzte sich zu.

»Meinst du, es wird so schlimm wie damals im Watts-Viertel?«, fragte sie.

»Schlimmer als Watts. Mehr Menschen. Größere Wut. Bessere Brandlegerausrüstung.«

»Was ist mit dir, William«, sagte sie. »Sag doch auch was. Interessiert dich gar nicht, was hier los ist?«

»Hier ist überhaupt nichts los«, sagte ich, während ein Öltanker vor Catalina vorbeifuhr.

»Wir haben hier die schönsten Strände der Welt. Weltberühmte Surfplätze, große Stars, Kinos in der Crosscreek Mall ...« Sie butterte sich an der Anrichte ein Bagel. »Mal im Ernst, es gibt die LaFonts, die wohnen im nächsten Haus bergan, in dem blauen.

Eileen ist eine alte Freundin von mir, sie haben zwei Kinder in deinem Alter ...«

Erstens war ich kein Kind. Zweitens konnte es für mich keine Freunde geben außer Orik.

Chino spielte mit seinem großen Klappmesser. Eine Finsternis umgab ihn, als dächte er an Stürme auf der anderen Seite des Planeten.

»Gewöhn dich lieber gleich dran«, sagte sie. »Deine Mom hat dich Chino anvertraut und du wirst eine Weile hier bleiben.«

»Ich hau ab.«

Chino lachte. »Danke für die Vorwarnung.« Er ließ die Klinge einschnappen.

»Chino findet dich«, sagte Marian. Die Art, wie sie das sagte, jagte mir wieder einen von diesen Schauern über den Rücken.

Chino ließ uns allein.

»He ... ist der ein Bulle oder so was?«, rief ich herausfordernd hinter ihm her.

»Chino ist ...« Tante Marian drehte sich mit verschränkten Armen zu mir um. »Jemand, den man holt, wenn man nicht weiter weiß. Er war Lieutenant beim SEAL. Er war in Vietnam. Du glaubst doch nicht, dass du dem entwischst.«

Beim SEAL? Bei der Eliteeinheit? Ich war beeindruckt. Solche Typen kamen ins Apollo-Programm und ins Spaceshuttle ... Der Kerl musste Captain Kirk und Gordon Cooper in einem sein. Ich hatte wohl gerade einen taktischen Fehler begangen. Ich ging auch nach draußen um ein bisschen Schadensbegrenzung zu betreiben.

Der edle Swimmingpool hinter Marians Haus sah aus wie aus einem Film über reiche Leute in Hollywood. Aber es gab kein Basketballfeld, keine rumliegenden Bälle, keine Bürgersteige zum Skateboardfahren, keine angesagten Parkplätze. Am Rand des Canyons lehnte Chino an einem Felsen und schaute aufs Meer hinaus. Sein Pferdeschwanz wehte im Wind.

Neben ihm stand ein knotiger Apfelbaum, der zwar gesund und grün war, aber ihm war anzusehen, was für ein Kampf es war, auf diesem Felsgrund zu wachsen. An seinen paar wurmstichigen Äpfeln pickten die Vögel herum. Zwischen den Ästen war ein schöner Sitzplatz, wie für mich gemacht. Ich traute mich nicht,

Chino anzusprechen, kletterte stattdessen hoch und schaute die Küste entlang. Wenn ich jetzt mein Teleskop hätte, könnte ich fast Oriks Haus sehen. Ging es ihm gut? Verprügelte ihn sein Dad wieder, jetzt, in diesem Moment?

Durch einen Tränenschleier betrachtete ich den Himmel. Er war so weit – keine Bäume oder Gebäude, die den Blick versperrten. Wenn es dunkel war, würde ich zusehen können, wie der Abendstern aus der Lichtglocke über L.A. aufstieg, den Meridian passierte und im Ozean versank, ohne dass irgendwas die Sicht behinderte. Es war ein einzigartiger Beobachtungsstandort, nur dass Sternegucken das Letzte war, wozu ich Lust hatte. Meine Tränen würden nur die Optik beschlagen.

Plötzlich war da wieder dieser kalte Schauer. Ich schnellte in der Astgabel herum.

Chino stand direkt hinter mir. Mit seinen Dschungelstiefeln war er ohne das kleinste Geräusch über das trockene Unterholz gegangen. Das Herz sprang mir fast aus dem Mund.

»Sehr gut«, sagte er. »Die meisten hätten überhaupt nichts gespürt.«

Ich blickte wieder in den Himmel und wischte mir mit dem Ärmel die Tränen ab.

»Ich weiß, dass du dir um deinen Kumpel Sorgen machst.« Seine Stimme klang unbewegt, gelassen, nicht unbedingt freundlich, nur ruhig und neutral.

»Wir müssen ihn retten.«

»Das ist nicht so einfach.«

»Sie waren doch beim SEAL.«

»Wir sind nicht im Krieg. Shawn ist dreizehn – seine Eltern haben ihn noch fünf Jahre unter ihrer Fuchtel. Sie haben das gesetzliche Recht, ihn zu züchtigen ... alles, was noch keine schwere Körperverletzung ist, dürfen sie mit ihm machen. Wenn Jerry ihn weiter verprügelt, kann deine Mom ihn beim Jugendamt anzeigen. Aber das wäre nicht unbedingt das Richtige.«

»Warum?«

»Ein Anruf ...«, er schnippte mit den Fingern, »... und das Jugendamt nimmt deinen Kumpel mit. Dann gehört er die nächsten fünf Jahre dem System. Und dann hast du ihn die längste Zeit gesehen, das garantier ich dir. Und sicher ist er im System auch nicht.«

Mein Bauch zitterte. »Das ist unfair.«

»Vieles ist unfair. Also, kannst du jetzt erst mal cool bleiben und abwarten, wie der Hase läuft mit Jerry?«

»Tut mir Leid, dass ich Bulle gesagt hab«, murmelte ich.

»Macht nichts.« Er warf sein zusammengeklapptes Messer in die Luft und fing es auf.

»Haben Sie sich mal fürs Astronautenprogramm beworben?«

»Ich bin kein Raketenfliegertyp. Es müssen auch welche hier unten bleiben und ... andere Dinge tun.«

Seine gelassene Stimme beruhigte mich ein bisschen. »Und was machst du jetzt? Ich meine, wovon lebst du?«

»Security beim Valhalla-Filmstudio ... Bodyguard ... Privatdetektiv. Hab ich auch langsam satt. Ich bin wie Marian ... ich überlege, in die Politik zu gehen.«

Dieses Gespräch lief schon besser.

»Im Herbst kommst du in die Highschool, oder?«, fragte er.

»Mhm.«

»Hatten an deiner Schule welche Waffen?«

Das erste Jahr an der Highschool – ohne Orik. Ein Alptraum. Alle würden fragen, warum wir keine Freunde mehr waren. »Manche Jungs haben immer ein Messer dabei. Ich auch.«

»Zeig mal dein Messer.«

»Sagen Sie bloß Mom nichts, okay? Sie weiß nichts davon.« Scheu holte ich mein Schweizermesser hervor.

Er studierte es. »Damit kann man jemanden umbringen ... wie diese selbst gemachten Klingen, die sie im Knast haben. Zeig das niemandem ... sonst lässt dich der Rektor in Handschellen abführen.« Er gab es mir zurück. »Und hast du Knarren gesehen an der Schule?«

»Es gibt ein paar Gangstas und Skins. Man weiß nie, was so einer im Rucksack hat.«

»Ganz schön hart geworden an der Schule, was?«

»Mom lässt mich nicht in die Nähe von Knarren, weil mein Dad an einem Schuss gestorben ist.« Ich wollte etwas über Dad aus ihm rauskitzeln.

»Eine Knarre macht nicht unverwundbar«, sagte er. »Wenn dir so ein Kotzbrocken die 45er von seinem Daddy vor die Nase hält, kannst du ihn entwaffnen.«

»Pff, vorher erschießt er mich.«

»Nicht, wenn du schnell bist. Er weiß nicht, was du vorhast. Er muss auf deine Bewegungen reagieren. Du *weißt*, was du tun wirst.«

Er nahm einen Ast in der richtigen Größe und zeigte mir, wie man jemanden entwaffnet, der mit gezogener Knarre direkt vor einem steht. Ich sollte den Stock halten. Chino schwang den Oberkörper nach rechts und ließ seinen linken Arm auf mein Handgelenk mit der Waffe niedersausen, so dass die Mündung von ihm weg zeigte. »Dann«, sagte er, »schnapp ich mir mit der Rechten die Knarre – aber nicht an der Mündung – und verdreh sie nach oben, so –« Wir spielten es ein dutzend Mal durch. Dann war ich dran, und er berührte mich ab und zu leicht um meine Bewegungen zu korrigieren. Seine Berührungen auf meiner Haut fühlten sich an, als würde ein Wind durch sie hindurchwehen, ein Sternenwind aus einer fremden Galaxie.

»Echt cool«, sagte ich im Verschnaufen.

Jetzt war es nicht mehr so verkrampft zwischen uns. Ich wollte mehr über ihn wissen.

»Sie ... haben mit Nancy Spanisch geredet, aber Sie sehen irgendwie asiatisch aus.«

»Mein Vater war mexikanisch-spanisch. Meine Mama war japanisch-Chumash-Chicana. Aber ich bin weder mexikanisch genug noch asiatisch genug noch weiß genug um irgendwo dazuzugehören.«

Ich streckte meinen Arm neben seinem vernarbten Arm aus. »Ich hab fast dieselbe Farbe wie Sie.«

»Milchkaffee.«

»Meine Mom ist halb norwegisch, halb libanesisch. Über die Seite von meinem Dad weiß ich überhaupt nichts. Sie will nicht drüber reden.«

Er schleuderte den Stock in den Canyon hinaus. In mir drängten sich die alten Fragen wieder hoch. »Und? Bezahlt Mom Sie, damit Sie mich hier festhalten? Bin ich Ihr Gefangener oder was?«

»So viel Geld hat deine Mom nicht. Bei so einem Lausebengel wie dir wäre alles Geld zu wenig.«

Im Film ist der große Krieger zu dem schüchternen jungen Barbaren am Anfang immer fies. »Wie lange kennen Sie Mom schon?«

»Seit 1976.«

»Haben Sie ...« Mein Herz pochte. »Haben Sie meinen Dad gekannt?«

»Ja.«

Mein Herz schlug so heftig, dass mir fast Hören und Sehen verging. »Woher?«

»Ich war sein Bodyguard.«

Diese eisgrauen Schlitzaugen hatten wirklich meinen Dad gesehen, als er noch lebte. Wenn ich scharf genug hinsah, wie man mit einem Teleskop in die Vergangenheit schaut, würden vielleicht irgendwo tief in Chinos Augen verblassende Lichtspuren von meinem Dad schweben, wie die letzten Schalensprengsel von einem explodierten Stern.

»Wozu brauchte er einen Bodyguard?«

»Das soll deine Mom dir erzählen, wenn sie es für richtig hält.«

Eine unbändige Wut explodierte in mir. »Ihr wollt alle nicht, dass ich es weiß!« Ich wurde von meiner Wut mitgerissen wie von einer dieser Schockwellen, wie ich sie auf Fotos gesehen hatte, die mit zig Millionen Stundenkilometern durch die Galaxien brechen. Ich warf mich auf Chino. Nur dass er nicht mehr da war. Er war in Aikido viel besser als ich – er glitt zur Seite weg und ich fiel an ihm vorbei platt aufs Gras.

Er schaute auf mich runter und lachte leise. »So holst du deinen Kumpel nicht da raus. Und *du* willst ihn retten?« Chino drehte sich um und ging weg. Mich ließ er mit Grasflecken auf der Jacke liegen.

Ich hatte es versaut. Ich hatte es mir versaut mit diesem echten Krieger, der etwas über meinen Dad wusste. Der mir vielleicht helfen konnte, auf die Astronautenschule zu kommen. Ich kam mir vor wie ein völliger Idiot. Es machte mich rasend, wie leicht Erwachsene erreichen, dass unsereins sich wie ein Idiot vorkommt. Am liebsten wäre ich vom Rand des Canyons weit hinaus in den Ozean gesprungen und hätte mich ertränkt.

Am nächsten Tag war ich deprimiert bis zur Verzweiflung – blieb lange im Bett liegen, brachte nicht viel runter. Mom war immer noch weg. Anwaltskram, meinte Marian. Mom versuchte wohl, Jerrys Drohungen einen Riegel vorzuschieben. Chino fuhr nach L.A. arbeiten. Ich wollte nicht von so einem Bluthund gejagt werden, also blieb ich da. Von irgendwoher kam ein Handwerker mit einem Korbgestell und nietete es an der Garage fest. Wenigstens hatte Marian was mitgekriegt. Zu Tode gelangweilt übte ich Freiwürfe mit dem neuen Ball.

Ob Chino wiederkam?

In dem riesigen Haus hallte es wie in einer Schule nach Unterrichtsschluss. Aus Langeweile fing ich an, es zu erkunden. Da standen tonnenweise antike Möbel mit dünnen Füßen rum, die Chino mit einem Tritt zu Kleinholz machen konnte. Es gab eine Bibliothek voller Bücher. Aber im Wohnzimmer stand ein Fernseher mit 125-cm-Bildschirmdiagonale plus einem superschicken Videorekorder inmitten einer ganzen Wand von Videos. Ich guckte zum millionsten Mal *Rückkehr der Jedi-Ritter* und starb vor Neid, als Luke sich mit seinem Dad versöhnte.

Als Nächstes sah ich mir den Fitnessraum an, Heimtrainer und Kraftmaschinen. Leere Gästezimmer. Ein Büro im Ostflügel, wo die Haushälterin Nancy Perez auch zwei Zimmer und ein Bad hatte. Nancy redete mit Marian viel über Politik. Sie sprach gut Englisch, aber Marian hatte sich auch ein bisschen Spanisch draufgeschafft.

Am Abend fragte ich meine Tante, ob Chino wiederkommen würde, und sie reichte mir das Telefon. Chino ging sofort ran – er hatte wohl ein Handy am Gürtel.

»Hey, Alter«, sagte ich. Mein Herz pochte. »Ich ... äh ... ich war ein Idiot gestern.«

»Entschuldigung angenommen.«

Meine Stirn tat immer noch weh. »Kommst du wieder her ... Sir?«

Chino tauchte auf wie aus dem Nichts. Als ich am nächsten Morgen aufstand, trainierte er im Fitnessraum in ausgebleichten Khaki-Shorts, Boxerschuhen und Trägerhemd. Das *Bop-ata, bop-ata* des Sandsacks war im ganzen Haus zu hören. Chino war nicht steif und aufgepumpt wie Stallone. Seine Bewegungen waren geschmeidig und fließend wie bei einem wilden Puma. Breite Schultern, schmales Becken, Bauchmuskeln wie gemeißelt. Seine Beine waren von jahrelangem Wettschwimmen gestählt. Aber er hatte überall Narben. Filmhelden hatten nie sichtbare Narben, außer Tom Berenger in *Platoon* mit seinem Narbengesicht. Aber Chino hatte es übel abgekriegt – Brandnarben an den Beinen und eine schrecklich aussehende Narbe auf der Brust, die über dem Ausschnitt zu sehen war.

Als er fertig war, sagte ich: »Ich dachte, Navy-Leute sind alle tätowiert.«

»Ich nicht.«

»Warum nicht?«

»Da wird man gleich in eine Schublade gesteckt.« Er trocknete sich den Nacken mit einem Handtuch.

»Was ist deine Kampfsportschule?«

»Die Chino-Cabrera-Schule.«

»Klar doch«, schnaubte ich ironisch. Echte Krieger sind immer bescheiden. Bestimmt konnte er in den Kickboxring steigen zu Frank Dux und diesem asiatischen Bösewicht in *Bloodsport* und hochspringen und ihnen die Köpfe wegkicken – mit jedem Fuß einen.

Chino grinste zurück – das erste Mal, dass ich ihn grinsen sah. »Meine Schule ist ein Mix, so wie ich. Militärtechniken, Straßentechniken, Boxen, Aikido, alles, was funktioniert.«

Irgendwoher holte ich auch ein Grinsen.

»Zeigst du mir mehr?«, fragte ich.

Chino nahm mich mit rüber zur Matte. Aber statt mir eine Frank-Dux-Vorführung zu geben, redete er über Filme, als hätte er meine Gedanken gelesen. Da ist viel Effekthascherei dabei, sagte er. Die Kampfszenen sind choreographiert wie Tanzszenen. Es ist nicht das, was man in der Wirklichkeit anwenden kann. Roundhouse-Kicks zum Beispiel. Da muss man ihm nur das Standbein wegtreten, während der andere Fuß in der Luft ist. Chino zog tiefe Kicks vor. Ideal für kleine Typen, sagte er. Er redete tatsächlich über das Kleinsein, es schien ihn nicht zu stören. Die Navy hatte einem kleinen Typ eine große Verantwortung übergeben. Das gab mir zu denken.

Dann übte er weiter das Entwaffnungsmanöver mit mir.

In dieser Nacht missachtete ich Chinos Anweisungen und rief Orik an. Ich konnte nicht anders – die Gedanken an ihn verfolgten mich jeden Augenblick. Ich witterte Blut und Striemen. Orik ging tatsächlich ran. Allein von seiner Stimme bekam ich am ganzen Körper Gänsehaut. Aber er klang nicht sonderlich freundlich. »Mein Dad weiß, dass du immer anrufst. Er lässt die Nummer ändern.«

»Kommst du klar?«

»Mein Dad fragt immer noch ständig nach dem, was du gemacht hast.«

Mein Bauch zitterte. Hatte Orik dem Verhör nicht standgehalten? »Was soll das heißen, was ich gemacht hab?«

»Du weißt schon. Was du immer mit mir gemacht hast.«

Einen Moment lang konnte ich es nicht fassen. Dann wurde ich so stinkwütend, dass ich den Schweigekodex brach. Er hatte schließlich damit angefangen. »Was *ich* gemacht hab? Du hast das genauso mit mir gemacht.«

»Ich hab gar nicht mitgekriegt, was abgeht.«

»Lügner. Und ob du das mitgekriegt hast.« Ich traute meinen Ohren nicht.

»Ich hab geschlafen.« Seine Stimme zitterte, als würde er unter großem Druck stehen.

»Wenn du es nicht mitgekriegt hast, wie konntest du es dann deinem Dad erzählen?«

»Ich hab nicht gepetzt, falls dir das Sorgen macht. Aber es wird nie wieder vorkommen, ich hab jetzt nämlich wirklich mein Herz Jesus geschenkt. Bereu lieber, was du getan hast, Finder. Du musst bereuen. Ich hab Angst um dich. Du bist ein Homo und du wirst an Aids sterben.« Das Zittern in seiner Stimme verriet einen Rest von freundschaftlichen Gefühlen.

»Verräter«, sagte ich. »Du hast alles deinem Dad gepetzt.«

»Hab ich *nicht*. Er hat geraten.«

»Du bist ein Verräter. Und ich bin nicht schwul.«

Orik legte auf.

Ich ging wütend zu Bett. Ich träumte von meinem Zimmer zu Hause. Chino war auch da. Er schlief auf dem Rücken im anderen Bett. Sein nackter Körper war halb unter der Decke. Er trug seine SEAL-Unterwasseruhr – dieses Detail ließ alles wie Wirklichkeit erscheinen. Es war wohl eine heiße Sommernacht, seine Arme und Beine glänzten vor Schweiß. Er schlief tief. Ich stand da, schaute ihn an, hörte seinen Atem. Sein schwarzer Pferdeschwanz war offen, die Haare klebten wirr auf seinen Schultern. Er ächzte und streckte sich, und dann drehte er sich auf den Bauch und zog die Decke von seinem Arsch, und sie rutschte auf die schweißnassen kräftigen Schenkel. Ich hatte noch nie einem erwachsenen Mann aus dieser Nähe auf den Arsch schauen können, und ich strengte mich an, Chinos Arsch zu sehen, aber das war, als wollte ich mit meinem alten blinden Silberspiegel den Pferdekopfnebel sehen.

Am nächsten Tag kam Mom mit dem Auto wieder und war fuchsteufelswild. Sie erzählte, Jerry hätte ihr über den Zaun zugeschrien, wenn ich seinen Sohn noch mal anrufe, lässt er mir vom Gericht jeden Kontakt verbieten. Sie fragte: »Sag mal, zwischen dir und Shawn ... ist das was Besonderes? Mehr als nur Freundschaft?«

»Spinnst du?«, explodierte ich.

»Ich bin deine Mutter. Mir kannst du es sagen.«

»Ver-*zei*-hung ... er ist mein Freund und sonst gar nichts. Darf ich mir nicht um meinen Freund Sorgen machen?«

»Schon gut.« Sie zuckte mit den Achseln. »Aber sag nie, ich hätte dich nicht gefragt.«

»Können wir jetzt über Dad reden?«, fragte ich sie.

»Heute Abend«, versprach sie.

Dann ging sie mit Marian und Chino ins Büro, machte die Tür zu, und sie geheimniskrämerten. Wieder mal redete man hinter meinem Rücken über mich.

Also ging ich hoch ins Wohnzimmer. Ein guter Actionstreifen, den ich noch nicht kannte, würde mich von diesen ganzen Widerlichkeiten ablenken. Ich stöberte Marians Videos durch, mal sehen, was sie hatte. Es gab Fitnessvideos, politische Reden und aus dem Fernsehen aufgenommene Kinofilme, die ich schon kannte. Superöde. Ganz in der Ecke des Regals stand ein Film von einer Produktionsfirma, von der ich noch nie gehört hatte – Valhalla. Der Titel war *Billy Sive*. Das machte mich neugierig, weil mein Dad Billy hieß. Ich warf das Band ein und legte mich vor den Fernseher auf den Teppich. Oje, eine Doku. Wahrscheinlich sterbenslangweilig. Ausschnitte aus altertümlichen Fernsehsendungen, am Anfang eine Talkshow, moderiert von einem Dick Cavett, von dem ich noch nie gehört hatte. Er interviewte sechs Sportler, die zu irgendeiner Steinzeitolympiade wollten zu einer Zeit, wo ich nicht mal geboren war. Billy Sive war ein gut aussehender blonder Typ mit lockigen Haaren und Brille, groß und dünn. Er brachte alle anderen zum Lachen. Man merkte, dass alle ihn mochten. Sive war Langstreckenläufer und er strebte zwei Goldmedaillen an, über zehntausend und über fünftausend Meter. Und – Sive sah aus wie mein Dad auf den Fotos. Bei der Olympia-Qualifikation hatte er einen Prescott-College-Pullover an. Mein Bauch fiel zwanzig Stockwerke tief und zerplatzte auf der Straße.

Ich drückte die Stopptaste, rannte in mein Zimmer, holte das gerahmte Bild. Als ich es neben den Bildschirm hielt, wurden meine Beine zu Wackelpudding. Ja, das musste mein Dad sein. Nur hieß er mit Nachnamen nicht Heden, genau wie Mrs. Danich gesagt hatte. Der Name kam mir auch bekannt vor – ich raste wieder hoch und holte meinen Rucksack. Her mit den ausgedruckten Internetdaten. Der Name stand wirklich auf der Liste aus San Francisco – William Sive. Ich hatte ihn die ganze Zeit gehabt. Und er war schwul. Offen schwul. Es war ihm egal, wer es wusste oder was die Leute redeten. Er sah stolz aus, seine ganze Haltung. Ich konnte es nicht fassen. Und sein Trainer, ein Typ namens Harlan Brown, war sein *Liebster*. Die Jacke des Trainers sah genauso aus wie die auf dem Foto in meiner Geheimkiste. Ihn also hatte Mom aus dem Foto rausgeschnitten – den Mann, der mich Falke genannt hatte. Mom und Marian hatten davon geredet, »es Harlan zu sagen«, das hieß, diesen Liebsten gab es noch.

Ich war kein Sportfanatiker, aber ich sah manchmal Sportsendungen und bekam mit, was an der Schule geredet wurde – es gab keinen einzigen bekannten Athleten oder Trainer, der im ganzen Land als stockschwul bekannt war. Den Eiskunstläufern sagte man so was nach, aber wen interessierte schon Eiskunstlauf?

Das Band lief und lief. Mein Dad war berühmt gewesen. Er war sehr umstritten. Gehasst. Geliebt. Man wollte ihn aus der Olympiamannschaft raushaben. Demos. Bullen, die Menschenmengen zurückdrängen. Interviews mit seinem Liebsten. Interviews mit seinem besten Freund, Vince Matti, der ein großer Schwuchtelaktivist war. Interviews mit seinem Vater, John Sive, der Anwalt war und auch schwul. Ich hatte einen schwulen *Großvater*, um Himmels willen. Hatte ich dann überhaupt eine Großmutter?

Ich stand unter Schock.

In einem Nachrichtenausschnitt lief Billy Sive beim Zehntausend-Meter-Lauf auf der Zielgerade ein. Und er *gewann*. Er stand auf dem Treppchen, stolz wie Oskar, mit der Goldmedaille auf seiner Schwuchtelbrust. Wie kam Mom dazu, mir das zu verschweigen? Das ganze Stadion spielte verrückt – die, die für ihn waren, schrien rum und schmissen mit Blumen, die, die gegen ihn waren, sprangen auf die Bahn runter und wollten ihn verprügeln. Seine Bodyguards hielten ihm die Leute vom Leib. Eine kurze Nahaufnahme von den Bodyguards zeigte einen jungen mexikanisch-asiatischen Typ, der die Menschenmenge von ihm abhielt. Chino? Als Sive von der Bahn ging, war dieser Harlan Brown dabei, und sie fielen sich um den Hals, direkt vor den Fernsehkameras.

Als ich das sah, rutschte ich tief ins Sofa hinein und schämte mich so, dass ich fast weinen musste. Beim Fußball und American Football umarmen sich die Spieler nach jedem Tor und bespringen sich und knutschen sich ab, es geht ganz schön zur Sache, aber das sind schließlich bloß Männersachen. Das hier war etwas anderes. Die ganze Welt musste sich ausgemalt haben, wie mein Dad mit Brown Sex hat. Mein gut aussehender Dad im Bett mit diesem Brown. Pfui Deibel!

Ich zitterte am ganzen Leib.

Weiter ging's. Als Nächstes lief Sive die fünftausend Meter. Kopf an Kopf mit diesem Finnen. Dann zog er davon. Gütiger Himmel, die Fünftausend würde er auch gewinnen. *Zwei* Goldmedaillen für eine Schwuchtel. Die Sportsfreunde im ganzen Land mussten allesamt einen Herzinfarkt gekriegt haben. Wie konnte Mom so was nur geheim halten?

Sive war noch wenige Meter von der Ziellinie entfernt. Und dann ... stürzte er auf die Bahn. Wahrscheinlich gestolpert.

Mein Dad blieb einfach liegen. Der Finne gewann. Brown, Matti und alle anderen rannten auf die Bahn um nach Sive zu sehen. Sie stapelten sich um ihn rum. Ein Krankenwagen kam. Und dann ... sagte die Ansagerin etwas von einer Schusswaffe. Matti, der beste Freund, hielt die Füße von meinem Dad umklammert und weinte. Jemand hatte von der Tribüne aus meinem Dad in den Kopf geschossen.

»Mooom!« Ich stand auf dem oberen Treppenabsatz und schrie. Heiße Tränen liefen mir übers Gesicht. Meine Beine brachen weg und ich musste mich auf die Treppe setzen. Sie kam hochgehetzt, Marian, Chino und Nancy hinter ihr her. Sie war kreideweiß im Gesicht. Sie dachte wahrscheinlich, ich hätte mich verletzt und wäre am Sterben. In gewisser Weise stimmte das auch.

»William – was hast du?«

»Warum hast du's mir nicht gesagt?«

Der Fernseher war im ganzen Obergeschoss zu hören. Das Brüllen der Menge, die Stimmen der Nachrichtensprecher. »O Gott«, sagte Marian. »Er hat das Video gefunden.«

Mom versuchte mich zu umarmen. »Schatz ... bitte«, sagte sie. »Bitte hör mir zu. Ich wollte nicht, dass du es auf diese Art erfährst.«

Ich entwand mich ihr und verpasste ihr eine schallende Ohrfeige. Sie hatte nicht an Selbstverteidigung gedacht und die Hände unten behalten. »Du hast mich angelogen! Du hast gelogen!«

Chino versuchte, mich von Mom wegzuzerren. Um ihn abzulenken trat ich Nancy vors Schienbein, so wie Chino es mir beigebracht hatte. Als Chino Nancy zu Hilfe eilte, entwischte ich ihm mit einem Täuschungsmanöver, rannte in mein Zimmer und verriegelte die Tür. Das Fenster verriegelte ich auch, damit sie nicht einsteigen konnten. Als Nächstes schleuderte ich das Bild von Dad gegen die Wand, dass die Scherben in alle Richtungen flogen. Dann machte ich mich daran, das Zimmer auseinander zu nehmen.

Als Letztes warf ich mein Teleskop vom Balkon, auf die Einfahrt. Es schlug mit schrecklichem Geschepper auf dem Beton auf.

Sogar das Stativ brach auseinander. Die Optik zersprang in tausend Splitter.

Da weinte ich erst richtig, geschockt darüber, was ich getan hatte. Das war verheerend – was ich getan hatte. Warum hatte ich das getan? Mein Teleskop war zerstört. Mein Traum war gestorben. Irgendwie hatte ich meinen Dad selber umgebracht.

8 Wahrheitsfinder

Es klopfte. »William.«

Chinos Stimme. Stunden mussten vergangen sein. Im Zimmer war es dunkel und still. Es musste Nacht sein.

»Hey, William. Mach auf.«

Seine Stimme hatte diesen ruhigen, gelassenen Ton. Ich lag in dem riesigen Bett unter der Decke, eingerollt wie ein Baby.

»Ich kann die Tür eintreten«, sagte er. »Oder das Schloss knacken. Oder die Angeln abschrauben. Oder ... du kannst mich reinlassen.«

Er klang nicht bedrohlich. Aber er war der Commander, der Gehorsam verlangte. Deshalb schloss ich die Tür auf und kroch ins Bett zurück.

Das Flurlicht schien grell herein. Ich sah, dass der Badspiegel zerbrochen war, überall Scherben und Trümmer, die Schubladen ausgeleert, die Stühle umgeworfen, der Teppichboden halb abgerissen. Chino machte die Tür zu und alles war wieder dunkel. Ich lag auf dem Rücken, die Decke bis unters Kinn gezogen, den Kopf weggedreht, den Arm übers Gesicht. Das Bett sackte ein – er hatte sich neben mich gesetzt. Ich konnte ihn riechen – verschwitzte Kleider, Waffenöl. Er kam wohl von irgendeinem Bodyguard-Einsatz.

Dann nahm seine warme Hand meine geballte Faust und hielt sie. Irgendwann ging meine Faust von selber auf, wie eine Blüte im

Sonnenschein aufgeht, und seine Finger massierten meine Handfläche. Mir war, als hätte ich nach männlicher Zärtlichkeit gehungert, seit ich ein Baby war – wollte sie aus der Flasche nuckeln, ihr auf dem Fahrrad hinterherjuckeln, so schnell ich konnte – wollte sie von Orik, auf eine Art, die wir uns beide nicht trauten. Es war das erste Mal, dass ich sie von irgendwem bekam ... Chino, der mir die Hand massierte.

Mein Brustkorb hob und senkte sich. Die Tränen steckten in meinen Rippen fest und wollten nicht rauskommen.

»Jetzt hör mir zu«, sagte er.

»J-j-ja.« Mein Brustkorb wurde von Schluchzern geschüttelt.

»Weißt du, wie viele Männer ich im Kampf gesehen habe? Ihnen bis ins Herz, bis in die Seele hineingesehen? Wo nichts mehr verborgen blieb? Meine eigenen Männer ... feindliche Männer? Weißt du, wie viele Männer das waren?«

»V-v-viele.«

»Ich habe deinen Dad im Kampf gesehen. Nicht in Vietnam. In einem anderen Kampf. Er war der Beste. Er hat es verdient, dass du stolz auf ihn bist.«

»Ver-*zeihung*, er war ein Schwuli!«

»Was weißt du denn schon über Schwule? Bist du der große Experte?«

Ich schwieg.

»Was du an Erkenntnissen über Schwule hast, ist ein Witz. Wenn ich meine Einsätze auf so einer Grundlage planen würde, hätte ich längst mein Testament machen können.«

Meine Finger umklammerten seine.

»Du warst also dabei?«, flüsterte ich.

»Dein Großvater hat mich als Bodyguard für deinen Dad eingestellt. Ja, ich war mitten drin. Ich hätte mir fast selbst eine Kugel durch den Kopf gejagt, weil ich nicht verhindern konnte, was geschehen ist.«

»Ich wusste noch nicht mal, dass ich 'n G-großvater habe.«

»Komm, setz dich auf.«

Ich gehorchte.

»Iss was mit uns. In deinem Alter musst du essen. Ich muss auch essen. Danach solltest du dir das Video zu Ende ansehen.«

»Ich will Mom nicht sehen. Sie ist eine Lügnerin.«

»Deine Mom hat ebenso wenig verdient, dass du sie so behandelst. Sie ist auch eine von den Besten. Du hast kein Recht, sie zu verurteilen. Du hast keine Ahnung von dem, was wirklich passiert ist. Das musst du erst herausfinden. Du entschuldigst dich bei ihr. Und bei Nancy, der du schier das Bein gebrochen hast.«

Wieder keine Drohung, nur die Commanderstimme. Ich kroch langsam aus dem Bett. Er redete weiter: »Wenn du noch ein Mal deine Mom schlägst, kriegst du es mit mir zu tun. Ich bin nicht nett, wenn ich wütend bin.«

Die Stimmung im Haus war so als wären wir alle krank und versuchten, wieder gesund zu werden. Im Esszimmer saßen Chino, Marian, Nancy, Mom und ich um den Tisch. Nicht gerade eine Familienfeier. Nancy hinkte ein bisschen – die hatte ziemlich was abgekriegt von mir. Mom presste sich einen Eisbeutel auf das blaue Auge.

Ich starrte auf meinen Teller. Das Geschirr klapperte.

Wir aßen Hamburger und irgendwas Japanisches vom Lieferdienst. Chino mochte asiatisches Essen. Er mampfte rohe Thunfischbrocken mit Sojasoße oder so. Mom zog ihn immer damit auf und sagte, er stinkt nach Thunfisch. Aber diesmal gab es keine Sticheleien. Ich aß einen halben Hamburger und trank einen Schluck Milch. Ich wollte niemanden ansehen.

Dann gingen wir wieder ins Fernsehzimmer.

Nancy hatte das Video noch nie gesehen und sie schlug sich die Hände vors Gesicht, weinte heftig und redete auf Spanisch auf Chino ein. Sie hatte offenbar ein Herz für Schwule. Ich ahnte nicht, dass ich bald den Grund dafür herausfinden würde. Das Gesicht von Mom sah aus wie aus Stein gemeißelt. Marian fummelte die ganze Zeit an ihren Perlen rum und schnäuzte sich. Chino war der Einzige, der nicht weinte. Aber alle drei schienen sich zu erinnern und konnten das kaum ertragen. Nicht mal Chino, der bestimmt schon Unmengen von Blut und Gewalt und Tod gesehen hatte.

»Hey, Chino, bist du das da vor Brown?«, fragte ich.

Er spulte etwas zurück und ging auf Standbild. »Das bin ich«, sagte er. »Und da.« Er zeigte auf den unscharfen braunhäutigen Typ, der die Schaulustigen von Dads Liebstem abdrängte. »Da ist

Marian, direkt neben mir. Da ist deine Mom. Dein Großvater, da drüben ...«

Der Ton setzte wieder ein. Marian, Mom und Harlan standen von Reportern umzingelt an der Stadionmauer. Marian versuchte, die Reporter zurückzudrängen. Stimmen, Stimmen. Plötzlich hechtete Marian nach vorn, an Chino vorbei, wie eine Löwin in einem Tierfilm. Ihre Hand fuchtelte mit einem blutigen Taschentuch vor der Kamera herum.

Sie schrie: »Ich habe was zu sagen! Ein Scharfschütze, ach was! Alle, die Billy gehasst haben, haben mitgeschossen! Das könnt ihr wörtlich zitieren!« Das Bild verwackelte und alles wurde braunrot und verschwommen von etwas, das auf der Kameralinse klebte. Mein Gott, das war Dads Blut.

Dann ein harter Schnitt zu einem Begräbnisgottesdienst in einer Homokirche in New York, und mein Dad lag da im offenen Sarg, in einem braunen Anzug, mit einem Strauß weißer Lilien auf der Brust. Ein Interview mit Brown, der nicht weinte, aber sehr traurig war. Ich musste zugeben, er sah beeindruckend aus, braune Haare, athletischer Körper. Aber er ekelte mich an. Er hatte meinen Dad in seiner Macht gehabt – eine böse Macht. Er war ein Darth-Vader-Typ. War bei den Marines gewesen, hieß es. Beim Militär musste es ja nur so wimmeln von Schwulis. Und dann ein Interview mit Vince, der so blendend aussah wie ein Filmstar. Vince konnte vor Tränen kaum sprechen. Und ein Interview mit Marians Mann Joe, der Präsident des Prescott College gewesen war. Mrs. Danich würde sich freuen, dass das Geheimnis von Prescott College gelüftet war. Dort hatte mein Dad für die Olympiade trainiert.

Der Film durchlief die nächsten Jahre. Der Prozess gegen Richard Mech, einer der beiden, die meinen Dad erschossen hatten. Anfeindungen gegen Brown, der immer noch Trainer in Prescott war – die rechten Spinner nannten ihn Kinderschänder und wollten ihn von den Jugendlichen weghaben. Schließlich musste Brown kündigen. Mechs Komplize, der Brown und Matti jahrelang verfolgte, bis die Bullen ihn endlich fassten. Im letzten Interview hatte Harlan den Arm um Vince gelegt, der sein neuer Liebster war. Ich fand das widerlich.

Endlich wurde der Bildschirm schwarz und das Band spulte zurück.

»Dieser Brown stand wohl auf Läufer, was?«, bemerkte ich.

Niemand sagte etwas.

Ich setzte nach. »Meinen Dad hat er ja ziemlich schnell vergessen.«

»Auch darüber steht dir kein Urteil zu«, sagte Chino und stand auf und ging hinaus, als könnte er es nicht ertragen, neben mir zu sitzen.

Es war zwei Uhr nachts. Nancy humpelte ins Bett. Marian ging in die Küche um Kakao zu kochen. Ich blieb mit Mom allein. Sie hatte sich ausgeheult und saß nur da und starrte auf den dunklen Bildschirm. »Warum hast du Dads Namen nicht auf die Geburtsurkunde gesetzt?«

»Weil«, sagte sie heftig, »Heteros es nicht gern haben, wenn Homos Kinder kriegen. Dann gehen sie nämlich vor Gericht und lassen ihnen die Kinder wegnehmen.«

Ich glotzte sie an. »Dann ... bist du schwul.«

Sie glotzte zurück. »Es heißt lesbisch.«

Wie konnte ich das nicht gemerkt haben? Meine Gefühle verschwanden, verblassten wie ein veränderlicher Stern.

Sie sprach weiter. »Billys Mutter Leda hatte einen wahnsinnigen Hass ... sie versuchte, Harlan und Billy auseinander zu kriegen, obwohl Billy schon erwachsen war, er war zweiundzwanzig. Leda hätte dich mir weggenommen, wenn sie es gewusst hätte! Nach dem Gesetz hätte sie das gekonnt. Großeltern können sich das Sorgerecht erklagen und sie tun es auch. Wär dir das lieber gewesen?«

»Glaub nicht«, murmelte ich.

»Und es gab noch andere Probleme«, sagte sie mit verschnupfter Stimme. »Der zweite Schütze hat Harlan jahrelang aufgelauert. Er war bei so einer paramilitärischen rechten Gruppe von Schwulenhassern. Chino hat als Bodyguard bei Harlan gewohnt, ihn die ganze Zeit bewacht. Es wurde so gefährlich, dass es nicht der richtige Ort für ein Baby war. Ich bin weg. Hab mich aus dem Staub gemacht. Hab jeden Kontakt zu ihnen abgebrochen. Bin an die Westküste geflüchtet und wollte ein neues Leben anfangen. Ich wollte nicht, dass dir irgendwas zustößt. Die Einzigen, zu denen ich noch Kontakt hatte, waren Joe und Marian ... sie ist meine beste Freundin. Wenn ich sie verloren hätte, das hätte mir das Herz gebrochen.«

»Aber du musstest mich nicht anlügen ...«

»Es ist schwer, als Trainerin eine Stelle zu kriegen, wenn man nicht den richtigen Lebenslauf vorzuweisen hat. Als Läuferin war ich nicht gut genug für eine Sportkarriere. Ich konnte Unterricht geben. Aber als allein erziehende Mutter mit einem kleinen Kind? Ich hatte damals keine Beziehung. Harlan wollte mir helfen, aber ... wir kamen nicht so gut miteinander aus. Also haben Marian und Joe geholfen, mir eine Legende zu basteln, junge Absolventin, Heirat, Mann gestorben ... und ich bekam die Stelle in Ricelands. Die Schule überprüfte nicht, ob ich wirklich verheiratet gewesen war, die waren froh, eine zu kriegen, die von einem berühmten College mit einem Goldmedaillengewinner kam. Sobald ich mir da einen Namen gemacht hatte, hab ich mir die bessere Stelle am Orange geschnappt –«

Meine Gefühle flammten wieder auf, ich fiel ihr ins Wort. »Wenn Dad ein Schwuler war und was mit diesem Brown hatte, wie konntest du dann mit Dad ein Kind haben? Habt ihr zwei ihn euch – geteilt oder was?«

Sie richtete sich auf und blitzte mich böse an. »Du musst noch viel lernen über Lesben und Schwule.«

»Ver-*zeihung!* Ich hab die Papiere gesehen. Mein Dad ist im August 1976 gestorben und ich bin ein Jahr später geboren. Ein Baby braucht neun Monate. Ich sehe Billy Sive nicht mal *ähnlich*.«

»Ein kleines bisschen siehst du ihm schon ähnlich. Und du siehst mir ähnlich. Und deinem Großvater Sive.«

»Vielleicht erklärst du's mir dieses Jahr noch!«

Sie stand auf und blickte wütend auf mich herunter. »Wag es nicht noch mal, in diesem Kasernenhofton mit mir zu reden!«

Ich stand auch auf und baute mich drohend vor ihr auf. Aber Chinos warnende Stimme tönte in meinem Kopf. Tränen liefen ihr übers Gesicht. Ich hatte sie nie weinen sehen, außer einmal, als ich einen Pokal von ihr kaputtgemacht hatte, sonst nie. Ich fühlte mich richtig mies.

»Ich wollte es dir erzählen ... irgendwann. Aber irgendwie wurde es immer schwerer für mich, darüber zu reden – ich hab's immer aufgeschoben. William, verzeih mir. Vielleicht hab ich einen Fehler gemacht, ich geb's ja zu. Aber ich wollte dir nie wehtun.«

Ich schnaubte wütend und zuckte mit den Achseln.

»Verzeihst du mir?«, fragte sie.

»Aber ... du musst mir jetzt alles sagen. Okay?«

Sie holte tief Luft. »Okay. Künstliche Befruchtung. Weißt du, was das ist?«

»Das hatten wir in Sexualkunde. Wieso?«

Die Erwachsenen reden immer von »langen Nächten«. Dies wurde meine erste.

Draußen im Apfelbaum kauerte ich mit hochgeklapptem Jackenkragen. Es dämmerte und es war kalt. Ein paar Sterne glühten noch am tiefgrünen Himmel. Die Sommersonnenwende war vorbei, die Tage wurden kürzer. Ich hatte zugeschaut, wie der Große Bär hinter dem Haus von Axl Rose unterging und das Sommerdreieck sich auf den Meridian zudrehte, ohne jeden wehmütigen Gedanken an mein Teleskop, das in Scherben vor dem Haus lag. In mir war eine seltsame Leere. Und jetzt? Was sollte ich jetzt noch mit meinem Raumschiff durch das Sommerdreieck rasen und etwas suchen, das sowieso erlogen war?

Über Los Angeles hing eine orange glühende Schmutzglocke. Violetter Smog lag über dem Meer. Die ganze Welt sah krank aus, vergiftet. Meine Muskeln zitterten immer noch von all den heftigen Gefühlen.

Chino saß in asiatischer Hockstellung an den Baumstamm gelehnt. Ich sah von oben seinen Kopf mit den nassen, straff zurückgekämmten Haaren. Er roch geduscht.

»Du hast dich noch nicht bei deiner Mutter entschuldigt«, sagte er.

»Mom ist 'ne Perverse.«

»Das heißt Lesbe.«

»Das ist dasselbe.«

»Pervers sagen Leute, die Frauen wie deine Mutter hassen. Hasst du sie etwa?«

Eigentlich sollte es mich total aufregen zu erfahren, dass ich eine Lesbe als Mutter hatte. Aber ich fühlte mich nur tot.

»Als du klein warst, hat sie mit einer Frau namens Marla zusammengelebt. Du warst erst drei. Marla ist bei einem Autounfall gestorben. Deine Mom wollte sich nicht auf eine neue Beziehung einlassen. So viele Tote. Diese Familie wird vom Tod verfolgt. So viele Geister. Komisch, wie diese Typen, die deinen Dad umgebracht haben, uns damit allen so was wie ein Familienleben weggenommen haben. Deine Mom ist abweisend Männern gegenüber, aber Billy hat es geschafft, ihr Vertrauen zu gewinnen. Bis heute ist er der einzige Mann, der ihr je nahe war. Erst vor ein paar Tagen hat sie zu mir gesagt, wie sehr sie ihn vermisst. Über manche Verluste fällt es schwer zu reden –«

Ich saß da und dachte darüber nach, wie er sich als Teil der »Familie« sah. Komische Familie – alles Schwule und Lesben. Wie konnten diese Abartigen eine richtige Familie haben?

Am Horizont über L.A. tauchte die erste glühende Blase der Sonnenkugel auf. Der Baum, Chino und ich waren plötzlich in feurigem Orangerot angestrahlt.

»Witzig ... dieser Baum«, sagte er.

»Wieso?«

»Du setzt dich immer da rein. Weißt du, wo der Baum herkommt?«

»Nee.«

»Vom Prescott College, er stand hinter Marians Haus auf dem Campus. Es war ihr Lieblingsbaum – sie hat ihn gepflanzt, als ihre Tochter Sara geboren wurde. So viele Familiensachen sind unter diesem Baum passiert. Unter dem Baum hat dein Dad Harlan geheiratet.«

»*Geheiratet?*«

»Sie wollten, dass es etwas Heiliges ist.«

»Zwei Typen, die heiraten«, höhnte ich.

Er überging das. »Als Marian und Joe hier in den Westen zogen, hat sie den Baum hierher verpflanzen lassen.«

»Wo ist Sara?«

»Du weißt nicht viel über deine Familie, was? Sara lebt in Mexiko und ist Heilpraktikerin. Willst du mehr hören?«

»Wen interessiert's«, sagte ich gelangweilt.

»Marian ist nicht deine leibliche Tante. Deine Mom will, dass du Tante zu ihr sagst, weil sie für sie wie eine Schwester ist. Deine Mom hat beim Coming-out ihre Familie verloren, auch ihre Schwester. Sie wohnen immer noch in Michigan, und sie haben seit 1975 kein Wort mit ihr geredet.«

»Ganz schön einsam, was?« Ich wusste nicht, was ich sonst sagen sollte.

»Harlan steht Marian auch sehr nah, wie ein Bruder. Harlans Eltern haben den Kontakt abgebrochen. Dein Großvater lebt in San Francisco. Er ist ein hervorragender Anwalt. Harlan wohnt mit Vince in West Hollywood, eine halbe Stunde von hier. Harlans Sohn Michael wohnt auch in L.A., mit seiner Frau. Harlans anderer Sohn redet nicht mehr mit ihm. Deine Mom und ich sind manchmal wie Hund und Katz, aber das ist schon in Ordnung ... sie ist die kleine Schwester, die ich nie hatte. Irgendwie haben wir uns alle adoptiert ... alle eine *familia*.«

Nach und nach hatte er sie vor mir ausgebreitet – eine Sternenkarte mit seltsamen neuen Konstellationen, so beängstigend, dass ich nicht hinsehen konnte. Die Sonne war jetzt rausgekommen und lag als rot brennender Ball auf der Smogglocke.

»*La familia*«, sagte er leise. »Man weiß erst, wie wichtig sie ist, wenn man sie verliert.«

»Siehst du diesen Brown manchmal?«

»Ständig. Vince auch ... mein kleiner Bruder, den ich nie hatte.«

»Und die sterben bestimmt mal an Aids?«, sagte ich sarkastisch.

Chino stand auf und schlug sich sorgfältig die Kleider ab. »Du weißt genauso wenig über Aids wie über Schwule«, sagte er mit einem Blick aus den Augenwinkeln.

Ich konnte mir den Sarkasmus nicht verkneifen. »Du und Marian, ihr seid also die Einzigen in dieser ganzen ... Familie, die nicht pervers sind.«

»Das heißt schwul oder lesbisch.«

Warum hatten die sich so mit Wörtern? »Meinetwegen«, sagte ich.

»Wie kommst du darauf, dass ich nicht schwul bin?«, sagte er leise.

Ich rang nach Luft. Konnte das sein? Mein Commander, dem ich vertraute, ein Kinderschänder? Jerry sagte, alle Schwulen sind Kinderschänder. Aber Jerry war verrückt, oder?

»Harlan und Billy haben mich angestellt, weil sie von Leuten geschützt werden wollten, denen sie vertrauen konnten«, fuhr er fort. »Damals war ich frisch aus Vietnam zurück und versuchte mich wieder hier einzugewöhnen ... ich war noch in der Marinereserve. Als dein Dad umgebracht wurde, hat der ganze Medienrummel die hohen Offiziere auf mich aufmerksam gemacht. Beim SEAL hatte ich aufgepasst. Ich hatte nie was mit Kameraden, ich glaube aber, ein paar wussten Bescheid. Wenn ich was gemacht habe, war es woanders. Aber die Navy hat mich aus der Reserve entlassen. Es gibt eine Menge von uns beim Militär. Die hohen Ränge wissen das ganz genau. Die hat das nie groß gekratzt, solange man die Klappe hielt. Von denen sind auch einige schwul. Aber wenn du dich outest oder deine Tarnung auffliegt, heulen sie mit den Wölfen und sehen zu, dass sie dich loswerden.«

Während er redete, stürzte meine Traumgestalt des vollkommenen Raumschiffcommanders in sich zusammen. Ich hörte kaum, was er sagte.

»Diese ganzen Leute, die deinen Dad gern gehabt haben«, sagte er ruhig, »die gibt's noch. Deine Mom hat wieder Kontakt zu ihnen aufgenommen. Du bist Billys Junge – sie würden dich gern kennen lernen.«

»Ich will keine Perversen kennen lernen.«

»Harlan ist dein zweiter Vater.«

»Ist er nicht. Der ist gar nichts.«

Die Kriegeraugen durchbohrten mich. »Du bist erst dreizehn«, sagte er beherrscht, »aber du bist so gemein wie ein Erwachsener.«

Vielleicht war es nicht klug, mit Worten um mich zu ballern. Aber ich hatte es nun mal gesagt. Ich presste mein Gesicht an die raue Baumrinde.

Ein langes Schweigen entstand. Dann wandte sich Chino ab. »Niemand sagt, dass du Schwule mögen musst«, sagte er über die Schulter. »Aber du musst dein Zimmer aufräumen. Und du musst dich bei den Frauen entschuldigen. Sonst bist du aus meinem Programm draußen.«

Chino ging weg. Ich fühlte mich, als würden alle Eingeweide und Hirnwindungen aus mir rausgerissen und hinter ihm hergezogen. Kurze Zeit später schoss sein 4Runner die Straße hinab.

Das Chaos in meinem Zimmer blieb. Ich nahm meinen Schlafsack und legte mich in eine Ecke, wo keine Scherben waren. Draußen hatten die anderen mein kaputtes Teleskop aus der Einfahrt gekickt, in die Mittagsblumen am Rand, denn wegräumen würden sie es nicht. Chino kam nicht wieder. Da nahm ich allen Mut zusammen, den ein dermaßen verzweifelter und einsamer Junge aufbringen konnte, und packte ein paar Sachen in meinen blauen NASA-Rucksack. Er sah schon ziemlich runtergekommen aus.

Am nächsten Tag ging ich die Straße hoch um mir die LaFont-Kids anzuschauen.

9 Ana

Das Haus der LaFonts war da, wo Marian gesagt hatte. Es war blau und stand auf einem steilen Hang. Die Macht war mit mir – in der Einfahrt skatete ein Junge. Ich sah zu, wie er mit dem Skateboard auf ein Geländer sprang und darauf hinabschlidderte. Ein Draufgänger wie ich.

»Ja, meine Ma hat schon gesagt, dass du da wohnst. Komm rein«, sagte er.

Ziggy war fünfzehn. Ich hing eine Weile mit ihm rum und hörte seinen Lieblings-Heavy Metal auf seiner geilen Anlage. Irgendwie hatte ich nicht das Gefühl, dass wir Freunde sein könnten. Aber wir quatschten. Seine Mutter war im Krankenhaus und sein Stiefvater besuchte sie. Sie hatten ein Restaurant namens *The Cove* unten am Highway. Das Restaurant war voll der Renner, deswegen mussten seine Eltern ununterbrochen schuften – auch so Sklaven in den Xyziumminen.

Von der Musik angelockt kam seine Schwester Ana runter und hockte sich zu uns. Frühreif wie ich – sie war dreizehn und sah aus wie zwanzig. Sie zeigte mir die Kondome, die sie in der Tasche hatte, und sie schien sich einen Dreck darum zu scheren, was die Jungs von ihr dachten. Mit anderen Worten, Ana war nicht eine von den üblichen blöden Weibern. Wenn Orik sich mit Frauen rumtrieb, konnte ich das auch. Außerdem war es meine Pflicht, in dieser Familie voller Perverser die Heterotradition hochzuhalten.

Ich rief zu Hause an.

»Dies ist der vorgeschriebene Anruf von deinem Sohn«, sagte ich zu Mom. »Ich bin bei den LaFonts und ich würde es begrüßen, wenn du mir nicht Chino auf den Hals schickst.«

»Im Moment bezweifle ich, dass Chino für dich einen Finger rühren würde«, sagte Mom kalt. »Komm wieder, wenn du bereit bist, dein Zimmer aufzuräumen.«

Ziggy und Ana riefen ihre Mutter im Krankenhaus an und sagten, dass ich da war. Damit waren wir rundrum abgesichert.

»Du kommst gerade recht für die Party«, sagte Ziggy. Wir gingen zu dritt zum nächsthöheren Haus. Es war eine rosa Villa, noch größer als die von Marian. Ace und seine Freundin Mia ließen uns rein und planten mit uns die nächste Party für fünfzehn bis zwanzig andere »Houser«, Leute, die auf große Hauspartys gingen. Sie waren siebzehn, wirkten aber viel älter – auch Heavy Metal-Fans. Die Eltern von Ace waren reich, hatten eine eigene Medienfirma. Sie räumten den Kühlschrank voll und flogen irgendwohin auf Geschäftsreise, und wir hatten sturmfreie Bude. Die lässigsten Eltern, die man sich vorstellen kann. Jerry würde einen Schlaganfall kriegen, wenn er das wüsste. Ich hatte so das Gefühl, die LaFonts würden auch einen kriegen, wenn sie wüssten, dass wir eine Party machten.

Nur so aus Neugier rief ich bei Orik an. Die alte Nummer war abgemeldet. Die neue war geheim. Orik war wahrscheinlich mit Donnala aus oder mit wem auch immer.

Die zweitägige Party begann bei Ace. Zwanzig Kids rauchten draußen am Pool, weil seine Mutter zur Furie wurde, wenn sie im Haus Zigarettenrauch witterte. Ich hatte an einem Tag meine erste Zigarette und meinen ersten Joint mit Mendocino-Express-Gras, und ich konnte nicht glauben, wie sehr ich abdrehte. Die Älteren hackten auf mir rum, was ich für ein Windelscheißer sei, also musste ich es ihnen zeigen. Am Abend machten wir uns über die Hausbar von Ace' Alten her, und Ziggy und ich tranken jeder um die fünfundzwanzig vorgemixte Kiwi-Daiquiris. Mir wurde so kotzübel, dass Ziggy mich ins Gebüsch rausschleifte, damit ich nicht das Wohnzimmer voll reiherte. Mir wurde schwarz vor Augen, und als ich aufwachte, wurde es schon Tag – Aldebaran ging gerade über L.A. auf, so hell wie ein Flugzeug im grell orangenen Sonnenlicht. Ich war vom Tau durchnässt und voller Zecken und in meinem Kopf war wieder dieser pochende Schmerz, wo ich ihn am Heckfenster angeschlagen hatte.

Zu acht verbrachten wir den zweiten Tag am Zuma Beach. Ich bekam einen Sonnenbrand und schleppte immer noch den Plan mit mir rum, die letzten Fetzen meiner Jungfräulichkeit bei Ana abzustoßen, schließlich war ich anscheinend der einzige Junge in ganz Malibu, dem sie noch kein Gummi drübergestreift hatte. Im Wasser nahm ich sie in die Arme und unternahm einen entschlossenen Anlauf zu meinem ersten Kuss, aber sie entglitt mir.

In Malibu waren die Frauen aufgestylter als die Mädels in Costa Mesa, und Ana war die Gestylteste von allen – die Königin von Malibu. Sie ging gern auf Partys, aber sie machte auch Muskeltraining und schwamm und machte Gymnastik und Karate. Sie war eine Fitnessfanatikerin, irre gebräunt und gestrafft, wie die Olympiaturnerinnen im Fernsehen, alles Muskelmasse, keine Titten. Ihre Haare waren unglaublich – eine Masse von roten Wuschellocken bis zur Hüfte. Als ich sie zum ersten Mal sah, hielt ich es für eine Perücke. Sie hatte einen kleinen versilberten Hänger in einem Ohr und teilte mir mit, sie sei für freie Abtreibung. Ich hatte erwartet, dass sie im knallengen Bikini über den ganzen Strand stolzieren würde wie über einen Laufsteg, aber zu meiner Überraschung trug sie einen Einteiler, der alles bedeckte. Sie setzte durch, dass sie mit uns Jungs surfen durfte, obwohl wir sagten, sie sollte am Strand liegen bleiben und schön sein. Sie half uns sogar, eine Gruppe von Surftouristen zu verhauen und von unserem Strand zu vertreiben. Und sie lachte mich aus, als ich abschmierte. Ich hatte so lange meine Nase in den Sternenhimmel gesteckt, dass ich von so alltäglichen Dingen wie Surfen keine Ahnung hatte.

»Deine kleine Schwester spuckt ja große Töne«, sagte ich zu Ziggy.

»Ach ... die meint, sie ist ... na, hässlich und so«, sagte Ziggy.

»*Hässlich*? Die?«

»Sie hat doch tatsächlich mehrere Jobangebote als Model ausgeschlagen. Kapierst du das? Sie interessiert sich für *Vögel*.«

Wenn Miss Lockenpracht hässlich war, dann musste Mister Zwerg gut genug für sie sein.

Ace und Mia hatten fünfzehn Karten für das Guns'n'Roses-Konzert am selben Abend. Ace zückte Papas Kreditkarte und eine Stretchlimousine beförderte uns nach L.A. zur Open-Air-Bühne. Alle außer uns waren alt, achtzehn oder zwanzig, und ich wurde auch jede Minute älter. In der Schlange am Eingang schluckten alle diese neue Droge, Ecstasy, also tat ich das auch. Dann stürzten wir uns in die johlende, wogende Masse. Von Feuerwerk, Rauch und Scheinwerfern berauscht sahen wir die Musiker kreuz und quer über die Bühne springen, ihren Gitarren einen abwichsen, die Beine spreizen und uns ihre Beulen in der Hose vorführen. Ich trieb durch gleißendes Licht, flog mit meinem Raumschiff in eine gefährliche neue Galaxie hinein. Auf einmal liebte ich alle, alle Menschen und alle Monster und Mutanten. Sogar Heavy Metal liebte ich. Gleichzeitig liebte ich Ana. Nicht mehr lange, und dieser Körper, der so unwiderstehlich sein musste, würde mich erleuchten wie der Sternenhimmel.

»Wär schade, wenn wir uns im Gedränge verlieren, Süße«, sagte ich und legte ihr den Arm um die Taille.

Irgendwie kämpften wir uns nach vorne durch. Ziggy trieb mich zum Stagediven an. Er und Ace katapultierten mich auf die Bühne. Ich breitete die Arme aus. Ich, der Finder, einzigartig unter den Menschenwesen, hatte mein Schicksal, das in den Sternen lag, ausgeschlagen um hier auf Erden mein Imperium zu errichten. Die Sklavenmassen feuerten mich an. Axl und der Leadgitarrist spielten zusammen auf der anderen Seite der Bühne ein langes Riff, die Startbahn war also klar. Tausend Händepaare streckten sich nach mir aus. Ich würde auf ihnen schwimmen wie auf einem Strom. Ich liebte sie alle. Ich wollte mich von allen entjungfern lassen. Auwei, da kam Axl Rose an, der wollte mich bestimmt von der Bühne schmeißen. Ich machte einen grandiosen Absprung, hoch und weit über die tosende Menge, weit, weit ... die Flügel ausgebreitet. Ich war der Pilot in *Der Stoff, aus dem die Helden sind*, der sein Testflugzeug in den Weltraum fliegen will. Und hinab, hinab ...

... und sie fingen mich nicht richtig und ließen mich fallen.

Ich knallte auf den Boden. Selbst in meinem weltumschlingenden Zustand spürte ich, wie auf meinem Arsch gerade ein schöner Bluterguss entstand. Dreihundert Leute latschten über mich drüber, einer stieß mir mit dem Stiefel die Nase blutig. Mein Sternen-Cap war weg. Ich kämpfte mich zur Gang vom Caballo Canyon zurück und hoffte, dass ich wenigstens Ana mit meinem Versuch beeindruckt hatte.

»So ein Loser«, sagte sie und drehte sich weg.

Als wir zum Haus von Ziggy und Ana zurückkamen, wartete ihr Stiefvater Glenn schon auf uns. Er sah uns an, dass wir einen draufgemacht hatten, und er war stinksauer. Sein bedrohlicher Knastblick verwandelte uns auf der Stelle in brave Kinder. Glenn war nicht so brav gewesen. (Das wusste ich von Ziggy.) Glenn hatte fünfzehn Jahre wegen diverser Drogen- und Waffengeschichten gebrummt, war jetzt nicht mehr auf Bewährung und versuchte das Unmögliche, ein guter Bürger zu werden. Mrs. LaFont hatte ihren Namen behalten, als sie Glenn heiratete, das Restaurant gehörte ihnen zusammen. Ich wunderte mich, dass eine Frau wie sie sich mit einem Desperado wie Glenn zusammengetan hatte. Aber Ana und Ziggy meinten, er kümmerte sich wirklich um ihre Ma. Er war etwa so groß wie Chino, ledrig und flink wie ein Alligator, von Knast-Tattoos übersät – sogar auf den Handrücken. Der machte sich wohl nichts daraus, in eine Schublade gesteckt zu werden.

»Eurer Mutter geht es immer noch nicht gut«, sagte Glenn zu Ana und Ziggy. »Sie möchte euch sehen. Und dich auch«, sagte er zu mir.

Mom bekam den vorschriftsmäßigen Anruf und es war in Ordnung. Wir fuhren los.

Auf dem Freeway ereilte mich wieder eins von diesen Aufklärungsgesprächen. Ich merkte, wie sehr ich mich immer noch über galaktische Minenfelder voll schwarzer Löcher der Familiengeschichte bewegte, und ich passte höllisch auf, nicht wieder irgendwo reinzutreten.

»Du weißt, was meine Ma hat?«, fragte Ana.
»Nein«, sagte ich.
»Es heißt CFS, chronisches Müdigkeitssyndrom«, sagte sie.
Ziggy fügte hinzu: »Vielleicht hat sie was von Anas Vater gekriegt. Der ist an Aids gestorben. Aber sie ist HIV-negativ und die Ärzte wissen nicht, was es ist. Die meiste Zeit geht's ihr ganz gut. Aber manchmal wird sie total müde und wir stecken sie ein paar Tage ins Krankenhaus.«
Angst durchzuckte mich. »Ich dachte, nur Schwule kriegen Aids«, sagte ich.
Glenn lachte. »Ich bin nicht schwul und auch nicht krank, aber ich bin HIV-positiv, was immer das heißt. Ich hab's mir im Knast eingefangen. Meine Frau hab ich später im Krankenhaus kennen gelernt, als ich auf Bewährung draußen war.«
Mir klappte fast die Kinnlade runter.
»Na, Glenn, wie viele Typen hast du im Knast rangenommen?«, fragte Ziggy.
»Ach ...«, sagte Glenn aufgekratzt. »Ich weiß nicht mal, von wem ich es habe. Vielleicht von meinem Zellenbruder. Meine Frau hat deinen Dad gekannt«, er drehte sich halb nach mir um, »Eileens erster Mann war Jacques LaFont ... und Jacques war ein Freund von deinem Dad.«
Wieder war ich in den Gravitationsfeldlinien der dunklen Vergangenheit gefangen. Wurde unerbittlich zu geheimnisvollen Schicksalsplaneten hingezogen. Jacques LaFont? Der Name kam mir bekannt vor. Ich ließ in meinem Kopf das Video im Suchlauf abspulen. Jacques war eine Zeit lang mit Vince zusammen gewesen. Er war einer von den drei Läufern in Prescott, die in die Olympiaauswahl wollten.
Ana fügte hinzu: »Weißt du, mein Dad war bisexuell.«
»Sieht ganz danach aus«, sagte ich.
»Er ist im College mit deinem Dad gelaufen. Er ist mit deinem Dad und Vince nach Prescott gegangen, als die Uni Oregon sie rausgeschmissen hat. Aber er kam mit dem Medienrummel nicht klar, mit dem ganzen Hass. Da hat er aufgehört zu laufen und meine Ma geheiratet.«
Ich war schockiert, wie leichthin diese Familie über geheime

Sachen redete. Die beiden wussten viel zu viel über ihre Familiengeschichte.

»Die Kinder kriegen es aber nicht immer«, sagte Ana. »Ich bin HIV-negativ und ich hab auch kein CFS. Aber mein kleiner Bruder ist als Baby an so 'ner komischen Krankheit gestorben.«

»Unsere Mutter wollte einen Jungen, deshalb hat sie mich adoptiert«, sagte Ziggy.

Ana lächelte, sie war wohl stolz darauf, dass sie so viel zu erzählen hatte. »Dann haben unsere Großeltern versucht, uns unserer Ma wegzunehmen, weil sie krank war. Die hatten einen richtigen Hass auf meinen Dad, weil er bi war.«

»Das hat Mom mir erzählt«, sagte ich. »Da seid ihr vor Gericht?«

»Mhm«, sagte Ziggy. »Dein Großvater ist ein genialer Rechtsanwalt, der hat unsere Ma vertreten.«

Mein Großvater? Billy Sives Vater?

»Ziggy und ich mussten aussagen und wir haben der Richterin gesagt, dass wir bei Ma bleiben wollen. Wir haben gewonnen und Ma durfte uns behalten«, sagte Ana.

»Dramatisch«, sagte ich.

»Willst du das Beste von der Geschichte hören?«

»Wird's noch besser?«, fragte ich sarkastisch.

Sie grinste mich breit an. »Und ob! Du und ich, wir sind uns als Babys begegnet. Damals haben wir alle in New York gelebt. Wir müssen uns die wilden Schlachten geliefert haben damals.«

Ziggy kicherte wie blöde. »Schwesterherz, wir müssen William unbedingt die belastenden Fotos im Familienalbum zeigen ...«

Das Einzelzimmer, in dem Mrs. LaFont lag, war voller Blumen, die Glenn ihr mitgebracht hatte. Sie war ganz behaglich in einen edlen Morgenmantel gehüllt. Sie sah aus wie jemand Dünnes, der zugenommen hat, mit ihren knochigen Händen und dem aufgedunsenen Gesicht. Glenn küsste sie auf die Wange. Es war schön zu sehen, wie dieser Ex-Bösewicht seine Frau liebte.

»Wie geht's denn meinem Mädchen?«, fragte Glenn.

»Hol mich hier raus. Ich hasse Kranksein.«

»Wirkt das neue Antibiotikum? Wie heißt das noch mal?«

»Doxycyclin. Der Arzt sagt, es dauert eine Weile.« Kurze Pause.

»Und das ist Billys Junge?« Sie musterte mich mit diesen tiefblauen Augen – noch ein Augenpaar, das meinen Dad lebendig gesehen hatte. Sein Bild war irgendwo auf ihrer Festplatte abgelegt, wo ich nie rankommen würde. »Wurde auch Zeit, dass deine Mutter dich herbringt.«

Ich stand da, die Hände in den Taschen, und wollte ihre knochige Hand nicht ergreifen, die sie mir hinstreckte. Sie hatte etwas Hartes – nur Prinzipien, kein Herz. Ich wusste nicht, ob ich sie mögen sollte. »Hallo«, sagte ich ohne näher zu kommen.

Sie sah Glenn an. »Billys Manieren hat er jedenfalls nicht geerbt. Billy war so ein zuvorkommender Mensch.«

Zum ersten Mal hatte ich das Gefühl, es könnte ein Problem sein, dass ich Dad jetzt in meiner Welt hatte. Man würde mich mit ihm vergleichen.

Wieder im Haus konnten Ana und Ziggy es kaum erwarten, mir die alten Fotos zu zeigen. Da war ich an meinem ersten Geburtstag, mit einem anderen Kind auf dem Teppich. Wir fetzten uns. Auf einem verwackelten Foto haute mir Ana mit der Faust auf die Nase. Auf dem nächsten Bild heulte ich und Ana kroch von dannen und schleifte ihre aufgegangene Windel hinter sich her. Im Hintergrund erkannte ich die Gesichter, die überall dabei waren – Mom, Marian, Chino, Vince ... und Harlan. Und ein kleiner dunkelhaariger Typ, das musste mein Großvater sein, John Sive.

Ana gackerte und kreischte die ganze Zeit. Sie rieb es mir richtig rein.

Und dann war da ein Foto von Anas Dad, krank und abgemagert, in seinem Forschungscamp auf Hawaii, wo er vom Aussterben bedrohte Vogelarten studiert hatte. Jacques hatte genau die gleichen roten Wuschellocken wie Ana – aber die meisten waren ausgefallen und seine Augen blickten traurig.

Glenn setzte mich zu Hause ab. Der Van raste weiter bergab und ließ mich am Straßenrand zurück. Da stand ich nun. Den Rucksack über der Schulter. Ohne mein Basecap, mit offenen Schnürsenkeln. Ich stank nach Kippen und Kotze und hatte den totalen Süßigkeitenschmachter von dem ganzen Gras, das ich geraucht hatte. Also sprang ich in den Pool, schwamm zwanzig heftige Bahnen und gurgelte mit dem Poolwasser in der Hoffnung, dass das Chlor den Geruch neutralisieren würde. Im Esszimmer saßen Mom und Nancy bei Kaffee und Keksen und redeten über Marians Politkarriere. Am laufenden Band klingelte das Telefon und Nancy ging ran. Sie starrten beide auf meine blauen Flecken und zerfetzten Klamotten.

Mom kam mir ins Wohnzimmer nach. Sie zog die Nase kraus – als Nichtraucherin roch sie eine Zigarette meilenweit.

»Fehlt nur noch die Hundeleine«, sagte ich, »dann kannst du auf dem Flughafen nach Drogen schnüffeln.«

»Untersteh dich, so mit mir zu reden! Ich nehme an, du hast wild rumgevögelt und schleppst mir jetzt sämtliche Krankheiten an.«

»Schön wär's«, brummte ich, während ich das Valhalla-Video wieder rausholte.

»Nur zu. Vielleicht lebst du ja noch, wenn du wählen darfst.«

»Warum hast du mir nicht von den LaFonts erzählt?«

»Wann denn? Ich musste dir so viel anderes erzählen.«

Ich sah mir das Video noch einmal an. Urgeschichte, vom Anbeginn des Universums an. Der Urknall war der Rausschmiss von meinem Dad, Vince Matti und Jacques LaFont aus der Mannschaft der Uni Oregon, weil sie schwul waren. Sie wechselten zum Prescott College, wo Harlan Brown ihr Trainer wurde.

Mom kam rein und setzte sich zu mir.

Als das Video zu Ende war, holte ich sehr tief Luft und sagte: »Okay ... Mom, ich möchte mich entschuldigen.«

»Mal sehen, wie ernst du das meinst«, sagte sie kühl. »Das nächste Mal erwischst du mich nicht mehr ohne Deckung.«

»Ich meine es ernst.«

Sie sprang auf und ging auf und ab, wie sie es immer tat, wenn sie ihr Team ins Gebet nahm. »Wir wollen eins klar stellen«, sagte sie. »Wenn du denkst, ich will, dass du schwul wirst, erspar uns das Drama. Ich wäre sogar *erleichtert*, wenn du hetero wärst. Okay? Ich weiß, das ist nicht p.c., so was zu sagen. Aber manchmal denke ich, na gut, ich sag ihm nicht alles, aber so wird er, falls er schwul wird, alles von der Pike auf selber rausfinden, so wie wir alle. Das heißt, du *musst* nicht mit Mädchen ins Bett springen. Du *musst* nicht jede Tunte aufklatschen, die dir begegnet. Versuch einfach, ein ganz normaler, durchschnittlich zerstörerischer Jugendlicher zu sein, okay?«

Ich lauschte ganz verdattert ihrer Ansprache.

»*Okay?*«, schrie sie.

»Ja, klar«, sagte ich verwirrt.

Oben war das Schlachtfeld in meinem Zimmer unverändert. Inmitten all der Trümmer stand immer noch die unangezündete Kerze auf ihrem Platz auf der Kommode. Sie war das Einzige im Zimmer, das ich heil gelassen hatte. Das Bild von Billy lag in der Ecke. Der Rahmen war geborsten. Mein Dad grinste mich an durch eine Nova aus zersprungenem Glas.

Komisch ... jedes Mal, wenn ich ihn jetzt betrachtete, sah er anders aus. Es war, als würde ich einen interstellaren Nebel umkreisen und ihn von verschiedenen Raumpunkten aus sehen. Ich war mit den Housern unterwegs gewesen. Für die gab es nur Party. Als mein Dad in dem Alter war, träumte er vom Olympiasieg. Ob er je auf Partys gegangen war? Er hatte bestimmt das Leben geliebt. Vielleicht hatte er manchmal einen draufgemacht. Vielleicht hatte er es satt, tagein, tagaus diszipliniert zu sein, und musste mal ausbrechen. Vielleicht hatte er sogar den einen oder anderen Joint geraucht. Wie fühlte sich so was an – dieser unglaubliche Glücksrausch, als er wusste, dass er die zweite Goldmedaille gewonnen hatte, direkt bevor ihn die Kugel traf? Hatte er je irgendwas anderes machen wollen als laufen? Karriere? Als Sklave in irgendeiner Xyziummine konnte ich mir ihn nicht vorstellen. Hatte er sich je über Mädchen Gedanken gemacht? Hatte er für Mom noch andere Gefühle gehegt als Freundschaft und Brüderlichkeit?

Ein trockenes Schluchzen zerriss mich. Ich hatte das Bild an meine Brust gepresst. Irgendwann kramte ich im Rucksack nach meinem neuen Feuerzeug und zündete die Kerze wieder an.

»Es tut mir Leid«, flüsterte ich. »Sei mir nicht böse. Ich will nur verstehen ...«

Ich duschte lange und ging dann in die Küche und stopfte die übrig gebliebenen Kekse in mich rein. Taylor war da mit seinem Klemmbrett und seinem Wahlkampfstrategengewäsch. Sie planten Marians Wahlkampagne. Ich ignorierte sie, holte den Staubsauger und Mülltüten und machte mein Zimmer klar. Draußen wanderte der Teleskopschrott in die Tonne. Da waren die Tränen wieder. Ich musste den totalen Aussetzer gehabt haben, das Teleskop zu zerstören. Als ich die Spiegelscherben zusammenfegte, kam Nancy mit ihrer Aktentasche die Einfahrt heruntergehumpelt.

»Nancy, tut mir Leid, dass ich dich getreten hab«, sagte ich.

Sie blieb stehen und schaute auf den Scherbenhaufen. »Schade drum«, sagte sie.

Ich zuckte mit den Achseln. »Ich wollte sowieso ein größeres bauen.«

Als wir uns alle zum Abendessen setzten, schluckte ich und sagte: »Marian, tut mir Leid, dass ich deine Sachen kaputtgemacht hab. Ich bezahl sie dir.«

»Das chinesische Porzellan hast du in fünfhundert Jahren nicht abgearbeitet.«

»Ich mäh den Rasen ... was du willst. Okay?«

»Du kannst bei meiner Kampagne helfen«, sagte sie.

»Kommt Chino zum Essen?«, fragte ich.

Mom hielt mir das Telefon hin. Ich wählte seine Piepsernummer. Zehn Minuten später rief er zurück. Ich zog die lange Schnur in die Vorratskammer um ungestört zu sein.

»Hallo, Chino.«

»Hallo,«, sagte er knapp. »Ich hab gehört, du warst bei den LaFonts.«

»Ja.« Gefühle stiegen in mir hoch. »Hey, Chino, weißt du ... du hast Recht gehabt. Mit allem.«

»Meinst du, so einfach kommst du wieder in mein Programm?«

»Entschuldigung.« Meine Knie zitterten. Meine Augen brannten.

»Ich hab gehört, du bist mit einer Marihuanafahne heimgekommen.«

»Ich rühr es nie wieder an, ich schwör's.«

»Immer noch kalt. Eiskalt.« Er klang gelangweilt und angewidert.

Verzweiflung packte mich. »Ich geh sogar zu diesem Brown.«

»Ach«, sagte er. »Du meinst, zu deinem anderen Vater?«

Später am Abend, als Chino nach Malibu kam, verfolgte ich ihn in sein Zimmer und fragte: »Du hast gearbeitet, was?«

»Ja.« Er legte sein Pistolenhalfter ab.

»Als Bodyguard von Madonna?«

»Für deine Mom was erledigt.«

»Ja?« Da ging mir auf, was er andeutete. »Wollen die Heasters Mom verklagen oder so?«

»Glaub ich nicht. Jerry beruhigt sich langsam ... er weiß, dass es nicht klug wäre, beim Jugendamt schlafende Hunde zu wecken. Bei der Staatsanwaltschaft ist er abgeblitzt mit seinen Anschuldigungen. Du und Shawn, ihr seid im gleichen Alter, deswegen sagen sie, was er dir vorwirft, ist nicht strafbar. Die Heasters haben sowieso mit Shawn alle Hände voll zu tun.«

Ich wurde rot und wünschte, sie würden alle endlich aufhören, über *das* zu reden. »Woher weißt du?«

»Frag nicht«, sagte er und öffnete die Schranktür.

»Wollen sie ihn immer noch auf die Militärschule schicken?«

»Schwer zu sagen, was sie vorhaben.«

Was würde jetzt mit Orik passieren? Seine Eltern würden richtig böse werden, wenn er ihnen nicht gehorchte. Einen Moment lang fantasierte ich, dass Orik weggelaufen wäre und uns in Malibu finden würde. Aber der Traum verblasste ... Jerry und Marilyn würden ihm die Polizei auf den Hals hetzen, und bei mir würden sie als Erstes nach ihm suchen.

In ein paar Tagen würde das große historische Familientreffen stattfinden, in einem Strandhaus am Matador Beach. Mom wollte alles ganz locker und lustig aufziehen, damit es für mich nicht so beklemmend würde. Aber ich war sowieso schon ganz beklommen. Mom gab mir noch eine kurze Einweisung, damit ich wusste, wer wer ist. Harlan würde mit den Leuten von Valhalla kommen, denen das Strandhaus gehörte. Die Sive-Geschichte hatte seine Trainerkarriere ruiniert und er hatte sich aufs Schreiben verlegt. Er schrieb Drehbücher für Valhalla, das Studio, das das *Billy Sive*-Video gedreht hatte. Valhalla hatte mit Fernsehreklame angefangen. Jetzt machten sie Features und versuchten, ein paar gute schwul-lesbische Filme in die Kinos zu kriegen, sagte sie. Vince Matti, der beste Freund von meinem Dad, war Co-Produzent. Vince war immer noch mit Harlan zusammen ... und man munkelte, dass er Aids hatte. Es widerte mich immer noch an, dass Brown meinem Vater nicht treu geblieben war.

»Dann muss Brown doch auch Aids haben?«, wollte ich wissen.

»Nein, hat er nicht«, sagte Mom. »Manche kriegen es einfach nicht.«

Dann kam doch tatsächlich ein Brief von Orik, an Marians Adresse. Die Schrift war seine, aber das, was da stand, nicht. Ich hatte ihm oft bei den Hausaufgaben geholfen, daher wusste ich, wie er sich ausdrückte. Seine Eltern hatten es geschrieben und er musste es abschreiben. Es war ein endloses Geseiere von wegen ich würde in die Hölle kommen und ich müsste endlich zu Jesus finden. Mom meinte, sie bräuchte den Brief für den Anwalt. Ich gab ihn ihr.

»Wie kann er das denn bloß mit sich machen lassen?«, fragte ich Chino.

»Sei nicht selbstgerecht. Es ist leicht für Eltern, ihr Kind zu terrorisieren.«

Ich schmollte und schrieb zurück:

Lieber Orik,

hi, wie geht's dir? Ich hoffe gut. Ich habe deinen Brief bekommen. Ich weiß, dass deine Eltern dich zwingen, das alles zu schreiben. Ich selber versuch grade mein Leben auf die Reihe zu kriegen, aber das klappt nicht so richtig. Orik, du bist ein toller Typ und darum vermisse ich dich so. Wenn du bei mir bist, dann bin ich so glücklich, und wenn du nicht da bist, bin ich traurig, weil ich dich so vermisse. Ohne dich macht alles keinen Spaß. Ich hoffe, dein Dad tut dir nicht weh. Lass ihn bloß nicht an dich ran, okay? Ich hoffe, er schickt dich nicht weg und ich seh dich dann nie wieder. So, jetzt muss ich los. Bis irgendwann. Ich vermisse dich. Vergiss das nicht.

Dein Freund, Finder

Dann zerriss ich den Brief in winzige Fetzen und spülte ihn im Klo runter. Kein Sternenkadett würde einem anderen Kadetten so einen Brief schreiben. Außerdem, wenn Oriks Eltern den Brief in die Finger kriegten, würden sie uns vor Gericht zerren.

10 Harlan

Das Strandhaus stand auf einem Felsen ganz am Ende des Strandes. Wir waren als Erste dort und warteten in der Einfahrt, während die Brise das Meer aufraute. Meine Bauchdecke zitterte wie eine Raumsonde, bei der sich das Sonnensegel verhakt hat. Endlich kamen die Valhalla-Leute in einem verstaubten Jeep Cherokee angefahren.

»Und hier sind sie, meine Damen und Herren«, sagte ich, »die tollen Tanten!«

Mom warf mir einen strafenden Blick zu, während zwei schwarze Frauen und zwei weiße Typen ein Volleyballnetz und zwei Netzpfosten aus dem Jeep zerrten. Der dritte Weiße war Brown – ich erkannte ihn von den Fotos. Er war so groß wie ich gern gewesen wäre, ein Clint-Eastwood-Typ mit metallisch grauen Haaren. Er war still und traurig. Um seine langen sehnigen Läuferbeine wehte ein Frotteebademantel mit roten Drachen drauf. Damit sah er aus wie ein Hexer aus einem SF-Film, nicht wie ein Trainer. Seine Haare waren länger als ein kurz geschorener Marines-Schnitt.

Brown und Mom standen eine Weile da und schauten sich an. Sie hatten sich Jahre nicht gesehen. Mom hatte die Arme verschränkt. Schließlich hielt er ihr die Hand hin. Sie nahm sie, aber ich sah, dass sie ihm nicht sehr freundlich gesonnen war. Chino stellte mir alle vor. »William, das sind Harlan Brown – Paul Eckhart – Darryl Falls – die Eigentümer von Valhalla. Rose Bass, sie macht die Finanzen bei Valhalla. Vivian Whitmore, Geschäftsführerin bei Valhalla.«

Ich schaute Brown an. Er gab mir einen scharfen, klaren Blick aus seinen zusammengekniffenen meergrünen Augen zurück. Er schaute direkt in mich rein. Die meisten alten Leute schauen einen an wie durch ihren persönlichen Smogschleier. Ich machte dicht, ließ meine vibromagnetischen Schilde einrasten. Brown hatte mir seine Hand hingestreckt. Starke Hand mit metallisch grauen Haaren, lange Finger. Mit der Hand hatte er den Körper von meinem Dad angefasst. Von dem Gedanken kam mir das kalte Kotzen. Ich drehte ihm den Rücken zu und ging weg. Über die Schulter sagte ich: »Hallo, allerseits.«

Wenn Brown verletzt war, zeigte er es nicht. Wir schleppten unsere Sachen an den Strand.

»Wo ist Vince?«, fragte Marian.

»Müde«, sagte Brown. »Er ist gerade aus Mexiko zurück. William kann ihn das nächste Mal kennen lernen.«

Jetzt fing die große Langweiler-Strandparty an. Die Homos waren genauso auf Regeln versessen wie Jerry Heaster. Alles musste durchorganisiert sein und auf Kommando. Das Volleyballnetz bauten sie auf, als wäre es eine Raketenabschussrampe, und dann wählten sie die Teams – ohne mich. Brown, Rose, Mom und Paul waren die Blauen. Chino, Vivian, Darryl und Marian waren die Roten. Schreie, waghalsige Würfe, Hechtsprünge in den Sand um den Ball wegzubaggern. Chino schnellte senkrecht in die Luft wie ein Delfin, wobei sich seine Muskeln abzeichneten, und knallte tödliche Schmetterbälle übers Netz. Die Roten lagen vorn. »Hey, William«, rief Mom, »die sind in der Übermacht! Komm, hilf uns!«

Chino machte noch einen Punkt.

»William, die machen uns fertig«, schrie Rose.

»William scheint mehr für die Ersatzbank geboren«, sagte Brown lapidar. Das regte mich auf, aber ich ließ mir nichts anmerken.

Nachdem die Roten zweimal gewonnen hatten, gingen wir zum Essen ins Strandhaus. Paul war auf einer texanischen Ranch aufgewachsen, aber manchmal ließ er die Tunte raushängen. Er kabbelte sich mit Darryl, der sein Freund war, über das einzige Avocado-Fleisch-Sandwich.

»Na gut, Mausiputz, nimm's dir«, sagte Paul. »Aber ich kriege die einzige Tüte Barbecue-Nachos. Ätschebätsch.«

Und er warf die Hand in die Luft und schnippte mit den Fingern wie ein Mädchen.

Ab und zu beobachtete ich Brown aus dem Augenwinkel. Er redete nicht viel und jetzt ignorierte er mich. Als er den Drachenmantel ablegte, sah ich das Tattoo auf seiner Schulter – einen

Löwen. Ihm machte es wohl auch nichts aus, in eine Schublade gesteckt zu werden. Meine Blicke verfolgten ihn. Dieser Typ hatte meinen Dad geliebt, mit einer Leidenschaft wie im Film, und er war fast verrückt geworden, als Dad tot war. Aber mir fiel nichts ein, was ich ihm hätte sagen können.

Mom scherzte mit Rose und Vivian rum. Ich fragte mich, ob sie auf eine von beiden scharf war. All dieser Homosex um mich rum. Ich und Marian waren die einzigen Normalen. Alle redeten übers Filmemachen. Warner Ideen zuspielen, Robert Redford ein Drehbuch schicken, laber laber laber. Zum Gähnen.

Nach dem Mittagessen waren die Wellen schon schön hoch, und Paul und Darryl zogen ein uraltes Longboard unter der Veranda vor, von dem die Farbe abblätterte. »Chino, erweist du uns die Ehre?«, fragten sie.

»Ich hab seit der Grundausbildung nicht mehr gesurft«, sagte Chino. »Wir bleiben am besten bei den einfachen Sachen.«

Chino gab allen Surfunterricht auf dem Longboard. Ich tauchte unter und beobachtete ihn beim Schwimmen, wie silbrige Luftbläschen seinen braunen Körper umströmten, die langen Haare ihm offen über die Schultern flossen und seine nasse Badehose andeutete, was er zu bieten hatte. Mit den Scherenschlägen seiner starken Beine stieß er sich vorwärts wie ein Hai. Als er mir half, das Brett unter Kontrolle zu bekommen, hielt ich mich einen kurzen Moment lang an seiner Taille fest, und seine nackte Brust streifte meine. Ich wünschte mir, dass eine Welle ganz zufällig seine Badehose runterreißen würde. Dann schwamm er weg um Mom zu helfen. Sie war widerlich gut auf dem Surfbrett und stieß einen Ki-Yai aus, als sie ihre erste Welle ritt. Brown war auch ganz schön gut. Marian schmierte jedes Mal ab. Bei der nächsten Welle blieb ich mühelos stehen, die Arme ausgebreitet wie Flügel.

Gegen Ende des Strandnachmittags sahen wir alle Chino zu, wie er eine große Welle nahm. Er kreuzte die Welle hinunter und ließ sich weit in die Wasserröhre zurückfallen. Seine kaffeefarbene Gestalt schimmerte durchs Wasser, das sich über ihn wölbte. Er bremste sich auf die Geschwindigkeit der Welle ab, indem er die Hand durch die Wasserwand zog. Mein Brustkorb spannte sich an – ich konnte kaum atmen.

Ich war froh, als wir wieder fuhren. Beim Abschied sagten Paul und Darryl zu mir: »Komm uns besuchen. Wir machen mit dir eine Studiotour bei Valhalla.«

Auf der Rückfahrt zum Caballo Canyon waren alle still und warteten auf meinen Kommentar.

»*Mausiputz*«, sagte ich. »Chino-*Schätzchen*. Darryl-*Schnucki*.«

Chino saß am Steuer. Er lachte. »Haben sie dir so viel Angst eingejagt?«

»Paul und Darryl sind schon irgendwie okay. Rose ist ein Klasseweib. Schade, dass sie 'ne Lesbe ist. Mit der würd ich jederzeit ausgehen ... wenn ich ein Auto hätte.«

»Hört nur den Herrn Schwerenöter«, sagte Mom. »Rose ist zwanzig Jahre älter und er wünscht sich ein Rendezvous mit ihr.«

»Dieses tuntige Getue von Paul mit den Händen«, sagte ich.

»Schnippen. Das machen manche.«

»Warum benehmen sich diese Schwuchteln ...«

»Schwule«, sagte Mom.

»Warum benehmen sie sich wie ... Mädchen?«

»Benehm ich mich wie ein Mädchen?«, fragte Chino.

»Äh ... nein.«

»Verschiedene Leute haben verschiedene Sexualitäten«, sagte Marian.

Ich zuckte mit den Achseln. »Ja und?«

»Würdest du Darryl gern durch die Einkaufsstraße hetzen?«, fragte Mom. »Oder Paul in den Müllcontainer schmeißen?«

»Wir haben nie jemandem wehgetan, ich und Shawn.«

»Oder Rose?«, warf Marian ein. »Ach, ich vergaß ... du schlägst ja noch keine Frauen. Außer deiner Mom.«

Meine Wangen brannten.

»Weißt du was«, sagte Chino. »Ich bring dir bei, wie man Knie zerschmettert. Das weiß ich besser als jeder andere. Dann kannst du Rose die Knie zerschmettern. Eins oder beide. Ganz wie du willst.«

Ein Schaudern durchfuhr mich. Ich wehrte mich dagegen zu verstehen, was sie meinten.

»Die Typen, die deinen Dad umgelegt haben«, sagte Chino, »die haben wahrscheinlich jung angefangen ... einen kleinen tuntigen

Jungen gejagt ... ihm das Geld für die Cafeteria geklaut. Willst du so einer werden?«

Später am Abend drückte Mom mir in der Küche ein Vieraugengespräch auf. »Du wirst Harlan das Herz brechen«, sagte sie.

»Geht's mich was an? Der ist nicht mein biologischer Vater«, sagte ich.

»Du verdankst ihm, dass du geboren wurdest«, erinnerte sie mich.

Ich bekam Panik. »Niemals.«

»Doch. Billy fühlte sich wohl mit ihm zu zweit. Harlan wollte eine Familie. Billy mochte Kinder, deshalb hat er mitgemacht. Ich bin später ins Spiel gekommen, als sie eine Leihmutter gesucht haben.«

Das klang alles so abartig.

Mom beherrschte sich, aber ihre Augen schossen Blitze ab. »Jede Minute werden Tausende von Babys geboren«, sagte sie, »und bei den meisten ist es halt so passiert. Aber du – du warst ein Wunschkind. Harlan hat sich *gewünscht*, dass du geboren wirst. Als Billy ermordet wurde, war Harlans einziger Gedanke, dass du in Sicherheit sein solltest. Er wollte mich sogar heiraten, damit er immer in deiner Nähe sein und dich beschützen konnte.« Jetzt heulte sie. Ich drehte mich weg. »Verdammte Scheiße«, brach es aus ihr heraus. »Ihr Kids. Ihr seid alle gleich. Ihr habt kein Herz. Euer Leben ist euch egal ... und das Leben der anderen auch.«

»Manchmal hab ich das Leben satt«, sagte ich.

»Ich weiß nicht, was zum Teufel ich mit dir anstellen soll.«

Chinos Stimme kam von nebenan. »Bring ihn in den Laden zurück. Tausch ihn um gegen einen Hund.«

Ich schlurfte nach oben.

In meinem Zimmer stützte ich mich im Dunkeln auf die Kommode und schaute lange auf das Bild von Dad. Dort brannte immer noch keine Kerze. Ich sah nichts als die grüne Welle, die sich über Chinos nacktem Rücken wölbte. Plötzlich überfluteten mich alle Gefühle der letzten Wochen. War ich auch andersrum? Mit meiner lesbischen Mom und meinem schwulen Dad *musste* ich es ja sein, oder? Aber warum fuhr ich dann auf Ana ab?

Auf meinem Balkon zusammengekauert versuchte ich, noch

mehr Text aufzuschnappen. Marian und Mom saßen wie immer draußen im Dunkeln und redeten.

»... und ich hab versucht, mich in seine Welt zu versetzen und rauszufinden, was er braucht«, sagte Moms Stimme. »Aber irgendwas ist völlig schief gelaufen.«

»Gib dir nicht die Schuld. Ich glaube nicht, dass das Problem ist, dass du lesbisch bist.«

»Ich hab versucht, ihm ein ausgewogenes Beispiel zu geben. Ich meine, ich *hasse* Männer nicht, oder? Zugegeben, auf bestimmte Exemplare kann ich gut verzichten! Aber ... ich hatte nie eins von diesen großen traumatischen Erlebnissen wie manche anderen Frauen. Ich bin nie von Männern in der Familie missbraucht worden. Nie bei einer Verabredung vergewaltigt worden. Nie verprügelt worden. Ich liebe einfach nur Frauen. Schon immer, seit ich acht war. Ich habe meine Mutter geliebt, meine Freundinnen geliebt, meine Lehrerinnen geliebt, schöne Schauspielerinnen geliebt, Frauen geliebt, die ich auf der Straße sah, Göttinnen geliebt. Dich liebe ich auch ... und ich muss nicht mit dir ins Bett hüpfen, ich hab dich nur irrsinnig gern. Und ich liebe an dir, wie du zu mir gehalten hast, obwohl ich das nicht immer verdient habe. Aber irgendwie habe ich, trotz aller Anstrengungen, meinen Sohn völlig verkorkst.«

Hieß das, dass Marian auch eine Lesbe war? War ich denn der allereinzigste normale Mensch hier?

»William lebt in seiner eigenen Welt«, sagte Marian.

»Er hat mich über Genetik ausgefragt. Ich glaube, er ist völlig verängstigt. Mit einem Schwulen als Vater und einer Lesbe als Mutter glaubt er bestimmt, dass er auch schwul sein muss ... zu Tode geängstigt. Kein Wunder wollte er Harlan nicht kennen lernen.«

»Glaubst du denn, dass es angeboren ist?«, fragte Marians Stimme.

»Ich habe andere Lesben und Schwule gekannt, die zusammen Kinder hatten, und die Kinder sind nachweislich hetero geworden. Falls es überhaupt genetisch bedingt ist, ist es jedenfalls nicht vorhersagbar. Ich weiß jetzt nicht die Fachausdrücke.«

»Michael wüsste die.«

»Ja. Schade, dass er das jetzt verpasst. Michael liebt Familiendramen.«

Michael war Harlans Sohn? Chino hatte mir so was erzählt. »Er schließt gerade mit Astarte das Forschungsprojekt ab. Sie sind im August wieder da. Ich hab letzte Woche einen Brief bekommen«, sagte Marian.

»Da haben wir doch ein interessantes Beispiel. Harlans anderer Sohn scheint ja stockhetero zu sein ... obwohl, wer weiß? Aber Michael ist ... wer weiß schon, was der ist?«

Brown hatte zwei eigene Kinder.

»Vince war eindeutig bi, als er jung war«, sagte Marian. »Joe und ich haben mitgekriegt, wie er sich durch die Uni gevögelt hat. Aber er war ein Einzelkind, da haben wir keine Geschwister als Vergleichsobjekte.«

Jetzt gingen die beiden Weiber ins Haus. »Wenn Michael wieder da ist«, sagte Mom, »bringen wir William mit ihm zusammen, dann kann William ihn fragen ...« Ihre Stimmen wurden unhörbar.

Nie und nimmer würde ich »Browns Jungen« über Gene ausfragen, und wenn er der letzte Wissenschaftler im Universum wäre.

Der Juli kam. Mom gab mir die Telefonnummern von Brown und von Valhalla, aber ich rief nie an. Manchmal verbrachte ich noch ein paar Stunden mit Chino. Jedes Mal, wenn Chino wegfuhr, sah ich dem 4Runner nach, wie er auf der Straße zu einem Punkt zusammenschmolz, und mein Herz blutete.

Chino war erwachsen, da konnte man schlecht eine Rummach-Mission mit ihm einfädeln. Kein Beieinander-Schlafen, keine Sauforgien, kein Zusammen-Duschen. Anscheinend vermied er solche Situationen mit mir. Einmal war ich sicher, dass ich ihn so weit kriegen würde. Es war eine stürmische Nacht – ein Sommergewitter mit Blitzen und Regen. Als wir von einem Thai-Imbiss am Highway zurückkamen, war niemand zu Hause. Oben im Flur murmelte ich: »Hey, Chino ... ich hab Angst vor dem Gewitter ... bringst du mich ins Bett?« Ich versuchte, wie ein hilfloses, Schutz suchendes kleines Kind zu klingen. Ohne ein Wort ging er mit mir in mein Zimmer und machte die Nachttischlampe an. Das Herz schlug mir bis zum Hals. Es war mir peinlich, mich bis auf die Jockey auszuziehen, also kroch ich einfach so mit Klamotten ins Bett.

Er sah mit kaltem Blick auf mich herunter, kraftvoll und geschmeidig wie die Schatten des Dschungels. Hinter ihm wetterleuchtete es. Bitte, bitte, Chino, komm zu mir ins Bett und bleib die ganze Nacht bei mir, damit ich deinen Arm auf mir spüren kann, und deine Träume, und vielleicht deine Geheimwaffe auf meinem Bein, rein zufällig.

Ich grinste mit klappernden Zähnen. »Ich hätte nichts gegen 'ne Einschlafgeschichte«, sagte ich.

»Die kann Harlan dir erzählen«, antwortete der herzlose Commander und knipste das Licht aus.

Seine Schritte entfernten sich auf dem Flur und ich blieb allein.

Wenn niemand im Haus war, schlich ich mich manchmal in sein Zimmer und schnüffelte rum. Wie im Dschungel hatte er auch dort nicht viele Spuren hinterlassen. Im Schrank hingen ein paar Hemden. Ich streichelte sie. Dahinter war ein metallener Waffenschrank mit einem großen Vorhängeschloss – was da wohl für Waffen drin waren. Wahrscheinlich primitives Zeug wie Schrotflinten und Selbstlader. Ein paar Unterhosen in der Schublade. Er trug auch Jockeys, und ich vergrub meine Nase in ihnen in der Hoffnung, einen Hauch von ihm zu erhaschen. Aber Marians gnadenlose Waschmaschine hatte ihre Arbeit getan und sie rochen nur nach Weichspüler. Seine reine Natur war verschwunden – der, der er war, rein und lebendig und gefährlich wie die Sterne. Ich vergrub mein Gesicht in ihnen, und glückselig machte ich mit mir selber rum.

Chino war schwul, daraus folgte, er musste a) ein Pädophiler sein und b) eine Autorität auf dem Gebiet des Einen.

Ich war fasziniert davon. Das Eine ... die Unkeuschheit, das Gräuel. Die Prediger hatten so dagegen gegeifert, dass sie mich neugierig gemacht hatten. Warum waren die nicht so klug, ihr großes Maul zu halten? In der Bibel stand, das Gräuel sei etwas ganz Schlimmes. Jerry hatte uns die Bibelverse lesen lassen, in denen Männer andere Männer rannehmen, als wären es Frauen. Chino beherrschte diese Disziplin wahrscheinlich exzellent, so wie er die Taktik und die Barbarenwaffen beherrschte. Ich würde mich von ihm rannehmen lassen. So lautete das Gesetz. Der Jüngere muss sich immer unterwerfen. Kids wissen das, wenn sie miteinander rummachen. Die Vorstellung, dass Chino so was mit mir machte, jagte mir eine Todesangst ein und gleichzeitig erregte sie mich über alle Maßen ... und sie erinnerte mich daran, wie ich mit Orik rumgemacht hatte und wie weh es getan hatte, als wir es probierten, und wie ich Orik vermisste und ihn wiederhaben wollte. Ich war nahe daran, elektrisierende Kussfantasien zu haben. Aber sobald die Kussszene mit Chino auf meinem inneren Hauptmonitor aufleuchtete, schaltete ich schnell um zu einem Kuss mit Ana. Ein normaler Typ kann mit einem Freund Sachen machen, aus Freundschaft oder aus Geilheit, aber er lässt nicht zu, dass ein Freund ihn küsst.

Der vierte Juli kam, der Nationalfeiertag. Wir saßen auf dem Rasen vor Marians Haus und schauten uns hingerissen ein grandioses Feuerwerk an. Irgendein reicher Knacker hatte sich einen ganzen Lastkahn voller Feuerwerkskörper von Santa Monica herschleppen lassen und vor seinem Strandhaus vor Anker gelegt.

Vor den Caballo-Kids gab ich an, dass ich an jedem Finger zehn Frauen hätte. Ace und Mia glaubten mir nicht und nannten mich weiter »das Baby«. Als ich anfing, Ecstasy und Gras abzulehnen, waren sie plötzlich für Konzertbesuche und Durchs-Einkaufszentrum-Streifen nicht mehr zu haben. Aber Ziggy und Ana waren immer noch für mich da. Wir pendelten zwischen unseren Häusern hin und her.

Malibu war ein Sektor des Planeten, der kühler, nebliger und verwilderter war als alles, was ich sonst kannte. Auf den Hügeln, wo Marian wohnte, war es richtig still. Man hörte kein Kindergeschrei, keine Fernseher, keine Ehekräche, kein Eiswagenbimmeln. Die Hügel waren bedeckt von Gestrüpp, das Chaparral hieß, und voller wilder Tiere. Rehe waren für mich so fremd wie Marsmenschen, aber hier stolperte man praktisch über sie, wenn man morgens rausging. Vielleicht könnte mir Malibu gefallen ... wenn nur Orik hier wäre.

Ana LaFont war für mich die Gelegenheit, das weibliche Geschlecht wissenschaftlich zu erforschen.

Also fingen wir an, zu zweit was zu machen – zum Einkaufszentrum und zum Strand runterzuradeln. Sie brachte mir den Kick-Flip auf ihrem Skateboard bei. Sie erklärte mir die Buslinien nach Santa

Monica und L.A. Sie erklärte mir alle Vogelarten der ganzen Erde. Ich schaute ihr zu, wie sie Futterkästen aufstellte und mit ihrem Feldstecher die Rehe beobachtete. Sie nahm sogar eine Babyklapperschlange in die Hand, die sich ins Haus verirrt hatte, und die ließ sich von ihr nach draußen bringen. Sie gab mir einen Schulaufsatz von sich zu lesen, über die Sorgen, die sie sich um die Erde machte. Sie wollte Parteivorsitzende der Grünen werden, sagte sie.

Vielleicht war es ja ganz gut, dass Orik nicht da war, so konnte ich mich auf Mädchen konzentrieren. Er würde das verstehen, schließlich tat er das Gleiche. Ich musste es mit Frauen probieren, dann würde all der geheime Jungenskram plötzlich verschwinden, so wie der Film vom Bildschirm verschwindet, wenn das Videoband reißt. Der Jungenskram war nur ein Teil der Ausbildung, so wie das Schwerelosigkeitstraining, wenn man Astronaut werden will. Aber jedes Mal, wenn ich daran dachte, fühlte sich mein Bauch an wie eine Schwerelosigkeitskammer.

Eine Woche nach dem vierten Juli ging ich mit Ana in den Canyon runter. Ich hatte sie zum Vögelgucken eingeladen, weil ich mich bei mir oder bei ihr zu Hause nicht traute, sie zu küssen. Ich war immer noch zivilisatorisch benachteiligt, hatte kein Auto, mit dem ich sie irgendwohin kutschieren konnte, und im Bus würde ich sie auf keinen Fall küssen. Aus irgendeinem komischen Grund wollte ich nicht, dass Chino mich bei meinem wissenschaftlichen Experiment überraschte, das mir in die Luft gehen konnte wie damals das Silberfulminat. Wir gingen in der Sonnenhitze den Reitpfad entlang, rundherum roch es gut nach Chaparral und widerlich nach Pferdeäpfeln. Sie hatte eine alte Sierra-Club-Mütze auf. Ich hatte eine neue, ohne Stern.

»Schau mal«, sagte sie, »da ist ein Anna-Kolibri.«

»Der ist nach dir benannt, was.«

»Nee. Ich heiße Ah-na. Das ist hawaiianisch.«

»Vermisst du deinen Dad?«

»Ja, der war cool. Ich war noch ziemlich klein, als er gestorben ist. Aber ich weiß noch, wie wir im Wald gesessen haben, ganz leise, und er mir Tiere gezeigt hat ... auch die ganzen exotischen, die in Hawaii eingefallen sind ... Ratten und so.« Sie schniefte.

»Tut mir Leid.« Ich zögerte, dann griff ich nach ihren Fingern. Diesmal entzog sie sich nicht. Wir waren zwei Kids ohne Väter. Wir konnten füreinander da sein. Ich hatte wirklich zärtliche Gefühle für sie. Aber ich hatte die üblichen Schwierigkeiten zu sagen, was ich wollte. Sobald wir außer Reichweite der Pferdeäpfel waren, wirbelte ich herum, ihr vor die Nase. Sie stolperte auf mich drauf und meine Lippen lauerten auf sie wie ein perfekter Hinterhalt. Perfekt bis auf die Kollision unserer Mützenschirme. Ihre Lippen waren klein und sie waren sehr warm.

»Mmmm«, sagte sie. Sie drehte ihren Schirm zur Seite ohne den Mund wegzuziehen.

Dann schlang mir diese heiße Dreizehnjährige die Arme um den Hals und drückte mir ihre achtzehnjährigen Brüste in die Rippen und küsste mich richtig. Ich konzentrierte mich die ganze Zeit auf den Sektor unter meiner Gürtellinie. Es passierte tatsächlich. In meiner Hose und an meinem ganzen Körper. Es fühlte sich wahnsinnig an. Sie ließ ihre Hände unter mein T-Shirt gleiten und streichelte meinen Rücken, und ich bekam irre Gänsehaut. Es war anders als das, was ich bei Orik gespürt hatte – nicht so elektrisch vielleicht –, aber ich war auch die ganze Zeit damit beschäftigt, die richtigen Lippenbewegungen zu machen.

Dann mussten wir auseinander springen – drei Deppen auf Pferden hätten uns beinahe totgetrampelt. Als wir hustend im Staub lagen, grinste Ana mich an. Ich nehme an, meine Hartnäckigkeit hatte ihrem Selbstwertgefühl Auftrieb gegeben.

»Du bist ziemlich gut«, sagte sie. Aus ihrer Tasche kam eins der berüchtigten Kondome. Sie wedelte damit vor meiner Nase.

»Wir ... äh ... sollten mal langsam zurück«, sagte ich.

»Ich fass es nicht. Ein Typ, der wahrhaftig nicht will.«

Mir brannte das Gesicht. »Nicht so ... äh ... auf Kommando.«

Wir machten uns auf den Heimweg. Die Vögel sangen wie wahnsinnig im Chaparral.

»Du hast noch eine andere Möglichkeit«, sagte sie.

»Was?«

»Du kannst mein Freund sein.«

»Dein Freund? Ich dachte ... du bist mit allen möglichen Typen zusammen.«

»Nicht mein Lover, du Dussel. Mein *Freund.* »

»Warum nicht«, sagte ich und versuchte, es beiläufig klingen zu lassen.

Ich griff wieder nach ihrer Hand und sie zog sie nicht weg. Ihre Hand war kleiner als die von Orik. Ana war nicht gerade zart und zerbrechlich, sie konnte sogar bessere Slam Dunks landen als ich, aber irgendwie hatte ich so ein fürsorgliches Gefühl ihr gegenüber. Ich wollte sie beschützen.

Sie fing meinen Blick ein und grinste. Ich grinste zurück.

»Kumpel«, sagte ich.

»Meinetwegen«, sagte sie.

Am elften schauten wir uns zusammen die partielle Sonnenfinsternis an.

An den Tagen, wo Chino da war, trainierten wir zusammen und er zeigte mir mehr Verteidigungsmanöver. Mom wurde deswegen sauer und meinte, er solle mich nicht noch blutrünstiger machen.

»Wenn du ernsthaft offen lesbisch leben willst, wird er in der Schule Probleme bekommen«, sagte Chino.

»Ich will nicht, dass er sich meinetwegen prügelt«, sagte sie. »Er kann einfach weggehen, wenn er provoziert wird.«

»Man kann nicht immer weggehen und damit seine Haut retten.« Also brachte er mir bei, wie man sich gegen einen verteidigen kann, der ein Messer hat. Wenn Chino mich leicht berührte, um meine Bewegungen zu lenken, erschauerte ich am ganzen Körper.

Chino war immer um mich besorgt ... und immer distanziert. Einmal saß ich im Baum und hatte die plötzliche Eingebung, auf ihn runterzuspringen, damit er mich auffing wie ein Dad ein Kind auffängt. Er fing mich auf und lachte ... und machte eine überraschende Bewegung, die mich in der Luft herumwirbelte, und ließ mich im Gras landen ohne mir wehzutun. Er war unglaublich stark – er ließ mich in seinen Händen rotieren wie einen Tambourstab.

Er war der Stern, den man nie berühren kann.

Wer war sein Freund? Er war immer allein. Wenn er geil war, ging er dann einfach aus und nahm sich in einer Seitenstraße irgendeinen Mann?

Ich hungerte danach, berührt zu werden ... von Mädchen, von

Jungen. Das war ein heftigeres Gefühl als alles, was ich bei Orik gefühlt hatte. Und ich kam mir auch mies vor – ich betrog Orik.

Einmal standen Ana und ich auf der Straße, als Ace auf seinem Skateboard bergab gedonnert kam. Mit seinen Knieschonern und dem Helm sah er sehr kriegerisch aus. Er sauste haarscharf an uns vorbei und hätte mich fast gerammt. Dann bremste er hochdramatisch und nahm das Brett hoch.

»Hey, hast du 'n schlechten Tag?«, fragte ich.

»Ich hab gehört, deine Mutter ist 'ne Lessss-be«, sagte er.

»Deine Mutter ist 'ne Säuferin.«

»Lieber versoffen als pervers.« Er sah Ana an. »Ich weiß nicht, was *du* dann bist, Kleine, aber ...«

Ich warf mich auf Ace, aber er sprang auf sein Skateboard und schoss bergab mit einem kreischenden Gelächter wie ein satanischer Rockstar.

»Ich hab's doch gesagt«, sagte Chino zu Mom.

Mom seufzte. »Dafür habe ich mich zehn Jahre lang gewappnet. Na gut, dann bring ihm mal ordentlich Selbstverteidigung bei.«

Zwei Wochen nach dem vierten Juli guckte ich zum ersten Mal mit meinem Commander zusammen in die Sterne. Weil ich kein Teleskop mehr hatte, nahm ich mein altes U-Boot-Fernglas und Chino benutzte seinen alten Navy-Feldstecher. Wir saßen auf Felsen über dem Canyon. Die Nacht war perfekt – kein Mond, kein Smog, die Luft sehr klar und trocken. Ich bekam Gänsehaut, weil ich so nah neben meinem Commander saß.

»Chino, dein Fernglas ist ja uralt.«

»Mach dir da nichts vor. Die alten Dinger sind besser als manches Neue.«

»Die brauchst du als Privatdetektiv, was? Und ich hab dich von der Arbeit abgehalten.«

»Kein Problem. Vor ein paar Jahren ist ein Freund von uns gestorben und hat mir einiges hinterlassen. Russell Houghton. Jetzt hab ich mein kleines Aktienpaket und kann immer drauf zurückgreifen, wenn ich muss.«

»Und der war dein ... Gönner? Hat er dich ausgehalten?«

Chino wirkte in sich gekehrt, fast traurig. »Erst wenn du lernst, hinter die Oberfläche zu schauen«, sagte er, »kannst du anfangen zu erkennen, was wirklich vor sich geht in deiner Familie. Ich habe für Russell als Detektiv gearbeitet und er kannte meine Lage. Ja, ich war eine Zeit lang ziemlich abgebrannt. Russell wollte, dass ich nie mehr in Not komme. Er war reich, und als er endlich sein Coming-out geschafft hat, hat er für uns gesorgt – uns Geld gegeben, bevor er starb, damit seine Familie das Erbe nicht anfechten konnte. Er hat Harry und mir bei unserer Wachschutzfirma geholfen. Harlan und Vince beim Hauskauf. Eileen und Glenn bei ihrem Restaurant. Deinem Großvater Sive hat er Geld für Menschenrechtsprozesse gegeben. Michael für seine Forschung. Eine Kapitaleinlage bei Valhalla. Russell war ein reicher schwuler Mann, der sich entschieden hat, sein Geld für wirkliche Werte auszugeben statt für Glitzerkram.« Er schmunzelte. »Die Einzige, die sein Geld nicht angerührt hat, war deine Mom.« Chino brach ab, als hätte er zu viel gesagt, und polierte seine Linse. »Dann wollen wir mal«, sagte er. Er schaffte es, mit seiner Schulter nicht meine zu streifen.

Es war nach neun Uhr abends, Kassiopeia und Andromeda standen noch tief im Osten, im Stadtlicht von L.A., und der Große Bär ging im Westen unter. Der Meridian über uns war dunkel und klar, von hellen Meteorkratzern durchzogen. Positionslichter von Flugzeugen, die von LAX starteten, bewegten sich über den Himmel wie schnelle Planeten. Ich begrüßte all meine ältesten Sternenfreunde. Der Polarstern stand genau über dem Dach von Axl Rose. Wir bestimmten alle Doppelsterne im Drachen.

Hier unter den Sternen kam mir meine Verwirrtheit noch viel größer vor. Die hatten so vollkommen klar, was sie sein wollten, wirbelten und klumpten sich zusammen und brannten zu neuen Sternen, durchlebten ihre Millionen von Jahren, ganz ohne Furcht vor Richtern und Therapeuten und ohne dass der Geruch von Tränen sie umgab. Ich musste meine Mission fortführen. Mein schwuler Dad war im Traum zu mir gekommen oder Gott und Göttin hatten mir einen Traum von ihm geschickt und mir gesagt, dass ich ihn finden soll. Wusste sein Geist, was für ein Versager ich war? Dass ich Brown nicht die Hand gegeben hatte? Wahrscheinlich sagte er jetzt: *Du hast mich vergessen.*

Chino kannte den Himmel. Als Seemann musste er das, wegen

der Navigation. Aber ich war stolz, dass ich ihm neue Sachen erzählen konnte, und er ließ sich belehren.

»Und die drei Sterne da, das ist das Sommerdreieck. Wenn du da mitten durchschaust, da, wo es ganz dunkel ist ... das ist das Zentrum der Milchstraße. Nur dass man es nicht sehen kann, wegen dem Staub.«

Chino betrachtete das Dreieck schweigend.

Ich schaute durch das Dreieck, bis meine Arme ermüdeten. Irgendwo da draußen war der Katzennebel. Im Kopf sah ich ihn immer noch vor mir, bis ins letzte Detail. Aber ich konnte nur einen Zentimeter weit in diese Millionen Kilometer hinausschauen, es sei denn, der Katzennebel war nah genug an unserem Sonnensystem, dass mein geplanter 10-Zoll-Spiegel sein schwaches Licht auffangen konnte. Aber in den Observatorien und bei der NASA gab es schon tonnenweise Aufnahmen von Nebeln. Vielleicht sollte ich das Teleskopbauen sein lassen und mir anschauen, was andere mit viel größeren Teleskopen gesehen hatten.

»Gibt es einen Grund, dass du dich für Astronomie interessierst?«

Es war mir unheimlich, wie Chino Gedanken lesen konnte. »Ach, Mom hat mich auf den Trip gebracht.«

»Wann fängst du mit dem neuen Spiegel an?«

»Vielleicht nach den Ferien. Ich muss die Pyrex-Rohlinge noch kriegen.«

»Wie lange brauchst du dafür?«

»Dreißig, vierzig Stunden vielleicht.«

Zum ersten Mal überlegte ich, ob ich einem Erwachsenen meine Mission verraten sollte. Konnte ich Chino vertrauen? Vielleicht konnte er mir helfen.

»Hast du Lust, mir bei dem Spiegel zu helfen?«, fragte ich.

Chino sah mich an. Ich dachte, vielleicht bewegt er sich jetzt und kommt mir näher, so dass unsere Arme sich berühren können oder so. Da war so ein starkes Summen von Energie zwischen uns. Warum hatte ich bei ihm diese Gefühle? Ich musste doch Orik treu bleiben.

Aber er rührte sich nicht. »Ich werde nicht mehr so viel hier sein«, sagte er. »Ich überquere zur Zeit selber einen Meridian ...

ich will das Securitygeschäft an den Nagel hängen und an Marians Kampagne mitarbeiten. Und deine Mom redet vom Umziehen.«

Mein Herz sackte ab. Ein kalter Meereshauch kam den Canyon hoch. »Sie will wohl nicht mehr, dass wir neben den Heasters wohnen«, sagte ich.

»Hey, hör mal. Morgen hab ich einen Jahrestag. Willst du den mit mir verbringen?«

»Klar«, sagte ich. Mein Herz ging wieder auf wie ein heller Stern. Aber ich versuchte, cool zu klingen. Einen ganzen Tag mit ihm allein. Morgen würde etwas geschehen. Vielleicht würde mein Commander mich anmachen – das Eine mit mir machen wollen. Ich war zu Tode erschreckt – und zitterte vor Erwartung und Neugier, wie es wohl sein würde, und machte mir Sorgen, was er zu meinem kleinen Würmchen sagen würde. Er würde bestimmt nicht beeindruckt sein.

»Und morgen Abend«, sprach er weiter, »fährst du nach West Hollywood. Deine Mom will, dass du Vince kennen lernst.«

Mein Herz sackte wieder ab. »Igitt.«

»Er war der beste Freund deines Vaters. Er hat ein bisschen Respekt von dir verdient.«

Als Stern war Chino nah, heiß und hell, ein Stern erster Größe. Brown war außer Sichtweite – irgendein schwarzes Loch, zwanzig Milliarden Lichtjahre weit draußen. Ich wünschte mir noch nicht mal, so weit rausschauen zu können. Aber Chino hatte mir ein Geschäft vorgeschlagen, und ich wusste, dass er es ernst meinte, wenn er von Respekt redete, also sagte ich: »Na ja, vielleicht.«

11 Chinos Manöver

Am nächsten Morgen saß mir ein Pickel auf der Nase und ich hätte mich am liebsten aus dem Fenster gestürzt. Während ich das Ding mit Moms extrastarker Abdeckcreme zuspachtelte, bremste Chino den 4Runner mit quietschenden Reifen in der Einfahrt ab. Wusste Mom, dass er mich vielleicht anmachen wollte? Fand sie das gut? Kümmerte es sie überhaupt?

Für einen Jahrestag war Chino in schlechter Stimmung – geduscht und in Bügelfaltenjeans, aber hohläugig, als hätte er schlecht geschlafen. Ich versuchte ihn aufzumuntern. Als wir über den Rasen gingen, sprang ich ihn von hinten an und ritt huckepack auf ihm, die Arme um seinen Hals, die Beine um seinen Bauch. Gelangweilt, geduldig, genervt trug er mich zum 4Runner. Für so einen kleinen Mann war Chino erstaunlich stark.

»Du gibst es nicht auf mit mir, was?«, fragte ich.

Beim Wagen angekommen, warf er mich ab. »Du warst schon immer ein Sorgenkind, seit deiner Geburt.«

»Was meinst du damit?« Wir stiegen ein.

»Lange Geschichte.« Als er den Zündschlüssel drehte, zitterte seine Hand.

»Warum ... zitterst du?«, fragte ich.

»Meine alte Malaria ist wieder aufgeflackert. Die hab ich mir in Vietnam eingefangen«, sagte Chino.

Auf dem Highway hörte ich nicht auf, meinen Commander anzuhauen um ihm eine Reaktion zu entlocken. »Marian hat mir erzählt, dass du in Vietnam Männer umgedreht hast. Was bedeutet das?«

»Der Vietkong hatte gute Kämpfer«, sagte er. »Ich kommandierte ein Programm, für das ich einheimische Kämpfer brauchte. Das war während der ›Vietnamization‹. Du weißt bestimmt nicht, was das war. Heute bringen sie euch ja keine Geschichte mehr bei.« Warum jammerten die Erwachsenen immer über den Geschichtsunterricht? »Als die USA sich endlich aus Vietnam zurückzogen«, fuhr er fort, »wurde ich zum Ausbilder einer Aufklärungseinheit aus einheimischen Söldnern befördert. Wir haben amerikanische Kriegsgefangene befreit. Sie bekamen Stücklohn – für jedes Ohr eines getöteten Feindes gab ich ihnen Bares.«

Mir lief ein Kribbeln über die Kopfhaut und den ganzen Körper. »Ach. Äh ... erzähl mir mal vom Schwulsein. Wie ist das so?«

Er zuckte die Achseln. »Da fragst du den Falschen. Ich bin bi.«

»Du warst mit *Frauen* zusammen?«

»Ja.«

»Aber du musst doch einen ... einen festen Freund haben.«

»Nein, hab ich nicht.«

»Muss schlimm sein, wenn die Leute einen so hassen.«

»Ich bemühe mich, nicht zuzulassen, dass der Hass mein Leben bestimmt.«

»Man hasst euch, weil ihr es mit Jungs treibt, stimmt's?«

»Deswegen und aus anderen Gründen.«

»Du treibst es also mit Jungs.«

»Ich persönlich nicht.«

»Ach, komm. Ihr steht doch alle auf junges Gemüse.«

Mein Commander schwenkte auf dic Überholspur, um eine weiße Stretchlimousine zu überholen. »Wenn du so viel über uns weißt, warum fragst du dann?«

»Öh ... das weiß doch jeder, dass ihr es mit Kindern treibt.«

Chino schmunzelte. Er hatte den Blick fest auf den Highway gerichtet und ließ ein Auto vorbei, das hart am Mittelstreifen näher kam. »Und du willst Wissenschaftler werden? Wenn du alles glaubst, was man dir erzählt, wirst du es nicht weit bringen«, sagte er.

Wir fuhren auf dem Sunset Boulevard durch L.A. nach Osten. »Jetzt sind wir in Silverlake«, bemerkte er. »Mein altes Barrio.«

»Hier bist du groß geworden?«

»Hier bin ich geboren. Groß geworden bin ich in Vietnam.«

In Silverlake lebten weiße, lateinamerikanische, mexikanische und asiatische Menschen zusammen, sagte er. Es gab eine schickere Gegend, wo die höheren Berufsstände wohnten. Der Rest des Viertels war ärmlich. Er zeigte mir die Gasse, wo sein Stiefvater Eulogio ihn verprügelt hatte. Sein Stiefvater hatte ihn beim Rummachen mit einem anderen Zwölfjährigen erwischt. Chino zeigte mir eine schwule Arbeiterkneipe, vor der er sich mit vierzehn rumgedrückt und einen Automechaniker namens Jorge angehimmelt hatte. Dann eine düstere Vorstadtschule mit Gefängnisoptik, wo die anderen Kids gemerkt hatten, was mit ihm los war, und ihn so zusammenschlugen, dass er nicht mehr hinging. Dann das kleine Holzhaus mit abblätternder Farbe und einer halb toten Palme davor, wo er seinen Stiefvater gehasst hatte bis aufs Blut.

»Damals hat man mir den *joto* gleich angesehen«, sagte er.

»Hoto«, versuchte ich das spanische Wort nachzubilden. Schwer vorstellbar, dass er je etwas anderes gewesen war als ein Macho wie aus dem Film. »Hast du mit Puppen gespielt?«

»Meine *jefita*, meine Mama, hat versucht, mich an die Fürsorge abzugeben. Sie hatte Angst, dass ich umgebracht werde. Die *vatos* aus den Gangs hatten mich auf dem Kieker und ich hatte ein Messer und lernte damit umzugehen. Mein Onkel war bei der Navy, der hat mir den Messerkampf beigebracht. Aber niemand wollte eine verrückte kleine Tunte adoptieren. Schließlich hat mein Onkel mich ins Rekrutierungsbüro der Navy geschleppt. Ich war siebzehn und so abgestumpft, mir war alles egal. Die bei der Navy haben rasch begriffen, dass sie aus der *loca* von Silverlake einen Bösewicht der Spitzenklasse machen konnten. Für die nächsten sieben Jahre war die Navy mein Zuhause.«

Er lehnte sich aus dem Autofenster und schnitt mit seinem großen Klappmesser von der Rosenhecke irgendeiner Señora zwei makellose Rosen ab. Also war er so eine kleine Tunte gewesen wie Alberto? Aber Tunten lieferten sich doch keine Messerstechereien.

Dann parkten wir vor einem katholischen Friedhof. Er schloss den 4Runner ab und ging durch das schmiedeeiserne Tor. Die Sonne brannte heiß. Endlose Reihen von heißen, glänzenden neuen Grabplatten lagen im Gras. Ein Reich der Toten für Erdlinge. Wir liefen über den Friedhof und kamen ins Schwitzen. Vor uns verstreute ein riesiger Baum rote Blüten über den Rasen, wie Blutstropfen. Ich fragte mich, was Chino sich da für ein seltsames Szenario ausgesucht hatte. Würde er mich direkt auf dem Friedhof rannehmen ... in einer Ecke im Gebüsch?

Chino blieb vor einem schwarzen Grabstein stehen, in den unter Glas ein Foto eingelassen war. MARIA CONCEPCION CABRERA 1932-1977. Er legte eine Rose darauf. »Meine *jefita* hat sich immer für mich stark gemacht. Sie durfte noch erleben, dass der Präsident mir eine Medaille umhängte.«

»Was für eine Medaille?«

»Das Navy Cross.«

»Hui ... kann ich das mal sehen?«

»Ich hab's verbrannt.«

»Verbrannt?« Unter meinen Haaren kribbelte es wieder. Medaillen waren doch heilig! Astronauten bekamen auch Medaillen. »Boah. Du hast das Navy Cross verbrannt?«

»Ja, als ich ’75 aus dem Krankenhaus kam. Bei Harry hinterm Haus in einer Mülltonne. Das war ein Kumpel von mir. Ich hab das meiste von meinem Zeug verbrannt. Uniformen, Auszeichnungen, den Paradedegen ... ich wollte meine Geister austreiben.«

»Mein Gott«, flüsterte ich ehrfürchtig. »Wart ihr ...« Ich brachte es kaum über die Lippen. »Warst du mit Harry ... zusammen?«

»Nein. Er hat mir geholfen, nach Vietnam wieder einen klaren Kopf zu kriegen. Er und Harlan.«

Wir gingen weiter. Auf dem nächsten Grabstein stand EULOGIO MORILLO 1927-1972, dazu ein Foto von einem Mexikaner mit einem großen Schnurrbart. Chino setzte seinen Kampfstiefel direkt auf das Foto und ging weiter. Meine Kopfhaut prickelte heftig. Weiter hinten blieb Chino vor einem einfachen schwarzen Stein mit einem asiatischen Namen stehen. Die glasbedeckte Aussparung für ein Foto war leer.

YUKIO SHUGAWARA
Dai Uy
13. Juli 1974

Chino hockte sich im Schneidersitz hin. Ich wusste nicht wohin mit mir und kniete mich auf die andere Seite des Grabsteins. Behutsam legte er dort die zweite Rose nieder. Sein Pferdeschwanz flatterte im Wind.

»Was heißt Dai ...?«, fragte ich.

»Das ist vietnamesisch und heißt Lieutenant.« Er klang heiser.

Heute war der 13. Juli. Lieutenant Shugawara, wer immer das gewesen war, war vor siebzehn Jahren gestorben. Das meinte er also mit Jahrestag.

Als ich wieder zu Chino aufsah, rann ihm eine Träne die Wange hinunter. Dann senkte er den Kopf. Das Einzige, was sich bewegte, war die Träne. Sie löste sich von seinem Kinn, machte einen Fleck auf der heißen Grabplatte und verdunstete sofort. Ein Gefühl kam in mir auf – so groß und gewaltig, dass ich das Eine ganz vergaß. Lieutenant Shugawara war Chinos Geheimnis. Er hatte ihn verloren, wie Brown meinen Dad verloren hatte, wie ich Orik verloren hatte. Ich wollte den Schmerz von ihm nehmen, in meinen Rucksack stecken und in alle Ewigkeit für ihn tragen. Aber erst schaute ich mich um, ob jemand herschaute.

Der Friedhof war fast leer.

Da streckte ich unbeholfen meine Finger aus und berührte seine Haare. Meine Knie zitterten.

Dann hielt ich mit beiden Händen seinen Kopf. Er lehnte sich über das Grab zu mir herüber und legte das Gesicht auf meine Brust. Ich streichelte seinen Kopf als würde ich ein verwundetes Tier streicheln, das aus dem Dschungel gekrochen und sich zu meinen Füßen niedergelegt hatte. Es war das erste Mal überhaupt in meinem Leben, dass ich einen Erwachsenen tröstete. Manchmal hatte ich versucht, Orik aufzumuntern, wenn er wegen irgendwas traurig war, aber das hier war anders. Sein Gesicht lag auf meinem T-Shirt, und ich fühlte seinen heißen Atem auf meiner Brust, als sein Körper von aufgestauten Schluchzern geschüttelt wurde. Niemand sah her. Auf einem Friedhof ist es normal, wenn jemand weint.

Nach einer Weile wurde es uns in der Sonne zu heiß und wir gingen in den Schatten unter den großen Baum. Er lag auf dem Rücken in der Flut von roten Blüten und sah in den Himmel. Ich saß bei ihm und strich ihm die Haare aus der feuchten Stirn und kam mir dabei sehr tapsig vor. Unsere Schatten wurden länger, streckten sich über Shugawaras Grab. Seine Augen waren jetzt trocken.

Er holte zittrig Luft und schluckte.

»Eines Tages haben meine Söldner einige Vietkong-Offiziere zum Verhör gebracht. Er war einer von ihnen. Er blieb ganz still. Sie würden ihn foltern. Ich wusste, dass er nichts sagen würde. Sie würden ihn immer weiter foltern ... und am Ende würden sie ihm die Kehle durchschneiden ... und ich würde offiziell nicht dabei gewesen sein, aber ich musste zusehen.«

Dieses Bild jagte mir einen unheilvollen, gruseligen Schock durch die Nervenbahnen. Bilder aus der Vorgeschichte, ein Krieg auf einem Urzeitplaneten mit primitiven Waffen, der sich lange vor meiner Geburt zugetragen hatte. Chino nahm meine Hand und hielt sie an seine Brust, rieb sich damit über das Herz. Seine Handfläche war heiß, fast fiebrig.

»Da überkam mich etwas. Die Abschlachterei fing an, mich aus meiner Abgestumpftheit aufzuschrecken. Und ich hatte das

Gefühl, dass er ein Kandidat für *chu hoi* war ... dass ich ihn umdrehen konnte. Also befahl ich, ihn loszulassen, und gab ihm ordentliche Kleider und Reiswein. Er war ein Söldner, Politik interessierte ihn nicht. Ein Halbblut wie ich, vietnamesischer Staatsbürger, aber von der Abstammung halb japanisch, halb französisch. In Europa zur Schule gegangen. Der Vietkong hatte ihm viel Geld bezahlt. Ich bot ihm mehr. Geld, Waffen, Frauen, was er wollte. Er sagte, er würde es für das Geld tun, ohne die Frauen.«

Ich massierte Chinos Hand, so wie er damals meine massiert hatte. Die Sonne stand schon tief. Unsere Schatten waren fünf Meter lang.

Chino hatte die Augen geschlossen.

»Shuga hab ich ihn genannt. Er konnte gut Englisch, er wusste, dass es wie ›Sugar‹ klingt. Damit hab ich ihn geknackt. Manchmal hatten wir in Saigon zu tun. Dort gingen wir essen und danach in den Teil der Stadt, den Amerikaner und Europäer mieden ... ins Haus seiner Familie. Da ist es dann passiert. Sechs Monate lang haben wir es irgendwie gedeichselt gekriegt. Er wurde als Kommandant eines Söldnertrupps eingesetzt, ich war sein Verbindungsoffizier. Er war siebenunddreißig und ich einundzwanzig. Wenn sie uns erwischt hätten, hätten sie mich in Handschellen nach Amerika zurückgeflogen, und Shuga ...« Chino sprach nicht weiter.

Ich schluckte. Verzerrte Sexbilder huschten an mir vorbei. Hatten sie das Eine gemacht? Und wer wen? Chino war der Jüngere, den Regeln nach hätte er sich also Shuga hingeben müssen. Ein SEAL-Offizier, der sich von einem Vietkong knallen ließ? Die Navy hätte ihn erschossen, wenn es rausgekommen wäre. Aber Chino schwieg. Er würde nicht verraten, was Shuga mit ihm gemacht hatte oder wie er gestorben war. Seine Hand lag schlaff in meiner, ohne Reaktion. Es sprangen keine Funken wie zwischen Oriks Hand und meiner. Chino würde kein Anmachmanöver starten.

Es wurde dunkel, ein Hubschrauber der Verkehrswacht flog über uns hinweg. Chino machte die Augen auf und verfolgte seine Lichter quer über den Himmel. Er horchte auf das Rotorengeräusch.

In mir wurde es vollkommen still. Ich stand auf der Renormierungsgrenze aus meinem Traum, auf der Linie, die das Universum durchschnitt, wo es keine Galaxien oder Staubnebel mehr gab, nur noch schwarzer Raum. Vielleicht hatte er mir diese Geschichte erzählt um mir zu sagen, dass sein Herz dort unter dem schwarzen Stein vergraben lag und dass er keinen anderen mehr lieben würde, schon gar nicht einen mickrigen Halbwüchsigen. Niemals würde er irgendwelche Gefühle für mich haben, die über seine Pflichten als Familienmitglied und Bodyguard hinausgingen.

Er musste meine Gedanken gelesen haben, denn auf einmal sagte er leise: »Ein Mensch ... ein guter Mann, ein Commander, muss lernen, auf seine Leute Acht zu geben, sonst werden sie verletzt. Die Navy wollte mich nicht mehr, aber in meiner Welt bin ich immer noch Commander. Verstehst du?«

Ich nickte benommen.

»Darum ist es für mich eine Frage der Ehre, für Kids zu sorgen ... auch für Mädchen, die sind genauso wunderbar wie Jungs. Ana zum Beispiel. Ihren Dad hab ich auch gekannt. Sie ist so viel versprechend. Bei ihr stehe ich nur da und staune, so wie bei dir.«

Ich wurde rot und saß da, die Arme um die Knie geklammert, und starrte auf Shugas Grab. Der Schmerz durchschnitt mich wie ein Meteor. Er hatte erraten, woran ich dachte, und seine Antwort war: grundsätzlich nein. Aber er sagte, dass er mich auf eine andere Art gern hatte.

»Wie hast du seine Leiche hergeschafft?«, flüsterte ich.

»Seine Leiche ist nicht hier. Ich habe ihn begraben, wo er gestorben ist, im Dschungel. Wahrscheinlich ist er noch dort. Mein Onkel ist nach Mexiko zurückgegangen, da gab es hier diese leere Grabstelle und ich hab sie für Shuga benutzt. Mehr konnte ich nicht tun.« Chino holte tief Luft. »Zu viele Geister um uns rum«, sagte er. »Der ganzen Familie sitzen sie im Nacken. Dir, deiner Mom, Harlan, uns allen. Wir haben so viel verloren. Es wird Zeit, dass wir mit unseren Geistern fertig werden.« Er setzte sich auf und fegte sich die Grashalme vom Hemd.

Sie hatten die Tore dichtgemacht und uns auf dem Friedhof eingeschlossen. Wir mussten im Dunkeln über den Zaun klettern. Im 4Runner ließ er nicht gleich den Motor an, saß nur da, mit geschlossenen Augen. Die leere Straße lag im funzligen Licht einer Straßenlaterne. »Danke, dass du für mich da warst«, sagte er.

»Bin ich wieder in deinem Programm?«

»Du bist schon dein ganzes Leben lang in meinem Programm.«

»Dann warst du da, als ich geboren wurde?«

»Im Krankenhaus.«

»Echt?«

Das Gefühl in mir veränderte sich, wie wenn einem der Fuß eingeschlafen ist und man dann plötzlich das Blut wieder reinfließen fühlt, wie Nadelstiche – ein unheimliches Gefühl, aber auch ein großartiges, weil man weiß, dass er wieder zum Leben erwacht.

Unsere Blicke trafen sich und auf einmal lächelte er. »Als deine Mom in den Wehen lag, gab es einen Stromausfall«, sagte er. »Das Krankenhauspersonal rannte überall rum und kümmerte sich um Notfälle, und deine Mom haben sie im Kreißsaal vergessen. Harlan hat versucht, eine Ärztin aufzutreiben, eine Krankenschwester, irgendwen. Marian hat deine Mutter beruhigt und mit ihr geatmet. Und plötzlich warst du da. Als hättest du es eilig gehabt, geboren zu werden. Und ich ... als gelernter Sanitäter ... na ja ...«

Ich musste laut auflachen. Wieder hatte ich dieses Gefühl, dass ich durch einen riesigen dunklen Nebel hindurchsah auf das leuchtend helle, wunderschöne Zentrum einer neuen Galaxie – meine Vergangenheit, die verschollen gewesen war wie der Geist einer großen untergegangenen Zivilisation weit draußen im All.

»Du hast mir hintendrauf gehauen und all so was?«

»Du warst das lauteste, glitschigste Baby, das ich je gesehen habe.« Plötzlich grinste er sogar. »Ich hab dir die Luftwege freigemacht. Ich hab dich auf deine Mom gelegt ... und das Erste, was du getan hast, war, sie auf die Nase zu boxen.« Chinos Hand stieß den Zündschlüssel ins Schloss. Sie zitterte nicht mehr. Er jagte den Motor hoch und wir schossen mit kreischenden Reifen die Straße entlang. »Aber damals wusste ich noch nicht, dass du Billys Junge bist«, sagte er. »Das große Geheimnis haben mir deine Mom und Harlan erst später verraten.«

Der 4Runner fädelte sich in den Verkehr ein und wieder aus, bog links auf die Western, rechts auf den Hollywood Boulevard, immer knapp unter der Höchstgeschwindigkeit. Ich saß angespannt am

Fenster, einen Tränenklumpen in der Kehle, sah die Lichter der Kinos, Porno- und Billigklamottenläden vorbeigleiten, die Gestalten von Prostituierten und Obdachlosen – links auf die La Brea, ab nach West Hollywood mit seiner mysteriösen Homokultur. Ich fühlte mich merkwürdig mutig und aufgewühlt. Chino würde nie mit mir rummachen, aber er würde für mich sterben. Vielleicht würde er sogar mein Schiff zum Katzennebel steuern ... er wusste nur nicht, dass ich ihn dafür ausersehen hatte. Er wusste nichts über meinen Krieg. Plötzlich wurde ich von tiefen Schluchzern heimgesucht.

»Was für ein Tag«, sagte er. »Erst heul ich, dann heulst du. Was ist los mit uns?«

»Chino, ich will dir was erzählen, okay? Es ist extrem wichtig, okay?«

Er parkte an einer dunklen Stelle auf der Rosewood, machte den Motor aus und sah mich argwöhnisch an. Wir saßen im Dunkeln da und ich erzählte alles – von dem Traum vom Katzennebel, von dem veränderlichen Stern, von meiner Mission. Er entspannte sich und hörte zu.

»Also ... nur um sicherzugehen«, sagte er. »Du erzählst mir nicht, dass du von Außerirdischen entführt worden bist.«

»Quatsch. Das war ein Traum.«

»Alle Menschen haben Träume. Ich hab ein paar gehabt, da würden sich dir im Schlaf die Zehnägel aufrollen.«

»Das war ein *realer* Traum. Es war, als wäre ich im Schlaf dort gewesen. Es war echt!«

»Und?«

»Und jetzt weiß ich nicht, wie ich das schaffen soll, was mein Dad von mir will. Der nächste Stern ist vier Lichtjahre entfernt. Ich weiß noch nicht mal, wo der Katzennebel überhaupt ist – und selbst wenn er in der Nähe ist, werd ich da nie lebendig hinkommen, außer die beeilen sich ein bisschen mit ihrer Raumfahrttechnologie. Ich komm mir so mies vor, weil ich meinen Dad im Stich lasse.«

Chino saß eine Weile schweigend da. Dann sagte er halb verträumt: »Redest du eigentlich manchmal mit deinem Vater?«

»Meinst du ... beten?«

»Die Geister können uns hören.«

»Eine Geisterbeschwörung?« Die Haare standen mir zu Berge.

»Nein. Ich brauch doch kein Medium um mit Leuten zu reden, mit denen ich jeden Tag gesprochen habe, als sie noch lebten. Verstehst du?«

»Redest du denn mit Shuga?«

»Ich traue mich nicht. Weil ich weiß, dass er sagen wird, ich soll ihn loslassen, und ich hab nie loslassen wollen.«

Nach einer Pause sagte ich: »Wenn er will, dass du ihn loslässt, warum tust du es dann nicht?«

Seine Augen wurden feucht. »Es gibt einen Ort, wo ich manchmal hingehe um darüber nachzudenken ... meine indianische Großmutter hat mich dahin mitgenommen, als ich klein war. Die Weißen nennen ihn Point Reyes. Das ist eine Landspitze, die in den Pazifik rausragt. Meine Vorfahren haben geglaubt, dass dieser Ort so etwas wie die Abschussrampe für die Geisterwelt ist. Manche haben die letzten Jahre ihres Lebens damit verbracht, zu Fuß dahin zu pilgern. Dort haben sie mit ihren Familiengeistern gesprochen oder sie sind einfach zum Sterben hingegangen. Ich nehme mir immer vor, nach Point Reyes zu fahren um mich mit meinen Geistern auseinander zu setzen, aber sobald ich dort bin ...«

»Du hast es also nie getan.«

»Noch nicht. Wie gesagt, ich hab mich nie getraut.«

Er fuhr wieder los und ließ den Wagen bis vor Browns Haus rollen. Ich fühlte mich im Stich gelassen und öffnete die Beifahrertür. Sonst hatte er mir nichts zu sagen? Fast bereute ich, dass ich ihm mein Geheimnis anvertraut hatte. Ich griff mir meinen Rucksack und wollte bitter enttäuscht aussteigen, als er hinter mir sagte:

»Ich hol dich morgen gegen 18 Uhr ab. Dann reden wir über deine Mission. Ich brauche Zeit zum Nachdenken. Mach dir keine Sorgen. Okay?«

»Okay.«

»Siehst du das gelbe Haus nebenan? Es gehört Paul und Darryl. Erinnerst du dich an die? Ich wohne dort. Mein Fenster ist da, hinter der Palme. Falls du mich brauchst. Und Rose und Vivian wohnen in dem braunen Haus sechs Häuser weiter.«

»Was machst du morgen?«
»Shawn hinterherschnüffeln.«
»Wie machst du das?«
»Das geht dich nichts an.«

12 Wieder Veränderung

Man meint ja immer, alle Filmleute müssten in einer Villa in Beverly Hills wohnen. Aber Harlan und Vince wohnten in einem einfachen weißen Haus an der Rosewood Avenue, etwa sechs Straßen vom Santa Monica Boulevard. Es war hinter Palmen und Bananenstauden versteckt und hinter einer mörderischen Mauer mit Eisendornen obendrauf – mit Gegensprechanlage und einem Sicherheitstor mit elektrischem Öffner. Als das Tor vor mir aufging, schauderte ich bei der Vorstellung von zwei Typen, die wie Mann und Frau zusammenlebten. Aber mein Dad war auch Browns Frau gewesen.

»Ich hab dir was zu essen gemacht«, sagte Brown. »Vince war müde und ist schon ins Bett, du siehst ihn morgen. Du schläfst im Gästezimmer, die letzte Tür rechts.«

Browns Kochkünste überzeugten mich nicht und ich pickte mir nur ein paar Bissen raus. Brown probierte es mit Smalltalk, aber in meinem Kopf spukten so viele Geister herum, dass er sich schließlich zum Schreiben an den Computer setzte. Sein alter Hund schlief zu seinen Füßen. Ich lag auf der Couch und guckte fern. Alles langweilte mich, sogar eine Sendung über die Weiten des Universums. Ich bekam es nicht aus meinem Kopf – zerfetzte Körper, der Geruch von Tränen, Chinos unsterbliche Liebe. Schließlich ging ich ins Gästezimmer und zog die Tür hinter mir zu.

Das fremde Zimmer störte mich. Harlan hatte schon das Bett aufgedeckt, er hatte versucht, es mir gemütlich zu machen. Auf dem Nachttisch lag ein Zettel: WENN DU IN DER NACHT HUNGER BEKOMMST, UNSER KÜHLSCHRANK STEHT DIR IMMER OFFEN.

Ich starrte das Bett an. Wie viele Männer hatten darin Sex gemacht? Waren welche dabei gewesen, die einander unsterblich geliebt hatten? Ich kam nicht los davon – Gefühle aus einer fernen Zeit, wie bei Romeo und Julia. Shuga und Chino, Feinde im Krieg, die ihre Liebe füreinander entdeckten. Wie hatten sie ihre Gefühle gezeigt? Hatten sie sich je geküsst oder Händchen gehalten? Wie war Chinos Kumpel gestorben? Wie hatte Chino reagiert? Wie konnte er seine Gefühle vor seinen Vorgesetzten geheim halten? Mein Dad musste diese wirklich unsterblichen Gefühle für Brown gehabt haben. Die Vorstellung fiel mir schwer, so etwas hatte ich noch in keinem Film gesehen.

Schließlich holte ich das Foto von Orik aus dem Rucksack, tat es auf den Nachttisch und betrachtete es. Er fehlte mir so.

Es war leicht, mir vorzustellen, dass Orik abgehauen war und mit seinem Astronauten-Armbandscanner dieses Haus im Reich von L.A. lokalisiert hatte. Man muss nur die komprimierte Signatur der Stimme von jemand eingeben und der Scanner scannt den gesamten Raum im Umkreis von einem Lichtjahr nach diesen Schwingungen ab. Orik kroch durch die Bananenstauden, durchs Fenster. Das fremde Bett knarrte, als er zu mir unter die Decke schlüpfte. Ich drückte mich an ihn, er zitterte heftig – er hatte alle seine Kleider verloren, er war nackt und halb tot gefroren, auf der Flucht vor seinen Eltern und vor den Bullen, und ich musste ihn aufwärmen. Mir fiel ein, dass ich ihn küssen konnte. Nein, das ging nicht, das war schwul. Aber wir umklammerten uns mit Armen und Beinen und fassten uns an all den üblichen Stellen an, und ich spritzte gewaltig ab. Jetzt war ich ein richtiger Mann.

Morgen würde ich den Mann kennen lernen, der in der Highschool Dads bester Freund gewesen war. Ob die auch miteinander rumgemacht hatten?

Ich schlief lange aus. Eine Dunstschleier vom Meer lag über Los Angeles – der Himmel war grau, über den Palmenwipfeln trieben Nebelfetzen. Chinos 4Runner war weg – er war schon im Orange County. Vince und Brown waren Fahrrad fahren gewesen, jetzt arbeitete Vince auf der Terrasse. Während ich mir Frühstück machte, hielt sich Brown in der Nähe, aber er redete nicht viel. Wie konnte dieser schweigsame alte Hexer mit den Drachen auf dem Bademantel jemals diese leidenschaftliche und öffentliche Liebesgeschichte mit meinem Dad gehabt haben, wegen der das ganze Land verrückt gespielt hatte und viele Leute die beiden am liebsten umgebracht hätten?

»Bevor du Vince kennen lernst«, sagte er, »möchte ich mit dir ein paar Fragen zum Thema Aids besprechen ...«

Warum redeten die Erwachsenen so viel über Aids?

»... Die Eltern deines Freundes haben dir erzählt, dass Aids einen durch die Luft anspringen kann«, sagte Brown. »Das stimmt einfach nicht.«

Inzwischen war ich so weit, dass ich allem misstraute, was Oriks Eltern sagten. Aber warum sollte ich Vince überhaupt anfassen wollen? Würde mich Brown jetzt mit der Frage nerven, ob ich glaube, dass ich schwul bin? Er platzte bestimmt vor Neugier.

Die Terrasse war von der hohen dornenbewehrten Mauer nach allen Seiten abgeschirmt. Durch ein kleines Eisentor ging es hinten raus auf einen Weg, über den man zum Haus von Paul und Darryl und zum Haus von Rose und Vivian gehen konnte. Im Schatten der verschlungenen Bananenstauden und Bambusrohre, umgeben von wunderschönen Tropenblüten, arbeitete Vince an einem Glastisch. Papierstapel, ein schnurloses Telefon, ein Krug Wasser. Er klappte seinen Laptop auf ohne mich auch nur anzuschauen.

Im *Billy Sive*-Video war Vince Anfang zwanzig gewesen und hatte mit seinen langen Wimpern ausgesehen wie ein Filmstar. Mom sagte, eine ganze Generation von Schwulen hätte sich damals in ihn verliebt. Jetzt war er alt, fast vierzig, mit grauschwarzen Haaren und Falten im Gesicht. Sogar die Wimpern waren kürzer geworden. Seine langen Beine, die den Weltrekord über eine Meile gelaufen waren, waren dünn und ließen die Füße in den Turnschuhen groß erscheinen. Aber er sah nicht sehr krank aus. Seine interessanten Augen – seltsame goldene Augen – waren wachsam wie die von Chino. Ich betete, dass Vince jetzt nicht in Tränen ausbrach und rumschleimte von wegen, dass er »Billys Jungen« zum ersten Mal sah.

»Er gehört dir«, sagte Brown. Dann ging er wieder rein, an die Arbeit, und ließ mich allein mit der Obertunte, die die Pest hatte.

Vince klapperte auf der Laptoptastatur. Plötzlich hielt er mir den Telefonhörer hin. Seine Stimme war so markant wie seine Blicke.

»Ich hab gehört, du magst Filme. Hilfst du mir, einen Film fertig zu stellen?«

»Hm ... na gut.« Warum auch nicht. »Arbeitest du nicht im Haus?«

»Seit ich krank bin, weiß ich die Schönheit jeder einzelnen Blüte zu schätzen. Du bist heute mein Assistent. Gib mir mal die erste Nummer auf der Liste.«

Und so tippte ich Telefonnummern ein.

Vince entriss mir mit zittriger Hand den Hörer und redete über die Gesamtkosten des Projekts, mit Lennie, Darryl, Gary, Philip, Paul, Richard, Margaret, Derek. Ein Großteil der Papierstapel entpuppte sich als verschiedene Fassungen des Drehbuchs zum neuen Dokumentarfilm von Valhalla, *Linkshändig*. Er handelte davon, dass Lesben und Schwule alles mit anderen Augen sehen. Sie hofften, ihn ins Fernsehen zu kriegen. Aber mit dem Drehbuch kamen sie nicht klar. Zwischen den Telefonaten las Vince eine Version Korrektur, an der Harlan gerade saß. Ich brachte Harlan eine Diskette mit Vince' Kommentaren ins Haus.

Brown saß in seinem Büro vor dem Mac, auf dem er das Drehbuch editierte, und warf die Diskette ein. Ab und zu faxte er eine Seite an Valhalla. Vince faxte direkt aus dem Laptop. Dann rief Paul an und sie diskutierten. Ich hatte irgendwie erwartet, im Mittelpunkt zu stehen, und jetzt stand ich dumm rum.

An der Wand hinter Browns Schreibtisch entdeckte ich Fotos von mir – von meinem Achte-Klasse-Abschlussfoto bis zu dem Schnappschuss von meinem ersten Geburtstag, wo ich mich mit Ana prügelte. Dass sie hier hingen, regte mich auf, als würde es meine Privatsphäre verletzen. »Woher hast du die?«, fragte ich.

»Deine Mutter hat mir jedes Jahr eins geschickt.«

»Hey ... wie kommt's eigentlich, dass du nie da warst?«, platzte ich heraus.

Brown lehnte sich zurück und drehte sich mit dem Bürosessel zu mir herum. »Deine Mutter wollte weit weg sein, Abstand haben, auch zu mir. Ich konnte nichts dagegen tun.«

»Wenn mein Dad am Leben wäre, dann wär er da gewesen.«

»Ja. Alles wäre anders gewesen.«

»Heißt das ... Mom mag dich nicht?«

»Wir sind nicht auf einer Wellenlänge.«

»Warum hast du sie nicht wegen dem Sorgerecht verklagt oder so?«, fragte ich herausfordernd.

Brown verschränkte die Arme über der Brust und sah mir in die Augen. Er bemühte sich, geduldig zu sein, aber ich spürte, wie in ihm die Drachen kämpften.

»Um ehrlich zu sein, ich habe darüber nachgedacht ... mit deinem Großvater darüber geredet, ob ich mir das Besuchsrecht erklagen soll. Aber er hat gesagt, ich hätte überhaupt keine Chance. Eine Klage hätte deine Mutter für alle Ewigkeit zur Feindin gemacht. Er hat mir geraten abzuwarten ... bis sie eines Tages wieder auftaucht.«

Browns Augen erzählten mehr – wie unglücklich er gewesen war, wie sehr er es vermisst hatte, für mich da zu sein. Wenn Mom einverstanden gewesen wäre, dann wäre er da gewesen ... hätte mir vieles beigebracht. Er war Trainer. Er hätte mir Bälle zugeworfen, vielleicht hätte er mir sogar geholfen, größer zu werden. Je mehr ich es bedachte, umso betrogener fühlte ich mich.

Draußen warf ich aus Versehen einen von Vince' Papierstapeln um. »Ver-*zeihung*«, stieß ich aus, weil ich mich über meine philisterhafte Schussligkeit ärgerte.

»Huuu, nur immer ruhig Blut«, sagte Vince. »Dein Dad war auch so ein Hitzkopf.«

»Ja?« Ich klaubte die Blätter auf.

»Da erinnerst du mich an ihn.«

Schön zu wissen, dass ich meine Verhaltensgestörtheit von Dad geerbt hatte. Wenigstens etwas. Ich setzte mich vorsichtig auf einen eisernen Stuhl und betrachtete Vince' dünne bloße Füße, die er auf den Tisch gelegt hatte um seinen Etat zu studieren.

»Aber Dad war doch so ein netter Typ«, sagte ich.

»Er war ein toller Mensch, aber ein Engel war er nicht. Einmal ... das war direkt, nachdem Billy und ich es ins Team von Prescott geschafft hatten. Er und Harlan waren gerade dabei, sich zu verlieben. Das war Anfang 1976. Dein Dad war damals zweiundzwanzig ... Harlan war neunundddreißig. Keiner von beiden war je zuvor verliebt gewesen und sie kamen nicht damit klar. An einem Nachmittag haben sie sich über Billys Training einen unglaublichen

Zickenkampf geliefert. Billy machte auf trotziger Jugendlicher ... und Harlan auf ekliger republikanischer Exerziermeister. Schließlich ist er ausgerastet und hat Billy eine geknallt. So eine gute alte militärische Ohrfeige. Und Billy hat rot gesehen und gleich zurückgehauen.«

Vince ließ zur Demonstration seinen mageren Arm durch die Luft sausen.

»Hui!« Ich musste lachen.

Vince lachte mit. Dann fing er an zu husten. Ich bekam Angst und schenkte ihm ein Glas Wasser ein. Er würgte und keuchte, seine Lungen machten schreckliche Geräusche. Ich überwand mich dazu, ihm auf den Rücken zu klopfen. Diese Berührung brach das Eis – und der Himmel stürzte nicht ein. Also ließen wir seine Arbeit eine Weile liegen. Da saß ich also in West Hollywood und hatte viel Spaß mit dieser kranken Obertunte, die mir coole Geschichten über meinen Dad erzählte.

Schließlich warf er einen Blick auf seine Armbanduhr. »An die Arbeit.«

»Du bist ... richtig durchorganisiert.«

»Schätzchen, wenn ich das nicht wäre, wäre ich nicht mehr am Leben.«

Er lehnte sich auf seinem Stuhl zurück und betrachtete all seine Blumen um uns herum. »Vor ein paar Jahren«, sagte er, »dachte ich, das war's jetzt. Aber es waren die Medikamente ... die haben mich noch kränker gemacht. Ich hab sie abgesetzt und – große Überraschung, seitdem geht's mir besser. Und alle, die so fest daran glauben, dass Gott mich für mein sündhaftes Leben bestraft, werden noch ihr blaues Wunder erleben. Und weißt du was – die Blumen hab ich alle selbst gepflanzt.«

Auf einmal legte sich Vince auf die Liege. »Ich muss mal eine Minute die Augen zumachen, okay?«

Ich saß da und sah den Bambusschatten zu, die sich auf seinem knochigen Gesicht bewegten. Vielleicht war es ja in Ordnung, mit einer kranken Obertunte befreundet zu sein, wenn sie der Schulfreund von meinem Dad gewesen war. Behutsam stellte ich das Telefon in seine Reichweite. Als ich gerade auf Zehenspitzen ins Haus gehen wollte, murmelte er: »William?«

»Ja?«

»Ich hab auch ein paar großartige alte Bilder von deinem Dad. Du kannst sie dir das nächste Mal ansehen.«

Drinnen schaltete ich den Fernseher an. »Wo bleibt meine nächste Seite?«, rief Brown.

»Er schläft«, sagte ich.

»Oh. Na gut ... dann liest *du* jetzt gegen.«

»Ich hab keine Ahnung von Drehbüchern.«

»Macht nichts. Die meisten Filmemacher fragen die jungen Leute nicht mal, was sie von ihren Filmen halten. Ich will deine Meinung wissen, okay? Du kommst auch in die Credits.«

Mit zusammengekniffenen Augen starrte ich Brown an. Ein Erwachsener wollte meine Meinung wissen? Wieso? Wurde da gerade ein Köder vor mir ausgelegt?

Brown schaute nicht zurück – er war mit Faxen beschäftigt. Wär schon nicht schlecht, wenn meine Meinung in einen Film eingearbeitet würde. Also schlich ich raus und stibitzte Vince seinen Papierstapel.

»Okay, Szene drei«, sagte Harlan. »Da fehlt noch die Pointe, aber die, die wir haben, ist schon zu Tode geritten.« Er erklärte mir, dass man alle zwei Minuten eine Pointe braucht, um die Zuschauer bei Laune zu halten. Ich machte mich an die Arbeit.

Als Chino wiederkam, tauschte er mit Brown einen Blick und ich fragte mich, ob sie hinter meinem Rücken über mich geredet hatten. Dann sagte Chino zu mir: »Zeit für die Heimfahrt.«

»Du bist kein schlechter Helfer«, sagte Brown zu mir. »Wir könnten dich brauchen.« Er streckte mir die Hand hin. Fast hätte ich meine wieder in die Hosentasche gestopft – aber ich überlegte es mir anders. Harlan Brown und ich gaben uns die Hand.

Draußen im Wagen warf mir Chino einen Umschlag mit Fotos zu. Bilder von Orik rutschten heraus. Er half seinen Eltern den Wagen beladen. Sie hatten ihm die Haare kurz geschoren. Er sah traurig aus. Von seinem Basecap war der Stern verschwunden.

»Urlaub?«, fragte ich.

»Glaub nicht.«

»Sie haben davon geredet, dass sie ihn auf die Militärschule schicken wollen.«

Chino antwortete nicht. Er fuhr wie ein Wilder. Wann würde ich endlich so fahren können? Noch drei Jahre bis zum Führerschein.

Der 4Runner raste wieder den Pacific Coast Highway hoch. Eine Nebelbank auf dem Meer schluckte das Sonnenlicht, und alles wurde düster und grau. Ich fror in meiner Jacke und meine Knie vibrierten, als wäre irgendein kleines elektronisches Gerät in ihnen versteckt. Die Fotos von Orik machten mich ganz verrückt.

Chino sagte ruhig: »Wir beide müssen reden.«

Mein Magen sackte durch. Fuhren wir jetzt an einen geheimen, ungestörten Ort?

Hinter der Fußgängerzone von Malibu machte er plötzlich eine scharfe Kehrtwendung und parkte auf der Strandseite der Uferstraße. Es wehte eine feuchtkalte Brise. Er schnappte sich eine Armeedecke vom Rücksitz und wir rannten die Böschung hinunter in den Sand. Frierende Menschen packten ihre Kühlboxen und ihre Hunde und eilten zu den Autos. Die Ebbe hatte das Wasser weit hinausgezogen. Wir gingen den Strand entlang und sahen den Möwen zu, die weggeworfene Sandwichs zerpickten. Chino hatte sich in die Decke eingewickelt wie in einen Poncho. Mein schamloser Körper zitterte mehr als je zuvor, und nur zum Teil vor Kälte. Ich wünschte mir, dass Chino mich zu sich unter die Decke nehmen und aufwärmen würde. Das Blut pochte mir in den Ohren. Ein echter Krieger wusste, was er wollte, und hatte keine Angst, es sich zu nehmen.

Aber er hockte sich anderthalb Meter vor mir in den Sand und sagte ruhig: »Ich habe über deine Mission nachgedacht.«

Mein Körper wurde ein einziger Pulsschlag aus Angst und Glück. Dann kam ein langes, schreckliches Schweigen, während die Wellen uns anrauschten. Ich zitterte wie wahnsinnig. Chino sah mich an mit diesem Kriegergesicht, in dem alles zu sehen war, was das Leben mit ihm gemacht hatte.

Aber er sagte nicht das, was ich erwartete.

»Meinst du, du bist Manns genug für einen Einsatz auf der Erde?«

»Was soll das?«, sagte ich mit erstickter Stimme.

»Hast du dir schon mal überlegt, dass du vielleicht bessere Chancen hast, deinen Dad zu finden, indem du Leute triffst, die ihn gekannt haben?«

Ich starrte ihn an. Da sprach mein Commander von der *Memo*. In dem schwarzen Loch in meinem Inneren glomm ein Fünkchen Interesse auf. »Also ... was ist meine Mission?«

»Arbeite an dir. Bring dich unter Kontrolle.«

»Klingt ja unheimlich spannend.«

»Ich meine es ernst. Phase eins: Du musst mehr auf Leute in deinem Alter zugehen. Du willst doch nicht deine ganze Zeit mit mir altem Schlangenfresser verbringen. Mach was mit Ana und Ziggy. Lass deine Mom nicht hängen ... du bist ihr einiges schuldig und sie braucht dich. Und geh auf Harlan und Vince zu.«

»Vince ist cool, ich meine dafür, dass er ... äh, schwul ist. Aber diesen Brown kann ich nicht ab.«

»Du nennst ihn bei seinem Namen oder ich werde sauer.«

Ich seufzte. »Harlan.«

Er fuhr fort. »Phase zwei deiner Mission: Harlan. Ein Commander muss Leute kennen. Er kümmert sich um seine Leute. Entdecke Harlan und du wirst viel über deinen Dad erfahren.«

»Und was ist mit Shawn?«

»Das ist Phase drei. Dein Kumpel wird deine Unterstützung brauchen.«

»Wo bringen sie ihn hin?«

»Das weiß ich noch nicht. Aber seine Eltern setzen ihn sehr unter Druck und es geht ihm nicht gut. Und er hält immer noch stand ... er lässt sich nicht einreden, dass es falsch war, mit dir befreundet zu sein.«

»Warum ist er nicht abgehauen?«, wollte ich wissen.

»Wenn man zu Hause misshandelt wird, ist es kompliziert. Eine Familie zu haben ist sehr wichtig. Man bleibt dort oft so lange kleben, bis es zu spät ist auszubüchsen. Shawn liebt seine Mutter, und ich glaube, er hofft immer noch, dass sie sich für ihn einsetzt.«

»Bist du ... misshandelt worden?«

»Bleib beim Thema.«

»Hast du dort auf der Straße gesessen und diese Fotos gemacht?«

»Ich hab meine Methoden. Die brauchst du nicht zu kennen.«

»Er hat mir gesagt, wenn sie ihn irgendwohin schicken, läuft er weg und findet mich.«

»Ja, vielleicht tut er das. Aber du kannst ihm nicht helfen, wenn du dein Leben nicht auf die Reihe kriegst. Stimmt's?«

»Stimmt«, musste ich zugeben. Jetzt zitterte plötzlich Chino am ganzen Leib. »Was hast du?«, fragte ich.

»Ich hab die Art Malaria, die man nie loswird.«

Es gab nicht viele Möglichkeiten, was ich als Nächstes sagen konnte. Also sagte ich es. »Chino, bitte hilf mir bei meiner Mission.«

»Ich helfe dir«, sagte er. »Aber du musst selbst die Verantwortung übernehmen.«

»Abgemacht«, sagte ich und streckte ihm die Hand hin. Er schlug ein.

Dann stand er auf und wir machten uns auf den Rückweg über den leeren Strand. Da war kein Mensch mehr außer einem alten Mann, der seinem Hund ein Frisbee zuwarf.

Wir kletterten in den Geländewagen. Seine Strategie war so offensichtlich. Chino würde sich auf Distanz halten, väterlich zu mir sein und mich beschäftigt halten, damit ich ihn vergaß. Das hätte mir eigentlich das Herz brechen müssen. Aber das tat es nicht. Jemand, der gut genug war, Kampfeinsätze zu leiten, vielleicht ein Raumschiff zu kommandieren, hatte mich auf eine Mission geschickt. Siedend heiß wurde mir klar: Wenn ich mich geweigert hätte, Harlan die Hand zu geben, hätte Chino mir diesen Auftrag nicht erteilt.

Zurück in Malibu hatte ich keinen Hunger auf Abendessen und schloss mich in meinem Zimmer ein. Später hörte ich Mom und Chino draußen auf der Terrasse leise reden. Sie saß auf der Balustrade und er lehnte daran – zwei Kurze beim Gipfeltreffen. Ich betrachtete sie durchs Fenster mit vor Angst ineinander gekrampften Zehen. Sprachen sie über mich? Ich lauschte angestrengt auf ihre Stimmen. Schließlich schoss der 4Runner aus der Einfahrt. Von meinem Fenster aus sah ich die roten Rücklichter den Canyon hinab verschwinden. Wahrscheinlich machte Chino eine kleine

Spritztour und würde sich kalt lächelnd den nächstbesten Volljährigen ins Bett holen um Druck abzulassen. Mir dämmerte langsam, dass ich zu einer monströsen Eifersucht imstande war. Erwachsene kommen durch deine Welt getrampelt, schleppen alles mit, was sie hinter sich haben, und von dir erwarten sie Verständnis für ihr Erwachsenending, wo du ihnen eben noch dein blutendes, jungfräuliches, eigenhändig mit dem Pfadfindermesser aus der Brust gesäbeltes Herz geschenkt hast.

Gegen zehn klopfte es. »Bitte um Erlaubnis, Kommandobrücke zu betreten«, rief Mom.

Warum wollen die Erwachsenen immer genau dann in dein Zimmer einfallen, wenn du dir gerade das Herz rausgesäbelt hast? Ich machte ihr auf und warf mich wieder aufs Bett. Sie kam rein, ohne Licht zu machen, und setzte sich ans Fußende. Es lag in der Luft, dass Chino etwas mit ihr besprochen hatte. Ich betete, dass er nichts von der Mission verraten hatte. Was ist das für ein Commander, der Geheimnisse ausplaudert?

»Ich habe mit Chino über Shawns Situation geredet«, sagte sie. »Ich mach mir wirklich Sorgen um ihn.«

Plötzlich würgten die Tränen mich halb zu Tode.

»Willst du weinen, Schatz?«, sagte sie.

Und schon lag ich in den Armen meiner Mutter und heulte, dass mir schier die Rippen zersprangen. Sie streichelte mir den Kopf und drückte mich an diese kleinen Brüste, die mich vor langer Zeit gestillt hatten. Sie wiegte mich. Ihre leise Stimme nährte mich und tröstete mich wie in jener Nacht in der Wüste vor fünf Milliarden Jahren, als sie mir von den Sternen erzählte.

»Hör zu, Liebling. Vielleicht stehst du eines Tages auf Jungs – und vielleicht nicht. Ich wollte dich nie in irgendeine Richtung drängen. Ich glaube, das ist auch ein Grund, warum ich mich von allen Leuten zurückgezogen habe ... um dir Platz zu lassen. Egal, was für Gefühle du für Shawn hast ... ich respektiere das, okay?«

Ich schniefte in ihre Schulter. Es war fast eine Erleichterung, dass das schreckliche Thema von jemand anderem angeschnitten wurde. War ich so leicht zu durchschauen? Was soll das für ein Geheimnis sein, wenn es für alle sichtbar über dir hängt?

»Können wir dir zutrauen, dass du dich einigermaßen im Griff hast? Du musst lernen, nicht durch Fensterscheiben zu springen und dich umzubringen versuchen. Chino und ich, wir fragen uns, ob du vielleicht noch einen Schritt machen kannst.«

Meine Tränen waren versiegt, mein Gesicht in ihrem Pulli vergraben. Ich roch das sportliche Parfüm, das sie immer benutzte. Ich setzte mich auf und holte zittrig Luft. Sie strich mir die Haare aus der heißen Stirn und lächelte ein bisschen. Ich hatte sie seit Wochen nicht lächeln sehen.

»Du hast eine Menge vor dir. Neue Familienmitglieder kennen lernen. Die Schule, die in einem Monat losgeht. Hoffentlich ein Mensch werden, der mehr sagen kann als *cool* und *äh*. Der Astronom werden, der den zehnten Planeten entdeckt, oder was weiß ich.«

»Ja ... vielleicht.«

»Schau mal. Was hältst du davon, wenn wir ganz hier raufziehen? Marian hat angeboten, dass wir uns das Haus teilen. Die Malibu Hills Highschool ist eine gute Schule. Ich hab sie mir schon angeschaut.«

Ich zuckte mit den Achseln. Jetzt, wo Orik weg war, bedeutete mir Costa Mesa überhaupt nichts mehr.

»Wir wären näher an der Griffith-Sternwarte ... am NASA-Raketenlabor ... an allem Astronomischen in L.A., das du dir nur wünschst. Ich fahr dich selber hin.«

»Und deine Arbeit?«, fragte ich.

»Ach«, lächelte sie. »Ich bin jetzt seit elf Jahren Lehrerin. Vielleicht wird es langsam Zeit für etwas Neues. Politik zum Beispiel. Marian stellt gerade ihr Wahlkampfteam auf.«

Ich wischte mir die Augen am Ärmel. »Entscheide du, Mom.«

»Nee, nee. Wenn du alt genug bist, Entscheidungen über Sex zu treffen«, sagte sie, »dann bist du auch alt genug, mit zu entscheiden, wo wir leben.«

»Gut«, sagte ich. »Wir ziehen um.«

Unser Umzugswagen stand auf der Lemon Street. Jerry und Marilyn versuchten in unseren Garten zu kommen und Mom vollzutexten, wie bitter nötig ich eine Therapie hätte und Mom übrigens auch. Chino hielt sie uns vom Leib. Da schrie Jerry über den

Maschendrahtzaun, Mom würde mir meine gewohnte Umgebung wegnehmen, meine Freunde, meine Schule und den einzigen guten Einfluss in meinem Leben, nämlich Jerry und Marilyn.

Wir ignorierten ihn und packten weiter. Als ich meine *Memo*-Kommandobrücke-Kartons rausschleppte, hielt ich durchs Fenster immer wieder Ausschau nach Orik. Er war nirgends. Sie hatten ihn wohl wirklich irgendwohin verschleppt. Ich faltete den schwuchteligen Jesus zu einem Flieger, schrieb »Schönen Tag noch« drauf und ließ ihn in ihren Garten segeln, direkt gegen das Esszimmerfenster. Jerry ging hin, hob den Flieger auf und schrie »Gotteslästerer«. Als Nächstes kreuzte der Pastor auf, angeblich rein zufällig. Mom schlug ihm die Tür vor der Nase zu. Jerry brüllte rum, Mom wäre an allem schuld, sie wäre auch so eine von diesen linken teufelsanbetenden Laissez-faire-Eltern. Schließlich brüllte eine andere Nachbarin aus dem Fenster, sie wäre froh, dass die Hedens wegziehen, vielleicht wäre dann ja mal Schluss mit dem Geschrei.

An der Tür zwischen unseren Gärten hing ein Vorhängeschloss.

Auf dem Weg aus der Stadt hinaus hielten wir beim Optiker und ich bekam zwei zehnzöllige Pyrex-Rohlinge. Ich beschloss, diesmal Diamantstaub zum Polieren zu nehmen. Mom und Marian zahlten. »Dein vorgezogenes Geburtstagsgeschenk«, sagten sie.

Das Sternegucken würde eine einsame Angelegenheit sein – ohne Orik.

Am nächsten Tag packten wir in Malibu aus. Mom wollte unser Haus in Costa Mesa verkaufen. Häuser verkauften sich schlecht, sie erwartete nicht viel. Aber wenigstens hatten wir etwas, wo wir hinkonnten.

»Ich stelle gerade ein Wahlkampfteam auf«, sagte Tante Marian zu mir. »Deine Mom arbeitet für mich, bezahlt. Ein bisschen Vettern- und Basenwirtschaft hat noch nie geschadet. Du kannst Briefe eintüten, wenn du magst.«

»Gute Idee«, sagte Mom. »Da kann er die Sachen abarbeiten, die er kaputtgemacht hat.«

Mein Zimmer oben war jetzt die Kommandobrücke. Ich stellte einen Poliertisch auf mit einem Zelt aus Plastikplanen drum herum. Niemand durfte es wagen, reinzukommen und sauber zu machen und Staub aufzuwirbeln, ich musste schließlich höllisch aufpassen, dass der Spiegel nicht verkratzte. Der Balkon würde meine neue Sternwarte werden. Als alles aufgebaut war, stellte ich das Bild von Dad und das Bild von Orik auf die Kommode. Ich holte tief Luft und zündete die Kerze wieder an. Sie hatte sechs Wochen nicht gebrannt. Die Flamme war im Dunkeln weich und zart, sie brachte alles im Raum zum Tanzen.

Dann schlüpfte ich ins Bett. Der Strom von geometrischen Formen rauschte über mich hinweg und das Bild meines Dads baute sich auf dem Schirm auf.

»Ich muss es sicher wissen«, sagte ich. »Klapp dein Visier hoch.«

»Das Foto ... das in deiner Kiste«, sagte er immer wieder.

»Wo bist du?« Ich war nicht sicher, ob ich ihm glauben konnte. »Bist du in Gefangenschaft?«

»Keine Zeit für Erklärungen. Hör gut zu. Wenn du wiederkommst, stell die Zeit nach dem Veränderlichen, dann geh auf Kurs 23 ... Kurs 23 bei ...«

Meine Finger rasten wieder über die Tastatur und gaben seine Daten ein. Aber das Signal wurde immer schwächer.

»Dreiundzwanzig«, wiederholte er in einem fort. »Dreiundzwanzig ...«

Sein Bild zerbröselte auf dem Schirm, als würde es von einem Virus aufgefressen. Ich schrie, dass es mir schier die Kehle zerriss.

»DAAAAD ... Was ist dreiundzwanzig?«

Ich schreckte hoch. Ich war schweißgebadet. Im Zimmer wiegten sich Schwindel erregende Schatten. Ich sprang aus dem Bett. In wilder Aufregung riss ich meinen Rucksack auf. Die Geheimkiste fiel heraus, die Fotos flogen in alle Richtungen. Ich griff nach dem einen wichtigen und starrte darauf. Was war es, das ich nicht mitbekommen hatte? Was war dreiundzwanzig?

13 Ein Junge namens Vince

Mom und ich fingen unser neues Leben in Malibu an. Um Mitternacht stand das Sommerdreieck schon westlich des Meridians. Aber eins änderte sich nicht. Ich machte mir jeden Tag Sorgen um Orik.

Auf einem alten Hausaufgabenzettel fand ich Donnalas Telefonnummer. Nachdem wir eine Weile gequatscht hatten, fragte ich beiläufig: »Hast du Shawn mal gesehen?«

Sie war neugierig. »Warum weißt *du* denn nicht, wo er ist?«

»Ich bin umgezogen. Ich wohn jetzt in L.A.«

»Ach. Na, seine Eltern haben ihn ins Ferienlager geschickt. Ich hab auch nichts von ihm gehört.«

Ohne Orik fiel mir der Teleskopbau schwer.

Harlan sagte, er wollte mir helfen. Ich musste brav sein und mir helfen lassen. Er fuhr mich mit seinem Jeep Cherokee durch die Gegend und wir stöberten die Bauteile auf. Darryl sagte uns, wo gute Optikgeschäfte waren. Die Schrottteile für das Stativ fanden wir auf einem Schrottplatz, den Chino kannte. Für den Tubus besorgte ich einen Meter achtzig Fiberglas. Wenn ich genug Geld zusammensparte für eine gebrauchte Kamera und einen zeitgesteuerten Antrieb, um die Sterne zu verfolgen, würde ich Fotos mit langen Belichtungszeiten machen und mehr Details auflösen können.

Mom arbeitete in Marians Büro und lernte Politik. Sie hatte keine Probleme damit, mich eine Weile bei den Männern abzuladen. »Ich hab schließlich jahrelanges Babysitten bei euch gut«, sagte sie.

Manchmal hörte ich sie mit Nancy über deren Neffen Teak sprechen, den ich unbedingt kennen lernen müsse. Teak war auch so ein Wissenschaftsfreak.

Und der Exmann von meinem Dad und ich versuchten miteinander zu reden. Es war mehr wie bei einem Interview, wo zwei in den Abendnachrichten einander Mikros ins Gesicht halten. Es war immer krampfig.

Harlan ließ mich den Teleskopkrempel in einer Ecke seiner Terrasse aufbewahren. Eines Tages saßen wir auf dem Ziegelsteinmäuerchen und Harlan feilte an einem Fuß des Stativs herum, weil es wackelte. Vince war in seiner Blumenecke und telefonierte auf dem Handy. Ich versuchte Harlan weiter zu interviewen.

»Du kannst 'ne Menge Sachen, was?«, sagte ich. »Du warst Trainer, jetzt machst du Filme, du kannst Geräte bauen ...«

Harlan war immer so ernst, er lächelte kaum. »Man lernt, was man lernen muss«, sagte er. »Ich hab ein paar Jahre in einem Strandhaus auf Fire Island gelebt, das eine größere Renovierung nötig hatte.«

»Und mit dem Sport hast du ganz aufgehört.«

»Das hat sowieso mit einer großen Enttäuschung angefangen ... Ich hab meine Olympiaqualifikation vergeigt, über 1500 Meter. Also hab ich als Trainer angefangen um auf eine andere Art doch noch reinzukommen. Aber Schriftsteller war ich die ganze Zeit ... ich wusste es nur nicht. Sportberichterstattung, meine Autobiografie, jetzt Drehbücher ...«

Er beugte sich zu seinem Werkzeugkasten, um eine kleinere Feile herauszukramen, und machte dabei ein Gesicht, als hätte er Schmerzen in der Hüfte. Wahrscheinlich konnte er nicht mehr laufen, weil er alt geworden war.

»Wie bist du zum Film gekommen? Weil jemand das Leben von meinem Dad verfilmen wollte?«

»Eigentlich durchs Schreiben. Ich hab von jemandem die Rechte an seinen Büchern geerbt, das war mein bester Freund ... Steve Goodnight. Valhalla wollte die Filmrechte für eins von diesen Büchern und ...«

Die Reihe von Goodnight-Büchern im Büroregal war mir aufgefallen. »Steve hat die Rechte nicht seinen Kindern vererbt?«

»Er hatte keine Kinder.«

Richtig. Ich vergaß immer wieder, dass hier andere Regeln galten ... man hatte keine normale Familie.

»... viele Schwule und Lesben kümmern sich umeinander«, sagte er gerade, »wenn's ums Geld geht. Sonst interessiert das niemand. Meistens spielen die Gerichte mit. Manchmal auch nicht ... dann kriegt alles die Heteroverwandtschaft. So wie die Mutter von Vince.

Die lauert nur darauf, dass er stirbt. Sie denkt, sie kriegt das Haus und kann mich rausschmeißen. Darum ist Vince nicht als Eigentümer eingetragen. Vince hat Glück, dass er mir so vertrauen kann.«

Ich war schockiert. »Aber das ist unfair.«

Vince' Stimme drang aus seiner Orchideenecke. »Sie sagt, sie schnappt sich auch meine Leiche, damit sie ihr katholisches Begräbnis durchziehen kann ... sie weiß genau, dass ich verbrannt werden will.«

»Kann sie das denn vom Gesetz her?«

»Vor dem Gesetz ist Harlan gar nichts ... auch wenn wir schon seit über zehn Jahren zusammenleben. In manchen Staaten wären wir damit schon einem Ehepaar gleichgestellt – wenn wir ein Heteropaar wären.«

»He, das ist wirklich ungerecht.«

Das Handy piepste und Vince vertiefte sich in ein Telefongespräch. Harlan feilte weiter. »Darum hat dein Großvater ein paar juristische Schutzmauern um uns rumgebaut«, sagte er.

»Den muss ich wohl auch kennen lernen?« Opa würde ich nicht zu ihm sagen.

»Klingt nicht gerade begeistert.«

»Nö.«

»Also, John ist zur Zeit bei Gericht. Bis der Prozess zu Ende ist, wirst du ihm nicht begegnen.«

Zeit für einen Themenwechsel. »Hast du schon einen Oscar gekriegt?«

Harlan kippelte mit dem Stativ. Es stand immer noch nicht richtig. Er lachte sogar ein bisschen. »Eine Nominierung«, sagte er. »Zusammen mit vier anderen, die das Drehbuch überarbeitet haben.«

»Wolltest du nie, dass Valhalla einen Dokumentarfilm über meinen Dad dreht?«

Auf einmal hing eine dunkle kosmische Staubwolke zwischen uns. Harlan sah mich nicht an. Seine Hände umklammerten das galvanisierte Rohr – stark, nicht sehr groß, mit seidigen dunklen Härchen auf dem Handrücken. Sie ließen die Feile wie wild hin- und herwetzen. Er sagte: »Ich habe hohe Ansprüche, was den Inhalt und die Umsetzung betrifft. Aber bestimmte Einzelheiten, na ja ...«

»Zum Beispiel?«

Metallspäne hefteten sich an seine Jeansbeine. »Spezialeffekte. Darryl wollte es sehr drastisch ... wollte die Leute mit der Nase darauf stoßen, wie ein Leben vom Hass zerstört wird. Er wollte den unbeteiligten Zuschauer zwingen, Partei zu ergreifen und sich zu empören. Ich, hm, ich wusste diese Absicht zu schätzen, aber ... ich war nicht begeistert von der Vorstellung, dass wir uns dem künstlichen Hollywoodzauber so sehr annähern. Also hat er sogar angeboten, es abzutönen. Aber dann wäre es nicht mehr echt gewesen. Tja ...«

Mir war übel. Er redete von der Szene, wo die Kugel Dads Kopf traf. »Sonst wollte niemand den Film machen?«, fragte ich.

»Die meisten Menschen in dieser Stadt haben Angst vor dieser Geschichte«, sagte er bitter. »Da wird zu viel aufgerührt.« Harlan brach ab und nahm die ausgepolsterte Kiste mit den neuen Spiegelrohlingen hoch, die ihm einen Blitzstrahl von Sonnenlicht ins Gesicht warfen. »Was willst du mit dem Ding denn suchen? Hast du ein Ziel? Wie weit können Astronomen überhaupt sehen?«, fragte er.

Wenn ich ihm von der Mission erzählte, würde er mich für einen Idioten halten. Oder das Kommando übernehmen wollen.

»Sehr weit«, sagte ich. »Man misst es in Lichtjahren. Das ist die Entfernung, die Photonen in einem Jahr zurücklegen, und das sind 9 Billionen 460 Milliarden Kilometer. Der nächste Stern ist Proxima Centauri, 4,3 Lichtjahre entfernt. Also 4,3 mal 9 Billionen ...«

Er pfiff anerkennend. »Da verabschiedet sich meine Vorstellungskraft.«

»Eigentlich interessiert mich mehr unsere Milchstraße, nicht das, was ganz weit draußen ist.«

»Du bist sehr gut in Mathematik. Ich dachte, der Matheunterricht heutzutage ist miserabel ...«

»Mom hat mir ein bisschen geholfen. Aber es hat mir nie viel Mühe gemacht.«

Er schüttelte den Kopf. »Für mich war Schule ein Kampf«, sagte er. »Alles fiel mir schwer. Dir scheint es so zuzufliegen.« Auf einmal war er wieder scheu, zog sich hinter seine Wolke zurück. »Billy wäre stolz auf dich. Vielleicht holst du ja den Nobelpreis.«

Harlan reichte mir die Kiste. Es war Zeit, mit dem Polieren anzufangen.

Als ich später mein Spiegelbild in dem Glas betrachtete, kam mir die geniale Idee. Sie stach hell und klar hervor wie ein riesiger neuer Stern. Warum war ich nicht früher darauf gekommen?

»Chino, hör dir meine coole Idee an. Mein Dad ist vor fünfzehn Jahren gestorben, stimmt's? Was ich tun muss, ist ... den, na ja, Raumgürtel untersuchen, der fünfzehn Lichtjahre von der Erde entfernt ist. Alles, was ich in diesem Gebiet sehe, ist Licht aus der Zeit, als er gestorben ist. Der Katzennebel *muss* dort sein.«

»Gute Idee. Aber das bedeutet immer noch, die Nadel im Heuhaufen zu suchen. Als Detektiv bin ich von der Heuhaufenmethode nicht begeistert.«

»Aber der Heuhaufen ist viel kleiner.«

»Bei deiner Ausrüstung bist du den Rest deines Lebens mit Fotografieren beschäftigt, ist dir das klar? Bei einer Belichtungszeit von 75 Minuten – sagen wir, zweimal jedes Wochenende? Deine Ausrüstung, dein Lebenswandel und deine Schule lassen nicht mehr zu. Über die ganzen 365 Grad? Und wenn er von der Nordhalbkugel aus nicht sichtbar ist? Mach dich schon mal auf einen Umzug nach Australien gefasst.«

Ich war am Boden zerstört. »Was würdest *du* tun?«

»Du brauchst Ressourcen und Unterstützung. Red mal mit deiner Mutter. Ich glaube, sie hat schon erwähnt, wo du hier Daten finden könntest.«

»Chino, glaubst du, ich bin ein Vollidiot, weil ich das mache?«

Er schwieg eine Zeit lang. »Nein«, sagte er dann endlich. »Irgendetwas sagt mir, dass es hier um etwas Reales geht.«

»Chino, du darfst niemand davon erzählen. Sag bloß Harlan nichts.«

»Das würde mir nie einfallen. Du sagst es ihm ... wenn die Zeit gekommen ist.«

»Irgendwas Neues über Shawn?«

»Nichts.«

Es war abgemacht, dass ich bei Valhalla reinschnuppern sollte, und ich versuchte, mit drei Obertunten Spaß zu haben. Vince und ich waren im Schneideraum und halfen Paul und Darryl bei den letzten acht Minuten Off-Kommentar, die Harlan für *Linkshändig* geschrieben hatte.

Paul saß an der EPIX-Konsole – im Hawaiihemd, barfuß, seine Finger flogen über die Tastatur, überragt vom externen Plattenlaufwerk. Darryl hatte den Blick auf den großen Monitor über sich geheftet, auf dem die Szenen abliefen. Sie hatten mir einen Vortrag über das futuristische Laserdisk-System gehalten, das fürs Filmemachen so was war wie die Teleskope auf der Raumstation einmal für die Astronomie sein würden. Nur neun oder zehn Studios in L.A. besaßen ein EPIX. Das primitive Schneiden und Kleben von Zelluloidfilm war Schnee von gestern. Jetzt lief alles digital. *Linkshändig* war im Frühjahr fertig gedreht worden und Valhalla hatte noch einen Investor aufgetrieben, der den Schnitt und die Postproduction finanzierte.

Wir hatten eine Nachtschicht eingelegt. Der Investor wollte sich den fertigen Schnitt um vier ansehen und Valhalla hätte fast die Deadline für irgendein blöd klingendes Filmfestival überschritten. Blaue Zigarettennebel waberten durch den Raum. Paul und Darryl rauchten wie die Schlote. Schließlich steckte ich mir auch eine an.

Vince nahm mir die Kippe direkt aus dem Mund. »Deine Mom bringt dich um«, sagte er.

»Hat sie schon versucht«, sagte ich und schnappte mir die Zigarette wieder. »Ich bin der wild gewordene Teenager, gegen mich kommt sie nicht an.«

Vince versuchte sie zurückzuerobern. Ich machte eine Aikido-Bewegung und nahm einen Zug. Die Vorstellung, er könnte daran ziehen, behagte mir nicht so ganz.

»Hey, Mann«, sagte ich, »für einen, der angeblich im Sterben liegt, bist du ganz schön fit.«

Vince lachte und strubbelte meine Haare. »Ich habe Harlan zuliebe aufgehört. Aber manchmal überkommt es mich einfach. Gönn mir doch deinen Stummel.«

Paul und Darryl kreischten und gackerten los ohne den Blick vom EPIX abzuwenden. Sie liebten krasse Schwulenwitze und

Vince war ihnen direkt reingestolpert. Er wurde glatt ein bisschen rot. Vince hatte was Jugendliches an sich, das ich mochte – manchmal vergaß man, dass man einen Erwachsenen vor sich hatte.

Wenn nur Orik da gewesen wäre – er mochte das so, kichern und rumblödeln. Im Augenblick hatte er wahrscheinlich nicht viel zu lachen.

Valhalla war nicht direkt makro wie die kolossalen Paramount-Studios ein paar Straßen weiter. Dieses Studio war eher mikro, in die oberste Etage eines alten Filmateliers gequetscht. Der Schneideraum war voll gestopft mit EPIX-Geräten, Ledersofas, in denen man versank, überquellenden Aschenbechern und den Pizzaschachteln von gestern. An der Wand hingen Preise. Vor dem Fenster kamen BMWs, Tieflader mit Kulissenaufbauten und Obdachlose mit Einkaufswagen vorbei und alte Zeitungen und Pappbecher, die der Wind vor sich her wehte.

Rose und Vivian saßen in einem Raum weiter hinten am Etat für einen neuen Werbespot. Unten wurde gedreht – Valhalla vermietete die Studiohalle unter, um mehr Geld reinzukriegen.

Darryl: »In den zwei Minuten hier sind eine Idee zu viele Schnitte.«

Paul: »Was meinst du?« (zu mir)

Ich: »Ich find's lahm. Öde. Hab ich Harlan schon gesagt.«

Darryl: »Sei mal ein bisschen tolerant, Kleiner. Das wollen sich schließlich Erwachsene ansehen.«

Vince: »Ich finde, William hat recht. Mehr Tempo.«

Paul: »Noch mehr Schnitte und wir haben 'ne Stummfilmklamotte im Zeitraffer.«

Vince: »Kids stehen eben auf Action.«

Ich: »Bum bum, peng peng!«

Darryl: »Dann frag ich mich, warum du auf Astronomie abfährst. *Langweilt* dich das nicht? Da draußen gibt's doch keine Action.«

Ich: »Im Weltall ist doch voll die Action! Veränderliche Sterne, Supernovas, Kometen, Galaxien, die zusammenstoßen ...« (Händewedeln, Explosionsgeräusche)

Paul: »Na, mach, was immer dir das Röckchen lupft.« (Tastengeratter, Ausschneiden und Einfügen im Affentempo) »Wir kratzen hier noch zehn Sekunden weg, da noch vier Sekunden ...«

Als Paul es noch einmal abspielte, waren wir uns alle einig, dass es härter geschnitten besser kam.

Die Empfangssekretärin steckte den Kopf zur Tür herein. »Paul, es ist zwanzig vor vier.«

Paul: »Mist. Noch ein Durchlauf und ich zieh mir die Schuhe an.«

Um fünf nach vier saßen der Investor und Harlan bei uns auf der Couch. Wir sahen uns zum millionsten Mal *Linkshändig* an.

Die warme, verrauchte Luft machte mich dösig. Seltsame gelbe Leuchtflecken breiteten sich um mich herum aus. Träumte ich? Die regenbogenfarbenen geometrischen Formen trieben wieder an mir vorbei, wie nach dem Katzennebeltraum. Das Gefühl hatte ich nie vergessen. Es bedeutete jedes Mal, dass mein Dad irgendwie in der Nähe war. Um mich herum waren Stimmen. Der Investor fand es prima, besser als er erwartet hatte. Eine Tür ging zu. Nebenan klingelten Telefone. Mein Kopf war an Vince' Schulter gerutscht. Sie fühlte sich knochig an, aber auch fest und stark. Ich begann mich bei ihm geborgen und beschützt zu fühlen, wie bei Chino. Vielleicht gefiel es meinem Dad, dass ich hier war. Warum fühlte ich mich ausgerechnet hier sicher, bei diesen ganzen Perversen?

Die Stimme von Vince direkt neben mir: »Ich kann's kaum fassen, dass Billys Junge endlich hier bei uns ist. Ich werd noch Onkel auf meine alten Tage.«

Pauls Stimme: »Schläft wie ein Engelchen.«

Harlans Stimme (knurrend): »Eher wie ein Teufelchen.«

Vince' Stimme: »Ach, er erinnert mich an mich in seinem Alter ... und du siehst ja, wie ich mich gemausert habe.«

Harlans Stimme: »Ich seh auch, wie lang du dafür gebraucht hast. Bis aus dem da ein menschliches Wesen wird, bin ich ein Sabbergreis.«

Vince' Stimme: »Liebling, wenn du den Kleinen nicht haben willst, nehm ich ihn. Als ich noch bi-mäßig unterwegs war, hab ich es nie geschafft, einer 'nen Braten in die Röhre zu schieben. Mit seiner Mutter versteh ich mich auch.«

Harlans Stimme (auf einmal böse): »Bei dir heißt unter der Gürtellinie nicht immer Sex.« Vince stand auf und ich fiel aufs Sofa. Sie gingen nach nebenan und stritten sich dort.

Meine Augen klappten auf. Überall standen Sandwichtüten und Kaffeetassen. Die übrig gebliebenen Homos spielten trautes Paar. Paul massierte Darryl seine Migräne weg. Vivian saß hinter Rose auf der Armlehne des Sofas und hatte das Kinn auf Rose' wollige Haare gelegt. Harlan und Vince waren nicht da. Die anderen lächelten mich an. Ich saß bis zu den gekappten Wimpern inmitten glücklicher Homopärchen. Auf dem Monitor rollte immer noch der Abspann vorbei. Plötzlich sah ich meinen Namen unter »Special Thanks to«.

»Hey«, sagte ich, »ich steh ja in den Credits.«

»Hier wirst du ernst genommen. Gewöhn dich dran«, grinste Rose.

Harlan und Vince kamen wieder. Sie hatten sich beruhigt, aber ich sah ihnen an, dass sie noch sauer aufeinander waren.

Paul schlug mit dem Löffel an meine Tasse. »Und? Sollen wir's brennen?«, fragte er in die Runde.

»Brennen«, sagte Darryl.

Mit einem Fingerschnippen klickte Paul auf den Befehl, der den ganzen Film auf eine Laserdisk brannte. Auf dem EPIX-Laufwerk blinkten die Leuchtdioden – wie bei R2D2, nur dass es nicht zirpte und fiepte. Alle jubelten. Paul zog zwei Flaschen Sekt aus dem Kühlschrank in der Teeküche und für mich und Harlan Pepsidosen. Da war ich also mit den Tunten am Feiern und hatte eine Menge Spaß. Ein Kurier brachte die Laserdisk ein paar Häuser weiter zur Postproduction. Noch mehr Leute kamen rein – meine Mom, Anas Mutter Eileen, Marian, Chino. Bei Chino bekam ich immer noch ein leises Brennen im Bauch.

Weitere Sektkorken knallten, nur für Chino holte ich eine Pepsi. Alle redeten über alte Zeiten und Leute, die tot waren, bis ich mich langweilte und die Augen wieder zumachte. Plötzlich kam aus dem Nichts dieses Gefühl über mich, dass ich Orik vermisste, so sehr, dass ich mich nur noch zu einer Kugel zusammenrollen und elend fühlen wollte. Und ich hatte das Spiegelpolieren immer weiter vor mir hergeschoben. Konnte mich nicht drauf konzentrieren.

Als einzig Nüchterner fuhr Chino uns am Abend nach Malibu zurück. Vince kam mit. Er wollte ein paar Tage Urlaub von Harlan – mit Mom zusammen sein und von alten Zeiten reden. Und er hatte uns etwas Besonderes mitzuteilen, sagte er. Mom und Marian waren müde vom Sekt und dösten weg. Chino kam mir vor, als würde er wieder an Jupiterstürme denken. Auf dem Rücksitz zog Vince ein Fotoalbum aus seiner Aktentasche und gab es mir. Ich wurde schwerelos – es waren die Fotos, die er mir versprochen hatte. Ich hatte fast Angst, sie mir anzuschauen, und stopfte das Album in meinen Rucksack.

Als wir nach Hause kamen, gab Chino mir einen braunen Umschlag. Braune Umschläge, das hieß Detektivkram. Er enthielt einen Briefumschlag, der an die Heasters adressiert war. Er kam vom Sunny Valley Jugendheim in Willits, Kalifornien.

»Was ist das?«, fragte ich Chino.

»Die Rechnung für Shawns ersten Monat im Sanatorium.«

»Wo hast du das her?«

»Frag nicht.«

»Er ist also nicht im Ferienlager. Er ist nicht in einer Militärschule.«

»Nein.«

»Das ist ein *Krankenhaus*. Ist er krank?«

»Es ist eine Privatklinik in Nordkalifornien. Von Leuten geleitet, die so gläubig sind wie Shawns Eltern. Sie werben mit Drogen- und Alkoholtherapie für Jugendliche. Aber was sie vor allem kurieren wollen, ist Sex vor der Ehe, Aufmüpfigkeit gegen die Eltern ... und Homosexualität.« Er reichte mir eine Kopie der Rechnung. Sie enthielt auch Kosten für Medikamente. Sie setzten ihn unter Drogen. Womöglich folterten sie ihn. Ich war in heller Panik.

»Aber Shawn ist nicht schwul!«, sagte ich.

»Tja, die glauben, er ist verseucht, und jetzt versuchen sie es aus ihm rauszugrillen. Sein Vater sagt, dafür ist ihm jedes Mittel recht.«

»Hast du ihr Telefon angezapft oder was?«

»Die Navy hat nicht umsonst Millionen in meine Ausbildung investiert.«

»Glaubst du, er kann da abhauen?«

»Er ist in der geschlossenen Abteilung. Kommt drauf an, wie gut die bewacht ist.«

»Geschlossene Abteilung. Ist das so was wie Knast?«

Chino schob die Papiere wieder in den Umschlag. »Es ist jetzt wichtig, Ruhe zu bewahren.«

Oben schloss ich mich auf der neuen Kommandobrücke ein und warf mich aufs Bett. Die Kerze ließ auf den Wänden interstellare Nebel tanzen.

Um nicht mehr daran denken zu müssen, wie Orik von den Herrschern des Imperiums gefoltert wurde, schaute ich mir das Fotoalbum an. Ich schlug es auf wie ein altes Buch der Weisheit aus einem Fantasyroman. Bilder vom Abschlussball an der El Monte Highschool ... Vince im Smoking, wie er mit einem Mädchen tanzte. Schnappschüsse von einem Wettlauf. Vince mit einem anderen jungen Typ mit hellen krausen Haaren. Das war mein Dad. Dieses Grinsen würde ich überall erkennen. Viele Bilder von Läufen, San Francisco, der Culver City Marathon, und Dad und Vince immer zusammen. Sie mussten sich nahe gewesen sein, vielleicht hatten sie sogar eine Zeit lang was miteinander. Harlan war bestimmt eifersüchtig gewesen.

Mit meiner Lupe studierte ich die Fotos, als suchte ich im Gesicht meines Dads den veränderlichen Stern.

Am Sonntag sagte Vince zu Anas Mutter, er hätte etwas Wichtiges mitzuteilen. Deshalb lud sie ihn und Mom zum Brunch ein. Glenn war unten im Restaurant. Ana war oben in ihrem Zimmer. Ich klopfte, aber sie war schlecht drauf und wollte nicht aufmachen, also ging ich wieder runter. Ziggy war nicht da ... wo der wohl steckte.

Wir aßen auf der Terrasse, von der man auf ein anderes Ziegeldach hinuntersah. Zwischen zwei mit Gestrüpp bedeckten Hügeln schaute ein blaues Dreieck vom Ozean hervor. Ich kniff meine Augen vor der Sonne zusammen und wünschte mir die Nacht zurück. Was sollte ich die ganze Zeit in der Sonne? Ich war ein Nachtmensch – meine Geliebte war der Sternenhimmel. Der neue Spiegel brachte mich zu ihr, und ich hatte noch nicht mal damit angefangen.

Eileen war eine Superköchin, aber mir war nicht danach, ihre Pfannkuchen und die Salsa aus frischen Früchten zu schlemmen, während Shawn irgendwo hinter Gittern saß. Ana kam kurz runter, sagte beiläufig Hallo, holte sich einen kleinen Teller Salsa und verschwand wieder. Eileen schaute ihr nach und seufzte.

»Sie isst immer noch nicht, was?«, sagte Vince, während er ihr einen Umschlag gab.

»Ich mach mir Sorgen um sie. Vielleicht müssen wir ihr einen Therapieplatz suchen.«

Bitte, bitte, dachte ich, tut das nicht.

Anas Mutter öffnete den Umschlag. Ihre Augen wurden groß. Sie sah Vince an. »Oh ...« Ihr kamen Tränen. »Das ist ja toll.« Sie umarmte ihn ... eine lange Bruder-Schwester-Umarmung. Mom lächelte und gab mir den Zettel. Es war ein Laborbericht mit verschiedenen Testergebnissen. Unten drunter stand: *HIV – o.B.*

Ich glotzte Vince an. »Was heißt das?«

»Das heißt, dass die pflanzlichen Medikamente mein Immunsystem hochgepuscht haben. Das heißt, es gibt Hoffnung«, sagte Vince.

»Aber ... ich dachte, man stirbt automatisch, wenn man Aids hat.«

Alles, was ich im Fernsehen gesehen hatte, wirbelte durch meinen Kopf, und dazu die Stimmen von Marilyn und Jerry. »AIDS MACHT ALLE TUNTEN TOT – AIDS MACHT ALLE TUNTEN TOT –«

»Über Aids wird viel gelogen«, sagte Vince.

»Warum sollten sie lügen?« Ich war baff. Wissenschaftler müssen doch immer die Wahrheit sagen.

»Ooh, bei Aids geht's ums große Geld. Das S kannst du auch durch ein Dollarzeichen ersetzen, Kleiner. Das Gesundheitssystem ist bankrott und Aids soll den Karren aus dem Dreck ziehen. Millionen Kranke werden jahrelang auf teure Medikamente gesetzt. Die können nur Gewinn dabei machen«, sagte Vince.

»Wer?«, fragte ich.

»Einige Forscher, die Regierung, ein paar Pharmaunternehmen ... Über Frauen forschen sie auch nicht richtig. Und wart's ab, bald haben wir den Zwangstest«, sagte Anas Mutter düster. Ich konnte nicht glauben, wie zynisch die beiden waren.

Vince sagte: »Der arme Harlan hat sich schon an meinem Sterbebett gesehen. AZT und 3TC haben mich nur noch kranker gemacht. Die hab ich schließlich abgesetzt und mit Marians Tochter Sara über Naturheilmittel gesprochen. Sara hat tropische Pflanzen erforscht, sie hat jetzt eine Klinik in Mexico City. Ich bin runtergefahren und hab die Pillen hergeschmuggelt.«

Wie gewöhnlich wirbelte in meinem Kopf alles durcheinander, neue Informationen kollidierten mit alten wie zwei Galaxien, die einander langsam durchdringen, einander an den Gravitationsfeldern zerren und die Sterne absaugen.

Anas Mutter sah mich an.

»Was es auch ist, was ich von Anas Vater bekommen habe«, sagte sie zu mir, »es hat sich nicht so weit entwickelt wie bei Jacques. Wir wussten ja nicht viel, damals Anfang der Achtziger. Jacques hatte solche Schuldgefühle, besonders als das Baby gestorben ist. Ich glaube, er wollte bestraft werden. Und er hat so gelitten – es hat sein Gehirn angegriffen ...« Sie schauderte. »Aber mein erster HIV-Test muss falsch-positiv gewesen sein, denn alle anderen waren negativ.«

Ihre Stimme versagte. Das Sonnenlicht kam mir irgendwie heißer vor, als ihre Tränen darin aufglänzten. Vince nahm ihre Hände und hielt sie fest, während er mir weiter erklärte. »Hier sind wir also ... dasselbe Profil. Wir haben beide Spuren von diesem und jenem ... Hepatitis B, CMV, Epstein-Barr, HHV6. Aber unsere Gehirne sind in Ordnung – bis jetzt. Und wir glauben, dass sie das Schlüsselvirus noch nicht gefunden haben, dasjenige, das tatsächlich das Immunsystem angreift.«

»Und eure Eltern?«, fragte ich Eileen.

»Jacques' Eltern haben ihn akzeptiert. Wir besuchen einander immer noch. Meine waren die absoluten Horroreltern. Meine Mutter hat versucht, mir Ana und Ziggy wegzunehmen. Für sie war ich eine schlechte Mutter, weil ich Aids hatte. Und wäre das negative Testergebnis nicht gewesen, hätte es gut sein können, dass das Gericht ihr meine Kinder zuspricht.« Eileen trocknete sich mit der freien Hand die Tränen.

Ich wusste nicht, was ich zu diesem erderschütternden Gespräch beitragen konnte. Schließlich sagte ich: »Mom hat mich gegen Hepatitis B impfen lassen.«

»Als wir jung waren, *gab* es keine Hepatitisimpfung«, sagte Eileen.

Plötzlich lachte Vince seltsam. »Die gute alte Zeit, was? Als wir dachten, Herpes II wäre das Einzige, über das man sich Sorgen machen muss. Weißt du noch, wie wir beide uns so gehasst haben, dass wir es nicht im selben Raum ausgehalten haben?«

Sie biss sich auf die Lippen. »Eine Tür geht zu, eine andere auf.« Eileen sah mich an. »William, wir sind so froh, dass du da bist. Du bist ... das fehlende Puzzleteil. Und vielleicht bringst du es ja fertig, dass Ana wieder isst. Sie denkt viel an dich, weißt du.« Sie ließ einen Pfannkuchen auf einen Teller platschen. »Bring ihr den mal rauf.«

Ich war kurz davor zu sagen, nein, ich bin kein Babysitter, als ich plötzlich an Chino denken musste, wie er davon redete, was es hieß, ein Commander zu sein, sich um seine Leute zu kümmern.

Oben saß Ana auf ihrem Fensterbrett, die Arme um die Knie, und starrte aufs Meer hinaus. Diese unglaublichen Haare umhüllten sie wie ein Zaubermantel. Auf dem Teller mit der Salsa saß eine Fliege.

»Hey«, sagte ich und setzte mich neben sie. Ich war nervös. »Ich hab hier den ultimativen Pfannkuchen. Der ist vom Himmel gefallen, wie ein Meteorit.«

Meine Fantasiegeschichte kam nicht an. »Ich hab fünfzig Gramm zugenommen, die muss ich bis heute Abend wieder abnehmen«, bellte sie mir ins Gesicht und dann: »Juhu! Ich hab's geschafft, einem Jungen mein Geheimnis anzuvertrauen! Wie unheimlich befreiend!«

Ich versuchte es mit Schmeicheleien. »Meine holde Jungfer muss etwas essen.« Dann Wettbewerb, das zog immer bei ihr. »O Prinzessin aller Planeten, Ihr werdet nicht mit mir mithalten können, wenn Ihr nichts esst.«

»Deine holde Jungfer? Ach wirklich?«, sagte sie und klang noch zynischer als Vince.

»Ja. Wirklich.«

»Ein Typ, der weiß, was ich durchgemacht hab, würde mich nicht zur Freundin wollen.«

»Du isst einen Bissen ... ich esse einen Bissen. Wir werden zusammen fett.«

»Männern ist es egal, wie viel sie wiegen«, sagte sie spöttisch.

»Ist es nicht. Ich war mit Schwulen zusammen. Du brauchst denen nur *zuzuhören*, und schon kennst du alle Geheimnisse, die Männer haben. Ich sitz daneben, wenn Vince und Paul reden, und ich fass es nicht, was ich da zu hören kriege. Ich schwöre, das ist der Grund, warum Heterotypen so einen Hass auf die Tunten haben. Weil die *reden*.«

»Im Ernst?«

»Schwule sorgen sich zu Tode über ihr Aussehen. Schlimmer als Frauen.«

Ihre Augenbrauen zogen sich zusammen – sie glaubte mir nicht. »Ein Bissen, mehr nicht.«

»Kein Rückzieher?«

»Ein Bissen.«

»Aber steck nicht den Finger in den Hals, sobald ich weg bin.«

Sie runzelte die Stirn. »Woher weißt du?«

»Geraten.« Ich nahm ein Stück Pfannkuchen zwischen die Lippen.

Auf einmal grinste sie. »Ach, ich seh schon. Männer sind ja so pervers. Für eine Berührung tun sie alles.«

Ich tat nichts, wartete nur ab.

Sie lehnte sich zu mir. Stück für Stück aß sie den ganzen Pfannkuchen aus meinen Lippen und leckte sie mit der Zunge sauber. Wir knutschten lange, heiß und mit Früchte-Salsa-Geschmack. Sie nahm meine Hand und legte sie sanft auf ihre schlüpfrige Seidenbluse, über ihre Brust. Meine Finger rieben die Seide über ihrem Nippel, der knallhart wurde. Eine Schicht tiefer wäre Oriks Brustkorb mit mehr Muskeln hier und da, überall Gänsehaut und seinem Nippel, der genauso hart war. Die Vorderfront meiner Jeans war an Anas Schenkel festgenietet, und mich überkam eine wilde Begierde, irgendeinem lebendigen Wesen zwischen die Beine zu gehen. Aber ihre Beine blieben zusammen. Sie hatte Angst.

Später machte ich mit Ana und Vince einen Spaziergang im Solstice Canyon Park. Eine Weile explodierten sie und ich vor Energie, wir jagten uns auf einem Pfad am Berghang, während Vince unten auf dem breiten Weg blieb. Es schien, als wäre er stärker und gesünder geworden, seit ich ihn zum ersten Mal gesehen hatte. Ein Schwarm Wachteln flog vor unseren Füßen auf und erschreckte mich zu Tode. Irgendwann hatte ich das Vögelgucken über und ließ sie mit dem Feldstecher vorangehen und ging wieder zu Vince runter. Seine Augen folgten ihr. Bei der Tochter seines besten Freundes machte er ganz auf Onkel. Ein Kolibri stupste den Schnabel in eine wilde Fuchsie am Wegesrand, flitzte dann vor unseren Gesichtern vorbei auf Ana zu. Alle Vögel schienen zu ihr zu streben, als wüssten sie, dass sie sie sehen wollte.

»Du musst also wirklich nicht sterben«, sagte ich zu Vince.

»Ich werde 95 Jahre alt, und dann rutsch ich unter der Dusche aus und brech mir das Genick. Und überlebe meine Mutter. Haben dir die Fotos gefallen?«

»Die waren cool. Aber ...« Ich kickte einen Stein vor mir her.

»Aber?«

»Ich frag mich immer noch, in was ich Billy ähnlich bin. Ich seh ganz anders aus. Sogar auf den Fotos, wo er in meinem Alter ist.«

»Na, hör mal. Du hast genau die gleichen Locken ... und seine Hände, würd ich sagen. Aber ich muss zugeben, dass deine Mom genetisch ganz schön durchgeschlagen hat. Darüber freut sie sich bestimmt. Ich hab meinem Vater auch nicht sehr ähnlich gesehen.«

Das beruhigte mich ein bisschen. »Wie habt ihr, du und Harlan ... äh ... ich weiß nicht, wie ich es sagen soll.«

»Du meinst, Harlan hat deinem Vater nicht die Treue gehalten? Weil er dann mit mir zusammen war?«

Ich wurde rot. »Irgendwie ja.«

»Ich verrat dir ein Geheimnis. Etwa einen Monat bevor sie ihn abgeknallt haben, hat dein Dad mir das Versprechen abverlangt, dass ich mich um Harlan kümmere, falls ihm irgendwas zustößt.«

Meine Kopfhaut kribbelte. »Er hat es geahnt? Dann hat mein Dad dir praktisch Harlan gegeben oder so?«

»Ja. Und Harlan und mir ist es nicht gerade leicht gefallen, uns zusammenzuraufen. Wenn dir das hilft. Wir arbeiten dran.«

Seine Augen durchbohrten meine von weit oben herab. Er war so groß, einen ganzen Kopf größer als ich! Ich konnte ihm nicht in die Augen sehen. Seine Stimme traf von oben auf meinen Kopf.

»Und ich hab ganz schön auf böser Bube gemacht, als ich jung war. Wenn Harlan nicht gewesen wäre, wär ich heute nicht mehr am Leben. Er hat mir ein paar Mal den Arsch gerettet.«

Seine Wimpern waren lang. Ein bisschen grau, aber lang. Mörderische Wimpern, wie sie nur Mädchen haben durften.

Vince redete immer noch.

»Vielleicht kommt es dir komisch vor, inzestuös oder so. Aber meinem biologischen Vater war ich nie sehr nah. Harlan hat all das für mich getan, was mein eigener Dad nie getan hat. Nicht so, na ja, klassisch daddymäßig, dass er mir jetzt ein Auto geschenkt hätte im Tausch gegen Sex. So ist er mir nie gekommen. Auch wenn ich das von ihm erwartet hab eine Zeit lang. Ich war ein ziemlicher Ausbeuter, weißt du?«

Wir gingen weiter. Ein Wanderer kam aus der Gegenrichtung an uns vorbei.

Ich sagte: »Ich hab immer so ein komisches Gefühl, wenn ich mit ihm rede. Und manchmal ist er ein Arschloch.«

»Ja. Nie ein Schwein, aber manchmal ein Arschloch. Das ist ein Unterschied.«

»Und ... versöhnt ihr euch wieder?«

»Ich hab schließlich angefangen, wegen nichts. Also muss ich morgen heimkommen und Kreide fressen.«

»Es ging um mich, oder?«

»Um alte Kamellen, die es nicht wert sind, drüber zu streiten.«

Ein Windstoß fuhr durch die Blätter der Platanen. Vince betrachtete die Bäume, wie sie zitterten und flirrten. Männer, die sich lieben, sich streiten, sich versöhnen ... schwer vorstellbar. Ich schaute ihn an und spürte wieder dieses dumpfe Staunen angesichts von Gefühlen, die normalerweise nicht bewundernswert sein sollten.

Ana rannte auf uns zu und schwenkte begeistert die Arme. Ihre Füße wirbelten Staubwölkchen auf. Ihre offenen Haare strömten von ihr aus wie ein langer wuschiger roter Kometenschweif.

»Was für eine Frau«, sagte Vince leise.

»Ja«, sagte ich.

»Sie ist ihrem Vater so ähnlich. Ein freier Geist in Ketten.« Er wirkte traurig, in Erinnerung versunken.

»Ihr Dad war deine zweite Wahl, oder?«

»Mhm ... Billy war immer meine Nummer Eins. Aber er hat mich nie an sich rangelassen.« Auf einmal grinste er. »Hast du was mit ihr, so 'n bisschen?«

»Irgendwie so was.« Würde er mich jetzt fragen, ob ich es schon mal mit einer Frau getan hatte?

Aber er fragte nicht.

»Ich hab einen Wanderfalken gesehen!«, keuchte Ana. »Das erste Mal überhaupt. Und zwei Busch-Zaunkönige. Und Unmengen von Kolibris.«

Vince nahm uns links und rechts unter seine väterlichen Fittiche und wir gingen weiter. Sehr vorsichtig brachte ich meinen Arm um seine Hüfte in Position, so dass er Anas nackten Arm berührte. Ihre Hand drückte meinen Arm. Sie warf mir hinter seinem Rücken ein Küsschen zu und streckte mir ihre sexy Zunge raus. War das alles richtig? Es war ein tolles Gefühl ... Sicherheit und Geborgenheit, wir beide mit Onkel Vince. Dann fiel mir ein, wie einsam Orik sein musste ... Schmerz durchströmte mich wie ein Meteor.

14 Noch ein Spinner

Es war Ende Juli. Phase eins der Mission: mit Mom klarkommen.

Wir beide hatten uns noch nicht hundertprozentig versöhnt. Sie war mit ihrem Leben beschäftigt und ich mit meinem. Manches, was wir einander gesagt hatten, tat immer noch weh. Und ich war immer noch böse auf sie, weil sie mich belogen hatte. Aber die Männer fanden, ich müsste mit ihr zurechtkommen. Also versuchte ich es. Als ich das nächste Mal in Malibu war, erinnerte ich sie an ihr Versprechen, das Raketenlabor JPL und das Griffith-Observatorium zu besuchen. Weil der nächste Besuchertag am JPL noch zwei Wochen hin war, fuhren wir zum Griffith. Als wir den Canyon verließen, fragte ich:

»Wie wird man so, wie man ist?«

»Was meinst du?«

»Wie ... ich mein, wie kann ich hetero sein, wenn du schwul bist?«

»Ich bin *lesbisch*, weißt du noch?«

»Egal. Werden Kinder von Erwachsenen schwul gemacht?«

Mom seufzte. »Wer sagt denn so was?«

»Shawns Dad. Miss Bircher in Sexualkunde ...«

»Du glaubst also, ich hätte dich schwul gemacht?« Sie runzelte die Stirn.

Ich runzelte auch die Stirn. Glaubte ich das wirklich?

»Ich hab dir nicht nur *nichts* über Schwule und Lesben beigebracht, ich hab es sogar vor dir geheim gehalten, oder etwa nicht?«, erinnerte sie mich.

»Allerdings.«

»Erspar mir deinen Sarkasmus, ja? Es ist nicht meine Aufgabe, dir zu sagen, wer du bist. Mutter Leben sagt, das musst du schon selber rausfinden.«

»Scheint so.«

»Seit du denken kannst, hatte ich keine Beziehung mehr. Ich hab dich nicht gezwungen, lesbischen Liebesakten beizuwohnen. Und selbst wenn man in einem Haus voller Lesben wohnt, wird man dadurch nicht unbedingt auf Männer fixiert, oder?«

»Eher nicht.«

»Mir würde es schwer fallen, dir beizubringen, dass Männer sexuell attraktiv sind. Ihre Frauen wären mit *mir* besser dran. Und warum sollte eine, die auch nur einen Funken Mitgefühl hat, ein Kind homosexuell machen? Bei allem, was wir mitmachen müssen ...«

»Aber du hast mich mit Tunten zusammengebracht.«

»Hat dich einer von denen belästigt?«

»Öh ... nee.«

»Wenn irgendeiner von denen dich anfasst, sagst du's mir, okay? Unzucht mit Minderjährigen ist eine Straftat. Verstanden?«

»Du würdest ... Chino in den Knast stecken?«

»Sofort, wenn er dich angrapscht. Hat er?«

Hatte sie meine Gefühle erraten? Ein rot glühender Nebel aus panischer Angst hüllte mich ein. »Ach Quatsch.«

»Dachte ich auch nicht«, sagte sie. »Chino kenne ich ziemlich gut. Der würde sich für dich in Stücke reißen lassen. Und er würde mich nie auf diese Art hintergehen.«

Meine Muskeln zitterten. »Aber manche Schwulen vergreifen sich an Minderjährigen.«

»Das, was man Pädophile nennt, sind meistens heterosexuelle Männer, die sich daran aufgeilen, Macht über kleine Kinder zu haben. Für die bist du viel zu alt. Aber es gibt Männer in den Zwanzigern, Dreißigern, Vierzigern, die auf Teenager stehen. Für die bist du erste Sahne, also sieh dich vor.«

»Igitt. Ich bring jeden um, der mich anfasst.«

Wir fuhren aus dem Canyon hinaus am Hindutempel und der Soka University vorbei. Mehr Angst einflößende Fragen drängten an die Oberfläche. »Jerry hat gesagt, allein erziehende Mütter und lesbische Mütter ziehen Söhne groß, die nicht männlich sind. Die werden ... verweichlicht und weibisch. Mögen keinen Sport und so.«

Mom heulte auf vor Lachen. »Und wie durch ein Wunder hat diese allein erziehende Lesbe einen jugendlichen John Wayne groß gezogen. Du bist sogar der einzige Junge, den ich kenne, der sich die Wimpern abschneidet, um mackerhafter auszusehen. Das ist bestimmt eine Weltpremiere.«

Hitze kroch mir den Nacken hoch. Das wusste sie? Hatten andere es auch gemerkt?

»Und Shawn«, redete sie erbarmungslos weiter, »hatte *weder* eine allein erziehende *noch* eine lesbische Mutter *und* er hatte einen philiströsen Macho zum Vater *und* sehr herb-männliche Wimpern ... und trotzdem ist er dir an die Weichteile gegangen, oder?«

»*Niemals* ist Shawn schwul«, brach es aus mir heraus. »Er ist bloß ...«

Die Filmszene am See, das Gewicht seines Körpers auf mir, ich auf ihm, die Finger tief drin, die Wärme und die stechenden Gerüche, alles kam über mich. Es saß mir wie ein Kloß in der Kehle.

Mom haute gnadenlos weiter drauf. »Miss Bircher hat euch also im Unterricht erzählt, was sie von irgendeinem Philisterpfaffen gehört hat. Aber deswegen ist es noch lange nicht wahr. Die Kirchen haben Jahrhunderte lang behauptet, die Erde sei eine Scheibe. Und sie hatten Unrecht, oder? *Du* hast mir doch von Ptolemäus erzählt. Na komm, was hat Ptolemäus über die Erde gesagt?«

»Öh ... Ptolemäus hat gemerkt, dass, wenn man nach Norden geht, der Polarstern höher am Himmel steht. Und er hat gemerkt, dass Finsternisse an verschiedenen Orten zu verschiedenen Zeiten gesehen worden sind. Da kam er drauf, die Erde muss rund sein.«

»Und das war wann?«

»Das hat er im Almagest geschrieben, 140 vor Christus.«

»Und wie viele Jahrhunderte später hat die Kirche immer noch behauptet, die Erde sei eine Scheibe?«

»So um die 1700 Jahre«, sagte ich.

»Also, wenn die Leute so eine Hirnblockade haben können bei geografischen Tatsachen, die jeder Mensch sehen kann, dann können sie das doch erst recht bei weniger offensichtlichen Dingen. Wie zum Beispiel Sexualität. Nicht?«

Mom hielt an einer Tankstelle und ich tankte den alten Rambler voll. Sie kam mit ihrem üblichen federnden Gang von der Kasse zurück. Sie wusste, dass sie gewonnen hatte. Sie gewann immer. Ich hatte eine große Klappe, aber ihre war größer. Bestimmt hatte ich meine große Klappe von ihr geerbt. Oder gelernt. Oder beides. Plötzlich gab es mir ein gutes Gefühl, sie so reden zu hören. Es war wie in alten Zeiten, als wir Freunde waren.

»Cool«, gab ich zu, als wir wieder auf den Freeway fuhren. »Aber was ist mit den Genen? Ich hab über das nachgedacht, was Mr. Miller uns erzählt hat.«

Sie hatte das Gaspedal bis zum Boden durchgedrückt und kreuzte auf die Überholspur. »Das ist die große Frage. Du fragst, ob es angeboren oder erlernt ist? Oder beides? Na, da müssen wir noch dran arbeiten. Und wenn Michael heimkommt, kannst du ihn löchern bis zum Gehtnichtmehr.«

Das Observatorium stand auf den Hollywood Hills, hoch genug, um dem Smog zu entrinnen. Das Teleskop war Spitzenklasse, und ich wollte es unbedingt in die Hände kriegen, es ihm besorgen, damit in den Himmel schießen. Aber die Führung langweilte mich bis zur schreienden Verzweiflung. Wir konnten uns in ihren Postverteiler eintragen, dem Freundeskreis beitreten, vielleicht zu einer Sternenparty wiederkommen, wenn ein Komet sich der Erde näherte. Ich war einer von einer Million Jugendlichen mit Supermarktteleskopen, die den Profis hier auf die Nerven gingen. Aber ich musste meinen Dad *jetzt* finden. Mom war drauf und dran, mich für den Freundeskreis einzutragen, als sie merkte, dass ich kurz vorm Explodieren war.

Draußen sagte sie: »Das JPL ist bestimmt besser. Die NASA hat ein eigenes Interesse daran, junge Wissenschaftstalente ausfindig zu machen. Sie haben Highschoolprogramme. Vielleicht kann Chino dich über seine Verbindungen zum Militär reinschleusen.«

Am nächsten Tag gingen wir in die Stadtbibliothek von Malibu und schauten uns Bücher über Genetik an. Es fiel mir schwer, mich an das zu erinnern, was Chino gesagt hatte ... wie ich meinen Dad auf der Erde finden könnte.

Immer noch Phase eins der Mission: mich mit anderen Kids anfreunden.

Nach dem zweiten Kuss traf ich Ana öfter. Wenn sie bei uns übernachtete, gab Marian ihr eins der Gästezimmer. Bei Ana im Haus gab es ein freies Zimmer, wo ich in einem Kinderbett pennen konnte. Wenn wir unbeobachtet waren, drückten wir uns an der Schwelle zu dem rum, was die Erwachsenen »Intimitäten« nannten. Intimitäten, das war ein unheimliches Wort, nicht klar und wissenschaftlich – wie »RR Lyrae«, das einen bestimmten Stern bezeichnete und keinen anderen. Intimitäten, das hieß alles und jedes und nichts Bestimmtes.

Sie hatte ein hübsches Zimmer mit Fernseher und Video und ein riesiges Bett voll mit wilden Plüschtieren. Wenn wir nicht den Canyon auf Skateboards hinunterbrausten oder den Strand oder die Fußgängerzone unsicher machten, lagen wir auf dem Bett rum und glotzten bis drei Uhr morgens Filme. In Nächten, wo Glenn und Eileen im Restaurant Spätschicht machten, schliefen wir manchmal zu dritt in Klamotten auf den Tigern und Bären ein. Es war schön, mit meinem Kopf auf Anas Bauch aufzuwachen. Ich war so ausgehungert nach Berührung.

Wenn Ziggy nicht dabei war, taten Ana und ich so, als wären wir im Halbschlaf und küssten uns wie aus Versehen. Sie betatschte meinen Arsch durch meine Jeans und ich befummelte ihre Brüste durch ihre Bluse. Eines Tages machte sie sich dann endlich die Bluse auf. Ich hatte schon tonnenweise Brüste im Fernsehen gesehen und dann noch ein paar in echt, die auf Partys kurz aufgeblitzt waren, aber Anas Brüste hinterließen bei mir ein Gefühl, als hätte ich zum ersten Mal Saturn von nahem gesehen, und wenn ich aus 8 Millionen Kilometern Entfernung die Ringe berührte, zitterten sie, und ich konnte sie im Teleskop flimmern sehen von lauter kleinen Wellen, die sich auf ihnen ausbreiteten. Ihre Brüste waren zart und klein, und wenn ich sie anfasste, bekamen sie Gänsehaut und die Nippel wurden hart, genau wie bei Orik. Später küsste ich ihre Brüste ganz ab. Sie hielt mein Gesicht zwischen ihnen fest und sie fasste auch meine Nippel an. Ich machte meine Augen zu, und zeitweilig stellte ich mir vor, sie wäre Orik, aber zeitweilig auch nicht.

Aber mit weiter unten anfassen war sie heikel und ich auch. Wie viele Penisse hatte sie wohl schon gesehen, die größer waren als meiner? (Mom hat mir eingetrichtert, dass man Penis sagt statt Schwanz.) So waren wir beide sauer aufeinander und hörten auf mit der Fummelei und gingen unter die Dusche. Ziggy und ich machten uns ein Riesenfrühstück mit Eiern und Würstchen, während Ana uns aasfressende Monster nannte und winzige Stückchen von einem Apfel pickte. Ab und zu verfütterte ich einen Pfannkuchen an sie, Bissen für Bissen.

»Mein Gott, ich *hasse* meine Haare«, sagte sie einmal, als wir wieder abends rumlagen. Diese unfassbare Lockenpracht, die Haare von ihrem Dad, waren über dem ganzen Kissen ausgegossen. Ich beneidete sie um diesen klaren Beweis, dass sie von ihrem Vater war.

»Wieso? Die sind doch total ... beeindruckend«, sagte ich und nahm ihre Bürste, um die Lockenmasse zu glätten. »Du, äh, siehst aus wie eine Göttin oder so was.«

Tränen quollen ihr in die Augen. »Eigentlich mag ich mich gar nicht.«

»Wieso?«

»Kann ich dir was sagen, William? Ich mein, du bist mein Kumpel. Ich kann dir Sachen sagen, nicht?«

»Klar.« Ich entwirrte eine verfilzte Stelle an ihrem Nacken.

»Die Kids sind so gemein, denen kann man nichts anvertrauen.«

»Ist es ein Geheimnis?«

»Ja. Versprichst du mir, dass du nicht gemein bist?«

»Versprochen.«

»Letztes Jahr hab ich mich mit diesem Einundzwanzigjährigen getroffen, ohne dass Ma es wusste. Ich hab ihn in der Crosscreek

Mall kennen gelernt und ich bin mit zu ihm gegangen. Er hat es stundenlang gemacht, immer weitergemacht, und er hat mich verletzt. Ich konnte kaum noch laufen.« Ihr Blicke streifte meinen. Ihre Augen waren trüb von Tränen. Letztes Jahr war sie zwölf gewesen.

Was hatte ich nur an mir, dass die Leute sich an meiner Schulter ausheulten und mir Geheimnisse anvertrauten? Sogar die Erwachsenen, meine Güte. Chino auf dem Friedhof ... Mom. Ana tat mir Leid. Irgendwie hatte dieser Typ auch mich verletzt. *Kümmere dich um deine Leute*, hörte ich Chinos Stimme wieder in mir. Ich küsste sie vorsichtig. Sie küsste mich zurück, salzig und feucht, und wurde in meinen Armen von einem heftigen Weinkrampf geschüttelt.

»Du wirst mir nie wehtun, nicht?«, schluchzte sie.

»Niemals. Mein Gott, warum hast du nur so nuttig getan, als wir uns zum ersten Mal begegnet sind?«

»Ich hab mich nuttig gefühlt! Und das mit den Kondomen hat die Typen abgeschreckt. Die glauben, Kondome sind was für Schwule.«

»Hat deine Mom rausgekriegt, was passiert ist?«

»Sie hat den Typ verhaften lassen. Er hatte eine reiche Familie, die haben ihn wieder rausgeholt. Da hat Glenn ein paar von seinen zwielichtigen Kumpels zusammengetrommelt um ihn zusammenzuschlagen.«

»Hat Glenn dich mal belästigt?«

»Als meine Mom ihn kennen gelernt hat, hat sie ihm gesagt, er soll ja die Finger von mir lassen, und das hat er auch. Bitte versprich mir, dass du niemals versuchst, mich ...«

»Ich verspreche es.«

»Und ... magst du mich jetzt immer noch?«

»Du bist mein Mädchen«, sagte ich und legte die Arme um sie.

Sie weinte noch ein bisschen, während sie mich erleichtert umarmte, sagte, sie hätte solche Angst gehabt, es mir zu erzählen, aber sie musste einfach wissen, wie ich reagiere, weil manche Männer solche Schweine sind. Als ihre Tränen trockneten, ließ sie mich mit ihrer Lockenpracht spielen und ihr sagen, wie besonders und außergewöhnlich ihre Haare waren. Ich küsste ihren Bauch, der Gänsehaut kriegte, als ich ihm sagte, dass er der schönste Bauch der Welt war, obwohl ich insgeheim immer noch fand, dass Oriks Bauch schöner war.

Ob jetzt mit Orik auch ein Erwachsener rummachte? Irgendein Typ in der Klinik, wo er war, der ihn süß fand und nicht aufhörte, wenn Orik es sagte? Ich wusste, dass mein Kumpel ihm sagen würde, er solle aufhören.

Als ich nach Hause kam, empfing mich Mom mit bösem Blick. »*Schon wieder* bei den LaFonts übernachtet?«

»Nerv nicht rum, Mom. Das ist kein Grund sich aufzuregen.«

»Weißt du, wie viele Jungs Mädchen schwängern, während sie noch am Überlegen sind, ob sie auf Mädchen stehen oder nicht?«, fragte sie.

»Hör endlich auf damit. Ich steh auf Mädchen.«

»Ihr denkt bestimmt, ach, ich nehm ja ein Kondom. Kondome platzen auch mal, Kleiner. Besonders, wenn man erst lernt, sie zu benutzen.«

Ich hätte mich am liebsten durch ein Fenster geschmissen. Aber ich riss mich gerade noch zusammen.

In der ersten Augustwoche fiel noch jemand in meine Welt hinein wie ein Meteorit. Nancy platzte eines Abends in die Küche. Sie redete spanisch, fuchtelte mit den Armen und weinte. Chino runzelte die Stirn. Er holte Marian und sie redeten zu dritt auf Spanisch. Dann sprangen Nancy und Chino in seinen 4Runner und jagten davon, als ginge es um Leben und Tod.

Ich war gerade dabei, das Spiegelpolieren vorzubereiten, und machte mir keine Gedanken, bis der 4Runner nach Mitternacht zurückkam. Chino und Nancy halfen einem verletzten Jungen heraus und nahmen ihn in ihre Mitte. Er war übelst zusammengeschlagen worden. Er musste seine Jacke verloren haben, denn er trug die Extrajacke, die Chino immer im Auto hatte.

»Das ist Nancys Neffe Teak«, sagte Chino zu Mom.

Teak war fünf Zentimeter größer als ich und hatte eine blutende Schnittwunde unter seinen Wuschellocken und ein ganz verquollenes Auge. Seine Haare waren orange gefärbt und er war tuntig angezogen, enge Satinhosen. Ein goldener Ohrring war ausgerissen und das Blut war auf sein schmutziges T-Shirt getropft, auf dem NIEMAND WEISS, DASS ICH LESBISCH BIN stand. Und er war fett. Nicht unförmig fett, nur hart an der Grenze. Die Satinhosen machten seinen Arsch einen Kilometer breit. Oh je. Wie ein Wissenschaftsfreak kam der mir nicht gerade vor.

Nancy und Chino brachten ihn in das leere Schlafzimmer in Nancys Teil des Hauses. Marian fuhr zum Supermarkt am Highway, der die ganze Nacht offen hatte, um ihm neue Kleider zu besorgen.

Schließlich hingen wir alle übermüdet um den Tisch rum und tranken Kaffee. Teak schlief.

»Ich wusste, dass das passiert«, sagte Nancy. »Warum habe ich nicht mehr für ihn getan?«

»Du konntest nichts tun«, sagte Chino. »Den Sprung ins kalte Wasser kannst du niemandem abnehmen.«

»Ist er ... schlimm verletzt?«, fragte ich.

»Seine Familie hat ihn übel zugerichtet. Sein eigener Bruder hat ihm in die Eier getreten. Er ist raus aus dem Haus und gerannt wie ein Irrer, bevor sie ihm die Knochen brechen konnten.«

»Was hat er denn gemacht?«, fragte ich.

»Sich geoutet. Er ist dreizehn.«

Ein Schreck durchschoss mich, die Erinnerung, wie ich beinahe Alberto zusammengeschlagen hatte.

»Seine beste Freundin Elena war die Einzige, die es wusste«, sagte Nancy. »Und bei beiden rätsele ich schon seit Jahren. Heute Morgen sind er und Elena einfach ... so angezogen zur Schule gegangen. Sie haben sich auf dem Weg umgezogen. In der Schule haben ein paar Jungs sie rumgeschubst. Der Rektor hat meine Schwester angerufen und Consuela ist hin und hat ihn mitgenommen. Sie hat seinen Vater angerufen und der ist von der Arbeit nach Hause gekommen. Dann hat er ... und Luis, Teaks großer Bruder ...« Nancy ließ wütend ihre Faust auf den Tisch knallen. »Und seine Mutter hat ihm gesagt, wenn Gott die Abtreibung erlauben würde, hätte sie ihn abgetrieben. Dann haben sie ihn aus dem Haus gejagt.«

»Ohne Jacke, ohne Geld«, sagte Chino. Mich schüttelte es. Ich sah Orik die Straße entlangrennen und stolpern. Marian schüttelte nur den Kopf. Chino sah mich an, als wüsste er das mit Alberto. »Die meisten rausgeschmissenen Kids«, sagte er, »landen innerhalb einer Woche auf dem Strich. Manche schaffen es in eine Notunterkunft. In L.A. gibt es ein paar hundert Notschlafplätze für zwanzigtausend Trebekids. Und in den Notunterkünften können die Eltern sie finden und die meisten Kids wollen nicht gefunden werden.«

»Wie hast du es erfahren?«, fragte ich Nancy.

»Teak hat mich per R-Gespräch angerufen«, sagte Nancy. »Ich war die einzige Person, die er kannte, die in Frage kam.«

Würde Orik mich per R-Gespräch anrufen? Wusste er meine Nummer noch?

Ein paar Tage lang schlief, aß und weinte Teak allein. Ich war gereizt. Wie ich das sah, hatte Chino einen Überraschungsangriff gestartet und einen schwulen Knaben in meine Welt geschmuggelt. Wollten sie mich umdrehen? Ich machte überdeutlich, dass das zwischen mir und Ana sehr ernst war, und handelte mir eine Gardinenpredigt von Anas Mutter ein, die mir einschärfte, ich müsse Anas Grenzen respektieren. Ich wurde rot und kochte innerlich vor Wut und sagte ihr, das würde ich ganz sicher.

Irgendwie hatte ich angenommen, Teak wäre aus einer armen Familie aus den Barrios und Gangmitglied oder so. Es stellte sich heraus, dass Teak kaum Spanisch sprach und noch nie irgendwas mit Gangs zu tun gehabt hatte. Chino erzählte mir, dass die Familie Guajira vor zwei Generationen aus Mexiko gekommen war, in einer gediegenen Straße wohnte und eine Kette von mexikanischen Supermärkten besaß. Teak war das Nesthäkchen, ihr Stolz und ihre Freude, das Mathe- und Computerass, der das Familienunternehmen erben sollte. Seine Eltern hatten nicht geahnt, warum ihr kleiner Klassenbester so launisch geworden war und in allen Fächern abrutschte.

Nancy und Chino fuhren zu den Guajiras und versuchten seine Kleider, seine Bücher und seinen Computer zu holen. Aber es war schon alles im Müll gelandet. Mrs. Guajira sagte zu Nancy, sie sei nicht mehr ihre Schwester.

Teak lag da, den Kopf im Kissen vergraben, und schluchzte. Nancy streichelte ihm den Kopf und sagte *mijito* zu ihm.

»Meine ganzen Computerspiele«, sagte er. »Meine Mathebücher. Die krieg ich *nie* mehr zusammen.«

Ich fühlte mich mies beim Anblick seines von Striemen überzogenen fetten Rückens.

»*Jito*, sei froh, dass du am Leben bist«, sagte Nancy. »Einen Computer kannst du immer ersetzen.«

»*Tía*«, sagte er zu ihr, »find *bitte* raus, was mit Elena ist.«

Er hatte wahnsinnig Angst um sie, weil ein fünfzehnjähriges lesbisches Mädchen an seiner Schule sich umgebracht hatte. Sie war während der Rushhour von einer Brücke auf die Autobahn gesprungen und hatte sich von einem großen Truck überfahren lassen, nachdem ihre Anglo-Eltern ihr das Lesbischsein austreiben wollten, indem sie Freunde der Familie zu ihr ins Zimmer gehen und sie vergewaltigen ließen. Dann zeigte sich, dass es Elena gut ging. Ihre Mutter war allein erziehend und gab sich Mühe, sie zu verstehen. Elena und Teak telefonierten lange miteinander.

Mein Großvater kam aus San Francisco runter, um Teaks Fall in die Hand zu nehmen. Seine gespensterhaften Augen fixierten meine – sie waren so blassblau, als wäre da nichts, zwei Löcher in seinem Gesicht und dahinter der Himmel. John Sive hatte seinen großen Prozess endlich abgeschlossen und ich musste ihn jetzt kennen lernen.

»Du bist also Billys Junge.«

Er sah nicht viel anders aus als auf den Zeitungsfotos, die ich gesehen hatte. Silbrige Haare, die mal so braun wie meine gewesen waren, dunkler Anzug und eine messerscharfe Art wie die Staranwälte im Fernsehen. Und er war klein, wie ich. Mom und Großvater Sive hatten mich eindeutig mit Kleinheitsgenen abgefüllt.

Er hatte einen doofen Jurastudenten dabei, Mitch. Er machte Recherchen für ihn, war sein Chauffeur, sein Aktentaschenträger und sein Mädchen für alles.

Ich erwiderte den scharfen Blick. »Ich werd hoffentlich größer als du«, sagte ich.

»Tut mir Leid, John«, sagte Mom müde. »Er mag Billys Sohn sein, aber sein gewinnendes Wesen hat er nicht geerbt. In letzter Zeit versprüht er den Charme eines wild gewordenen Rhinozerosses.«

Opa schnaubte nur. »Wie groß wärst du denn gern, junger Mann?«, fragte er mich.

»Mein Dad war einsachtzig », sagte ich.

»Dein Dad war so groß wie er sein musste«, sagte Opa. »Er war im Herzen groß.«

Damit hatte er mir die Luft aus den Segeln genommen.

»Dein Opa ist einssiebzig.« Marian grinste. »Es gibt Richter, die einsachtzig groß sind und zu ihm aufblicken.«

»Nancy«, sagte Opa, »wo steckt dein Junge?« Er war schon bei der Arbeit und ließ Mitch auf Marians Esstisch Akten ausbreiten.

»Was bekommst du an Honorar?«, fragte Marian nervös.

»Für die Familie umsonst«, knurrte er. Er sah mich aus zusammengekniffenen Augen an wie ein alter Filmpirat, der überlegte, ob er mich den Haien zum Fraß vorwerfen sollte. »Wenn ich meiner Familie all die Jahre in Rechnung stellen würde, in denen ich ihre Homo-Hälse aus diversen Schlingen gezogen habe, wäre ich jetzt reicher als Ross Perot. Mitch, Kaffee bitte. An die Arbeit.«

»Jawohl, Sir«, sagte Mitch und ging stracks in die Küche.

Teak kam rein und guckte ängstlich. Er hatte statt der Satinhose neue Jeans, Größe 40, angezogen. Sogar in den Jeans sah sein Arsch fett aus.

»Teak«, sagte Nancy, »das ist John Sive. Dein Anwalt.«

Opa durchbohrte Teak mit diesem Blick. Aber als er sprach, war seine tiefe Stimme ruhig und gelassen. »Teak, ich weiß, dass du Angst hast, dass deine Familie dich verfolgt. Aber wir werden juristische Vorkehrungen treffen, damit du vor ihnen sicher bist. Verstehst du?«

Teak nickte und schluckte hart.

In den folgenden Tagen setzte Opas Kanzlei verschiedene Hebel in Bewegung. Teaks Eltern hatten ihn zwar aus dem Haus geworfen, aber sie hatten immer noch alle gesetzlichen Rechte über ihn. Sie konnten es sich anders überlegen und ihn wieder nach Hause zerren oder ihn ins Jugendgefängnis sperren lassen, weil er ihnen den Gehorsam verweigerte. Aber im Moment sagten sie, sie wollten ihn überhaupt nicht mehr. Teak war für sie gestorben. Also verlangte Nancy, dass sie auf ihre Rechte verzichteten. Sie sagten, kein Problem, schick uns die Papiere. Sie konnte ihn adoptieren, sagten sie, oder ihn ersäufen wie einen Wurf Welpen. Aber den Namen Guajira würde er aufgeben müssen. Schublade zu, Fall erledigt.

In der Zwischenzeit wohnte Teak bei seiner Tante, bei uns im Haus. Mit anderen Worten, ich musste Tag für Tag mit dieser fetten Tunte auskommen. Beim nächsten Termin bei der Ärztin, die seine Verletzungen behandelte, ließ Nancy einen HIV-Test machen. Sie nahm an, dass er sich rumgetrieben hatte. Mom zerrte mich mit ins Sprechzimmer, und sie machten bei mir auch einen. »Was weiß ich, wo Shawn überall war?«, sagte sie. Rhabarber, Rhabarber. Ich bekam eine Stinkwut auf sie, dass sie meine Privatsphäre so verletzte.

Beide Tests waren negativ.

»Teak ist dein Kumpel«, stellte Chino klar. »Du bist ein halbes Jahr älter als er. Also mache ich dich für ihn verantwortlich.«

»Ich dachte, bei meiner Mission geht es um Orik und um meinen Dad.«

»Bei deiner Mission geht es darum, in deiner eigenen Welt Verantwortung zu übernehmen. Es gehören immer zwei dazu ... im Krieg wie in der Liebe«, sagte Chino. »Einer muss dem anderen den Rücken freihalten. Und du weißt nie, wen du mal brauchst, um dir den Rücken freizuhalten.«

An einem heißen Nachmittag schwammen Ana und ich Bahnen in Marians Pool. Ich zog eine Show ab, weil Teak sich hinter den Strelitzien versteckte und uns observierte. Ich wollte ihm zeigen, wie ein echter Mann aussah. Er saß im Schneidersitz auf einem Handtuch und schaute mir heimlich nach. Sein Schorf bröselte ab. Dann lagen Ana und ich auf meinem Handtuch. Die Sonnenhitze strömte auf uns nieder. Teak und ich schielten uns misstrauisch an. Er hatte eine winzige rote Speedo an. Nancy hatte ihn zum Kleiderkaufen mitgenommen, und die hatte er sich ausgesucht. Sein Arsch war darin kilometerbreit. Er spickte vorne bei sich rein.

»Mädel, du machst mich so heiiiß«, sagte er.

»Nenn mich nicht Mädel«, sagte ich sehr böse.

Teak schnippte mit beiden Händen. »Uuuuh, ich liebe Männer, wenn sie wütend sind«, schnurrte er. Mir wurde kotzübel.

Im selben Moment kam ein schwarzer BMW in die Einfahrt gefahren. Teaks Gesicht sah aus wie das von Alberto, als er dachte, dass Orik und ich ihn jetzt aufklatschen. Er verschwand in den Strelitzien.

»Hey, es ist nur Taylor«, rief ihm Ana nach. »Marians PR-Berater.«

Kein Laut. Irgendwann fing ich an, mir Sorgen zu machen, denn Chino würde mir das Fell über die Ohren ziehen, wenn Teak irgendwas zustieß, also ging ich ihn suchen. Tief im Schatten von großen Blättern versteckt saß Teak mit angezogenen Knien da. Er zitterte und die Tränen quollen über seine superkurzen supergebogenen Wimpern. Ich sah ihm an, wie fertig er war.

»Mein Bruder fährt einen schwarzen BMW«, murmelte er.

»Es ist aber nicht dein Bruder, du Dummi. Es ist Taylor.«

Teak umschlang schluchzend seine Knie. Tränengeruch hing in der Luft.

»Deine Leute trauen sich nicht hierher«, versuchte Ana ihn zu beruhigen. »Chino würde ihnen die Köpfe abreißen.«

Statt heldenhaft fühlte ich mich völlig hilflos und wusste nichts zu sagen. Ich saß nur da, auch die Arme um die Knie geschlungen, und dachte an den armen Orik, wie er fertig gemacht wurde. Teak blieb hinter den Strelitzien hocken. Wir beäugten einander, zwei Schiffbrüchige, die auf demselben Wüsteneiland gestrandet waren und sich fragten, wie sie wohl klarkommen würden. Als Ana ins Haus ging, sagte er zu mir: »Bist du schwul?«

»Vergiss es.«

»In diesem Haus sind doch alle *frutas*.«

»Ich bin keine, also pass auf, was du sagst.«

»Entschuldiguuung.« Eine letzte Träne rollte über sein Gesicht.

Langes Schweigen. Ein Falke segelte auf der heißen Luft über dem Canyon. Plötzlich lachte Teak nervös auf und wischte sich die Träne mit seinem endlos langen braunen Arm ab. »Verrückte Welt. Meine Eltern sterben, wenn sie hören, dass sie mich die soziale Leiter hochgetreten haben statt runter.«

Schweigen.

»Chino sagt, du bist ein Wissenschaftsfreak«, sagte er.

Was hatte ihm Chino noch erzählt?

Er ging in die Knie und versuchte es noch einmal auf die Vertrauliche. »Hey ... meine Tante hat mir einen Macintosh SE gekauft, gebraucht. Und eine ganze Kiste voller Software. Willst du dabei sein, wenn ich die Programme lade?«

Seine Blicke ließen mich nicht los. Sie stellten mir die große Frage. Wenn ich hetero war, würde ich ihn dann so behandeln wie die Brechertypen, die ihn in der Schule verprügelt hatten? Wenn ich ihn so behandelte, bekam ich es mit Chino zu tun.

Ana und ich hockten auf seiner Bettkante, er saß an dem Tisch, den Marian in der Garage aufgestöbert hatte. Geübt fütterte er seine Maschine mit Disks. Er hatte sich Nancys Radio ausgeliehen, und daraus plärrte in voller Lautstärke Madonna mit *Vogue* – nicht gerade meine Musik. Die arme Nancy würde sich Ohrstöpsel besorgen müssen. Ich fragte mich, ob er versuchen würde, mit mir rumzumachen. Der Gedanke war unerträglich. Er war zu jämmerlich um ihn umzubringen, aber ich würde ihm auf jeden Fall eine reinhauen müssen. Aber jetzt war er der Computercrack, verloren in seiner elektronischen Welt, der Dateien erstellte und die Icons auf dem Bildschirm in Atem beraubender Geschwindigkeit herumwirbelte. Wahrscheinlich brachte ihn das besser drauf, wie mich der Sternenhimmel. Ich sah ihn schon als Techniker vor einem NASA-Computer sitzen. Vielleicht würde Teak eines Tages mein Raumschiff zu den Sternen dirigieren und mir auf seinem Bildschirm nachschauen, wie ich ins All entschwand.

»Wo ist in 'Bu die Action?«, schrie Teak, um die Musik zu übertönen.

»In der Crosscreek Mall«, schrie Ana zurück.

»Die *Action*, dummes Kind. Clubs und so.«

Clubs, mit dreizehn? »Wir hier in Malibu gehen nicht in Clubs.«

»Gott«, sagte er und verdrehte die Augen. »Ihr seid nicht sehr *(schnipp)* benutzerfreundlich hier, was?«

Phase zwei der Mission: mit Harlan klarkommen. »Hey, Harlan, ist mein Dad auch mal in Clubs gegangen?«

Harlan hörte auf zu tippen und lehnte sich im Bürosessel zurück. »Tja – wenn Billy traurig war, dann suchte er das Leben in ›der Szene‹.« Das hieß, erklärte Harlan, er ging nach New York und stromerte allein durchs Schwulenviertel. Damals war er zweiundzwanzig. Manchmal ging er allein in alte Filme. Er stand auf Drag Queens, auf Transvestiten – ich wäre fast gestorben, als ich das hörte. Harlan erzählte mir von einer schwarzen Queen, Delfeen Sowieso, die eine besonders gute Freundin von meinem Dad war.

»Die Szene« musste ich also auch abchecken. Aber mir war zu mau um allein auf Erkundungstour zu gehen. Teak ging es genauso. Also musste Ana mit.

Teak lernte Harlan, Vince, Paul, Darryl, Rose und Vivian kennen. Die Valhalla-Gang hatte uns drei Teenies gern um sich. Rose ließ uns bei den Drehs Hilfsarbeiten machen, so verdienten wir uns ein paar Dollar, die wir ausgeben konnten. Die Gästezimmer in der Rosewood Avenue wurden knapp, aber Paul und Darryl hatten noch zwei alte Zelte, die wir in einer abgeschiedenen Ecke ihres Gartens aufschlugen, an der Gartenmauer hinter den Bäumen. Rose und Vivian wohnten einen halben Block weiter und wir hatten Schlüssel und tigerten immer von einem Haus zum andern.

Von unserer Basis an der Rosewood Avenue aus erkundeten wir aufgeregt die schwul-lesbische Szene in West Hollywood, das alle WeHo nannten. Ana war unheimlich neugierig. Teak war zu allen Schandtaten bereit. Für mich ging es um wissenschaftliche Forschung. Was hatten dann meine Knie so zu zittern? Zitterten etwa die Raketenschützen mit dem stählernen Blick, wenn sie auf den Abschussknopf drückten?

Am Nachmittag begleitete uns Vince. Wir gingen die paar Straßen nach Norden zum einschlägigen Abschnitt des Santa Monica Boulevard, dem Strip. Zwischen der Robertson und der La Brea war alles schwul-lesbisch – Restaurants, Clubs, Bars, Fressbuden, Fitnesscenter, Juwelierläden, Galerien, Klamottenläden und eine Videothek, wo man die schärfsten Pornos des Universums bekam. Genau solche Straßen hatte mein Dad durchstreift. Das Familiengesetz, das die Frauen und Männer erlassen hatten (sogar Rose und Vivian, die die strengen lesbischen Mütter spielten), verbot uns, mit fremden erwachsenen Männern auch nur zu reden oder nach Hause zu trampen. Ob mein Dad damals bedrohliche Situationen erlebt hatte?

Ich hatte gedacht, »die Szene« hätte nur mit Sex zu tun. Aber nein. Es gab T-Shirt-Läden, einen Imbiss, einen Buchladen namens

»A Different Light«. In der Wells Fargo Bank stellte Vince uns einen schwulen Vizepräsidenten vor. Im Six Gallery-Café saßen andere Teens rum, ganz cool mit den Mützenschildern nach hinten. Denen brannten Schuldgefühle und Neugier unter den Nägeln wie uns, und sie sahen älter aus oder taten so. Teak kannte schon ein paar. Wir ließen uns mit unseren Colas auf die abgewrackten Sofas plumpsen und quatschten mit ihnen. Manche waren schon fest liiert. Manche waren verzweifelte jungfräuliche Mauerblümchen wie Teak. Einige waren schon positiv. Einer, der sechzehn war, erzählte uns, dass er sich bei seinem ersten Mal angesteckt hatte. »Ich wusste sowieso schon immer, dass ich keine achtzehn werde«, sagte er.

»Hey, Teak, ist das dein Lover?«, fragten sie und begafften mich.

Ich versuchte verzweifelt, mich hinter meinem sternlosen Basecap zu verstecken, und hielt mich an Ana fest. Mein Schild zielte auf sie wie eine Geschützbatterie.

»Nee, nee«, sagte Teak. »Das ist ’ne Hete.«

»Die Hete, die Hete, spritzt ab wie ’ne Rakete«, sagte ein mexikanischer Junge und starrte mich an. Mein Arm klammerte sich fester um Anas Schultern.

Ein paar Mal zogen wir mit Vince und Chino abends vor der gesetzlichen Ausgangssperre über den Boulevard. Ein kleiner Einblick in die Szene kann euch nicht schaden, sagte Vince. Chino wusste verdammt gut (sagte er), dass uns das Nachtleben faszinierte, das sei bei ihm in dem Alter nicht anders gewesen. Nein, er würde uns nicht in irgendwelche Lederkaschemmen, Darkrooms, Sexclubs oder zu Sexpartys mitnehmen. Wenn wir achtzehn waren, konnten wir dahin und es uns besorgen lassen – und uns mit Krankheiten eindecken, wenn wir dumm genug waren. Jetzt würden wir hingehen, wo *er* sagte, und hoffentlich würden die kleinen Terrainerkundungen mit ihm die Szene ein bisschen entzaubern, hatte er sich klar ausgedrückt?

»Ein richtiger Bodyguard«, sagte Teak. »Das ist ja sooo geil. Chino, du warst mal Bodyguard von Madonna, nicht?«

Spät nachts fuhren wir in Chinos 4Runner den Santa Monica Boulevard entlang. Ich schaute hinaus zu den Strichern, die auf

Parkbänken hockten und in Autos einstiegen. Sie waren alle in meinem Alter. Ich fragte mich, wie sich Dad gefühlt hatte angesichts dieser obdachlosen Kids, die Sex für etwas zu essen verkauften. Wir standen vor dem Arena Cafe rum und schauten Hunderten von Kids zu, die zum Tanzen reingingen. Weiter westlich guckten wir uns die Leder-Daddys und Levi-Queens und die anderen Stars der Straße an, im gleißenden Scheinwerferlicht der Clubs – dem Micky's, dem Rage, dem Peanuts, dem Studio One. Wir sahen College-Boys von der UCLA Hand in Hand aus dem Revolver kommen, sahen die Street Cats bei ihren Patrouillengängen. Chino kannte ein paar schwule Veteranen, die jetzt Rausschmeißer in den Clubs waren. Chino sagte, mein Dad hätte lauter solche Leute gekannt. Irgendwo in den Spiegelungen auf den Schaufensterscheiben sah ich vielleicht, wenn ich nur scharf genug hinschaute, eine verblassende Lichtspur von meinem Dad aus einer Galaxie mit Namen New York, die vor fünf Millionen Jahren existiert hatte.

An einem Abend wurden wir fast aufgeklatscht. Chino, Teak und ich gingen durch eine Seitenstraße zu der Stelle, wo Chino den 4Runner abgestellt hatte, als plötzlich drei Typen in einem roten Corvette neben uns fuhren. Sie riefen Chino irgendwas zu, weil er mit zwei Jungen unterwegs war. Chino sagte leise, wir sollten ein Stück zurückbleiben. Die Typen im Corvette fuhren vor uns an den Straßenrand und stiegen aus. Es waren keine Skins – stinknormale Collegetypen. Einer hatte einen Baseballschläger. Ein anderer hatte eine Fahrradkette.

»Ihr wollt euch bestimmt nicht mit mir anlegen«, sagte Chino in einem Ton, als teilte er ihnen mit, dass es regnete.

»Du bist tot, Schwuchtel«, sagte der mit dem Baseballschläger.

Sie umzingelten Chino.

Er wurde zu einer wirbelnden Wolke. Vier Nanosekunden später war alles vorbei. Nichts Spektakuläres, Inszeniertes wie im Film. Eigentlich enttäuschend. Nur schmutzig und effektiv. Ich hätte am liebsten zurückgespult und es mir noch mal in Zeitlupe angeschaut. Jedenfalls lagen zwei von denen stöhnend und würgend auf dem Bürgersteig. Chino stand über ihnen mit dem Schläger in einer Hand und der Kette in der anderen. Der Dritte stand mit dem Rücken gegen den Corvette. Seine Augen quollen heraus wie bei einem Frosch, wenn man ihn zusammendrückt.

»Dich hab ich heil gelassen«, sagte Chino zu ihm, »du musst noch fahren.«

Manchmal, durch das Stadtlicht und die Palmen, meinte ich ein Sternbild zu sehen, das gerade den Meridian passierte.

In einer Nacht passierte vor der Girl Bar etwas Peinliches. Wir trafen doch wirklich meine Mom. Sie hatte ein Date und hatte mir nichts davon gesagt. Sie war in voller Kampfmontur und hatte rote Bäckchen und leuchtende Augen. Sie und ihre Flamme lachten und quasselten und amüsierten sich prächtig. Ich wusste nicht, warum es mir so peinlich war, Mom in einem Club zu sehen, schließlich hatten alle sie seit Jahren genervt, dass sie mal ein Rendezvous nötig hatte. Es war einfach seltsam ... sie so mit einer Frau.

Mom winkte uns zu und wir gingen zu ihnen rüber. »Hallo,«, sagte sie. »Das ist Joyce. Joyce, das ist William, mein Sohn, und sein Freund Teak. Chino kennst du ja.«

Joyce war Basketballspielerin. Sie schaute von ihren einsachtzig im schwarzen Herrenanzug auf uns Jungs herunter. Man sah ihr an, dass sie auch so eine strenge lesbische Mutter war. »Was machen die Kinder um diese Zeit auf dem Strip?«, fragte Joyce.

Am nächsten Tag schrie ich Mom an: »Du hast mir nichts gesagt!«

»Ich brauch deine Erlaubnis nicht, wenn ich mich verabreden will«, schrie sie zurück.

Elenas Mutter freundete sich mit Nancy an und erlaubte Elena, zu uns zu kommen. So lernte ich Teaks beste Freundin kennen. Elena war ein zierliches, dunkelhäutiges mexikanisches Mädchen mit einem Gesicht wie eine indianische Maske. Sie war kleiner als ich und zwei Monate jünger. Elena war immer still gewesen, warnte uns Nancy, selbst als sie von der Schule heimkam und die Haare voller Spucke hatte. Jetzt war sie offen lesbisch und hatte es satt, angespuckt zu werden, und überlegte sich, bei einer Mädchengang aus Bis und Babylesben mitzumachen, die alle wegen so was eine Wut hatten. Ihre Mom wollte sie von der Straße haben.

Sie nach Malibu zu Teak zu schicken war eine Art, sie aus L.A. wegzubekommen.

Aber als Teak und Elena zusammenkamen, waren sie alles andere als still. Sie saß auf seinem Schoß und brachte ihn wieder besser drauf, und sie knuddelten sich und gackerten rum und rissen schwul-lesbische Insiderwitze, die ich nicht verstand. Sie waren beide wie ausgewechselt, wenn sie zusammen waren. Mom kriegte diesen Lang-lang-ist's-her-Blick und sagte, die beiden erinnerten sie an lange Gespräche mit Billy im Schlafsaal. Ob Elena und Teak auch miteinander rummachten wie Ana und ich? Und wenn ja, waren sie dann überhaupt andersrum? Verdammt, war das alles kompliziert.

Teak ging mir auf den Wecker. »Na komm schon, ich muss unbedingt clubben gehen. Ich will jemand Nettes kennen lernen. Geh mit mir mit.«

»Wie willst du denn jemand kennen lernen, wenn du mich dabei hast? Nimm Elena mit.«

»Wenn ich einen Jungen dabei habe, dann sieht es so aus, als wär ich schwer zu kriegen, und dann wollen mich alle haben.«

»Ich kann nicht tanzen.«

»Ich bring's dir bei. Du wirst begeistert sein. Wir gehen in die Arena ... in den Circus ... in den Dome ... für zehn Dollar kann ich dir falsche Papiere besorgen.«

»Und Mom kriegt zehn Herzanfälle.«

Elena nervte mich auch. »Hey ... wir können doch wenigstens zur Baby Night ins Micky's gehen. Ein bisschen schwofen. Vielleicht ist Shayla auch da.«

»Jaa, Elena versucht schon die ganze Zeit, Shayla kennen zu lernen. Jetzt komm schon mit, Mädel ...«

»Nenn mich noch einmal Mädel und ich brech dir das Genick.«

Teak grinste Elena an. »Es ist soooo einfach, William auf die Palme zu bringen.«

Ana hingen die Surfer von Malibu zum Hals raus, und Teak und Elena waren für sie die coolsten Kids auf dem ganzen Planeten. »Gehen wir doch zu viert. Du hast nichts zu befürchten, William. Ich beschütz dich.«

So beiläufig wie möglich fragte ich Harlan wieder über meinen

Dad und die Clubszene aus. Er lehnte sich in seinem Sessel zurück, vergaß sein Drehbuch und bekam den Lang-ist's-her-Blick. Er erzählte von New Yorker Clubs wie dem Ice Palace und dem Tubs, nur dass er Diskotheken dazu sagte, noch so ein komisches prähistorisches Wort. »Dein Dad«, sagte er, »konnte tanzen wie der Teufel. Er war der Typ, wo alle stehen bleiben, um ihn tanzen zu sehen. Ich hab ihm auch zugeschaut. Dein Dad hat nicht direkt sexy getanzt. Irgendwie konnte man in seinen Bewegungen die Träume sehen, die er in sich hatte ... seine Lust am Leben ...«

Lust am Leben?

»Na gut, gehen wir auf die Piste«, sagte ich zu Teak.

Ich hatte ein komisches Gefühl dabei, weil Orik eingesperrt war und alles andere als Spaß hatte. Phase 3 der Mission kam nicht in die Gänge. Der neue Spiegel auch nicht. Aber ich musste mehr über meinen Dad erfahren.

15 Nächte in WeHo

Orik schrieb mir immer noch jede Woche. Er schrieb noch mehr Bibelstellen ab und wünschte mir, dass ich bereute. Er schrieb, im Ferienlager ginge es ihm gut. Seine Eltern hätten ihn bei einer Militärschule in Virginia angemeldet und er sollte im Herbst dorthin kommen. Es klang alles ziemlich jämmerlich.

Ich schrieb ihm zurück, dass ich einen supergeilen Sommer hatte und mit vielen Kids rumzog. Ich machte ihm klar, dass mich die Bibel nicht interessierte und dass er doch an die Umwelt denken und Papier sparen sollte. Meine Mom und Chino segneten den Brief ab. Aber ich glaubte nicht, dass die in der Klinik Orik ihn lesen lassen würden.

Das Micky's war so ein kleiner Club mit Videoleinwand auf dem Sunset Strip. Mittwochs war dort immer Baby Night – zwei Dollar Eintritt, kein Alk, keine Gäste unter sechzehn, House-Musik, Zapfenstreich um neun – da hatte man noch eine Stunde bis zur Ausgangssperre, um nach Hause zu kommen. Teak erzählte mir von seinen Erlebnissen im Micky's. Er lernte dort nie jemand kennen, aber er ging ständig hin, weil es sein Zuhause war. Seinen Eltern hatte er immer gesagt, er ginge mit Elena ins Kino. Elena tischte ihrer Mutter dieselbe Geschichte auf. Dann gingen sie in normalen Klamotten aus dem Haus, die trendy Partyfetzen im Rucksack, und hinter irgendeinem Müllcontainer oder einer Hecke warfen sie sich in Schale. So zogen sie ins Micky's. Elena hing mit Mädchen rum und Teak versuchte sich an Jungs ranzuhängen. Sie passten abwechselnd auf die Rucksäcke auf. Elena fand immer coole Mädchen zum Tanzen. Teak musste alleine tanzen. Schwarze und mexikanische Jungs standen eben genauso wenig auf Dicke wie die Weißen. Teak kam jedes Wochenende mit gebrochenem Herzen nach Hause. Aber er ging immer wieder hin. Bis zehn waren Elena und Teak wieder zu Hause. Sie wussten immer etwas von dem Film zu erzählen, den sie »gesehen« hatten. Die Eltern gingen ihnen auf den Leim.

Diesmal sagten wir den kontrollwütigen Erwachsenen, dass wir zur Baby Night ins Micky's wollten. »Seid zur Ausgangssperre wieder da«, meinten die nur.

Gegen sechs waren wir in meinem Gästezimmer bei Harlan und machten uns fertig. Ana, die Königin von Malibu, trug die Haare offen, ihre beste Designerjeans und den silbernen Ohrhänger. Teak hatte sich komplett aufgemotzt – goldenes Glitzer-Trägerhemd und Lackschuhe. Die Samthose, die ihm Nancy besorgt hatte, machte seinen Arsch Lichtjahre breit. Elena trug eine rote Satinbluse aus dem Ramschladen und Plateauschuhe. Sie saß vor Teak und schminkte ihn. Er bewahrte sein Make-up in seiner geheimen Schatzkiste auf. Ich hatte noch nie einen geschminkten Mann gesehen, außer im Film, und war ziemlich geschockt. Teak strahlte, als Elena das letzte Mascara auf seinen Wimpern verteilte. Mein hässlicher fetter Kumpel hatte sich in einen Star verwandelt.

»Du bist sooo glamourös«, sagte Elena. Sie gab ihm ein Küsschen auf die Wange, dann steckte sie sich ihren Glitzerstein an den Nasenflügel.

»Ich bin *(schnipp, schnipp, schnipp, schnipp)* der Glamour in Person!«, sagte Teak. Er sah mich an.

»Ich bin nicht dein Betthasi, okay?«, sagte ich. »Du bist hier die *fruta*, die in den *fruta*-Club will. Wir sind deine Bodyguards, okay?«

»Ja«, sagte Ana, »wir tun das nur für dich, du Idiot.«

»Hackt jetzt nicht auf ihm rum!« Elena warf uns einen Messerstecherblick zu.

Ich zog mich so an, wie ich mich fühlte – ein Heterojunge aus dem Orange County, der in einen West Hollywood-Club ging, um einen schwachen Widerschein von seinem schwulen Vater einzufangen, und dabei so unsichtbar wie möglich bleiben wollte. Also alte Jeans, *Star Wars*-T-Shirt, Nikes und ein neues Basecap, das Mom mir geschenkt hatte. Das Schild nach vorn, damit mich die Tunten nicht für einen aus der verfeindeten Gang hielten. Hinter der verriegelten Badezimmertür übte ich den grimmigen Kadettenblick und schnitt mir die Wimpern ultrakurz.

Vom Jobben bei einem Valhalla-Werbedreh hatten wir fünfzig Dollar Etat. Elena hatte ein paar E's in ihrer Jeanstasche versteckt.

Elena und Teak schmissen eine Pille, bevor ich sie davon abhalten konnte. Ana schaute mich an, als wollte sie mich um Erlaubnis fragen. Ich schüttelte den Kopf und stellte den Wecker meiner Uhr auf 21:45. Ich trug bei dieser Mission die Verantwortung, also musste ich einen klaren Kopf bewahren.

Die fünf Blocks bis zum Strip waren länger und furchterregender als ein zehnjähriger Flug zu Proxima Centauri.

Der Bürgersteig vor dem Micky's war voll mit Highschool- und Collegeleuten. Sie rauchten, taten affektiert und beäugten einander. Es war genau wie bei einem Schulball, nur dass die Jungs nicht den Mädchen, sondern den anderen Jungs auf den Arsch schauten. Meine Backen klemmten sich nervös zusammen. Hatte man meinem Dad auch so auf den Arsch gestarrt? Wenn Jerry mich jetzt sehen könnte, dachte ich. Wenn Orik mich sehen könnte! Mein Bauch zitterte. Ein paar Jungs schauten mich an. Ein paar Mädchen schauten Ana und Elena an. Niemand schaute Teak an.

Als wir reingingen, beugte sich so ein uralter Ledergnom mit Harley-Jacke, der auf dem Bürgersteig hinter einem Tisch mit Flyern saß, zu uns vor. »Immer safe bleiben, Kinder«, sagte er und drückte uns Kondome in die Hand. Wir stopften uns die Gummis in die Taschen und hatten sie schon vergessen, als wir uns an den Brechertypen von Türstehern vorbeischoben. Sie wiesen erwachsene Männer ab, die rein wollten, um Minderjährige abzugreifen.

Drinnen hielten Ana und ich uns nervös hinter Teak und Elena, den Experten, während sie sich durch die Schultern, Bizepse und Ellbogen von weißen Jungs, schwarzen Jungs, mexikanischen, philippinischen und japanischen Jungs drängelten. »Kuck mal, diese ganzen Schnittchen hier«, sagte mir Teak ins Ohr. Sie waren alle notgeil und manche schauten mich an. Hatte mein Dad diesen Dreck gemocht? Die Luft stank nach einem Teenie-Overkill an Parfüm. Ich dankte den Göttinnen und Göttern, dass ich mir die Wimpern kurz geschnitten hatte. Teak raunte mir etwas über die Farben der Gangs ins Ohr ... blaues Halstuch, Jacke offen, um das Orange darunter zu zeigen. »Manche Gangbangers kommen heimlich zum Sex nach WeHo«, zischte er mir ins Ohr, »aber hier ist neutrale Zone, deswegen sind alle cool.« Er grinste und verhakte seine Finger in meine, um mich weiterzuziehen.

»Lass bloß meine Hand los«, zischte ich zurück.

»O mein Gott, da ist Shayla«, sagte Elena. Ihre Augen nahmen ein großes schwarzes Mädchen im silbernen Cowboyhemd ins Fadenkreuz. Sie ließ uns stehen. Sogar in den Plateauschuhen war Elena so klein, dass wir sie nicht sahen, als sie sich durch die Menge drängelte. Wir sahen nur ihre Bugwelle.

Teak schob mich und Ana an den Barleuten vorbei, die Limo und Saft verkauften, in Richtung der voll gestopften verrauchten Tanzfläche. Die Wand hinter der Tanzfläche bestand aus lauter Monitoren mit ein und demselben Bild. Tausend Madonnas tanzten und sangen *Vogue*. Die Luft vibrierte von der Maschinenmusik, die Teak immer in seinem Zimmer hörte. Beim Anblick dieser Masse von rotierenden Becken und ekstatischen Leibern auf der Tanzfläche wäre Reverend Dwight sofort ins Koma gefallen.

Ich hatte noch überhaupt nie zwei Typen miteinander tanzen sehen, nicht mal im Kino oder in der Glotze. Dieser ganze Saal voller jugendlicher Zuchthengste, die einander ihre rhythmisch zuckenden Päckchen vorführten, versetzte mich in einen Schockzustand. Dann wurde ich rattig und brauchte keine Pille um es zu fühlen. Ich kämpfte an gegen meine eigene Hitzigkeit. Typen bestehen nur aus blinder Geilheit, wo irgendwo an einem dünnen Fädchen noch ein Gehirn dranhängt. Keine Frau, kein anderer Typ, kein Schaf und kein Hund ist vor uns sicher. In Costa Mesa kannten Orik und ich einen Jungen, der ständig notgeil war, ständig auf der Suche nach irgendwas, wo er Druck ablassen konnte. Seine Eltern haben ihn dann mit seinem Schäferhund erwischt. Er hatte sich Erdnussbutter auf den Penis geschmiert und der Hund leckte sie ab. Seine Eltern haben ihn rausgeschmissen. Wir haben nie mehr was von ihm gehört. Den Hund haben sie behalten.

»Na komm, *let's vogue*«, sagte Teak, während er mich zur Tanzfläche schob.

»Bodyguards tanzen nicht. Such dir jemand anderes.«

Teaks Coolness schmolz allmählich dahin. Er platzte heraus: »Du willst nur nicht mit mir tanzen, weil ich farbig bin, oder?« Er stürmte davon und klapperte die herumstehende Meute ab, fragte diesen und jenen. Eine Weile hing er an der Bar rum. Alle ignorierten ihn. Wir sahen zu, wie sein Gesicht immer trauriger wurde. Elena kümmerte sich nicht um uns, sie tanzte mit Shayla. Ana war empört. Sie zischte mir ins Ohr: »Du bist gemein, ich rede nicht mehr mit dir, wenn du so gemein bist.«

»Ver-*zeihung*, du kannst mich mal.«

»Wir können doch zu dritt tanzen«, sagte Ana, ganz Diplomatin.

Mein Ärger verrauchte, und ich kam mir mies vor. Chinos Stimme kam wieder: *Sei ein Commander ... kümmere dich um deine Leute*. Also riss ich mich zusammen und ging zu Teak, der mit seiner leeren Limodose an der Wand lehnte. »Hör mal«, sagte ich, »spiel nicht das Rassismusspielchen mit mir. Wenn ich ein Rassist wäre, würd ich dich nicht in mein Zimmer lassen.«

»Entschuldige«, sagte er. Eine Träne lief ihm die Wange runter.

»Und ich versteh überhaupt nicht, warum diese Lahmärsche sich nicht alle auf dich stürzen. Du siehst so scharf aus heute.«

»Ach wirklich!«, sagte Teak sarkastisch. »Und ich dachte schon, du weißt eine so große *queena* wie mich *(schnipp, schnipp)* nicht zu schätzen.«

Er wischte die Träne weg.

»Kumpels sind sowieso besser als ein Date«, sagte ich. »Ein Date kann dich jeden Moment sitzen lassen.«

»So wie Shayla eben Elena«, sagte Ana und sah dem schwarzen Mädchen nach, das alleine rausging.

Teaks Blicke suchten meine. Himmel, er hatte wirklich schöne Augen – sie waren so schwarz, dass sie violett aussahen. Und um seine schönen kurzen Wimpern war er nur zu beneiden, sogar mit Wimperntusche drauf.

»Kumpel?«, sagte er. »Brüder?«

»Ja.« Ich streckte meine Hand aus. Er schlug ein. »Du musst mir das Tanzen beibringen«, sagte ich.

»Mach mir einfach alles nach.«

»Aber nicht da, wo alle großen *queenas* der Welt zusehen können.«

Elena kam mit einem angewiderten Achselzucken zurück und wir vier fanden eine dunkle Ecke auf der Tanzfläche direkt vor den Boxen. Dort stand Ana Elena gegenüber und ich Teak, und Teak fing an, die *Vogue*-Schritte durchzugehen, wie sie Madonna und ihre Tänzer machten. Er hatte sie bestimmt monatelang geübt, allein in seinem Zimmer vor dem Radio. Elena tanzte steif, roboterhaft, aber Teak bewegte sich geschmeidig. Er ließ seinen Riesenarsch rotieren wie ein Filmstar.

»Komm, fang den Rhythmus ein, das ist doch so einfach«, sagte er.

Ich probierte es.

Teak war frustriert. »Auf-hören!« *(schnipp, schnipp)* Dann wurde er wieder ganz macho. »So ... jetzt machen wir Schattentanzen, dann kannst du es fühlen.« Er wirbelte mich herum, presste sich von hinten an mich ran und umklammerte mich mit seinen großen Armen. »Entspann dich einfach. Mein Gott, hast du 'n Besenstiel verschluckt?«

Also lehnte ich mich steif an ihn, und Ana lehnte sich an mich, und Elena an Ana, und wir tauchten als Vierersandwich in den Beat ein. Teak stand auf der Stelle und pumpte mit seinem Körper unter meinem im voguenden Rhythmus. Ich entspannte mich, machte die Augen zu und ließ mich mit dem Stampfen der Musik voll laufen. Ich hielt seine Arme an meiner Hüfte fest, und Ana hielt meine Arme fest, die ich um sie geschlungen hatte. Ich ließ ihn seine heiße verschwitzte Wange an meine drücken und drückte meine heiße verschwitzte Nase an Anas glitschigen Nacken unter ihren Haaren, die immer heißer und nasser wurden. Ihr silberner Ohrhänger haute mir fast das Auge raus. Die Tanzfläche war jetzt gerammelt voll – wir vier waren verloren in einer Masse schwitzender Leiber. Alle dröhnten ab in die blitzende Lightshow und den hämmernden Beat.

Hatte mein Dad auch so getanzt?

Als wir Durst bekamen, kämpften wir uns wieder zur Bar durch und holten Colas und fanden dann einen kleinen Fleck, wo wir cool aussehen und allen anderen zugucken konnten.

Direkt neben mir steckten sich ein Filipinojunge und ein weißer Junge mit geschlossenen Augen die Zunge in den Hals. Ich starrte sie an und erinnerte mich an mich und Orik am See. Ich lehnte mich an die Wand. Ich fühlte die Hitze ihrer Körper und hörte ihre knutschenden Lippen. Sie hielten sich umschlungen, ihre Körper waren dicht aneinander – nicht aneinander geklammert, nur ganz nah. Ihre Ellbogen streiften mich. Sie naschten mit den Lippen an ihren Gesichtern und der Filipinojunge hielt das Gesicht des anderen in seiner Hand. »Oh Baby«, flüsterte er. Dann versanken sie wieder in einen Kuss und bohrten sich die Zungen tief rein. Ich konnte richtig zusehen, wie die Zungen übereinander glitten. Ein Typ, der zu einem anderen Typ Baby sagt ...

Ich starrte wieder auf die Tanzfläche. So hatte also mein Dad ausgesehen, wenn er Harlan küsste. Wahrscheinlich hatte er auch noch andere Männer geküsst. Mein Ständer war kaum mehr zu halten. War das das Gefühl, das mein Dad gehabt hatte? Seine Gefühle waren tief in mir drin, explodierten zu Licht- und Schockwellen wie eine Supernova, mit einer unglaublichen Gewalt und Schönheit, und diesmal sah ich es nicht durch irgendein Teleskop, sondern ich war mittendrin. Das war es, was ich mit Orik tun wollte ... und jetzt würde ich nie mehr Gelegenheit dazu haben.

Teak stupste mich mit dem Ellbogen an. Mit entflammtem Gesicht zog ich mir das Mützenschild tief über die Augen.

»Hier macht sich niemand groß Gedanken um Aids«, sagte ich.

»Nö, aber wenn der Richtige kommt, würd ich ihn schon meine Festplatte formatieren lassen.« Teak hatte einen seltsam verschämten Ausdruck in den Augen.

»Ach ja?« Ich gab ihm einen spielerischen Schlag auf die Schulter.

»Meine Festplatte ist noch fabrikneu«, entfuhr es ihm.

Ich glotzte ihn voll unausgesprochener Fragen an, während wir unsere Colas leer machten. Plötzlich piepste meine Armbanduhr. Jessas, viertel vor zehn. »Fünfzehn Minuten bis zur Ausgangssperre«, sagte ich. »Nach Hause, aber dalli!«

Als wir draußen waren, sagte Elena: »Ich geh zu mir«, und verschwand. Wir wussten, dass sie sich noch eine E einschmeißen würde und noch ein paar Clubs abklappern, in der Hoffnung, Shayla über den Weg zu laufen. Die acht Blocks zu Harlans Haus gingen wir, weil Teak zu dick zum Rennen war, und stürmten zur Haustür rein. Es war fünf nach zehn.

Mom schaute auf ihre Uhr und verzog das Gesicht. »Fünf Minuten zu spät.« Ihre Augen wurden schmal.

Aber heute war ihr nicht nach grausamen und ungewöhnlichen Strafen. Das Haus war voll mit Erwachsenen. Im Fernsehzimmer schritt Marian mit dem Telefon auf und ab und redete mit Taylor über Politik. Im Esszimmer saßen Paul, Darryl, Harlan, Rose, Vivian und Vince bei einer Drehbuchbesprechung. Chino war nicht da. Also scheuchte uns Mom einfach nur weg. Weil wir am Verhungern waren, griffen wir uns eine kalte Pizza aus dem Kühlschrank und schoben sie in die Mikrowelle. Dann rannten wir zu unserem Zeltlager in Pauls Garten.

Es war eine heiße Augustnacht und der purpurne Himmel war voller Lärm von Hubschraubern und Autos. Teak und ich gingen in unser Zelt und Ana in ihrs. Teak ließ sich mit einem frustrierten Seufzer auf die Schlafsäcke plumpsen.

»Jetzt erklär mir mal eins«, sagte ich.

»Was?«

»Du hast dich an der Schule geoutet und ... dieses ganze Drama durchgemacht, dich zusammenschlagen lassen, und das alles wegen etwas, das du noch gar nicht gemacht hast?«

»William, ich will unbedingt mein erstes Mal haben, ich werd schon ganz *loco* deswegen.« Er stieß sein Gesicht ins Kissen.

»Vielleicht gefällt's dir dann gar nicht.«

»Es wird mir gefallen«, sagte er ins Kissen hinein.

Lange Pause.

»Hast *du* es schon mal mit ’nem Typ gemacht?«, fragte er mich.

»Spinnst du?«

Er rollte sich wieder auf den Rücken und schaute mich aus seinen kurzwimprigen ängstlichen Augen unverwandt an. Mir dämmerte, dass mein dicker Kumpel so am Verzweifeln war, dass er wollte, dass ich mit ihm rummache. Meine Knie zitterten. Es war keine Panik, was ich fühlte. Es waren meine Gefühle für Orik, die mir den Hals zuschnürten ... dass ich ihn vermisste, mir wünschte, er wäre da. Kalt und herzlos stand ich auf, ließ Teak liegen und ging in Unterhosen zu Anas Zelt rüber. Sie lag zusammengerollt auf ihrem Schlafsack mit nur einem ausgeleierten T-Shirt an.

»So ein cooler Club«, sagte sie schlaftrunken.

»Cool, aber schwul. Zu schwul für mich«, sagte ich, auf allen vieren über ihr.

Sie vertraute mir inzwischen und funkte mir jetzt die Landeerlaubnis. Sie setzte sich auf und zog sich das T-Shirt über den Kopf, beugte sich dann zum Radio, fand einen Sender mit Heavy Metal und wir ließen die Musik in uns reinströmen. »Aber mach nicht wirklich was«, flüsterte sie.

»Ich versprech’s dir.«

Wir schnuckelten uns auf ihrem verkrumpelten Schlafsack aneinander. Sie war auch angetörnt. Ihr Geruch war so anders als der Geruch von Jungs, mehr wie irgendeine abgefahrene tropische Blüte. So nannte meine Mutter es immer – die Blüte. Die von meiner Mom hatte ich nie zu Gesicht bekommen, aber sie hatte davon geredet, wenn sie mir was über Sex erzählte, und das tat sie, seit ich mich erinnern konnte, immer in der Hoffnung, dass ich Frauen respektieren würde. Ana wollte nicht, dass ich sie anfasste, aber sie steckte ihre Hand in meine Jockeys. Meine Beine waren puddingweich und ich traute mich nicht mal, sie zu fragen, ob er groß genug war. Aber sie musste meine Sorge geahnt haben, sie flüsterte nämlich: »Dieser Typ, du weißt schon, der, der war ... viel zu groß.«

»Meinst du?« Ich zitterte am ganzen Leib.

»Das Wichtige ist das Gefühl, das man mit dem Menschen hat«, flüsterte sie und nahm mich noch besser in den Griff.

Von der verblassenden Lichtspur von zwei sich küssenden Jungs umgeben, küssten wir uns, und auf einmal kam ein kometenhaftes Brennen aus mir herausgeschossen und ich machte »Uuuh!« Wir waren beide schockiert, als hätte uns fast ein Bus überfahren, und lagen eine Weile da und lauschten einem Hubschrauber, der über uns drüberflog. Ich fühlte so eine unglaubliche Erleichterung, und auch Traurigkeit, alles zusammen. Schließlich wischten wir's ab und machten den Reißverschluss vom Zelt auf und lagen auf dem Rücken mit dem Kopf draußen. Ich versuchte mich darauf zu konzentrieren, Deneb zu entdecken, den hellsten Stern des Sommerdreiecks, der genau in diesem Moment den Meridian passieren musste. Aber der Himmel war zu versmogt und Pauls Bäume verdeckten die Sicht.

»Hast du vorher schon mal Sex gehabt?«, flüsterte sie.

»So was in der Art.«

»Was meinst du damit?«

»Rumgemacht ...« Es war schwer, ihr in die Augen zu sehen.

»Mit den Mädchen vom Orange County, hmmm?«

Ich wurde rot. Sie schaute mich lange an.

»Jungs?«

»Jungs machen immer miteinander rum.«

»Dein Freund Shawn?«

Ich wurde noch roter. »Hey, er und ich, wir sind ... einfach nur Kumpel, okay?«

»Ganz ruhig, William. Das macht mir nichts.« Sie schaute mich durch ihre verworrenen Haare aus den Augenwinkeln an.

»Hey, lass uns mal eines klarstellen«, sagte ich. »Du bist mein erstes Mädchen, und ich kann mir nicht vorstellen, mit irgendeinem anderen Mädchen zusammen zu sein.«

»Ein Typ, der keine Lügengeschichten über sein erstes Mal erzählt. Welche gute Fee hat mir das nur beschert?«

Die Katze von Paul und Darryl, Sohn-der-Nofretete, wetzte ihre Krallen an unserem Zelt. Dann kam sie an und rollte sich zwischen uns zusammen. Sie mochte die Schwingungen, die wir ausstrahlten, und unseren Geruch.

Am nächsten Morgen, in meinem Zimmer, schaute ich mir die Fotos von Dad und Orik an. Die Kerze war ausgegangen. Ich fühlte mich schuldig und meine Hand zitterte, als ich das Feuerzeug aus meinem Rucksack kramte und sie wieder anzündete. Dann schaute ich mir lange die beiden Fotos an.

»Ihr zwei seid ganz schöne Arschlöcher«, sagte ich zu ihnen. »Warum lasst ihr mich das alles durchmachen?«

Innerhalb von Tagen wusste die ganze Erwachsenenmeute von der Rosewood Avenue, dass es zwischen mir und Ana ernster geworden war. Teak redete nicht mehr mit mir, weil ich ihn (meinte er) hatte sitzen lassen. Ich war ein reines Nervenbündel. Die Mütter mussten sich natürlich wieder zusammenhocken und darüber reden. Wieder in Malibu, war ich zufällig mit Mom in der Küche, sie aß Joghurt, ich aß ein Riesensandwich, und sie lenkte das Gespräch auf Sex. Sie starb bestimmt vor Neugier. Zuerst war's Orik, jetzt war's Ana. Was die bloß hatte?

»Du und Ana ... ihr habt jetzt also ...?«

Ich versuchte, lässig zu klingen. »Eigentlich nicht.«

»Na komm.«

»Sie lässt mich nicht ran. Wir ... machen nur rum.«

»So hat Harlan sein erstes Kind gekriegt ... vom Rummachen mit seiner Begleiterin beim Abschlussball.«

»Ich bin nicht Harlan, verdammt.« Ich rüstete mich für eine klingonische Invasion, ihr Himmel würde schwarz werden von meinen Kampfschiffen, und sie würde die Verliererin sein, die in einem Flammenmeer unterging.

»Es macht mir nichts aus, wenn ihr zu Hause miteinander knutscht, aber ... es ist riskant. Ich weiß Bescheid über Ana, okay? Und ihre Mutter weiß, dass du es weißt, weil Ana es ihr erzählt hat. Also tu ihr nicht weh und mach ihr kein Kind, okay? Ihre Mutter macht sich große Sorgen.«

»Das *werd* ich nicht. Sie lässt mich *nichts* machen.«

»Was mir *allerdings* etwas ausmacht, ist, wenn ihr es heimlich macht ... in einem Auto oder wo auch immer ... an Orten, wo ich nicht weiß, was passiert.« Sie warf den leeren Joghurtbecher in den Müll. »Die meisten Jugendlichen haben ihr erstes Mal auf einem Autorücksitz. Ich auch. Das ist würdelos.«

Wie konnten Frauen mit uns Typen auch nur *reden* über das, was wir taten?

»Wäre es dir nicht lieber, es nicht heimlich zu tun?«, fragte sie.

Mein Mund klappte auf. Meinte sie, ich brauchte ihre Genehmigung?

Moms Augen bettelten mich an, ihr nicht auf die Klingonische zu kommen. Gerade noch rechtzeitig erinnerte ich mich an Chinos Forderung, es mir mit ihr nicht zu verscherzen. Sie hatte mich alleine großgezogen, ohne Dad, ohne Familie, ganz allein. Das Einzige, wovor meine Kriegerinnen-Mom Angst hatte, waren Bankangestellte und ein Sohn, der ihr nicht zuhörte.

»Du meinst ... ich kann offiziell mit ihr zusammen übernachten?«

»Hier ... in deinem Zimmer. Oder in der Rosewood. Eileen und ich ... und Marian auch ... wollen, dass ihr euch an diesen Orten wohl fühlt. Wir respektieren eure Privatsphäre. Aber ihr müsst auch gewisse Grenzen respektieren.«

Himmel, sie hatten das *alles* hinter unserem Rücken durchgesprochen. Als ginge es um den Präsidentschaftswahlkampf oder so was. Ich war sprachlos.

»Ähm ... tja, Mom, das wäre ... öh ... großartig.«

»Weißt du ... Eileen und ich, wir könnten auch anders.«

»Was?«

»Wir könnten euch beide einsperren, bis ihr achtzehn seid. Euch im Keller festketten. Wie würdest du das finden?«

»Au Mann«, stöhnte ich.

»Na gut, ich weiß, das funktioniert nicht.«

Mom war noch nie komisch gewesen, wenn es um Sex ging. Sie sagte, jeder Teil meines Körpers war ein Teil der Erdgöttin und von daher gut. Aus irgendeinem Grund erinnerte ich mich an meine erste Erektion. Ich muss acht gewesen sein. Ich dachte, jetzt wäre bei mir was ganz schlimm kaputtgegangen und stand schreiend da mit meinem abstehenden Pullermann. Sie sagte: »Das ist was ganz Schönes, das Jungs manchmal kriegen. Hör auf zu brüllen und genieß es.« Aber jetzt bekam meine Mutter eine unheimliche neue Macht, indem sie mit mir über Sex redete ohne ein Blatt vor den Mund zu nehmen. Ein grausam peinliches Gefühl fraß mich auf und ich lief tiefrot an.

Sie redete weiter. »Den Weckruf vom Leben kriegst du eben dann, wenn du ihn kriegst. Nicht erst an deinem achtzehnten Geburtstag. Und die ganzen Gesetze und religiösen Vorschriften ... das ist, als wollte man das Wetter beherrschen. Niemand kann das Wetter beherrschen. Wenn es regnet, versucht man nicht, einen Schirm über Los Angeles aufzuspannen. Man genießt den Regen und fährt vorsichtig und sicher.«

Ich war platt. Woher war meine Mutter so klug?

»Also das ist die Abmachung«, fuhr sie fort. »Ihr beide fahrt vorsichtig und sicher. Und seid hundert Prozent verantwortlich füreinander ... kümmert euch umeinander. Das heißt, wenn du mit jemand anderem nicht aufpasst und dir was holst und es an Ana weitergibst, dann bringt Eileen dich um, und wenn sie fertig ist, bring ich dich noch mal um. Verstanden?«

»Äh ... ja.«

»Und noch eins. Habt ihr euch geschützt?«

Das Kondom, das mir der Ledergnom gegeben hatte, war in meiner Jeanstasche schon durch die Waschmaschine gewandert.

»Es gibt so was, das nennt sich Spritzerschwangerschaft. Du könntest schon alt genug sein, um sie beim Petting zu schwängern. Wie würdest du das finden, mit dreizehn Vater zu werden? Wenn du meinst, Eileen und ich helfen euch schon, vergiss es. Dann müsst ihr beide Geld verdienen, die Schule vergessen, eure Karriere vergessen ... oder das Kind zur Adoption freigeben. Noch ein Kind ohne Vater, und es wäre allein deine Schuld. Wie würdest du das finden?«

Der Gedanke zerstörte mich am Boden.

Ein Kind ohne Vater ... meine Schuld.

Während Eileen mit Ana dasselbe Abkommen schloss, umschifften Chino und die anderen Männer das Thema großräumig.

Bis zu meinem vierzehnten Geburtstag war es noch ein Monat. Die Kiste mit den Spiegelrohlingen setzte auf meinem Tisch Staub an.

16 Neues von Orik

Es war inzwischen September. In zwei Wochen würde die Schule anfangen. Unsere Mütter schleppten uns mit auf große Klamotten- und Büchereinkaufsfahrten.

Teaks Eltern unterschrieben die Adoptionspapiere am 2. September. Er nahm Nancys Nachnamen an. Teak Perez war glücklich. An dem Abend veranstalteten wir eine Party für ihn ... er sagte, er wollte ab jetzt immer am 2. September Geburtstag feiern. Die Familie, die ihn im Klo runtergespült hatte, wollte er nur noch vergessen. Elena und ihre Mutter kamen auch zur Party. Sie zogen nach Malibu, Elenas Mutter hatte einen Job in einem Laden in der Mall bekommen. So konnte Elena mit uns auf die Highschool gehen.

Orik schrieb nicht mehr.

Chino hielt sein Versprechen, mich ins JPL zu bringen, um mir Fotos anzusehen. »Wenn man nach der Nadel im Heuhaufen suchen will, muss man wissen, wie eine Nadel überhaupt aussieht«, sagte er.

Ich quälte mich mit dieser Frage herum. Die Form des Nebels war keine geeignete Nadel. In dem Traum hatte ich den Katzennebel nicht von der Erde aus gesehen. Von einem Teleskop auf der Erde aus sah er vielleicht gar nicht aus wie eine Katze. Nein, ich musste nach dem veränderlichen Stern suchen. Seine Leuchtperiode konnte von jedem Punkt des Universums aus exakt bestimmt werden. Wenn wir diesen Veränderlichen mit einer Periode von 60 Sekunden fanden, würden wir auch den Katzennebel finden.

Chino fuhr mit mir nach Pasadena und wir parkten auf dem Besucherparkplatz des JPL. Die NASA, die Heimat der US-amerikanischen Erkundung des Weltraums. Meine Knie zitterten wie vor dem Sex.

Auf dem Weg zum Besucherzentrum sagte Chino: »Unsere Legende ist, dass du für die Schule an einem Referat arbeitest. Ich warne dich, Dorie hat einen seltsamen Sinn für Humor.«

»Dorie?«

»Floradora Houghton, Astrophysikerin. Sie erforscht die Brauchbarkeit dieser veränderlichen Sterne als Navigationshilfe. Erinnerst du dich, dass ich dir von Russell Houghton erzählt habe? Sie ist seine Nichte.«

Die NASA lag ganz auf meiner Wellenlänge.

Wir mussten warten, bis die Rezeptionistin Dorie angerufen hatte, um sich bestätigen zu lassen, dass wir einen Termin hatten. Wir schauten uns eine Weile im Building 180 die Ausstellungsstücke an. Aber das Modell der Galileo-Sonde deprimierte mich. Galileo zog da draußen im barbarischen Schneckentempo seine Bahn, nur ein Pferdefuhrwerk im Vergleich zu dem, was ich brauchen würde. Es würden noch sechs Jahre vergehen, bis Galileo überhaupt erst die Jupitermonde erreichte und fotografierte. Da würde ich schon ein alter Knacker sein – zwanzig. Endlich ging es in ein anderes Gebäude, wo die Astronomie-Büros lagen.

»Dorie, das ist William«, sagte Chino.

Die Astrophysikerin schaute sich meine Mitgliedskarten von Astronomie-Clubs an. Sie hatte eine silberne Strähne im Haar. Mein Hyperwellen-Variometer zeigte mir an, dass sie vielleicht lesbisch war und Chino über die Homo-Seilschaften im Militär und im Staat an sie rangekommen war. »Was sagt man dazu«, sagte sie zu Chino. »Wir rackern bis zum Umfallen für Galileo, und alles hält den Atem an und kann die Nahaufnahmen von Jupiter kaum erwarten ... und den hier lässt das völlig kalt.«

Ich glotzte sie an. »War nur 'n Scherz«, sagte sie. »Ich hab's auch nicht so mit den Planeten. Ich wollte selbst immer bis ans Ende der Zeit sehen. Ich hab mein erstes Teleskop in der 5. Klasse bekommen, von meinem reichen Onkel zu Weihnachten.« Sie lehnte sich zurück. »Und ... du hast dir selber eins gebaut?«

Ich räusperte mich. »Mein erstes war ein vierzölliger Spiegelreflektor. Ich hab Silberfulminat genommen.«

»Silber? Heiliger Bimbam, und du hast dich nicht in die Luft gesprengt damit?«

Ich brachte ein Grinsen zustande. »Beinahe.«

»Was soll ich dir besorgen? Unser Menü ist sehr reichhaltig. Kometen? Quasare?«

»Äh ... Veränderliche. Mit kurzer Periode.«

»RR Lyrae-Veränderliche?«

»Genau. Die neusten Fotos, die Sie haben. Wissen Sie, die in meiner Klasse glauben alle, dass da draußen gar nichts los ist. Ich will ihnen ein bisschen Action zeigen.«

Dorie führte mich in ihre Bibliothek, gab mir einen Stuhl und zog ein Hängeregister mit der Aufschrift VERÄNDERLICHE heraus. »Fünf Jahre Arbeit«, sagte sie. Mir wurde schwindlig ... da waren Aufnahmen von Observatorien und Amateurastronomen in der ganzen Welt, aus Australien, Schweden, England. Sie sagte, ich solle bloß nichts aus der Hülle nehmen und meine Fingerabdrücke drauf hinterlassen. »Und wenn du irgendwas durcheinander bringst, werde ich meinen Strafenkatalog konsultieren.«

Dann ging sie mit Chino wieder in ihr Büro. Sie tranken Kaffee und redeten von früher.

Mit weichen Knien blätterte ich durch die Abteilungen – CEPHEIDEN – R CORONAE – UNREGELMÄSSIGE – RR LYRAE. Da war alles versammelt! Fotoserien von jedem einzelnen Stern, wie er heller und dunkler wird, Graphen mit Leuchtkraftkurven und Zeitintervallen und ein Haufen Spektometriezeug, bei dem ich nicht mehr durchstieg. Meine Hände zitterten, als ich das erste Negativ auf den Leuchttisch legte. Das nächste. Zuerst langsam, dann immer schneller. Es gab Hunderte, manche davon von dunklen Nebeln in allen möglichen Formen begleitet. Intervalle von 0,05 bis 1,2 Tagen. Ich versuchte, wieder einen klaren Kopf zu bekommen. Vergiss den Katzennebel, schau auf die Periode. Wenn ein Stern im Umkreis von fünfzehn Lichtjahren lag und einen 60-Sekunden-Zyklus hatte, konnte er es sein. Ich versuchte, mir in meinem Heft Notizen zu machen.

Eine Klarsichthülle fiel runter. Ich ordnete sie wieder an der richtigen Stelle ein. Chino spürte, dass ich in Nöten war, und kam rein. Dorie war am Telefon. »Probleme?«, fragte er.

»Es sind so viele«, flüsterte ich.

Ich hantierte eine Zeit lang weiter und Chino schaute mir dabei über die Schulter. Aber es war alles nichts. Ich hatte die Akte durch. Kein 60-Sekunden-Stern. Nicht in fünfzehn Lichtjahren Entfernung und woanders auch nicht.

Als Dorie wieder reinkam, fragte sie: »Und?«

»Haben Sie auch welche mit ... na ja ... äh ... 60-Sekunden-Periode?«

»Wieso 60 Sekunden?«

»Na ja ...« Ich suchte nach einer Ausrede. »Das ist eine runde Zahl. Was gibt's denn so um das Zentrum der Milchstraße rum?«

»Es ist schwer, dort etwas zu entdecken. Da müssen wir durch einen dichten Nebelschleier schauen.«

»Wenn Sie einen mit 60 Sekunden reinkriegen, würden Sie ... mir bitte Bescheid sagen?«

»Ich habe Chinos Nummer. Hast du Interesse, später mal für die NASA zu arbeiten?«, fragte sie.

»Ja.«

»Wir planen Programme für Highschool-Schüler. Und vielleicht gibt es auch Stipendien fürs College.«

Dorie gab mir ihre Visitenkarte. Es war das erste Mal überhaupt, dass ich von jemand Erwachsenem eine Visitenkarte bekam. »Vielen Dank«, sagte ich.

Auf dem Nachhauseweg war ich noch deprimierter. Chino merkte das. »In deinem Traum war alles ganz klar, was?«

»Ich hab diesen Traum jetzt alle paar Monate. Auf der Computeranzeige in der *Memo* steht immer das Gleiche, 60 Sekunden. Und dann gibt es noch eine Zahl, die immer wieder kommt – dreiundzwanzig. Ich hab keine Ahnung, was dreiundzwanzig bedeutet.« Ich sah ihn an. »Du glaubst, dass ich mir das ausgedacht hab. Du verrätst es Mom und dann schleppt sie mich zu irgend so 'nem blöden Psycho.«

»Keine Angst. Ich glaube immer noch, dass du irgendetwas auf der Spur bist. Aber mit den Träumen ist es so eine Sache. Vielleicht bedeutet dein Traum nicht das, was du denkst. Vielleicht ist es ... eine Metapher.«

»Was ist eine Metapher?«

»Da musst du Harlan fragen. Der redet immer von Metaphern im Film.«

»Aber was ist es überhaupt?«

»Eine verborgene Botschaft oder Bedeutung.«

»So wie ein Code?«

»Frag ihn. Ich bin nicht intellektuell genug, um dir das zu erklären.«

»Vergiss es. Harlan werd ich das *nie* erzählen. Nicht mal Vince.«

Chino zuckte mit den Achseln. »Wie du willst«, sagte er.

»Als ich heute die Galileo-Sonde gesehen hab, hab ich mich ganz ... hoffnungslos gefühlt.«

»Wieso?«

»Sogar die unbemannten Sonden brauchen *ewig*, um da rauszufliegen. Sogar mit Fusionsenergie könnten sie die Lichtgeschwindigkeit nicht erreichen. Ich versteh nicht, wie die Leute glauben können, dass sie morgen selber da rausfahren können. Die Leute glauben auch an Ufos und Aliens, obwohl man diese komischen Wesen mit den schwarzen Augen nie in den Nachrichten sieht. Ich glaube, es gibt nichts, was die Leute nicht glauben können.«

»Es gibt einen Unterschied zwischen Glauben und Wissen. Manche Menschen träumen von Dingen, die wirklich passieren ... Flugzeugabstürze, Morde. Oder sie haben einfach eine starke Vorahnung. Ich hab gelernt, diesen Gefühlen zu vertrauen.«

Als ich ihn so reden hörte, ging es mir ein bisschen besser. »Und was soll ich jetzt machen?«, fragte ich.

»Im Moment ist es wichtig, weiter Informationen über Billys Leben zu sammeln. Und in zwei Wochen geht die Schule los. Vielleicht geschieht da etwas.«

Zum ersten Mal ließ mich die Schule kalt. »Chino, warst du inzwischen am Point Reyes und hast das gemacht, was du vorhattest?«

»Nein. Ich hab aber drüber nachgedacht.«

»Lass uns doch zusammen hin. Vielleicht hab ich da wieder einen Traum, mit mehr Einzelheiten.«

»Eigentlich müssten wir alle hinfahren ... die ganze Familie. Jetzt ist aber keine gute Zeit dafür.« Er schwieg eine Weile und fuhr. Dann sagte er: »Was ist mit Shawn? Phase drei der Mission, weißt du noch?«

»Was soll mit ihm sein?«

»Mir ist aufgefallen, dass du den ganzen Sommer kaum über ihn gesprochen hast.«

Angst blitzte in mir auf. »Ich weiß nicht, was du meinst.«

Seine Stimme wurde hart. »Nicht mit mir, du kleiner Scheißer. Wir reden über deinen *Freund*. Erst gab es den ganzen Skandal um euch beide, und auf einmal tust du so, als würde er dich gar nichts angehen.«

»Er schreibt mir nicht mehr.«

»Sei nicht so schnell mit deinem Urteil. Er hat Angst. Er ist dort ganz allein. Wahrscheinlich lassen sie ihn gar nicht schreiben.«

Heiße Tränen stiegen in mir auf. »Ich war sooo sauer auf ihn ... ich hatte Angst, dass er es verrät.«

Ich drehte mein Gesicht weg, damit mein außerirdischer Commander nicht sah, dass ich weinte. Die Gefühle aus den Jahren, in denen Orik und ich Freunde gewesen waren, brachen auf. Ich verbarg mein Gesicht an der Scheibe und wollte lieber ersticken als loszuheulen. Dann streckte er die Hand aus und drückte mir die Schulter, während ich würgte und die Schluchzer zu unterdrücken versuchte und das Fenster von meinem Atem beschlug. »Du wirst für deinen Freund da sein«, sagte er. »Du zündest noch eine Kerze an und betest wie verrückt. Vielleicht hält er nur wegen dir durch.«

»Chino, das reicht nicht! Wir müssen ihm mehr helfen!«

»Es gibt nicht viel, was wir legal tun können. Vielleicht reißt er aus.«

»Und er ist dort ganz allein?«

»Seine Eltern besuchen ihn einmal pro Woche.«

Am Abend tanzte meine Kerzenflamme sanft, in geheimnisvoller Schönheit und Lebendigkeit, spiegelte sich in ihrem See aus heißem Wachs, ließ kleine Schatten über Dads und Oriks Gesicht huschen. Ich betrachtete sie mit brennenden Augen.

»Orik, es tut mir so Leid ... Bitte, Gott, Göttin, ich will meinen Dad haben. Ich will meinen Kumpel wiederhaben. Ich tu alles, was ich kann ...« Plötzlich kam mir eine neue Idee. Vielleicht war das, was ich im Traum gesehen hatte, kein Ort, den ich mit einem realen Raumschiff erreichen konnte. Im Universum gab es Kräfte, die die NASA nicht entdecken konnte. Vielleicht gab es ein spezielles Geisterraumschiff für Tote, das sie durchs Universum dorthin brachte, wo die Seelen von Gestorbenen hinkamen, wo immer das auch war. Vielleicht startete es in Point Reyes. Vielleicht gab es auf jedem Kontinent eine Abschussrampe. Die Hüter der Alten Weisheit wussten, wo sie sich befanden, und die Menschen wanderten zum Point Reyes. Vielleicht konnte ich als blinder Passagier mitreisen. Wenn es landete, würde die Luke aufgehen und ich konnte rausklettern und mein Dad würde dort sein. Aber wenn ich starb, kam ich sowieso dorthin. Ich *würde* meinen Dad eines Tages sehen. Das nahm dem Tod seinen Schrecken ... es machte ihn sogar irgendwie tröstlich. Orik konnte mitkommen und dann wären wir beide in Sicherheit.

Später kam Teak rein und warf sich quer über mein Bett. Es war das erste Mal, dass er mit mir redete seit unserem »heißen Date« im Micky's.

»Alles klar?«, fragte er.

»Mhm.«

»Hey, weißt du was. Marian kauft sich einen neuen Computer fürs Büro und ich kriege ihren alten Mac Performa 450 und das Modem. Der hat hundert Megabyte! Und ich krieg einen Internet-Account dazu.«

»Cool«, sagte ich. »Dann können wir alle Astronomiedatenbanken durchsuchen.«

Er sah mir in die roten Augen. »Hey ... du kannst ihn benutzen, wenn ich nicht da bin.«

In dieser Nacht kam der Traum wieder. Der Mann mit dem Visier vor den Augen war wieder auf dem Schirm. Seine Stimme dröhnte mir in den Ohren. »Stell die Zeit nach dem Veränderlichen, dann geh auf Kurs 23 ... bei ... zu ...«

Meine Finger ratterten wieder über die Tastatur. Das Signal verrauschte. »Wiederholen! Wir verlieren die Verbindung! Was heißt 23?«

»Stell die Zeit nach ...«

Ein Virus zerfraß sein Bild auf dem Schirm.

»*DAAAAD* ...« Ich wachte wie jedes Mal schweißgebadet auf.

Mom stand in der Tür. »Was hast du?«, fragte sie. Sie setzte sich aufs Bett und versuchte meinen Kopf zu halten.

»Bloß Träume von Dad«, sagte ich nur.

»Was ist mit dir los? Was für Träume?«

»Er will, dass ich ihn finde.«

»Das ist alles? Na, du bist schon auf dem besten Weg, ihn zu finden, Schatz. Und ich freue mich, dass du dich an deine Träume erinnerst.«

In den letzten freien Septembertagen wurden die Vier aus Malibu von wilden, verzweifelten Sex-Energien angetrieben. Wir stellten ganz Malibu auf den Kopf. Jagten uns über den Zuma Beach. Wilde Basketballpartien, Volleyballspiele, verwegene Sprünge ins Wasser, tollkühne Bergabfahrten auf Anas Skateboard. Das Leben hatte uns aufgezogen bis zum Anschlag und jetzt schnellte die Feder los. Ab und zu holte sich Teak auf dem Strip ein schwules Sexmagazin. Er wollte es mir zeigen, aber ich sagte, er solle mir vom Leibe bleiben mit seinen Schwuchtelwichsblättchen. Wenn er nicht in seinem Zimmer war, ging ich rein um seinen Computer zu benutzen und verstohlene Blicke in die Magazine zu werfen. Elena war nicht so sehr an rohem Fleisch interessiert – sie bekam die *Lesbian News* umsonst.

Teak hatte tonnenweise neue Fragen. Aber wem sollte er sie stellen? Wir hatten mehrere potentielle »schwule Väter«. Aber Harlan und Chino waren zu unheimlich um ihnen solche Fragen zu stellen. Paul und Darryl waren immer mit der Kundschaft am Tratschen oder auf dem Sprung zu einem Dreh. Blieb Onkel Vince. Manchmal fuhr er mit uns zu seinem Lieblings-Terrassenrestaurant auf dem Sunset Boulevard, weil sein Magen mit dem Fast Food, das wir in uns reinstopften, nicht zurechtkam. Manchmal fluchte Vince über die Verschwörung von Pharmafirmen und Politikern, die würden Lügen über Aids verbreiten, damit die Leute teure, nutzlose Medikamente kauften. Meistens brachte er uns zum Lachen über Sachen, vor denen wir Angst hatten oder die uns peinlich waren. Teak fragte ihn das ganze schwule Einmaleins rauf und runter. Ich war der Heterojunge, der als Gasthörer bei diesem tollen Seminar dabeisaß ohne sich auch nur ein Mal zu melden.

Manchmal zog sich Vince in seine private Welt mit Harlan zurück. An einem Abend kamen Teak und ich ins Haus gestürmt und fanden Vince und Harlan eng umschlungen unter einer Decke auf dem Sofa liegen. Harlan sah auf einmal halbwegs menschlich aus – umsorgend, beschützend. Er strich Vince über die Haare. Zum ersten Mal flackerte in mir ein Gefühl für den alten Mann auf.

»He, Jungs, es gibt hier eine so genannte Tür, da kann man anklopfen«, meinte Harlan.

»Entschuldigung«, sagten wir beschämt.

Soweit wir es mitbekamen, gingen Elena und Ana mit ihren Fragen über Sex zu meiner Mom.

Chino gab uns weitere Selbstverteidigungsstunden. Jetzt redete er mit uns vieren und machte sich Sorgen. »Habt ihr beide vor, euch in der Schule zu outen?«, fragte er Teak und Elena.

»Wir wollen erst mal versuchen, nicht aufzufallen«, sagte Elena. »Mal sehen, wie's so läuft.«

»Ich bin doch sooo feminin«, sagte Teak, »mir sehen sie's alle auf hundert Meter an.«

»Wirst du zu deinen Freunden halten?«, fragte Chino Ana.

»Na klar«, sagte sie.

»Könnt ihr euch schon denken, wer Probleme machen wird?«

»Ja ... Ace und Mia und noch ein paar andere«, sagte ich.

»Wenn ihr vier zusammenarbeitet«, sagte Chino, »dann könnt ihr einiges an Terrain halten. Bei den meisten lesbischen und schwulen Kids in der Schule ist das Problem, dass sie in der Minderheit sind.«

Die Mütter machten sich auch Sorgen und hielten Selbstverteidigung für eine tolle Idee. Sogar meine pazifistische Mom ließ sich überzeugen. Also trainierte Chino mit uns Ausweichmanöver für Situationen vom Angriff bei den Schließfächern bis hin zum Angriff mit einem Messer im Bus. Wir übten immer wieder mit einer Spielzeugpistole und einem Gummimesser. Was wir alleine tun würden. Was wir tun würden, wenn wir zusammen waren. Ich dachte wehmütig an die gute alte Zeit zurück, als ich ein kleines Kind war und man auf dem Spielplatz noch nicht Angst haben musste, erschossen zu werden. Chino war in der Schule verprügelt worden und kannte alle üblen Situationen. Teak war ein Ass auf der Tanzfläche und eine völlige Niete beim Kampfsport. Aber er hatte Angst, wieder zusammengeschlagen zu werden, und arbeitete hart an sich. Sogar sein Arsch wurde schmaler.

Wir gaben uns große Mühe, alles zu behalten, was Chino sagte. Wenn er redete, runzelte Ana die Stirn. Elena starrte vor sich hin. Teak knibbelte lila Lack von seinen Fingernägeln. Ich machte mir Notizen.

»Also versucht, niemandem bleibende Verletzungen zuzufügen, wenn ihr könnt. Es wird nur ein paar geben, die Stunk machen. Die müsst ihr so weit einschüchtern, dass sie euch in Ruhe lassen. Sobald ihr einen Augenblick eure Deckung vernachlässigt, erwischen sie euch. Das kann ein Morgen sein, wo ihr noch müde seid von der Party letzte Nacht oder Angst vor einer Klausur habt. Oder euch einfach langweilt. Gebt nie an mit dem, was ihr könnt, zeigt nie eure Waffen. Es ist euer Vorteil, wenn ihr unterschätzt werdet. Ihr könnt nicht gegen jeden kämpfen, der euch anmacht. Versucht es ihnen auszureden. Versucht es mit Humor – manchmal hilft's. Wenn Reden nicht hilft, dann bringt den Kampf schnell hinter euch. Das ist das Beste um nicht selbst verletzt zu werden. Einen langen Krieg kann man nicht gewinnen.

Wenn die Schule die Polizei holt und ihr festgenommen werdet, redet nicht mit ihnen, bevor ihr mit uns geredet habt. Lasst euch nicht mit Einschüchterungen zum Reden bringen. Diskutiert nicht mit ihnen, egal wie unfair sie euch behandeln. Ihr habt das Recht zu schweigen. Überlasst uns den juristischen Kram.«

»Gibt es überhaupt eine Situation, wo es richtig ist wegzurennen?«, wisperte Teak.

»Es ist immer richtig ... wenn es das Aussichtsreichste ist«, sagte Chino.

Immer noch kein Wort von Orik. Eines Tages blaffte ich Chino an: »Warum schreibt er nicht?«

»Wahrscheinlich hält sein Therapeut das für keine gute Idee.«

»Er hat mir versprochen, dass er abhaut.«

»Wenn er das will – und kann –, dann wird er es tun.«

»Hör mal ... können wir ihn nicht da rausholen?«

»Du willst also die große Befreiungsaktion starten wie im Kino?«

»Ja, klar!«

»Das heißt, ein verdeckter Einsatz. Dann müssen wir ihn vor

seinen Eltern verstecken. Wenn wir erwischt werden, ist das Kindesentführung. Außerdem werden sie uns Anstiftung zur Kriminalität anhängen, weil wir Schwule und Lesben sind. Selbst wenn wir damit durchkommen, könnte er kein normales Leben führen. Er müsste untertauchen, bis er achtzehn ist.«

»Kannst du nicht einfach nur ... herausfinden, ob mit ihm alles in Ordnung ist? Bitte, Chino.«

Also spionierte Chino noch ein bisschen herum. Wenn das hier ein Film wäre, hätten wir vier ihm geholfen – die Rasselbande von jugendlichen Genies, die dem erwachsenen Helden helfen, die Welt zu retten. Teak, Elena und Ana hatten inzwischen mitbekommen, dass es jemand gab, der im Krankenhaus war und um den ich mir Sorgen machte. Nichts Besonderes, nur ein Freund aus meiner alten Schule. Aber Chino gab uns nie einen Einblick in seine Detektivarbeit. Wahrscheinlich war sie illegal. »Das braucht ihr nicht zu wissen«, sagte er.

»Ich wette, Chino hackt sich in den Krankenhauscomputer rein«, sagte Teak.

»Hackt sich rein?«

»Er bricht in ihr System ein und schaut sich Shawns Daten an.«

»Wie macht man das?«

»Ganz einfach ... übers Telefon, übers Netz. Man muss nur die Passwörter und so rausfinden.« Teak nahm mich mit an seinen Computer und zeigte es mir. Bald tauchten Dateien über die Guajiras und Geldbeträge auf dem Bildschirm auf.

»Was ist das?«, fragte ich.

»Die Bank of America. Das Konto von meinen Eltern.«

»Mein Gott! Geh da raus, bevor sie uns erwischen!«

»Sollen wir mal bei der NASA reinschnuppern?«

»Um Himmels willen, nein.«

Wenn Dorie dahinter kam, würde sie den 60-Sekunden-Stern für sich behalten.

7. September, mein Geburtstag

Alle gaben sich Mühe, dass es ganz toll für mich wurde, aber es war der unglücklichste Geburtstag meines Lebens. Im Spiegel sah ich einen, der jetzt ein paar Zentimeter größer war, aber immer noch klein. Die kurzen Wimpern hatten auch nichts gebracht. Aber auf einmal hatte ich Unmengen von dunklen Haaren auf dem Kinn und auf der Oberlippe. Ich musste mich jetzt jeden zweiten Tag rasieren.

Chino, Mom und Marian luden mich, Teak, Elena, Ziggy und Ana in zwei Autos und fuhren uns in die Universal City zum Videospielen. Später stießen die Rosewood-Clique und Billys Vater dazu und es gab Kino, ein Essen und eine Zaubershow, die Harlan arrangiert hatte. Als die Kellner den Kuchen reinbrachten und »Happy Birthday« sangen, fühlte ich mein Herz entzweireißen und wünschte, Orik wäre da. Er hatte in zwei Tagen Geburtstag und war in irgendeinem Psychoknast für Jugendliche eingesperrt. Es drückte mir so die Kehle zu, dass ich es kaum schaffte, die Kerzen auszublasen.

John Sive schenkte mir ein Sparbuch mit Geld, das er für mein College auf die Seite gelegt hatte. Es war kaum zu fassen ... all diese Fremden, die sich schon mein ganzes Leben lang um mich kümmerten, und ich wusste noch nicht mal, wer sie waren.

»Mensch, danke«, sagte ich.

»Wirst du irgendwann noch mal Opa zu ihm sagen?«, bohrte Mom nach.

»Danke ... Opa«, sagte ich. Mein Großvater grinste.

Ich ließ mir von Onkel Vince eine Geburtstagsumarmung gefallen. »Wenn Dad nur hier wäre.«

»Er ist da, Junge. Dein Dad auch, Ana. Ich spür's.«

»Ich bin wohl der Einzige, der das nicht spürt«, sagte ich bitter.

Während Marian die Rechnung für die Party zahlte, nahmen mich Chino, Vince, Harlan und Opa beiseite, in die Spielhalle. Inmitten all der Lichtblitze und Soundeffekte sagte Chino: »Also mein Geburtstagsgeschenk für dich ist eine Neuigkeit.«

Ich wusste sofort, was. »Shawn ist abgehauen«, sagte ich.

»Ein wahrer Teufelskerl, *da* rauszukommen«, knurrte Opa.

Ich wünschte, Harlan würde nicht dabeistehen. »Wann?«

»Etwa zu der Zeit, als wir ins JPL gefahren sind«, sagte Chino. »Komisch, wir haben noch darüber gesprochen ... als hättest du es geahnt.«

»Wie hat er es geschafft?«

»Seine Mutter hat selbst Probleme mit Jerry«, sagte Chino. »Sie ist nicht so hart wie er. Sie ist auf eigene Faust zur Sunny-Valley-Klinik gefahren und hat Shawn für eine Nacht mitgenommen. Sie haben im Motel übernachtet. Shawn hat sich ihr ganzes Geld geschnappt, etwa 60 Dollar, und ist nachts ausgebüxt.«

Ich explodierte vor Freude. Orik hatte versprochen zurückzukommen. Er hielt seinen Eid.

»Seine Eltern spielen verrückt. Polizei, Flugblätter ...«, sagte Opa. »Man hat seinen Vater sagen hören, wenn sie ihn kriegen, heißt das diesmal Gefängnis ... um ihm eine Lektion zu erteilen.«

Die Haare standen mir zu Berge. Aus Chinos Jackentasche kam ein Vermisstenflugblatt. Ich hatte sie schon mein ganzes Leben lang gesehen – anderer Leute Kinder auf dem Milchkarton beim Frühstück. Jetzt betraf es mich persönlich. Ich griff danach. Das Achte-Klasse-Abschlussfoto von Shawn Heaster – seine Haare sahen aus, als würden sie im Scheinwerferlicht des Fotostudios schweben, und dieses Grinsen, das ich immer gemocht hatte. Jetzt grinste er wohl nicht mehr oft.

»Mach dir keine großen Hoffnungen«, sagte Chino. »Die meisten Kids, die weglaufen, kehren von alleine nach Hause zurück. Es ist ihnen zu bedrohlich da draußen.«

»Er geht nicht nach Hause«, platzte ich heraus. »Er ruft mich an.«

»Vielleicht. Vielleicht kannst du deinem Kumpel aus der Patsche helfen ... bevor seine Eltern ihn sich schnappen und ihn wegsperren.«

»Wie können sie ihn ins Gefängnis stecken? Er hat nichts Böses getan.«

»Es ist eine Straftat, wenn ein Jugendlicher von zu Hause wegläuft. Wusstest du das nicht?«, fragte Opa.

Ich stand mit offenem Mund da. In meinem Leben war die Frage nie aktuell gewesen. Würde Mom mich ins Gefängnis stecken?

»Aber ... das ist ungerecht. Er ist weggelaufen, weil sie ihn mies behandelt haben.«

»Ungerecht, aber Gesetz«, sagte Vince.

»Trinken, weglaufen, die Schule schwänzen, die Ausgangssperre verletzen, Selbstgefährdung – das sind für Minderjährige alles strafbare Handlungen, für Erwachsene nicht.« Opa rieb sich die Silberstoppeln im Gesicht.

Ich sah zwischen all diesen ernsthaften Erwachsenengesichtern hin und her. Kein galaktisches Imperium in ferner Zukunft, keine zukünftige Gedankenkontrolle, keine Sklavenarbeit in den Xyziumminen kam mir gruseliger vor als die Barbarengesetze dieses Amerikas, die ich jetzt wahrzunehmen begann.

»Wie hast du es rausgefunden?«, fragte ich Chino.

»Frag nicht.«

»Meinst du ... wir können ihn finden?«

»Bleib, wo du bist, und lass ihn dich finden«, sagte Opa. »Das ist das Beste.«

»Warum?«

»Weil es nicht gegen das Gesetz ist, einen Ausreißer aufzunehmen«, sagte Opa. »Noch nicht. Bei all den Ausreißern hier im Land überlegt man sich in manchen Staaten, die Beherbergung zu kriminalisieren. Wenn er herkommt, können wir vielleicht etwas für ihn tun. Ich hab da ein paar Ideen.«

»Es kommt dir vielleicht herzlos vor, aber wir müssen vorsichtig sein«, sagte Harlan. »Wenn jemand wie Jerry Heaster uns erwischt, wie wir seinem Kind nachspüren, kriegen wir es mit der Justiz zu tun.«

»Shawn ist besser dran als die meisten Ausreißer – er hat ein bisschen Geld und deine Adresse und Telefonnummer«, sagte Opa. »Hoffentlich kommt er zurecht.«

Chino entfaltete eine Straßenkarte von Kalifornien und zeigte auf einen Punkt. »Das Sunny Valley ist hier in Nordkalifornien. Wenn er so schlau ist, sich eine Busfahrkarte nach L.A. zu kaufen, hörst du wahrscheinlich in ein paar Tagen von ihm. Der Greyhound-Bus kostet nur 40 Dollar.« Die Lichter der Videospiele reflektierten auf der Karte.

»Ist es gefährlich?«, fragte ich.

»Wenn er trampt und von den Falschen mitgenommen wird – dann ja.«

»Könnte ihm ... irgendwas ganz Schlimmes passieren?«

»Pass mal auf«, sagte Vince. »Jedes Jahr reißen Tausende von Kids aus. Die meisten überleben es. Ich bin selbst mit siebzehn abgehauen, direkt nach L.A. und rein in die ersten Sexerfahrungen. John ist auch abgehauen. Chino auch. Nur Harlan nicht ... er war ja so ein braver Junge.« Sie lachten alle.

»Dein Dad ist mir auch weggelaufen«, sagte Opa.

»Echt?«, staunte ich.

»Er war sechzehn und ich hatte ihm in punkto Drogen die Hölle heiß gemacht. Ich bin tausend Tode gestorben. Nach einem Monat kam er wieder. War bei Freunden in L.A. gewesen.«

»Und einmal«, sagte Harlan, »sind er und Vince und Jacques von Oregon nach Prescott getrampt, und das im tiefsten Winter. Allerdings waren sie zu dritt und schon zweiundzwanzig ...«

Ich schaute zwischen den Männern hin und her. Es war schön zu wissen, dass sie sich Sorgen machten.

»Alle bekommen Instruktionen«, sagte Chino. »Wenn Shawn ein R-Gespräch anmeldet, wird jemand den Anruf annehmen und notieren, wo genau er ist, wo das Telefon steht, alles. Möglich, dass er nur einmal anrufen kann, und diese Chance dürfen wir nicht vermasseln. Dann holen wir ihn, und von da an müssen wir sehr verdeckt arbeiten.«

Opa warf einen Vierteldollar in die nächstbeste Maschine. »Wie funktionieren diese Dinger?«, fragte er.

»Ich zeig's dir, Opa«, sagte ich.

Der nächste Tag, der 8. September, war der Einschreibtermin an der Schule. Ich raste zur Einschreibung und sofort wieder nach Hause, denn ich war überzeugt, dass Orik sich melden würde. Es war auch ein Anruf gekommen, allerdings von seinem Dad. Er tobte und schäumte und brüllte Mom an, er habe alles über sie herausgefunden – dass sie eine teuflische Lesbe sei, und er würde sie von einem Privatdetektiv überwachen lassen.

»Wenn mein Sohn an deiner Tür aufläuft und du ihn mir nicht sofort aushändigst«, drohte Jerry ihr, »lasse ich dich verhaften.«

Mom hatte den Anruf auf Band mitgeschnitten.

In der Nacht saß ich mit meinem Fernglas auf dem Stein beim Apfelbaum. Inzwischen hatten wir einen Herbsthimmel, an dem die Leier um neun Uhr abends westlich des Meridians stand. Mein altes U-Boot-Fernglas war nicht stark genug, um RR Lyrae zu sehen, den pulsierenden Veränderlichen. Ich rauchte noch eine Letzte und war gerade dabei, den Doppel-Doppelstern in der Leier in seine vier Einzelsterne aufzulösen, als eine Wolkenbank vom Meer hereintrieb. Auf einmal war es kalt und feucht.

Eine Gestalt kam aus dem Haus. Chino, der den Reißverschluss seiner Jacke zuzog. »Wie geht's dir?«, fragte er.

»Shawn hat nicht angerufen.«

»Du wirst von ihm hören. Ich weiß es.« Chino lehnte an einem Ast, direkt neben mir. Seine Schulter war nah an meinem Knie. Ich bot ihm das Fernglas an und er betrachtete eine Weile den Himmel.

»Die Schule find ich nicht besonders spannend«, sagte ich.

»Manche von meinen Vorgesetzten bei der Navy waren langweilig. Aber sie haben mir Dinge beigebracht, die mir das Leben gerettet haben.«

»Und?«

»Nimm's als Übung. Müssen Astronauten üben?«

»Ständig.« Ich hatte schon Zillionen Sendungen über das Weltraumprogramm gesehen.

»Übe dich in deinen Fertigkeiten. Kümmere dich um deine Leute. Hilf ihnen beim Lernen. Und hör ihnen zu ... lern auch von ihnen. Okay?« Seine Worte breiteten eine Vision vor mir aus, wie dieser schimmernde Dunststreifen der Milchstraße, der sich quer über den Zenit erstreckte. Es war eine zerbrechliche, verwackelte Vision. »Darf ich dir einen Rat geben?«, fügte er an.

»Klar.«

»Wir stehen am Auftakt von großem politischem Wandel. Wenn die Polizisten im Rodney-King-Verfahren freigesprochen werden, möchte ich nicht wissen, was passiert. Wenn Marian gewählt wird, kannst du dich politisch einmischen, so viel die Schule dir Zeit lässt. Wenn du Gesetze ungerecht findest, kannst du versuchen sie zu ändern statt dich nur zu beklagen und Opfer zu sein. Und ich garantiere dir, dass Politik machen nicht die Spur langweilig ist.« Der Nebel hatte die Sterne zu blassen Punkten gemacht. Chino fuhr fort: »Nach Vietnam hatte ich Jahre hart zu kämpfen – gegen Drogen, Alkohol, Malaria, den inneren Schweinehund, und um einen Abschluss in Politologie. Harlan hat mir geholfen. Dunkle

Jahre ... unheimliche Jahre. Jetzt endlich kann ich anwenden, was ich gelernt habe – als Marians Wahlkampfstratege.«

»Cool.« Warum erzählte er mir das?

»Ich werde öfter weg sein. Du musst hier die Stellung halten.«

Mit Herzklopfen ließ ich mich vom Baum heruntergleiten und ich stand da und schaute zu ihm auf. Zwischen uns knisterte die Spannung von einst. »Und wenn Shawn anruft, während du in Washington bist?«, fragte ich.

Er blieb so unerreichbar wie das Sommerdreieck. »Dann piepst du mich an. Und du hast Harlan und deinen Großvater, vergiss das nicht. Aber in manchem musst du selbst die Verantwortung übernehmen.«

Mein Körper schien durch die Luft zu ihm hin zu schmelzen, in seine Wärme und seine starken Arme, seine Narben, seine Kraft.

»Ich tu, was du sagst, Chino«, sagte ich.

»Tu's nicht für mich. Andere Leute sind dir nie sicher. Sie verändern sich, sie gehen weg ... sie sterben. Auf lange Sicht hast du nur dich selbst.« Er sah, wie ich zitterte. »Ab ins Bett jetzt. Morgen ist ein langer Tag.«

Wir gingen rein. »Übrigens«, sagte er, »ich hab den Privatdetektiv der Heasters in der Rosewood erwischt. Hockte in seinem Lieferwagen und nahm alle, die bei Harlan ein und aus gehen, auf Video auf.«

Mir blieb fast das Herz stehen. »Was hast du getan?«, fragte ich.

Chino lachte. »Er ist nur einer, aber ich bin viele. Die Heasters können sich nicht mehr als einen Schnüffler leisten. Ich arrangiere ein kleines Ablenkungsmanöver ... eine Shawn-Sichtung in San Francisco.«

17 Schulkampf

Herbst 1991

In der ersten Stunde hatten wir Mathe. Teak hockte schlaff da und starrte in sein Heft. Ana und ich lümmelten uns hinter ihm. Elena hockte in der Ecke, das schwarze Käppi über die Augen gezogen.

Nach der ersten Woche im neuen Schuljahr wussten wir, dass

Mathe ein Problem sein würde. Mr. Foley war so unübertroffen langweilig, dass wir die Stunden nur absitzen konnten, voller Sehnsucht nach Basketball, stampfenden Rhythmen, Stagediving, Surfen und Sex, mit Mädchen – und Jungs ... Ich sehnte mich sogar danach, Mathe toll zu finden, schließlich war es ein Fach, das ich für meine Weltraumreisen brauchen würde. Foley war eine Null.

Jim, ein mit Ace befreundeter Heavy, saß in der letzten Reihe an der Tür. Er würde vor uns draußen sein ... und konnte uns irgendwo auflauern. Er schrieb gerade ein Briefchen, dekoriert mit Totenschädeln. Ich dachte an Chinos Kampfregeln für die Highschool: *Sobald ihr einen Augenblick eure Deckung vernachlässigt, erwischen sie euch.*

Unsere Unauffälligkeitsstrategie funktionierte nicht. Teak hatte Make-up und Fingerschnippen zu Hause gelassen, aber er war auch so unverkennbar. Seit dem Abend im Micky's hungerte er sich aus (unter Anleitung von Ana). Er hatte abgenommen, vor allem am Arsch. Er war der einzige Schüler, dem an jedem Ohr zwei Ringe baumelten. »Bis Silvester bin ich unwiderstehlich«, sagte er zu mir. Je mehr er abnahm, umso tuntiger schien er zu werden.

Die Schule war mit der in Costa Mesa nicht zu vergleichen. Manche hier trugen Messer, eine Knarre hatte noch niemand gesehen – zumindest nicht offen. Von Gangs merkten wir nichts. Die meisten der vierhundert Schülerinnen und Schüler kamen aus liberalen Elternhäusern, aber in Malibu wohnte auch ein harter Kern von Philistern. Außer Teak und Elena gab es noch zwanzig Schwarze und Latinos und zwei Asiaten. Wir hörten Kommentare über die »Nigger, Furzbohnen und Schlitzaugen, die über *unsere* Strände herfallen«. Teak und Elena waren »dreckige Furzbohnen« und ich auch, weil ich mit ihnen rumzog und kaffeebraune Haut hatte. Der Feigling in mir wollte allen sagen, dass ich zum Teil libanesischer Abstammung war, als wäre das irgendwie »weißer«.

Angeblich gab es eine Schulordnung, die diskriminierende Äußerungen verbot und uns schützte. Aber die vier Heavys – Ace, Mia, Jim und Jims Freundin Sheri – hatten uns auf dem Kieker. Auf dem Flur hatte Jim einen Spuckeflatschen auf Teaks schicken Wildledertretern platziert. Jeden Morgen stieg ich Hand in Hand mit Ana aus dem Bus, aber es half nichts – ich hatte mit Teak zu tun, das reichte, um mich in die Schwuli-Schublade zu stecken. Ana hielt zu uns und verlor dadurch sofort ihre Krone als Königin von Malibu. Ziggy war ein Feigling und passte sich der Masse an, Ana redete nicht mehr mit ihm. Falls Teak sich irgendwann entschloss, sein NIEMAND WEISS, DASS ICH LESBISCH BIN-T-Shirt anzuziehen, würde das Leben für uns zur Hölle werden.

Mein Dad hatte in der Schule dasselbe durchmachen müssen. Hatte er auch so viel Angst gehabt wie ich?

Als Mr. Foley etwas an die Tafel schrieb, schob Ace den Zettel zu Teak rüber. Ana und ich konnten die Totenköpfe und die großen schwarzen Buchstaben über Teaks Schulter erkennen:

STIRB, TUNTE

Teak versuchte, eine gleichgültige Miene zu bewahren, aber ich wusste, dass er eine Heidenangst hatte. Das war die Kriegserklärung.

Die Glocke schrillte. Alles stürmte zur Tür. Wir vier gingen als Letzte raus, um vor Hinterrücks-Angriffen sicher zu sein, und steckten unsere Bücher ein, um die Hände frei zu haben. Als wir den Flur entlang zur Englischstunde hetzten, nahm Teak am Trinkbrunnen einen Schluck Wasser ohne mir Bescheid zu sagen. Ace lauerte ihm dort auf, rammte Teak das Gesicht ins Becken und verletzte ihn an der Lippe.

Wir wurden von Schultern und Rucksäcken angerempelt. Ich wirbelte zu Ace herum. Er brachte seine linke Faust in Stellung, aber ich wich aus und versetzte ihm einen Tritt vors Schienbein, ehe er in Schlagweite kam. »Au!«, brüllte er. Jim warf sich auf mich, und ich versuchte seitlich auszuweichen und ihm den Ellbogen reinzurammen, als Teak sich wieder aufrappelte. Jetzt konnten wir zeigen, was wir in den vier Wochen von Chino gelernt hatten. Teak trat Jim in die Kniekehle, so dass er nach hinten einknickte. In dem Moment kam Mia in ihrer schwarzen Lederjacke angestürmt, ganz die kleine Headbangerschlampe. Sie brüllte: »Schwulenmutti!«, und rannte auf Ana zu. Unsere gute Ana lenkte Mias Schwung um und ließ sie gegen die Schließfächer knallen. Ace stürzte sich auf Ana, aber ich trat ihm von hinten ins Knie und er ging zu Boden. Der wahnsinnige William war wieder in Aktion!

Als Jim wieder hochzukommen versuchte, stellte die kleine Elena ihm ein Bein. Überall flogen Bücher und Zettel herum.

Teak streckte triumphierend die Faust zur Decke. »Jaaa!«

Es funktionierte tatsächlich mit der gegenseitigen Rückendeckung.

Alles hatte sich in etwa sechs Sekunden abgespielt – nur eine kleine Turbulenz in dem überlaufenen Flur. Eine Minute später verschnauften wir alle in der Englischstunde. Die Flure lagen wie ausgestorben.

Später am selben Tag versuchte Jim mich zu provozieren. »Dein Freund Teak mag am liebsten Eier. Und du, was magst du so?«

Versucht es mit Humor, hatte Chino gesagt. Aber mir fiel kein schlagfertiger Einzeiler ein. Die Angst ließ alles um mich rum verschwimmen. Endlich sagte ich: »Dich ... zum Frühstück.«

Sie brachen alle in dröhnendes Philistergelächter aus.

Auf den Fluren machte die brandheiße Neuigkeit die Runde, dass Teak Ace getreten hatte. Tunten hatten sich nicht zu wehren – sie mussten sich unterwerfen, kreischende kleine Opfer sein, die sich in die Hosen machen.

Elena war ihr nächstes Angriffsziel. Es dauerte nicht lange, bis die kleine »Furzbohne« mit dem schwarzen Käppi das Lesbenetikett weg hatte. Wir lebten in ständiger Furcht. Jeder Tag bedeutete einen neuen Krieg – Ace fuhr mit demselben Bus wie wir und schwang große Reden über Tunten und ihre Angewohnheiten. Wir konnten nicht immer zu zweit aufs Klo gehen. Einmal vergaß Teak es und ging allein, und da packten ihn drei Typen und hielten ihn fest, während ein vierter ihn anpisste. Es gab auch ein paar Mädchen, die auf dem Mädchenklo zu Elena fies waren.

In meinen ersten Tests bekam ich nur Zweien und Dreien.

Aber zu Hause unterstützten uns alle, und Chino rief zurück, wenn wir ihn anpiepsten, und beriet uns in Sachen Selbstverteidigung. Teak kam ohne sexuelle Absichten zu mir ans Bett, weinte sich an meiner Schulter aus und erzählte mir, wie schlimm sie dem Mädchen an seiner Schule zugesetzt hatten, das sich dann umgebracht hatte. Unsere Mütter beschlossen, vorerst nicht mit dem Rektor zu reden. Wir würden uns mehr Respekt verschaffen können, wenn wir uns ohne die Hilfe von Erwachsenen wehrten.

In der Öffentlichkeit als Tunte abgestempelt zu werden machte mich so wütend, dass ich eines Tages die richtigen Einzeiler auf Lager hatte.

»Hey, du bist doch auch 'ne Tunte, oder?«, fragte Ace lässig. »Wie dein kleiner warmer Freund. Na komm ... mir kannst du's ruhig sagen.«

»Wieso?«, fragte ich. »Bist wohl scharf auf mich?« Und fasste mir demonstrativ in den Schritt. Ace wurde rot und wusste nichts zu erwidern. Ein paar lachten ihn aus.

Die Heavys gingen sich auch nicht beim Rektor ausheulen. Sie konnten nicht zugeben, dass die kleine Schwuchtel und die kleine Lesbe und ihre beiden zwielichtigen Freunde die meisten taktischen Siege errangen. Die Lehrer wussten, was lief, aber sie unternahmen nichts gegen unsere Verfolger.

»Jungs sind nun mal so«, sagte Rodale, der Trainer.

Wir waren jetzt die »Homoclique«. Anas Eltern regten sich auf, dass sie dabei war. Eileen wollte tolerant sein, aber bei einer lesbischen Tochter hörte es bei ihr auf. Sie wollte nicht, dass Ana dasselbe durchmachen musste wie Jacques damals. Vielleicht hatte sie auch Horrorvisionen von einer Babylesbe, die aus Anas Körper hervorbrechen würde wie ein Alien.

Teak und ich beschlossen, dass wir zu den Läufern wollten. Ana hatte ihm gesagt, so könnte er schneller abnehmen. Ich wollte auf die Art meinem Dad die Ehre erweisen. Mit meinem Körperbau und den Athletengenen von Dad könnte ein erstklassiger Sprinter aus mir werden. Aber Trainer Rodale schickte uns zur Gymnastik mit den Mädchen. Wir waren angewidert und fühlten uns gedemütigt. Wir erzählten es Harlan und der schlug vor, wir sollten so tun, als wäre es keine Bestrafung, als würden wir nichts lieber tun. Vielleicht konnten wir Rodale so austricksen und er würde uns wieder zu den Jungs stecken, um die Schraube anzuziehen. Aber es funktionierte nicht.

»Wir wollen nicht unter der Dusche begrapscht werden«, höhnte Ace.

»Dich würd ich nicht mal mit 'ner Mistgabel begrapschen«, gab ich zurück. »Du hast Mundgeruch.«

»Du hast eine Lesbenmutti.«

»Meine ist wenigstens da. Deine ist ja ständig in der Ausnüchterungszelle.«

Ace sprang mich an. Ich wich aus und er knallte gegen die Schließfächer.

»So was sieht man gern«, sagte ich.

Vor dem Thanksgiving-Wochenende sagte Teak zu mir: »Ace kommt mir vor, als ob er was Heftiges im Schilde führt.«

»Warum ist Shawn noch nicht hier?«, fragte ich Chino.

»Vielleicht ist er festgenommen worden.«

»Das wäre übel, oder? Die Bullen müssen seinen Eltern Bescheid sagen.«

»Wenn er seinen richtigen Namen sagt, ja.« Chino zapfte seine Quellen bei der Polizei an, ob ein Minderjähriger namens Shawn Heaster in Kalifornien verhaftet worden war. »Scheint, als wär dein Kumpel noch in Freiheit«, sagte er zu mir.

Der Überlebenskampf an der Schule und die Sorgen um Orik nahmen meine Energien so in Anspruch, dass ich nicht mehr viel an Chino dachte. Er reiste als Wahlkampfberater mit Marian herum. Wenn sie Reden hielt, war er der schweigsame Anzugträger mit dunkler Sonnenbrille, der nach Gefahren Ausschau hielt. Er hatte auch abgenommen, rang immer noch mit seinen inneren Drachen. Ab und zu war ich eifersüchtig auf Marian, die so viel Zeit mit ihm verbrachte.

Eines Tages kam Chino mit einem Bürstenhaarschnitt nach Hause. Ich musste fast weinen über den Mord an seinem Pferdeschwanz. Wo war mein außerirdischer Krieger? Jetzt sah er aus wie irgendein FBI-Bulle im Fernsehen.

»Taylor hat mir eine Imageberatung verpasst«, sagte er.

Marian lachte. »Ich kann mich noch erinnern, dass du mal geredet hast wie ein Seemann.«

Marian eröffnete ihr Kampagnenbüro in der Nähe der City Hall. Manchmal gingen Teak und ich am Wochenende hin, Briefe eintüten und Telefondienst machen, wie wir versprochen hatten. Teak kriegte Geld dafür, ich nicht. Marian hatte ein paar Versatzstücke in ihr Programm eingearbeitet, die, so hoffte Taylor, ihr gemäßigtrepublikanisches Programm für Frauen, Schwule und Lesben, Einwanderer und ethnische Minderheiten attraktiv machen würden. Die Schwulen- und Lesbenfrage brachte sie noch nicht so groß raus, aber später würde sie in diesem Punkt nicht zurückstecken.

Der Rektor, Mr. Franco, zeigte Flagge bezüglich der Homoclique. Aus dem Lehrkörper habe er gehört, dass wir die Störenfriede seien. Wir hatten die Drohzettel aufgehoben und zeigten sie ihm. Er unternahm nichts gegen die Hetze.

In der Cafeteria hatte jede Clique ihren Stammtisch – Athleten, Surfer, Headbanger, Heavys, Wissenschaftsfreaks, Intellektuelle, Kiffer, Alkis und Houser. Teak und ich hätten uns wohl zu den Wissenschaftlern gesetzt, wenn wir dort willkommen gewesen wären. Hätten die Athleten gewusst, dass mein Dad eine goldene Olympiamedaille gewonnen hatte, oder die Wissenschaftsfreaks, dass mir die NASA-Astrophysikerin Floradora Houghton ihre Karte gegeben hatte, hätte das auch nichts geändert. Mit uns wollte man nicht zusammen sitzen – und die meisten hatten absurde Vorstellungen bezüglich der Übertragungswege von Aids. Schließlich stieß noch Ziggy zu uns, der sich seiner Feigheit schämte. Wir hießen die Sonderbaren.

Teak und Elena wollten ihre eindeutigen T-Shirts anziehen. Elena hatte eins auf Spanisch, auf dem VIVA LA JOTERÍA stand. Aber Chino riet uns davon ab, weil einige Eltern Wind bekommen hatten, dass es eine schwul-lesbische Clique gab. Die Schule brach sich einen ab, ihnen zu versichern, dass wir keine offizielle Gruppe waren. Zwei Elternpaare wollten nicht, dass ihre Kinder neben uns saßen. Einige wollten, dass wir von der Schule flogen, weil wir angeblich dort waren, um unsere Mitschüler zu verführen. Zum Glück ließen sich Mr. Franco und der Schulvorstand weder von links noch von rechts unter Druck setzen. Es war *ihre* Schule. Also durften wir bleiben.

An Thanksgiving waren wir mit den Erwachsenen in der Stadt Truthahn essen. Harlan war ganz in seinem Element, als er den Truthahn sezierte. Es hatte was Rührendes an sich, wie der alte Mann Familienoberhaupt spielte.

Ich versuchte, mehr mit Harlan zu machen. Er drängte sich mir nie auf. Aber wenn ich andeutete, dass ich ihn sehen wollte, nahm er sich immer Zeit – selbst wenn es bedeutete, dass er mich zu seinen Terminen quer durch die Stadt mitschleppen musste.

»In ein paar Monaten kommt Michael nach Hause«, sagte er. »Ich hab ihm von dir erzählt.«

Der erste Schultag nach Thanksgiving fing ruhig an. Am Nachmittag gingen wie immer Hunderte von uns quer über den Rasen zur Bushaltestelle. Ich wandte mich Ana zu um etwas zu sagen. Plötzlich hörte ich ein paar Mädchen aufschreien und sah mich um. Da stand Ace direkt vor Teak und fixierte ihn mit kaltem Blick. Teaks Augen hatten diesen entsetzten Blick, den ich von früher kannte.

Ace zielte mit einer großen schweren Pistole in Teaks braunes Gesicht. Sie sah aus wie eine 357er Magnum. Chino hatte so eine im Waffenschrank. Ace sagte laut: »Hier, Tunte, lutsch mal *da* dran!«

Beim Anblick der gewaltigen Waffe stand ich eine Sekunde lang starr da. Dann schoss mir das Adrenalin in die Adern. Der wollte meinem Kumpel den Kopf wegknallen. Das monatelange Training war in mir auf Abruf bereit. Ace stand mit dem Rücken zu mir, also kam ich von hinten um ihm den Arm hochzureißen. Wenn er abdrückte, würde der Schuss in die Luft gehen.

»Hinter dir!«, schrie Jim.

Ace erschrak und wirbelte herum. Die Mündung schwenkte auf mich. Ich sah die gähnende Röhre vor mir wie ein Wurmloch zur Hölle. Kids rannten und suchten Deckung. Überall kreischten tussige Mädchen.

»Der hat 'ne Kanone!«

»Schnell, Mr. Franco holen!«

»Alle runter!«, schrie Ana. »Runter!« Sie, Elena und ein paar andere Mädchen hatten sich zu Boden geworfen.

Bis Ace sich herumgedreht hatte, war ich mit meinem Entwaffnungsmanöver schon an der Mündung vorbei. *Denk dran, sein Finger am Abzug muss auf dich reagieren. Du kannst dich schneller bewegen als sein Finger, weil du schon vorher weißt, was du machen wirst.* Ich wirbelte nach rechts und knallte meinen linken Unterarm gegen sein Handgelenk, so dass die Pistole an mir vorbei nach oben schnellte. Mit der Rechten packte ich sie am Lauf. Ace wollte mich niederringen, aber ich kam seinen Bewegungen zuvor, wie Chino es mir beigebracht hatte – schubste ihn aus dem Gleichgewicht und verdrehte die Pistole nach oben und unten. Er hielt sie verbissen fest, aber durch die Drehung hatte ich seinen Finger im Abzugbügel festgeklemmt.

Plötzlich brüllte Ace vor Schmerz auf – sein Finger war gebrochen. Er ließ los. Ich hatte die Waffe in der Hand. Mann, war die schwer.

Halb irre vor Schmerzen stürzte Ace auf mich zu. Aber Teak hatte sich gefangen. Mit dem heiligen Zorn eines Alten Kriegers im Gesicht platzierte mein dicker tanzversessener Kumpel einen harten Tritt in Ace' Kniekehle, aus der Hüfte heraus, wie Chino es ihm beigebracht hatte. Ace knickte nach hinten weg und fiel flach auf den Rücken ins Gras. Der Konrektor, der Wachmann und zwei Busfahrer rannten auf uns zu ... sie hätten besser daran getan, sich auch auf den Boden zu werfen.

Ich stand über Ace. Meine Stimmbänder zerfetzten fast, als ich ihn anschrie: »Jetzt fick ich *dich*, du jämmerliches Stück Scheiße!« Die halbe Schule stand zur Salzsäule erstarrt, als sie mich das F-Wort und das Sch-Wort schreien hörten. Ich hielt die Knarre in der Hand, wahrscheinlich mit sechs dicken fetten panzerbrechenden Patronen geladen, und sie wussten nicht, was ich als Nächstes tun würde. Ich hatte die Patronen in Chinos Hand liegen sehen – Riesendinger. Mr. Franco machte sich bestimmt in die Hosen. Ich spürte ihre Angst.

Meine Hand zitterte. Das Gewicht der Pistole zerrte an mir. Teak stand Rücken an Rücken mit mir.

»Ja, ich bin eine Tunte«, schrie er alle an. »S-C-H-W-U-L. Wollt ihr was dagegen tun? Na kommt, Mädels, nur zu!«

Meine Hand zitterte so sehr, dass ich die Waffe kaum noch halten konnte. Mein Gott, es hätte schief gehen können. Teak könnte tot sein ... ich könnte tot sein. Erschossen, wir beide. Ich musste die Pistole entladen, bevor es noch mehr eskalierte. Also fummelte ich daran herum und bekam schließlich den Zylinder herausgedrückt, wie ich es bei Chino gesehen hatte, um diese schrecklichen sechs Patronen auszuwerfen.

Überraschung. Der Zylinder war leer. Ace richtete sich auf allen vieren auf, erschüttert und gedemütigt.

»Seht euch das an!« Ich zeigte es allen. »Nicht geladen. So ein Möchtegernbandit.«

»Nja nja nja nja njaa ...«, lachte Teak ihn aus. »Hoffentlich bist du im Bett nicht auch so ein Rohrkrepierer, *Schätzchen*.« Und Teak Perez präsentierte sein erstes Fingerschnippen auf der Bühne der Malibu Hills High. Es war gekonnt.

Ich übergab die Waffe dem Konrektor. Ein Wachmann hielt Ace fest, ein anderer mich. Minuten später waren die Bullen da. Der Rektor ließ mich festnehmen und Teak auch. Sie legten uns sogar Handschellen an. Später auf der Wache taten wir, was Chino gesagt hatte – wir blieben cool, sagten *nada*, riefen zu Hause an. Unsere Mütter waren im Handumdrehen auf der Wache. Meine traf fast der Schlag – ich hätte erschossen werden können. Wir wurden der Obhut unserer Eltern übergeben.

Mr. Franco war gar nicht glücklich. Jetzt war auch an seiner Schule eine Knarre aufgetaucht. Die *Malibu Times* schlachtete die Story genüsslich aus. Den Bullen, der Lehrerschaft und dem Vorstand gegenüber nannte Franco uns süffisant »die zwei Homos und ihre Schwulenmuttis« und versuchte uns alles in die Schuhe zu schieben. Aber das kauften ihm nicht einmal die Bullen ab. Die Pistole gehörte Ace' Vater, Ace hatte sie in die Schule mitgebracht, er hatte uns damit bedroht, wir hatten in Notwehr gehandelt, wir hatten ihn entwaffnet und wir hatten die Waffe sofort übergeben. Dafür hatten wir Dutzende Zeugenaussagen. Aber statt meinen heldenhaften Einsatz zu loben, jammerte Mr. Franco gegenüber den Bullen, Teak und ich hätten den Schulfrieden gestört und ich hätte in der Öffentlichkeit zwei schmutzige Wörter benutzt.

Chino sagte nicht viel, als wir ihm Bericht erstatteten, aber was er sagte, reichte aus. »Gut gemacht, ihr vier«, sagte er.

Wir glühten vor Stolz. »Du hast es kommen sehen«, sagte ich zu Chino. »Das war das Manöver, das du mir als Allererstes beigebracht hast.«

Mom erholte sich von dem Schock und bedankte sich sogar bei Chino. »Einer von den Jungs könnte tot sein«, sagte sie.

Ace, Teak und ich kamen vors Jugendgericht. Bei Teak und mir wurde das Verfahren eingestellt – wir waren nicht vorbestraft und der Richter gestand uns zu, dass wir in Notwehr gehandelt hatten.

Aber ich musste 25 Stunden gemeinnützige Arbeit ableisten, weil ich in der Schule obszöne Ausdrücke gebraucht hatte. Ace kam völlig ungeschoren davon – die Pistole war nicht geladen, keine Vorstrafen, und er hatte keine schmutzigen Wörter gesagt. Und wahrscheinlich war ihnen Ace sympathisch, weil er den Schwulen zeigen wollte, was eine Harke ist. Aber Ace kam nicht mehr an die Schule zurück – es war ihm peinlich, dass ihn zwei Schwule besiegt hatten. Seine Eltern steckten ihn in die Santa Monica High. Mia wechselte auch dorthin um bei ihrem Freund zu sein. Jim und Sheri blieben.

Das Schlimmste, was passierte, war, dass in der ersten Dezemberwoche Ana von ihrer Mom und Glenn von der Schule genommen wurde. Über der Geschichte mit der Knarre vergaß Eileen LaFont, dass ich ihre Tochter mit Pfannkuchen gefüttert und nicht geschwängert hatte. Ana kam aufs Payton, eine private Mädchenschule in New York. »Du zerstörst ihre Karriere«, sagte Eileen zu mir. »Das dulde ich nicht.«

Diesmal gab es keine dramatischen Szenen, weder ich noch Ana liefen weinend die Straße entlang. »Das wird ihnen noch Leid tun«, sagte sie. »Und ich komm wieder, okay?« Sie gab mir einen Kuss und Glenn fuhr sie zum Flughafen und setzte sie ins Flugzeug. Ich war schockiert. Zwischen den LaFonts und uns anderen herrschte von da an Eiszeit.

»Vielleicht hat Shawn meine Nummer verloren. Vielleicht hat er Angst.«

»Vielleicht«, sagte Chino.

»Wenn er nach L.A. ist, wo ist er dort hingegangen?«

»Vielleicht in eine Notunterkunft. Eigentlich sind die vom Gesetz verpflichtet, die Eltern zu benachrichtigen, wenn ein Ausreißer dort aufläuft. Aber manchmal tun sie das nicht.«

Die Recherche war nicht schwer. Ich musste nur in die Gelben Seiten schauen. Es gab sechsundzwanzig Notunterkünfte in L.A. Ich beschloss, entgegen der Anweisung auf eigene Faust zu ermitteln. Man durfte uns nicht dabei erwischen, dass wir Shawn suchten, aber ich musste es tun. Wenn Chino nicht da war, ging ich wochentags auf die Suche, weil ein Großteil des Unterkunftpersonals am Wochenende nicht arbeitete. Chino durfte nichts mitkriegen.

Nach der Schule fuhr ich immer mit dem Bus in die Stadt. Der Familie erzählte ich, ich würde die Optikerläden nach Teilen für mein neues Teleskop abklappern. Ich lief mir Blasen an den Fußsohlen. Die Notunterkünfte, die keine Minderjährigen aufnahmen – zum Beispiel die des *Gay and Lesbian Community Center* – oder kirchlich waren, fielen gleich weg. Bald hatte ich nur noch dreizehn Stück auf meiner Liste. Auf Anrufe reagierten sie nervös und komisch und ich hatte Angst, jemand könnte seinen Eltern stecken, dass ich nach ihm forschte, also drückte ich mich nur im Aufenthaltsbereich rum und hoffte ihm zu begegnen. Manchmal wagte ich es, den Kids sein Foto in meinem Portemonnaie zu zeigen. Trebegänger gingen mir nahe. Es zerriss mich, wenn ich sie sah. Die meisten in den Unterkünften waren noch nicht lange von zu Hause weg, hatten noch Hoffnungen. Ich redete mit einigen, und sie erzählten mir etwas von Job suchen und Schulabschluss nachmachen. Die Erfahreneren erkannte man am harten Blick und am Geruch. Vor allem an ihren schlechten Zähnen. Sie redeten über Sex – sogar die Allerjüngsten gingen auf den Strich, oder der Freund oder die Freundin ging auf den Strich. In der Nähe jeder Unterkunft gab es eine Straßenecke, wo der Dealer wartete, um ihnen Gras, Speed oder Crack zu verkaufen. Niemand hatte Orik gesehen. Am frühen Abend war ich bei Harlan und erzählte irgendwas von Optikergeschäften. Morgens um fünf döste ich im Bus nach Malibu und träumte von dem Tag, an dem ich ein Auto haben würde.

Zwei Tage vor Weihnachten passierte die Geschichte mit diesem Ethan. An dem Samstagnachmittag hing ich an der Crosscreek Mall rum, ganz ausgebrannt von der Sorge um Orik. Ich spielte in der Spielhölle und hatte schon den höchsten Punktestand seit Menschengedenken angehäuft, als mich so ein Uni-Surfertyp fragte, ob ich gegen ihn spielen wollte. Wir quatschten ein wenig. Er war alt, an die zwanzig. Einsachtundachtzig groß, mit den gleichen blonden, weichen Haaren wie Orik und einem sympathischen Grinsen. Ethan war selbstsicher, warm und sonnig. Mich überkam der Drang, ihm ganz nahe zu sein. Ich log ihn an und behauptete, ich wäre achtzehn. Er sagte, seine Familie hätte ein Strandhaus, und lud mich zum Surfen ein. Es schien alles in Ordnung. Er war schließlich ein Junge von hier, oder?

Also fuhren wir in seinem Acura zur Bucht raus. Um uns lag dieses elektrische Knistern in der Luft, das ich von Orik kannte.

Im Haus fingen wir an, uns für den Strand umzuziehen, und er lieh mir eine Speedo. Aber sobald wir uns ausgezogen hatten, schnalzte er mir mit dem Handtuch auf den Arsch, und eine wilde Rauferei brach los. Ich klatschte ihm die Hand auf den Arsch, wir fielen aufs Bett und er biss mich in die Backe. Es war ein tolles Gefühl, seinen Körper zu spüren und zu umarmen – er glühte vor Gesundheit und Durchtrainiertheit. Er fing an, mich anzufassen, und ich wurde fast wahnsinnig. Er sagte, er würde sich so sehnen nach einem richtigen Kumpel, jemand, dem er wirklich vertrauen könnte. Wie froh er wäre, dass er mich getroffen hatte, wie reif und männlich ich war. Dass er diese ganzen Weicheier satt hätte und so weiter. Vielleicht hatte Orik ja einen anderen besten Freund gefunden und Ethan würde jetzt mein Kumpel sein. Aber dann wollte er das Eine.

»Das ist was Schwules«, sagte ich.

»Na und?«

Er bedrängte mich. Ich rutschte weg. Es gab da eine Art Treue, die ich nicht erklären konnte. Niemand außer Orik hatte mich jemals da angefasst. Ethan wurde sauer. Ich wurde auch sauer und sprang aus dem Bett. Ganz plötzlich wurde sein Gesicht kalt und hart, und er packte mich von hinten. Das war kein Spiel mehr. O Gott, o Göttin ... es war wie im Film, wo man auf einmal weiß, dass man in den Fängen des Monsters gelandet ist. Mein Training half mir. Ich schnellte herum und rammte ihm einen Ellbogen in die Eier. Bevor er sich erholen konnte, trat ich ihn in die Kniekehle. Chino hatte Recht – Kleinsein war ideal, um jemand ins Knie zu treten. Als Ethan stöhnend auf dem Boden lag, spuckte ich ihn an.

»Du mieses kleines Arschloch«, heulte er. »Ich hol die Bullen.«

»Nur zu. Ich bin erst vierzehn. Die verhaften dich wegen Unzucht mit Minderjährigen.« Ich schnappte mir meine Kleider und den Rucksack und rannte nackt aus dem Haus. Draußen versteckte ich mich im Gebüsch und zerrte mir die Klamotten über.

Dann ging ich hoch zum Highway, zur Bushaltestelle. Ich zitterte heftig und betete, dass er nicht die Bullen rufen würde. Der Bus kam, und ich fuhr zurück zum Caballo Drive und ging zu Fuß nach Hause.

Noch tagelang brannte mir das Gesicht vor Scham, wann immer ich daran dachte. Vince, wie er ums Überleben kämpfte, Chino mit seiner Selbstkontrolle – sogar Harlan mit seiner Würde! –, neben diesen Lichtgestalten kam ich mir mies und billig vor. Ich hatte noch Glück, dass ich nicht in sechs Stücke zerhackt in irgendeinem Canyon verstreut worden war, damit mich ein Wanderer auflesen konnte. Vielleicht war es derselbe Typ, der es mit Ana gemacht hatte. Selbe Masche.

Ich rutschte von Zweien auf Dreien ab. Ich saß im Klassenzimmer und dieses Bild überflutete meine Gedanken. Mir war beinahe etwas zugestoßen, wovon ich gedacht hatte, das passiert nur Mädchen. Ich verlor fast alles Wertvolle, nicht nur Oriks Freundschaft, sondern auch meine Mission und mein Gefühl, dass ich als jemand Besonderes geboren war. Ich hatte Fragen ... und wusste nicht mal genau, welche. Aber wenn mein Dad schwul war und Mom lesbisch, hieß das vielleicht, dass ich nicht als jemand Besonderes geboren wurde, sondern als jemand völlig Durchgeknalltes? Hatten meine Gene mich zu Ethan ins Auto getrieben?

Ich betete vor meiner Kerze: »Chino und Mom, danke ... danke, dass ihr mir beigebracht habt, auf mich aufzupassen.«

Aber ich wagte es nicht, mich persönlich bei ihnen zu bedanken. Das war eins dieser Geheimnisse, die dazu bestimmt sind, auf ewige Zeiten im hintersten Winkel des Universums begraben zu liegen.

Die nächsten Wochen verbrachte ich mit der Sorge, ob ich mir von Ethan irgendeine Krankheit eingefangen hatte. Weihnachten war öde und traurig. Marian hatte einen teuren blinkenden Baum, und alle kamen nach Malibu und gaben sich große Mühe, auf Familie zu machen. Mom half sogar Paul und Darryl beim Plätzchenbacken. Harlan gab mir hundert Dollar als Beitrag zu meinem neuen Teleskop und fragte, warum es nicht fertig wurde ... meine Baustelle auf seiner Terrasse lag verlassen unter der Plastikplane. An Heiligabend ging ich mit dem Fernglas nach draußen und merkte, dass ich seit Wochen nicht mehr in den Nachthimmel geschaut hatte. Orik war irgendwo und weinte, weil er Weihnachten allein verbringen musste.

Im Januar kam der Regen. Der dunkle Himmel wurde tiefschwarz von Gewitterwolken. An manchen Tagen war der Highway wegen einem Erdrutsch gesperrt. Wenn ich in die Stadt kam, lungerte ich immer noch bei den Notunterkünften rum. Sie waren voll bis unters Dach – hustende Kids, die ins Trockene wollten. Die *Los Angeles Youth Alliance* war eine Unterkunft sechs Straßen von Valhalla entfernt. Ein paar Treber dort erzählten mir, dass ihre Sozialarbeiterin, Sylvette, cool wäre. Sie verpetzte einen nicht an die Eltern. Ich musste dreimal zur LAYA, bis ich etwas herausfand.

Sylvette war eine große schwarze Frau. Ihr Büro war ein Winkel des »Systems« – Gerichte, Heime, Knäste, Kliniken, Adoptionszentren, Pflegeeltern – alles, wo Kinder und Jugendliche vom Staat beherrscht werden statt von den Eltern. Ich wusste inzwischen, dass manchen Sozialarbeitern die Kids egal waren oder dass sie von dem ganzen Elend, das sie gesehen hatten, abgestumpft waren. Aber Sylvette war diesem Fluch entronnen. Sie war immer hübsch angezogen, mit massenweise 14-karätigem Schmuck, und strahlte Wohlgerüche und Kraft aus. Sie lächelte nie und gab ihre Anweisungen auf ruhige, bedrohliche Weise wie Chino. Aber bei mir entspannte sie sich, während sie Akten sortierte, die die Lebensläufe von Vermissten enthielten, und die Reife an ihren dicken Armen klimperten. Sylvette hatte fünf eigene Kinder großgezogen. Sie sah sich das Bild von Orik an. Dann lehnte sie sich in ihrem ächzenden Stuhl zurück.

»Du beeindruckst mich. Ich habe noch *nie* einen gesehen, der seinen Freund so sucht wie du. Ich darf dir das eigentlich nicht sagen. Aber der Junge auf diesem Foto ist hier vor einem Monat vorbeigekommen«, sagte sie.

Mir wurde heiß und kalt.

»Ich erinnere mich an ihn, weil *er* gesagt hat, dass er einen Freund sucht ... wahrscheinlich dich. Er hat mich angefleht, seine Eltern nicht zu benachrichtigen. Ich sah ihm an, dass er Angst vor ihnen hatte. Schließlich haben sie sich hier gemeldet. Als er gehört hat, dass sie ihn holen kommen, ist er abgehauen. Sie sind trotzdem gekommen und ich habe mir ihre Geschichte angehört.« Sie zog einen Ordner heraus und sah hinein. »Ich will sie nicht verurteilen, versteh mich richtig. Es gibt Eltern, denen es wirklich das Herz gebrochen hat, ihre Kinder zu verlieren. Dieser Vater ... er hat auch ein gebrochenes Herz, aber er ist *gemein*. Ich bin praktizierende Christin und ich glaube an die Erlösung durch das Lamm Gottes. Aber deswegen werde ich nicht gemein. Verstehst du, was ich meine? Also, wenn ich dein Freund wäre, würde ich nicht wollen, dass mein Vater mich findet, *niemals*.« Sie fixierte mich scharf aus ihren schwarzen Augen. Ihre eindrucksvollen Wimpern waren nach oben gebogen, als hätte sie sie mit der Brennschere frisiert.

»Und seitdem war er nicht mehr hier?«, fragte ich.

»Das war vor einem Monat. Er war fünf Tage bei uns.«

»Hatte er noch meine Nummer und so?«

»Man klaut dir den Rucksack und du bist sämtliche Adressen los. Wenn man auf der Straße sitzt, ist es schwer, sich Informationen wieder zu beschaffen, die man verloren hat. Jeder Telefonanruf ist ein großer Aufwand. Denk dran.«

Ich saß da und war glücklich. Vor einem Monat war Shawn am Leben gewesen, gesund gewesen, und er hatte mich gesucht.

»Angenommen, du findest ihn«, hakte sie nach. »Was hast du dann vor?«

»Hm, na ja, ihn zum Arzt bringen, sehen, ob alles in Ordnung ist. Wahrscheinlich hat er Hunger und braucht frische Klamotten. Ihn irgendwo hinbringen, wo er in Sicherheit ist. Und wieder in eine Schule. Vielleicht braucht er einen Anwalt. Mein Opa ist Anwalt, und der hat gesagt, dass er uns hilft.«

»Klingt wie ein Plan. Aber seine Eltern haben die Gesetze auf ihrer Seite.«

»Die Gesetze sind falsch«, sagte ich.

Sie trommelte mit ihren langen roten Nägeln auf dem Tisch. »Der letzte von meinen Kids, den seine Eltern in den Knast gesteckt haben, um ihm eine Lektion zu erteilen, wurde in der ersten Nacht von seinen Zellengenossen vergewaltigt«, sagte sie. »Im Jugendgefängnis. Eine streunende Katze ist im Tierheim sicherer, wenn der Abdecker kommt, als ein Jugendlicher in einem von unseren Knästen. Und wenn du irgendwem erzählst, dass ich das gesagt habe, werd ich's abstreiten.« Sie sah mich an, das Kinn in die Hand gestützt, ohne Armreifklimpern.

»Rufen Sie mich an, wenn er auftaucht?«, fragte ich sie.

Wagemutig gab ich ihr meine Telefonnummer von zu Hause. Wenn Orik aufkreuzte und ich ihn fand und Mom merkte, dass ich gelogen hatte, würde ich freudig jede Strafe auf mich nehmen.

An einem Freitagnachmittag im Februar fuhr ich mit Mom runter ins Zentrum von Malibu. Ich wollte mit den Bus nach WeHo fahren, um bei einer anderen Notunterkunft vorbeizuschauen. Im Auto sagte Mom: »Bitte geh Montag früh in die Schule.«

»Kannst du mal *versuchen*, nicht jedes kleinste Detail in meinem Leben zu überwachen?«, platzte ich heraus. »Ich bin schon ein großer Junge, weißt du?«

»Du bist drauf und dran, in allen Fächern durchzurasseln, großer Junge.«

»Die Lehrer sind langweilig. Der Unterricht ist langweilig.«

»Dann tun wir dich auf eine bessere Schule in der Stadt. Du kannst bei Harlan wohnen. Wenn er es aushält mit so einem Griesgram ...« Sie schaltete das Autoradio an, in den Nachrichten kam was über den Rodney-King-Prozess.

Ich versuchte das Thema zu wechseln. »Chino sagt, es gibt Ärger, wenn die Bullen freigesprochen werden.«

»Die Frage ist doch ... setzt du dich jetzt ganz ab von mir?«

In der Einkaufspassage ließ mich Mom ohne ein Wort stehen. Sie hatte Millionen Erledigungen zu machen. Ich sah ihr nach – immer am Wirbeln, unterwegs in eine ungewisse Zukunft, angetrieben von der Energie der kleinen Leute. Ich hatte noch eine Stunde totzuschlagen, bevor der Bus kam, und latschte durch die Gegend. Ich war gerade reich, weil mir Mom zehn Dollar fürs Wochenende zugesteckt hatte, also warf ich zwei davon für ein Eis raus. Ich saß auf einer teuren gekachelten Bank, streckte die Beine aus und sah den vorfahrenden BMWs zu.

Ich bemerkte zwei Obdachlose, die an den Ladenfronten vorbeischlurften. Ihre Spiegelbilder in den Schaufenstern vermischten sich mit den teuren Kleidern, Schuhen und Hüten. Sie waren müde und hungrig – ein Alter in einer Armyjacke und ein Junger in löchrigen Jeans, der sich ein schwarzes Halstuch im Gangsta-Stil um den Kopf geknotet hatte. Ihre Rücken krümmten sich unter großen Rucksäcken. In Malibu sickerten jetzt immer mehr Obdachlose ein und kampierten heimlich weiter oben in den Canyons. Die Bürger des Fürstentums Malibu malten sich Horrorszenarien aus, dass die Lagerfeuer der Obdachlosen sich zum nächsten weltbekannten Buschfeuer in ihrem Reich auswachsen würden. Chino war durch alle Obdachlosencamps gezogen, die er kannte, und hatte Oriks Foto rumgezeigt. Niemand hatte ihn gesehen.

Vor dem Supermarkt starrten die beiden auf die teuren Lebensmittel hinter den Schaufenstern. Sie schnorrten eine Weile, aber niemand gab ihnen einen Cent. Ein Junge und sein Vater, dachte ich. Chino hatte mir erzählt, dass es bei den Obdachlosen auch schwule und lesbische Pärchen gab. Manche hatten Aids und waren an den Medikamentenrechnungen Pleite gegangen. Ich versuchte mir Vince vorzustellen, wie er in einem Camp am L.A. River im Sterben lag, ohne eine Familie, die ihn liebte und für ihn sorgte. Chino hatte außerdem gesagt, dass obdachlose Heteromänner sich auch mit einem Jungen zusammentun, wenn sie keine Frau haben, und der Junge bezahlt mit Sex dafür, dass der Ältere ihn beschützt. Ob Orik das auch so machte? Mich schauderte bei dem Gedanken.

Die beiden waren etwa fünfzehn Meter von mir entfernt und hatten mir den Rücken zugedreht, als der Junge den Kopf ein bisschen zur Seite drehte und ich eine Andeutung von schräg stehenden Augen erhaschte. Blitzartiges Wiedererkennen durchzuckte mich. Ich stand auf und starrte ihn an. Mein Herz schlug plötzlich so heftig, dass das Blut in meinen Ohren rauschte wie der Verkehr auf dem Freeway zur Stoßzeit.

Der Junge musste etwas gespürt haben. Er drehte sich um, immer auf der Hut, wie Obdachlose es sind, und schaute mich an. Es war nicht Orik.

Der Junge stand einfach da in seinen ausgelatschten Turnschuhen. Er hatte sie wahrscheinlich aus dem Laden geklaut oder aus einer Mülltonne gezogen. »Was gibt's zu glotzen?«, rief er mir zu. »Wie wär's mit 'nem Dollar?«

Aber ich ging schon zur Bushaltestelle. Ich schämte mich, weil ich mein Geld für Luxuseis verschwendete, während Orik vielleicht hungern musste, dann warf ich es in den nächsten Abfalleimer.

In L.A. bekam ich den nächsten Schock, als ich vor dem *Children of the Night* herumlungerte, der letzten Unterkunft auf meiner Liste. Ich hatte gehört, dass Trebegänger manchmal sämtliche Notunterkünfte der Stadt abklapperten und alle ihre Chancen verbrieten, für einen Monat Leben in Freiheit. Plötzlich hielt Chinos 4Runner am Straßenrand. Er war von einem Polittermin früh nach Hause gekommen und hatte geahnt, wo ich steckte.

»Steig ein«, sagte er mit dieser kalten Stimme.

Ich gehorchte, am ganzen Leibe zitternd.

»Überlass die Detektivarbeit mir«, sagte er.

»Ich bin nicht reingegangen. Die Sozialarbeiter kennen mich nicht mal!«, protestierte ich.

»Hör auf damit. Die Heasters könnten behaupten, du lauerst Shawn auf.«

Ich musste endlich mit dem Spiegel anfangen. Am nächsten Wochenende machte ich mich ans Polieren. Es ging zwanzig Stunden lang ganz gut, bis ich zu schludrig wurde. Auf einmal hatte der Spiegel einen riesigen Kratzer. Vielleicht waren es Flusen von meinen Kleidern gewesen. Vielleicht hatte ich auch einfach nicht aufgepasst. Ich kam mir vor wie ein völliger Idiot und weinte eine Weile. Dann ließ ich den Spiegel und den verstreuten Diamantstaub genau so liegen, machte nur den Plastikvorhang drumherum zu und gab auf.

18 Samenfäden

Im Frühjahr hielten Teak, Elena und ich den Terror an der Schule kaum mehr aus. Im Weltraum gibt es überall die 3K-Hintergrundstrahlung. In der Schule gab es Tag für Tag eine Hintergrundstrahlung von Anmache – Sprüche, Gelächter, in mein Schließfach gestopfte Zettel, Schubser, Rempeleien. Ich hatte nicht mehr Anas Hand zum Halten. Unsere Noten krebsten auf Vier zu.

Nach dem Valentinstag erklärten Teak und Elena, ihnen reichte es. Sie wollten in die Stadt zu Elenas Schwester Magda ziehen. Auf der Straße hatten sie von einem staatlichen Programm für Schulabbrecher gehört, das EAGLES hieß. EAGLES war eine Schule für junge Lesben und Schwule. Nancy und Elenas Mom schauten sie sich an und fanden sie in Ordnung, und sie meldeten Teak und Elena dort an. Sie hatten Angst, dass die beiden abhauen würden, wenn sie sie nicht in die Stadt ziehen ließen. Ich wusste, dass von mir weiter erwartet wurde, dass ich mich um sie kümmerte, und besuchte sie öfters. Magda hatte mit ihrer Nachtarbeit und ihrem Freund, den sie nicht verlieren wollte, genug eigene Probleme und passte nicht auf. Teak und Elena schwänzten die Schule, gingen in Clubs und kamen frühmorgens nach Hause, wenn Magda noch auf Arbeit war. Teaks Arsch wurde mit der Zeit kleiner und kleiner, wie ein verdampfender Komet. Er hatte nicht mal seinen Computer nach L.A. mitgenommen.

»Kannst ihn haben, bis ich wiederkomme«, sagte er. »Ich muss mich erst mal selber neu programmieren. Booten, verstehst du?«

»Sie sind den ganzen Tag auf Drogen«, sagte ich zu Ana am Telefon. »Sie verraten mir nicht, was sie nehmen, aber es muss Speed sein. Ich hab versucht, mit ihnen zu reden, aber ... ich kann nicht Teaks Kumpel sein, wenn er das nicht will.«

»Hier ist es total einsam und langweilig«, sagte sie. »Du fehlst mir.«

»Du fehlst mir auch. Harlan versucht, zu mir durchzukommen, aber ... ich kann einfach nicht mit ihm.«

Michael und seine Frau Astarte kamen im März. Sie füllten Harlans Haus mit Gespräch, Gelächter und Gepäck und Kisten voller Forschungskram. Michael sah seinem Vater so ähnlich, dass es ihn mir von vornherein unsympathisch machte. An diesem ersten Abend grillten Harlan, Vince, Paul, Darryl, Rose und Vivian Hähnchen und Fisch auf der Terrasse für das große Familienessen. Sogar Chino war so beschäftigt, Zutaten für die Soße klein zu hacken, dass ich mich ganz verloren auf den Liegestuhl unter den Bananenstauden fallen ließ. Irgendwann kam Michael und setzte sich zu mir.

»Dad hat in seinen Briefen dauernd über dich geschrieben«, sagte er.

»Ja?«

»Ja, du wärst so wissenschaftsbegeistert.«

»In der Schule bin ich total mies.« Es war krampfig, mit ihm zu reden.

»Langweilige Lehrer?«

»So in der Art.«

Michael erzählte mir eine Geschichte von einem langweiligen Professor, die mir den Hauch eines Lächelns aufnötigte. Ich war höflich und fragte ihn nach seiner Arbeit. »Ganz einfach«, sagte er. »Leben ist Blut.«

Er erzählte mir, wie er angefangen hatte, angeborene Krankheiten wie die Bluterkrankheit zu erforschen und sich dann auf Bluter konzentriert hatte, die bei Transfusionen mit HIV infiziert worden waren. Dann hatte er sich mit angeborener Immunität gegen Viruskrankheiten beschäftigt. In Europa hatte er ein neues Verfahren erlernt, mit dem man jetzt auch einzelne Gene und Gengruppen lokalisieren konnte. Er hörte sich an wie Dorie mit ihren Hängeregistern voller veränderlicher Sterne. Ich fragte mich, ob für Gott und Göttin die Galaxien auch so winzig aussahen wie für uns die Gene.

»... neue Fördergelder«, sagte er gerade, »und damit baue ich ein Labor bei der UCLA auf.«

»Kann man eine Krankheit wirklich ererben?« Meine Gedanken sprangen zurück.

»Ich habe angefangen mich dafür zu interessieren, weil Dad gegen HIV immun sein muss. Es gibt offenbar ein DNA-Protein, das es dem HIV ermöglicht, in eine Zelle einzudringen. Wenn er eine fehlerhafte Variante von diesem Gen hat, könnte ihn das gegen HIV immun machen. Mein Dad ist seit 1978 mit Vince zusammen, aber er war immer negativ. Ich muss wissen warum! Ich bin nicht der Einzige, der daran arbeitet, aber ... jedenfalls analysiere ich gerade Dads DNA.« Und schon hatte sich Michael einen Pappteller vom Tisch genommen und einen Stammbaum darauf gezeichnet, der zeigte, dass von jedem von Harlans Elternteilen ein defektes Gen kommen konnte.

Jetzt fing es doch an, mich zu interessieren. »Kann es sein, dass du das Gen auch hast?«, fragte ich.

»Ich weiß nicht, was das für meine HIV-Resistenz bedeuten würde. Und ich habe nicht vor, es auszuprobieren.«

Hinter der Qualmwolke über dem Grill wendete Harlan gerade Hähnchenschlegel. Vince hatte den Arm um Harlans Hüfte gelegt und Chino hatte eine Hand auf Harlans Schulter. Die drei lachten mit Paul und Astarte über einen blöden Scherz. Ich beneidete Michael darum, wie locker er darüber reden konnte, welche Gene er von seinem Dad hatte.

Michael zuckte die Achseln. »Um sicher zu sein müsste ich die DNA meiner Mutter analysieren. Und selbst wenn sie es hätte, gäbe es nur eine fünfzigprozentige Wahrscheinlichkeit, dass sie es mir auch weitergegeben hat.« Er lachte. »Und wir reden nicht mehr miteinander, da werd ich ihr wohl so bald kein Blut abzapfen können.«

»Warum habt ihr euch zerstritten?«, fragte ich.

»Weil ich bei Dad bleiben wollte. Sie hasst ihn abgrundtief.«

Ich musste schmerzhaft an Mom denken.

»Essenszeit«, rief Harlan. Der Alte lächelte tatsächlich – er freute sich so, Michael wiederzuhaben.

Michael stand auf und sah mich an. »Astronomie und Genetik«, sagte er. »Interessante Kombination. Das Universum da draußen und das Universum in uns.«

Ich mochte nicht an den zerkratzten Spiegel erinnert werden.

Eines Abends dachte ich wehmütig an Ana und schaute Nachrichten. Sie brachten einen Bericht über die Morde von Jeffrey Dahmer. Meine Haut kribbelte, als ich sah, wie die Polizisten die Kühltruhe öffneten, wo er die toten Jungen in Stücken aufbewahrte.

Nicht mal Harlan oder Chino sprachen aus, was uns im Kopf herumspukte – dass Orik womöglich nicht mehr lebte. Vielleicht ging er anschaffen und musste für widerliche Fotos posieren. Vielleicht saß er irgendwo angekettet in einem Verschlag, war halb verhungert und wurde von einem Verrückten misshandelt. Vielleicht war er auf Drogen und an einer Überdosis gestorben. Oder er war mit der falschen Person mitgegangen und seine Leiche lag in Einzelteilen in verschiedenen Müllcontainern verteilt. Oder er war von einer Freewaybrücke gesprungen wie Elenas Freundin. Ich wurde fast verrückt dabei, mir das alles auszumalen.

Chino sagte, die Leichenhalle von L.A. sei voll von nicht abgeholten minderjährigen Leichen. Ihr Tod kam nie in den Nachrichten. Warum erzählte er mir nur all diese grusligen Sachen? Ich lag nachts wach und konnte an nichts anderes denken.

Vielleicht schaffte es Michael so mühelos, neben Vince in mein Leben zu schlüpfen, weil ich mir solche Sorgen um Orik machte, dass ich es gar nicht merkte. Er war nicht so ein Geheimnistuer und erzählte mir von sich. Er und Astarte hatten nie Kinder gehabt, weil es schon genug Kinder auf der Welt gab und sie ihre Arbeit nicht aufgeben wollten. Sie war eine gewiefte Geschäftsfrau, schrieb Förderanträge und regelte die geschäftliche Seite der Arbeit. Er hatte noch einen Bruder, Kevin, der Harlan schon zum fünffachen Großvater gemacht hatte. Aber Kevin hasste seinen Vater, weil er schwul war, und ließ ihn seine Enkelkinder nicht sehen.

»Ich wette«, sagte Michael, »dass die homosexuelle DNA von meinem Dad jetzt in Kevins Kindern rumschwirrt. Kevin wird noch sein blaues Wunder erleben ...«

Dieser Gedanke versetzte mich in Panik. »Glaubst du, es gibt das schwule Gen?«, fragte ich.

»Wer weiß, an dem Thema arbeiten viele«, sagte Astarte.

Ein paar Tage später nahmen mich Michael und Harlan zur Uni mit. Inzwischen hatten sich alle damit abgefunden, dass ich die Schule nicht schaffen würde. Aber sie waren froh, dass ich mich wenigstens für irgendwas interessierte. Das neue Labor war ein großer Raum voller Kisten und Schachteln mit halb ausgepackten Instrumenten. Ich wollte echte Chromosome sehen und Michael zeigte mir Chromosomenpräparate von Affen und Katzen. Ich betrachtete die vertrauten kleinen Würstchenpaare.

»Ich hätte wahnsinnig gern mal die von Billy gesehen«, sagte ich. »Und meine eigenen ... ich würd gern wissen, welche Gene ich von meinem Dad hab und welche von Mom.«

Die Erwachsenen versanken in ein langes Schweigen. Es war so unheimlich, dass sich meine Nackenhaare aufstellten. Endlich räusperte Harlan sich und verriet mir ein großes Geheimnis.

»Es gibt noch drei tiefgekühlte Samenproben von deinem Dad«, sagte er.

Ich starrte ihn mit offenem Mund an. Ich fühlte mich wie der blöde Erdling im Film, der gerade die Raumschifftür aufgehen und das außerirdische Wesen rauskommen sieht wie in *Der Tag, an dem die Erde stillstand*.

»Am Anfang waren es fünf«, sagte er. »Für dich haben wir zwei verbraten.«

Schauer liefen mir über die Haut. Der Gedanke, dass von meinem Dad noch etwas da war, das körperlich existierte und lebte, war so aufregend, dass ich mich fühlte, als hätte ich hundert E's geschluckt. Es war wie das Licht einer Galaxie, das Gigabillionen von Kilometern zurückgelegt hat, während der Stern, von dem es kommt, längst gestorben ist, wenn die Photonen auf unsere Netzhaut treffen.

»Sind sie ... äh ... noch gut?«, fragte ich heiser.

»Klar«, sagte Michael. »Die halten sich noch hundert Jahre.«

»Warum habt ihr sie aufgehoben? Wolltet ihr mir einen kleinen Bruder machen oder so?«

»Ich hab's nie übers Herz gebracht, sie zu ... entsorgen«, sagte Harlan.

Michael erklärte: »Dad hatte Angst, dass Billys Familie später auf die Proben Anspruch erhebt. Billys Mutter war ... eine Zeit lang schwierig. Sie hat alle möglichen Drohungen losgelassen. Also haben wir ihr nie von den Samenproben erzählt. Die von Billy wurden von Harlans Hausarzt unter Harlans Namen aufbewahrt. Sie waren nur durch eine verschlüsselte Nummer von Harlans zu unterscheiden. Als Dad nach Kalifornien gezogen ist, hat er sie hier auf eine Samenbank bringen lassen.«

»Kann ich ... sie sehen?«, fragte ich.

Harlan zögerte. Ich konnte sehen, dass es für ihn sehr persönlich und schwer war. »Ich denk drüber nach«, sagte er.

Eines Abends war die Flamme vor den Bildern von Dad und Orik abgebrannt. Ich war so deprimiert, dass ich keine neue anzünden wollte. Plötzlich hörte ich in mir die Stimme von Dad, so wie ich sie in dem Valhalla-Film gehört hatte. Er sagte: »Auch wenn du glaubst, dass Orik tot ist, gib nicht auf. Er würde sich freuen, dass du an ihn denkst.«

»Er ist nicht tot!«, flüsterte ich. Ich stellte das Haus auf den Kopf, bis ich eine neue Kerze gefunden hatte, und zündete sie an.

Das nächste Mal, als ich bei der LAYA vorbeischaute, erklärte mir Sylvette, warum Ausreißer so schwer zu finden sind. »Erwachsene hinterlassen alle möglichen Aktenspuren und Datenspuren. Wenn Erwachsene mit gefälschten Papieren, Versicherungsnummern und geklauten Kreditkarten unterwegs sind, kommen sie nicht am Banksystem vorbei. Sie lösen Schecks ein, unterschreiben Papiere, mieten Autos, verstehst du? Sogar im Drogengeschäft braucht man Banken um das Geld zu waschen. Früher oder später wird ihnen das zum Verhängnis. Aber Kids, Ausreißerkids ... die schaffen es eine ganze Weile ohne Bankkonten und Kreditkarten. Sie können in der Bargeldökonomie untertauchen. Falsche Papiere kriegt man leicht. Selbst wenn sie in einem anderen Staat verhaftet werden, unterliegen die Jugendgerichtsakten dem Datenschutz und die Verfolger kriegen sie nicht.«

»Ich war schon in allen Notunterkünften hier. Wo kann ich noch nach ihm suchen?«

»In Obdachlosencamps, in besetzten Häusern. Dort ist es aber gefährlich für dich. Wissen deine Leute, was du hier machst?« Sie schaute mich über ihre Brille misstrauisch an.

Eine andere Sozialarbeiterin steckte den Kopf zur Tür herein und fragte: »Hast du gehört, was heute im Gericht los war?« Sie meinte das Rodney-King-Verfahren, das sich dem Ende zuneigte.

»Hey, Sylvette, was passiert, wenn sie die Bullen freisprechen?«, fragte ich.

»Dann gibt's Stress«, sagte sie und stapelte ihre Akten.

In den Nächten war Chino verkleidet über den Strip gelaufen und hatte das Foto von Orik rumgezeigt und Leute, die auf der Straße lebten, ausgefragt, mit Drag Queens und Strichern gesprochen. »Eine Queen«, sagte er, »hat einen ganz anderen Blick bekommen, als ich ihr das Foto zeigte.« Sie hatte aber nichts sagen wollen. Er war ihr gefolgt, bis ein Streifenwagen kam und die Bullen ausstiegen und anfingen, sie zu schikanieren. Sie protestierte, und sie nahmen sie mit. Chino hielt sich raus. »Die Nadel im Heuhaufen«, sagte er.

Oriks Eltern hatten ganz Kalifornien mit Plakaten tapeziert, auf denen stand: »Shawn, wir lieben dich. Komm nach Hause.« Auf einer Website für Ausreißer stieß ich auf eine Nachricht von ihnen. Als würde Orik im Netz surfen, während er obdachlos und am Verhungern war! Wo doch jeder Telefonanruf ein Problem war.

In der zweiten Aprilwoche nahmen mich Michael, Chino und Harlan mit zu einer Kryobank in Culver City. Beim Einparken erzählte mir Michael, dass sie hier alles Mögliche aufbewahrten – vom Sperma preisgekrönter Zuchtbullen über die DNA ägyptischer Mumien bis hin zu Leichen von Menschen, die glaubten, man könnte sie ihn tausend Jahren wieder zum Leben erwecken. Mir lief es kalt über den Rücken – ich würde ein Gebäude betreten, in dem Tote lagen, die vielleicht einmal in die Tiefen des Alls reisen würden.

Alle Empfangsangestellten kannten Michael, weil er dort auch seine Blut- und Gewebeproben aufbewahrte. Es war alles ziemlich futuristisch, glänzende Kühltanks und riesige Notstromaggregate. Es zischte, als ein Assistent einen Tankdeckel aufspringen ließ. Eisiger Nebel quoll heraus, derselbe Flüssigstickstoffdampf, der an der Trägerrakete der Columbia heruntерglitt. Das mit Reagenzgläsern bestückte Karussell drehte sich und hielt an der richtigen Stelle an. Als Michael sich Handschuhe überstreifte und das Röhrchen herauszog, sah ich die verblasste Handschrift von Dad darauf. Michael wusste, dass ich es anfassen wollte, und legte es mir in die Hände. Manche sind ja verrückt danach, ein Glas anzufassen, aus dem Madonna getrunken hat. Ich wurde schier verrückt vor Glück, dass ich dieses Glasröhrchen mit dem Sperma von meinem Dad halten durfte. Meine Hände zitterten.

»Nicht fallen lassen«, lachte Michael.

Harlan sah seltsam aus in dem wallenden Nebel. Sein Gesicht war eine Maske – er versuchte seine Gefühle zu verbergen, aber ich sah, wie behutsam er das Röhrchen in seine Aktentasche steckte.

»Und die anderen zwei?«, fragte ich.

»Die lassen wir hier ... fürs Erste.«

In Michaels Labor an der UCLA tauten wir das Röhrchen auf und Michael tupfte einen Tropfen davon auf einen Objektträger.

»Schaut euch das an«, sagte er.

Harlan warf einen kurzen Blick hinein, dann stieß ich ihn fast über den Haufen, um mein Auge ans Okular zu kriegen. Hätte ich dort meinen 60-Sekunden-Stern gesehen, ich hätte nicht mehr Ehrfurcht empfinden können. Ich hatte noch nie vorher lebendige Samenzellen gesehen. Hier schwammen Tausende und wedelten mit ihren Schwänzchen.

Harlan schüttelte den Kopf. Er sah sehr traurig aus – vielleicht kamen viele Erinnerungen hoch.

»Willst du die Hälfte der DNA von deinem Dad sehen?«, fragte mich Michael. Er legte den Objektträger in sein Elektronenmikroskop ein und fokussierte den Kopf einer Samenzelle.

Ich starrte auf die verknäuelte kleine Spirale und war enttäuscht. »Mir ist nicht richtig klar, was DNA eigentlich ist.«

»Das erforscht die Molekulargenetik. Auf jedem Chromosom sitzen bestimmte Gene oder Gengruppen an bestimmten Loci, das heißt bestimmten Orten. So wie ... du hast doch Paul im Studio beim Schneiden geholfen? Da hast du bestimmt gesehen, dass jedes Einzelbild nummeriert ist, damit er auf dem EPIX jedes Bild direkt ansteuern kann? Die DNA-Loci sind genauso aufgereiht. Was auf dem Film ist, fangen wir gerade erst an herauszufinden – im menschlichen Genom gibt es Milliarden Loci und wir kennen erst um die fünfzehntausend.«

»Aus was bestehen Gene?«

»Aus Proteinen.«

»Aber aus was bestehen Proteine?«, fragte ich.

»Aus Aminosäuresequenzen. Und die sind auch in einer bestimmten Reihenfolge aufgereiht. Und Aminosäuren bestehen aus ... na ja, wenn man in die Moleküle reinschaut, findet man Atome und in den Atomen die Elementarteilchen.«

»Warum krieg ich nur die Hälfte davon?«

»Weil es zwei braucht, um ein Baby zu machen, Mann und Frau. Menschen haben 46 Chromosomen, 23 Paare. Jedes Elternteil steuert einen Satz von 23 Chromosomen bei, außer du bist irgendwie mutiert. Sogar auf den Geschlechtschromosomen – X und Y, ja? – sitzen Gene für andere Merkmale, für geschlechtsspezifische wie Haarausfall bei Männern. Im Körper von jedem Elternteil werden die 46 Chromosomen gemischt wie ein Kartenspiel ... und dann wird eine Hälfte in die Eizelle oder Samenzelle kopiert, und die bekommt dann das Baby. Auf jedem Genlocus sitzt eine bestimmte Information – das biologische Geschlecht, die Augenfarbe, wogegen du immun bist ...«

... oder alles, was ich an mir hasse, die langen Wimpern zum Beispiel, dachte ich.

»... Und jetzt stell dir mal diesen Kopiervorgang in deinem Körper für 200 Millionen Samenzellen jeden Monat vor! In deinen Hoden hast du besondere Zellen, die einen vollen Satz von 46 Chromosomen haben, die knospen, und davon lösen sich diese kleinen Dinger ab, mit je 23 Chromosomen im Kopf.« Michael ging an den Fotokopierer und kopierte eine Seite aus dem *Science Magazine*. »Als sich deine Mom mit Billys Sperma hat befruchten lassen«, sagte er, »ist eine von diesen 200 Millionen Samenzellen mit einer von den 300 bis 400 Eizellen verschmolzen, die eine Frau im Leben erzeugt. Voilà ... da bist du entstanden.«

Mr. Miller hatte es nie so gut erklärt.

Michael blickte stirnrunzelnd auf die kopierte Seite, über die Streifen liefen. »Der braucht mal neuen Toner«, sagte Harlan.

»Ja, bei den Chromosomen sind die Kopien auch nicht immer perfekt. Es ist erstaunlich, wie selten Fehler vorkommen. Aber manchmal rutscht noch ein Geschlechtschromosom mit rein, dann gibt es XYY oder XXY oder XXX und der neue Mensch wird unfruchtbar oder ein Zwitter. Oder eine Aminosäure geht verloren oder wird verdoppelt oder woanders eingebaut, oder sie bekommt eine Macke. Manchmal hat so was einen tödlichen Effekt und das Baby stirbt. Wenn die Macke sich positiv auswirkt, wird sie vielleicht an die Nachkommen weitergegeben.«

»Also das Gen, dass einen gegen HIV schützt, hat auch so eine Macke.«

»So einfach ist es nicht. Vince hat mir Blutproben von sich gegeben. Bei ihm muss ich auch herausfinden, was genau da los ist. Er hat mit einem die Spritze getauscht, der an Kaposi-Sarkom gestorben ist. Warum hat er nicht auch Kaposi bekommen? Tausende von Schwulen sind an Kaposi gestorben, aber es existiert schon lange. Vielleicht wird es von einem anderen Virus verursacht. Es gibt noch viele offene Fragen. Erst wenn wir sie beantwortet haben, können wir einen Impfstoff entwickeln. Das wäre ein großes Geschenk an die Menschheit.«

»Billige Nahrungsmittel und billige Medizin«, sagte Astarte, die Bücher in ein Regal stellte. »Das braucht die Menschheit. Medikamente sind zu teuer.«

Ich betrachtete wieder das Universum aus schlängelnden kleinen Wesen. Manche bewegten sich nicht mehr.

»Mit dieser DNA kannst du also 'ne Menge anfangen, ja?«

»Ich kann keine Zellkulturen von ihm anlegen, weil ich nicht den vollen Chromosomensatz habe. Darum sind diese Proben ... fürs Gefühl großartig, aber wissenschaftlich nur so lala. Wenn wir bloß eine Blutprobe hätten ...«

Es stellte sich heraus, dass Michael gerade eine genetische Studie der ganzen Familie erstellte. Er hatte von allen Familienmitgliedern, die er dazu hatte überreden können, Blutproben und Zellkulturen unsterblich gemacht. Er hatte sie dem stickstoffrauchenden Schlund des Kryo-Gottes übergeben. Es war teuer, sagte er – zehntausend Dollar, um die Blutproben von fünfzig Leuten einzufrieren, und das Geld für den Flüssigstickstoff und die laufenden Kosten.

Michael grinste mich an. »Hey, Kurzer, willst du in unser Walhalla hier eingehen? Deinen Zellen ewiges Leben geben?«

Ich grinste zurück. »Klar«, sagte ich und streckte die Hand hin.

Er piekste mir in den Finger, drückte einen großen Tropfen Blut heraus und impfte es mit einem Laborvirus, der die Zellvermehrung anregte. Chino, der zuschaute, sagte: »Ich hab schrecklich an meiner Malaria gelitten, weil ich den Immunfaktor dagegen nicht ererbt habe.«

»Aber Gene sind nicht alles«, sagte Michael. »Gene beeinflussen das Aussehen. Aber es gibt noch andere Faktoren. Die Umgebung beeinflusst alle Lebewesen. In der Arktis werden die Mücken größer als am Äquator. Chemikalien beeinflussen uns ... Und es gibt all das Unsichtbare, aus dem wir bestehen ... unsere Gefühle, unsere Gedanken, unsere Seele. Auch die spielen eine Rolle.«

»Unser guter Herr Wissenschaftler«, neckte Harlan und haute ihm auf die Schulter, »wägt das Unwägbare.«

»Es ist ein schmutziger Job, aber einer muss es ja machen.« Michael haute zurück.

Michael liebte solche Rangeleien mit seinem Dad. Ich würde das nie haben. Traurig schaute ich wieder auf den Leuchtbildschirm des Mikroskops, wo die Samenzellen sich auf ihre Fünf-Zentimeter-Reise ins Nichts machten. Es war aufregend, ihnen zuzusehen, aber nichts verglichen mit dem wirklichen Dad, den ich von den Sternen zurückholen wollte.

»Und die Blutgruppe?«, fragte ich. »Die ist doch angeboren?«

»Kennst du deine?«

»Null.«

»Sicher?«

»Mom hat es mir gesagt, als das Silberfulminat explodiert ist und ich überall geblutet hab und man mich nähen musste. Ja, ich bin ganz sicher.«

»Die AB0-Blutgruppe ist ein wichtiges Merkmal, um die Elternschaft festzustellen«, sagte Michael. »Es gibt drei Hauptgene für Gerinnungsfaktoren, A, B und 0. A und B sind codominant, man kann also von jedem Elternteil eins erben und hat dann Blutgruppe AB. Der einzige rezessive Faktor ist 0. Um Blutgruppe 0 zu haben, musst du von jedem Elternteil ein Gen für 0 erben. Also, wir schreiben morgen einen Test darüber! Wenn du Gruppe 0 hast, was haben dann deine Eltern?«

»Mom hat A«, sagte ich.

»Nicht mogeln. Mal den Stammbaum auf, wie du es gelernt hast. Und rechne es aus.«

Ich kritzelte die Gleichungen hin. »Mom muss ein 0 dabeihaben, denn sie hat es mir weitergegeben«, sagte ich. »Sie hat also A0.«

»Richtig. Und dein Dad?«

»Billy könnte ... A0 oder B0 haben ... oder 00 wie ich.«

»Richtig.«

»Ich glaube, Billy hatte Blutgruppe AB«, sagte Harlan von der anderen Seite des Raumes.

Michael schüttelte den Kopf. »Dad, dein Gedächtnis lässt dich im Stich. Gut, William ... und Billys Eltern?«

Ich bedeckte das ganze Blatt mit einem großen Stammbaum.

»Das machst du prima«, sagte Michael. »So kann ein rezessives

Gen über viele Generationen weitergegeben werden ohne zum Vorschein zu kommen. *Tausende* Generationen. Es gibt Gene, die die Menschheit seit Zehntausenden von Jahren mit sich rumschleppt. Wir können zählen, wie oft die verschiedenen Gene bei verschiedenen Menschen vorkommen, und das gibt uns einen Hinweis darauf, wie alles angefangen hat.«

Es war wie in der Astronomie ... je weiter man in den Weltraum hinausschaute, desto weiter konnte man auch in der Zeit zurücksehen.

Harlan gähnte. Er war müde. »Billys alte Krankenakten sind in der Kiste«, sagte er.

In welcher Kiste?

Es war erstaunlich, wie viel altes Zeug aus Dads Leben immer noch da war. Heute war der Tag, an dem ich mich ihm am nächsten fühlte. Ich schaute Chino an und erinnerte mich, was er gesagt hatte, dass ich meinen Dad bei denen suchen sollte, die ihn gekannt hatten.

In der nächsten Woche zerbröselte mir alles unter den Händen. Der Schulball rückte näher. Ich sprach ein paar Mädchen an, ob sie meine Begleiterin sein wollten, aber alle sagten nein. Sie hatten Angst, dass ich Aids hatte. Ich war jetzt der einsame Krieger und das war hart. Ich musste ständig auf der Hut sein. Wenn es schon in der Schule so schlimm war, was für Torturen musste dann erst mein Dad durchgemacht haben um zur Olympiade zu kommen. Für ihn war es wohl härter gewesen als ich mir überhaupt vorstellen konnte. Irgendwie verstand ich, warum sich schwule und lesbische Jugendliche umbrachten.

Und Sex – vergiss es. Nichts als Selbstbedienung. »Ich könnte genauso gut schwul sein«, sagte ich zu Mom. »Alle behandeln mich, als ob ich's wäre.«

Mom hatte sich schon beim Rektor beschwert, aber er unternahm nicht viel. Selbst als Stadträtin Marian Prescott in sein Büro stürmte, beharrte er darauf, dass ich es mir selbst eingebrockt hätte, indem ich mich mit der Homoclique zusammentat. Mom schickte mich zum Schulpsychologen wegen meiner Depressionen, aber es brachte nichts, und dem Psycho traute ich sowieso nicht.

»Wenn du nächstes Jahr die Schule wechseln willst«, sagte Mom, »kannst du unter der Woche in der Stadt bei Harlan wohnen. Du kannst auf die Fairfax gehen, das ist eine sehr liberale Schule.«

Ich war nicht gerade begeistert von dem Gedanken, ständig bei Harlan zu wohnen. Er war sowieso seit einer Woche sehr verschlossen und distanziert.

Am Freitag kam ich von einem richtig schlimmen Tag mit Spucke in den Haaren nach Hause und sagte Mom, dass ich nicht mehr hingehen würde.

Opa rief an und sagte, er fände es schade, aber er könne mich verstehen. »Wir verklagen die Schule. Und wenn alle Stricke reißen, bekommst du einen Privatlehrer«, sagte er. »Für dich ist die Überholspur genau das Richtige.«

»Ich will keinen Prozess und keinen Privatlehrer«, sagte ich. »Ich will Freunde.«

Mittwoch, 29. April 1992. Bald würden die Geschworenen ihr Urteil über die Bullen, die Rodney King zusammengeschlagen hatten, bekannt geben. An diesem Morgen fuhren Mom und ich nach L.A. rein um uns Schulen anzusehen. Dann schauten wir bei Harlan vorbei, wo schon viele meiner Sachen in dem Zimmer untergebracht waren, das meins werden sollte. Harlan schien sich über irgendwas aufgeregt zu haben. Er zog Mom in sein Büro und machte die Tür zu. Nach ein paar Minuten hörte ich sie brüllen. Sie faltete ihn zusammen. Ich wusste, dass sie und Harlan schon früher nicht miteinander ausgekommen waren, aber das hier war ernst. Durch die geschlossene Tür hörte ich sie wüten, alle Männer wären philiströse Pissköppe. Als sie rauskam, saß Harlan noch an seinem Schreibtisch. Seine Schultern hingen schlaff herunter und er sah grau aus.

Mom stürmte auf mich zu. »Nimm deine Sachen, William«, sagte sie. »Wir gehen nach Hause.«

»Lass ihn hier bleiben«, sagte Harlan. »Ich muss es ihm selbst sagen.«

»Na, ich hoffe, er reißt dir den Kopf ab«, schrie sie von draußen. »William, ruf mich an, wenn ihr fertig seid, ich hol dich ab.« Sie stieg in den verstaubten alten Rambler und knallte die Tür zu. Die Reifen kreischten, und weg war sie.

Ich sah Harlan an, der einen unheimlicheren Gesichtsausdruck hatte als je zuvor. Zuerst blickte er nach unten. Er konnte mich nicht ansehen. Aber dann tat er es doch. Seine uralten grünen Augen – Augen, die schon Dinosaurier gesehen hatten – blickten direkt in meine.

»Was ist los?«, fragte ich.

Harlan hielt einen großen Umschlag in der Hand, mit der Adresse von Michaels Labor drauf. »Komm schon rein und setz dich«, sagte er.

Ich tat es. Da war wieder dieses Eisnebelgefühl.

»Michael hat deine DNA weiter analysiert«, sagte er. »Es gibt etwas, das du wissen musst.«

19 L.A. wird zur Nova

Es lag etwas in Harlans Stimme, das mich zu Eiskristall gefrieren ließ. Ich fühlte mich wie ein tauber, gefühlloser Meteor, der durchs All rast. Er legte die beiden Diagramme Seite an Seite und deutete darauf. Es waren DNA-Karten – ich wusste jetzt, wie so was aussah, Bandenmuster wie bei der Spektralanalyse von Himmelskörpern. Ich sah auf die Banden auf den Chromosomen von Billy Sive, dann auf meine. Harlans Hand, die die Karten hielt, war übersät von Altersflecken und zitterte wie von einem kleinen Erdbeben erschüttert.

»Weißt du noch, wie wir vor ein paar Wochen über Blutgruppen gesprochen haben?«

»Ja.«

»Ich hab Billys Krankenakte wieder rausgeholt. Sie war in einer Kiste mit altem Zeug, die ich in einem Banksafe aufbewahre. Und ich hatte Recht. Billy hatte Blutgruppe AB.«

»Und?«

»Das heißt ... also, es heißt, das Billy nicht dein biologischer Vater ist. Er hatte kein Allel für Blutgruppe 0.«

Ich starrte ihn an. In den Abendnachrichten, wenn irgendwo ein

Wohnungsbrand war, oder ein Gangmitglied von einem fahrenden Motorrad aus erschossen wurde, oder nach einem Erdbeben, dann streckt der Reporter irgendeinem Typ das Mikro vor die Nase und der Typ schüttelt den Kopf und sagt: »Ich kann nicht glauben, dass das passiert ist.« Jetzt hatte ich das Mikro des Schicksals vor der Nase, und ich war sicher, dass es nicht passiert war.

Harlan zog noch mehr Laborberichte aus dem Umschlag.

»Um Blutgruppe 0 zu haben brauchst du den Faktor 0 von beiden Elternteilen, weil er rezessiv ist. Deine Mom hat ihn, aber dein Dad muss ihn auch haben.«

Ich schob die Diagramme weg. »Das muss ein Fehler in Dads Krankenakte sein«, sagte ich. Dann fügte ich hinzu: »Ärzte machen manchmal Fehler.«

Harlan schüttelte den Kopf. »Das dachte ich auch zuerst. Michael hat den DNA-Scan immer wieder gemacht. Er ist an den Genlocus gegangen – du weißt noch, die Bildnummer auf dem DNA-Film? – und hat das Blutgruppengen gefunden und es gescannt. Es war jedes Mal AB. Wir sind zu 95 Prozent sicher. Bei einer Vaterschaftsklage reichen 90 Prozent.« Harlan fuhr mit dem Finger über die beiden Diagramme und zeigte es mir. Die Banden des Blutgruppengens sahen sehr unterschiedlich aus.

Das ärgerte mich. Waren das Moms Barbarinnengene, die dazwischenfunkten und die Gene von Dad nicht durchkommen ließen? »Michael hat gesagt, dass verschiedene Samenzellen verschiedene Chromosomen enthalten können«, sagte ich. »Vielleicht war das 0-Ding ja in einer anderen Samenzelle drin.«

Harlan schüttelte den Kopf. »Unmöglich. Dein Dad war Blutgruppe AB, er war also heterozygot für A und B. Das bedeutet, dass eine Samenzelle entweder den Faktor A oder den Faktor B enthält, aber nicht 0. Dein zweites 0 musst du von einem anderen Mann bekommen haben.«

»Und von wem?« Ich sprang auf.

Harlan raffte sich auf. »Schrei mich nicht an«, sagte er im selben Tonfall wie Chino, wenn er der Commander war.

»Wer war's?«

Plötzlich war da wieder dieses schreckliche alte Gefühl, dass ich am liebsten die ganze Welt zerschmettert hätte.

Er sah mir direkt in die Augen. »Der einzige Faktor-0-Träger, der in Frage kommt – bin ich.«

Alles um mich rum verschwamm. Jeder einzelne Nerv in mir kämpfte gegen diese Nachricht an.

Schließlich sagte ich: »Du meinst, *du* bist mein biologischer Vater?«

»Sieht ganz so aus.«

»Wie kannst du mein Dad sein?« In mir zersprang etwas. »Dafür hat Mom dich nicht mal *gern* genug!«

Harlans Hand hatte aufgehört zu zittern.

»Ich versuche mich gerade zu erinnern, wie dieses Schlamassel zustande kommen konnte. Das ist fünfzehn Jahre her! Es ist schwer, mich an die Einzelheiten zu entsinnen. Es gab zwei Sätze Samenproben, von Billy und von mir. Jemand muss sie vertauscht haben. Vielleicht Dr. Jacobs, oder seine Sprechstundenhilfe, oder die Kryobank. Vielleicht hab ich sie vertauscht. Ich bin sie holen gegangen, als Betsy sich dazu entschieden hatte. Ich bin selbst an den Tank gegangen und habe das Röhrchen herausgezogen.« Er warf entnervt die Hände in die Luft. »Meine Güte, vielleicht war's auch Billy! Es war kurz vor den Ausscheidungswettkämpfen für die Olympiade ... wir waren sehr im Stress, wegen vielen Dingen.«

»Vielleicht«, schrie ich, »haben sie die Probe mit irgendeiner anderen vertauscht.«

»Vielleicht. Glaube ich aber nicht. Michael hat meine DNA gescannt und mit deiner verglichen. Sie stimmen zu 95 Prozent überein.«

Er legte seine eigene Genkarte vor mich hin und richtete sie an meiner aus. Die Banden stimmten überein.

Ganz plötzlich sah ich mich selbst von außen – ein anderer Junge, der ausrastete, gewalttätig wurde, diese Laborberichte ins Feuer warf, das Haus in Schutt und Asche legte, hinaus auf die Straße rannte und sich von einer Freewaybrücke stürzte. Ich wollte diese Person nicht sein, aber es gab auch nichts, wo ich irgendwelche Gefühle oder Willenskraft hätte hernehmen können. Stattdessen stand ich nur da und verwandelte mich in tödliche chaotische Weltraumkristalle.

»Das ist nicht fair«, sagte ich mit einer komischen quäkenden Stimme. »Mein Dad wollte ein Kind, das von ihm ist.«

»Aber du *bist* sein Kind. Seelisch, gefühlsmäßig, geistig. Siehst du das denn nicht?«

»Ver-*zeihung*!« Ich lief in mein Zimmer und knallte die Tür hinter mir zu.

Chino kam – seine Stimme drang durch die Tür. Das Urteil im Fall Rodney King würde jeden Moment gesprochen werden. »Die werden plündern, morden und brandschatzen«, sagte er. Vor dem Gerichtsgebäude in L.A. hätte sich schon eine Menschenmenge versammelt, sagte er. Zahltag. Gangbanger, Schwarze, Koreaner, Latinos, Juden – alle, die einen Hass auf irgendjemanden hatten. Die Waffenläden erlebten einen einmaligen Ansturm von Kunden, die schimpften, wenn sie erfuhren, dass man auf eine Knarre zwei Wochen warten musste. In den schwul-lesbischen Läden am Strip war man besorgt und einige Bars hatten ein Gewehr hinter dem Tresen, sagte er, aber sonst war alles wie immer. Die Leute in der Filmindustrie machten sich über die Gerüchte lustig, aber er war eben bei Valhalla gewesen und Paul und Darryl hatten das Studio in Evakuierungsbereitschaft versetzt.

Ich lauschte an der Tür.

»Du siehst schlimm aus«, sagte Chino zu Harlan.

»Ich hab's William gesagt«, sagte Harlan.

»Wie hat er es aufgenommen?«

»Nicht gut.«

»Er wird drüber wegkommen.«

Eine Zeit lang stand ich mit aufgestützten Ellbogen über die Kommode gebeugt und schaute das Bild von Billy an.

Mein Ex-Dad schaute zurück, mit diesem ewig gleichen eingefrorenen Grinsen. Andere in der Schule hatten geschiedene Väter. Ich war plötzlich von meinem geschieden worden. Schlimmer als geschieden. Hinter diesem Grinsen verbarg sich ein ganzes Universum von Lügen. Nichts war wie es schien. Ich hatte geglaubt, Mom sei eine normale gute Mutter, aber sie entpuppte sich als Lesbe. Chino, der Kriegsheld, war eine Schwuchtel. Mein bester Freund ließ mich im Stich. Mein Mädchen konnte keinen Sex ertragen. Nicht mal Tante Marian war wirklich meine Tante. Was war ich überhaupt noch? Alles wurde von diesem schwarzen Loch aufgesogen und kam auf der anderen Seite als etwas völlig anderes wieder raus. Meine Mission war ein Witz, und ich hatte es satt, angelogen zu werden.

Ich blies die Kerze aus – auch wenn Billy nichts dafür konnte und er jetzt auch alleine war.

Dann machte ich mich leise, ohne irgendwem etwas zu sagen, zum Aufbruch bereit.

Schon schick, wie mir meine Recherchen bei der Vorbereitung zugute kamen. Papiere – ich hatte Billys Geburtsurkunde mit Tipp-Ex und Abkopieren manipuliert, ihm mein Geburtsjahr verpasst und sie in Harlans Büro noch mal kopiert, als er gerade rausgegangen war. Eine falsche Sozialversicherungsnummer konnte ich mir später noch besorgen. Kohle ... alles, was ich hatte, und noch 130 Dollar aus der Küchenschublade stibitzt, als die anderen Nachrichten guckten. Dann packte ich – unauffällige Klamotten, meine Papiere. Ich versteckte den Rucksack unterm Bett und wartete darauf, dass es dunkel wurde. Der Nachthimmel würde mich gehen sehen.

Im ganzen Haus waren die Stimmen und Jingles der CNN-Nachrichten zu hören. Mikrofone des Schicksals, die an verschwitzte Münder gehalten wurden. Um vier Uhr nachmittags stand das Urteil fest: nicht schuldig. Die Geschworenen hatten den Bullen einen Freibrief gegeben, Leute aufs Brutalste zusammenzuschlagen. Es war ein Freibrief, mich in der Schule anzuspucken. Ein Freibrief, Billy Sive zu erschießen. Das Telefon klingelte – es war Mom, die aus Malibu anrief. Sie war ohne Probleme nach Hause gekommen und wollte wissen, wie es mir ging. Ich wollte nicht mit ihr reden. Um fünf hieß es in den Nachrichten, die aufgebrachte Menge hätte überall in der Stadt Feuer gelegt. Auf der La Brea, vierzig Blocks von uns entfernt, wurde gerade ein großes Fotogeschäft namens Samy's geplündert.

»Gefechtsbereitschaft«, sagte Chino. Er zog seinen Waffenkoffer aus Harlans Büroschrank. Harlan kramte eine alte Cowboypistole heraus. Als Chino sein Schulterholster anlegte und seine Neunmillimeter-Automatik lud, löste das kein Kribbeln bei mir aus. Ich fühlte nichts mehr. Während er seine Schrotflinte und ein paar Schachteln Munition bereitstellte, sagte er, er glaube nicht, dass die Krawalle West Hollywood erreichen würden, erst recht nicht Wohngegenden wie unsere. WeHo war kein Gang-Gebiet. Vielleicht würde es nur die Geschäfte auf dem Santa Monica Strip treffen – falls der Mob sich entschloss, gleich noch mit den schwulen Säuen abzurechnen.

»Aber«, sagte er dann, »Krieg heißt Überraschungen. Also, alle bleiben hier. Du auch, William. Komm bloß nicht auf die glorreiche Idee, Elena und Teak zu besuchen, die wohnen nämlich mittendrin. Michael und Astarte sind an der Uni sicher. Harlan übernimmt hier das Kommando. Ich geh rüber ins Studio, ich schau wieder bei euch rein, sobald ich kann. Von der Polizei dürft ihr nicht viel erwarten – die werden überrannt werden, wahrscheinlich holen sie die Armee. Das Telefonnetz wird bald außer für Notdienste abgestellt, dann könnt ihr mich nicht mehr erreichen.« Dann erklärte er, über welche Schleichwege wir im Notfall nach Malibu fahren konnten, wo er zu uns stoßen würde.

Er schaute mich kurz an. »Wirst du dich verhalten wie ein Commander?«

»Ja, Sir«, log ich. Kam es auf eine Lüge mehr noch an? Würde Chino sie schlucken? Es schien so. Er musste an vieles andere denken, und ich war so ein braver Junge gewesen, dass er mir vertraute.

Chino ließ seinen 4Runner als zusätzliches Fahrzeug da. Er sprang in Pauls Zweitwagen und fuhr los in Richtung Valhalla. Als ich Chino wegfahren sah, wusste ich, dass ich meinen Commander nie wieder sehen würde. Die *Memo* war ein Fantasieprodukt gewesen, und die Fantasie war vorbei.

Ich lag auf dem Rücken auf Pauls Rasen, unter dem Eukalyptusbaum, schaute in den Himmel und streichelte Sohn-der-Nofretete, der auf meiner Brust saß. Ich erinnerte mich, wie er sich zwischen mich und Ana gekuschelt hatte, und ein schrecklicher stechender Schmerz durchbohrte mich wie ein Meteorit. Kein Katzennebel – nur eine Katze. Durch die Tränen schaute ich hoch ins sonnendurchstrahlte Geäst, das schwer war von Blüten und reizvollem Schattenspiel. Es war seltsam, daran erinnert zu werden, dass Frühling war. Bienen umschwärmten summend die verlassenen Zelte, in denen

Teak, Ana und ich geschlafen hatten. Das Leben war so groß wie das Universum und mein kleines gebrochenes Herz war ihm egal.

Bald kamen Paul, Darryl, Rose und Vivian aus dem Studio nach Hause und zu uns rüber. Das Studio war verrammelt, und Chino war dort geblieben um es zu bewachen.

Die Erwachsenen aßen alle vor dem Fernseher. Ich hatte keinen Hunger und würgte an dem Hamburger, den Vivian mir gegeben hatte. Auf allen Kanälen gab es nichts als L.A. live. Das ganze Land schaute zu. Wir saßen in den Hubschraubern der Fernsehsender und sahen auf die Stadt hinunter. Überall waren Brände gelegt worden, schwarze Rauchwolken stiegen auf, Hubschrauber durchflogen sie. Die Feuerwehr war am Ende ihrer Möglichkeiten. Jetzt wurde das Polizeihauptquartier von L.A. von Aufständischen gestürmt. Sie hatten Straßenblockaden errichtet, um Weiße aus ihren Autos zu zerren. Um halb sieben sahen wir, wie ein Lastwagenfahrer von schwarzen Männern aus seinem Wagen gezerrt und verprügelt wurde.

Harlan verlor kein Wort mehr über Blutgruppen. Typisches Erwachsenenverhalten – Thema abgehakt, das nächste.

War es ein ungünstiger Moment um abzuhauen? Er war *ideal*. Aber ich würde etwas zu essen brauchen. Als in der Küche die Luft rein war, mauste ich ein paar Müsli- und Schokoriegel und ließ sie im Rucksack verschwinden.

Als es dunkel wurde, ging ich leise in mein Zimmer. Mein Herz pochte laut. Diese Welt der Flammen und Zerstörung rief mich – ein echter Krieg, kein Filmkrieg. Los Angeles wurde zur Supernova, sprengte sich in die Luft in einer spektakulären Selbstzerstörungsmission, so hell, dass man es im ganzen Universum sehen konnte. Ein echtes schwarzes Loch, von dem ich mich aufsaugen lassen konnte, hinein ins Vergessen, wo es keinen Schmerz mehr gab. Es war sowieso egal – alles Lüge. Ich nahm meine Jacke und meinen Rucksack, öffnete das Fenster und kroch hinaus in die Bananenstauden. Ich musste mich vorsichtig bewegen, denn die großen Blätter machten ein höllisches Geknister und Geraschel. Ich hätte fast aufgeschrien, als eine Spinnwebe sich mir ins Gesicht klebte. Die Terrasse lag leer und dunkel da. Sohn-der-Nofretete saß auf der Mauer, die Augen leuchteten im Dunkeln.

Zum Glück war Chino nicht da – er hätte mich vielleicht gehört. Schneller Blick zum Himmel – der Löwe würde bald den Meridian überqueren. Aber der Himmel war ungewöhnlich hell und keine Sterne waren zu sehen.

Ich schlich den Weg entlang und kam ein paar Blocks weiter an der Rosewood raus. Ich ging Richtung La Brea. In West Hollywood kannte ich mich inzwischen ganz gut aus. Die La Brea war gefährlich – dort brannte es. Aber die LAYA war auch auf der La Brea, ein gutes Stück nördlich von Hollywood – insgesamt über fünfzig Blocks von hier. Vielleicht konnte ich mich dorthin durchschlagen und Sylvette würde mir den Gefallen tun, nicht bei meiner Mutter anzurufen.

Die Clifton war eine kleine Wohnstraße parallel zur Rosewood, kaum Verkehr. Keiner der Erwachsenen, die ich kannte, war je dort langgefahren, also nahm ich die, um zur La Brea zu kommen. Um neun fing ich an, mir Sorgen zu machen, von den Bullen aufgegriffen zu werden, weil ich die Ausgangssperre verletzte. Aber es kam kein Streifenwagen vorbei.

Als ich bis zur La Brea getrottet war, war es schon spät und ich war müde. Auf diesem Teil der La Brea waren überall Brände! Also rannte ich über die Straße in das Wohngebiet am Hancock Park. Alle hatten sich in ihren Häusern verbarrikadiert. Ich kroch in eine Hecke in irgendeinem Vorgarten und verbrachte dort eine angsterfüllte Nacht. Der Himmel pulsierte vor Hubschraubergeknatter und Polizeisirenen. Mir kamen Geschichten aus den Notunterkünften in den Sinn, von Obdachlosen, die vergewaltigt und abgefackelt worden waren. Wenn ich sterben musste, sollte es wenigstens schnell gehen. Einmal hörte ich so ein komisches Rascheln im Gebüsch, und ich klappte mein Pfadfindermesser auf und machte mich auf einen Kampf um Leben und Tod gefasst. Aber es war nur ein Opossum, das vorbeiwackelte. Die Tiere waren die ganze Nacht über rastlos und angespannt. Nebenan fetzten sich zwei Katzen. Eine Ratte rannte über die Einfahrt. Überall bellten Hunde. Die Ameisen bissen mich und ein Stein bohrte sich in meinen Rücken.

Plötzlich wachte ich mit einem Ruck auf.

Es wurde schon hell und mir tat alles weh vom Schlafen auf dem

Boden. Auf meiner Uhr war es 6 Uhr 35. Hinter den Blättern war kein Himmel – nur braungelbe Wolken. Als ich ins Freie kroch, war der ganze Himmel vom Rauch verdunkelt. Die Sonne war ein gespenstischer orangeroter Ball, der versuchte, die Finsternis zu durchdringen. »Hey!«, schrie mich aus dem Haus jemand an. Ich rannte wie ein Irrer, um die Ecke, durch eine andere Hecke. Dann ging ich auf der Highland nach Norden – dort war es sicherer, nur Häuser. Niemand hielt mich auf – ich sah aus wie irgendjemandes Sohn, der irgendwohin geht.

Als ich zum Santa Monica Strip kam, zog ich mich in eine schützende Menschenmenge vor einem Fernsehladen zurück und bekam die Live-Berichterstattung auf CNN mit. Der Inhaber hatte die Lautstärke hochgedreht, so dass wir hören konnten, was die Reporter in ihre Mikros sagten. Inzwischen kamen jede Minute drei neue Brandmeldungen herein. Die Polizei war völlig in der Unterzahl, sie zog sich zurück und ließ alles seinen Gang gehen. Latinos und Schwarze griffen koreanische und jüdische Geschäfte an, genau wie es Chino vorhergesagt hatte. In Einkaufszentren und Straßen fraßen sich riesige Feuerbälle im Zeitlupentempo voran. Koreaner bekämpften den Mob von den Dächern ihrer Geschäfte aus mit Gewehren. Feuerwehrleute wurden von Steinen, Flaschen und den Kugeln der Scharfschützen getroffen. Nur ein paar Straßen entfernt von da, wo ich stand, schlängelten sich dicke Rauchsäulen in den Himmel. Die Hubschrauberrotoren machten *schrap-schrap-schrap-schrap*. Die Busse fuhren nicht mehr.

Chino hatte Recht. Alles Wirkliche war hier auf der Erde. Jetzt konnte ich dabei sein. Inzwischen hatten bestimmt alle gemerkt, dass ich weg war. Sie suchten mich in heller Panik. »Das verdammte Gör ist schwerer zu halten als eine Kanonenkugel«, würde Harlan sagen. Wahrscheinlich riefen sie Chino bei Valhalla an, wenn die Verbindung noch stand. Ich hoffte, Chino würde nicht verletzt oder so. Wenn er Vietnam überlebt hatte, würde er die Nova L.A. auch überleben.

Ein großer schwarzer Mann schaute zu mir herab. Mein Magen krampfte sich zusammen.

»Hey, *vanilla boy*«, sagte er, »du bist am falschen Ort zur falschen Zeit.«

»Ich bin auf dem Nachhauseweg«, sagte ich im Weggehen. »Danke.«

Ich lief auf der Highland nach Norden und aß einen Müsliriegel. Vor einem Fenster hielt ich an, um den Fernsehton aufzuschnappen. Die Mikrofonstimmen des Schicksals sagten, das Stadtzentrum würde in rasendem Tempo von Brandschatzung und Plünderung verschlungen. Durch eine Terrassentür sah ich auf einem Großbildfernseher verschwommene Hubschrauberaufnahmen von unermesslichen Feuern. Schwarzer Qualm waberte dicht bei der Innenstadt und dem Behördenviertel. Zweitausend Nationalgardisten waren im Anmarsch. Polizei und Feuerwehr wurden aus anderen kalifornischen Bezirken hinzugezogen. Der Verkauf von Benzin war verboten worden und ab sieben Uhr abends herrschte Ausgangssperre. Mein Herz schlug heftiger. Jetzt wurde es ernst.

Mit einem guten Teleskop hätte man wahrscheinlich vom Mars aus L.A. brennen sehen. Mom würde verrückt werden.

Ein Stück weiter erfuhr ich aus einem anderen Fernseher, dass die Unruhen den Osten von Hollywood erreicht hatten. Große Brände wüteten auf dem Sunset Boulevard. Die Studios von Fox, Warners, CAA und William Morris waren geschlossen. Die Studios in Burbank waren zur Evakuierung bereit. Ich fragte mich, ob Valhalla brennen würde, und bekam ein mulmiges Gefühl. Würden die Plünderer Pauls EPIX-Gerät mitnehmen? Würde Chino sich erschießen lassen beim Versuch, es zu verteidigen? Hollywood, das sonst rund um die Uhr geöffnet hatte, war geschlossen. Wir brauchten jetzt keine Actionfilme mehr – wir hatten es in echt.

Ich bekam Durst und merkte, dass alle Restaurants, Supermärkte und Imbisse zu waren. Aber mitten in dem ganzen Wahnsinn wurden immer noch die Vorgärten bewässert, und ich konnte aus einem Rasensprenger trinken, der nahe am Bürgersteig stand. Wieder schrie mich ein Hausbesitzer an und ich rannte weg.

Verloren unter Hunderten von Schaulustigen schaute ich ebenfalls zu. Ich versuchte alles anzuwenden, was Chino mir beigebracht hatte, um nicht aufzufallen. Die La Brea entlang standen Menschen und starrten auf die rauchenden Trümmer, die einmal Samy's Camera gewesen waren. Auf der Curson wurde ein Auto voller Schwarzer von weißen Typen angehalten. Sie versuchten das

Auto umzukippen. Die schwarzen Typen stiegen aus und mischten die Vanillas richtig gut auf. Nur so aus Neugier blieb ich an einer Telefonzelle stehen und warf einen Vierteldollar ein, um bei der LAYA anzurufen. Aber alle Leitungen waren besetzt, wie Chino gesagt hatte.

Meine Füße wollten nicht mehr. Bevor ich die letzten Blocks bis zur LAYA zurücklegte, ging ich noch zum brennenden Frederick's-of-Hollywood-Kaufhaus. Die Leute plünderten Damenunterwäsche, die über die ganze Straße verstreut lag. Aus einiger Entfernung schaute ich zu, wie die Bullen Plünderer festnahmen. Ich sah einen ganzen Parkplatz voller Menschen in Handschellen. Ein paar Plünderer brachen in einen Waffenladen auf der La Brea ein und holten Gewehre raus, AK-47-Modelle, alles Mögliche. Und ich sah, wie welche Feuer legten. Ein paar Typen fuhren mit einem Pick-up an ein Gebäude ran, und sie hielten irgendwelche Dinger in den Armen und legten sie vor dem Gebäude ab, und als sie wieder weggefahren waren, ging das Feuer *ha-wuusch* die ganze Wand hoch.

Endlich stand ich vor dem LAYA-Gebäude. Auf der Wanduhr über dem Empfangstresen war es halb fünf. Die Eingangshalle war voller verängstigter Kids, die sich wie ich vor dem Irrsinn auf den Straßen hierher geflüchtet hatten. Sylvette war da, sie saß hinter einem Aktenstapel, der höher war als sonst. Sie sah mit genervtem Blick vom Schreibtisch auf. Ihr Telefon war stumm.

»Wir sind voll bis zum Rand, du musst ... ach, du bist's.« Ihre müden Augen betrachteten mich. »Jesus Maria, du hast dir einen *unmöglichen* Tag ausgesucht, um deinen Freund zu suchen.«

»Öh«, sagte ich belämmert. »Ich wollte eigentlich selber hier aufgenommen werden.«

»Natürlich, du und der halbe Rest der Welt«, sagte sie. »Wir sind ausgebucht, seit es losging. Besetzte Häuser, die ausgebrannt sind, verängstigte Kids ... Komm morgen wieder. Wenn die Lage sich beruhigt, gehen vielleicht ein paar von denen wieder.«

Mein Magen sackte ab. »Gibt es sonst irgendwas, wo ich hinkann?«

»Versuch's bei *Children of the Night*, im *Covenant House* ... Die sind nicht weit von hier. Ich würde ja für dich dort anrufen, aber das Telefon geht nicht. Sieh zu, dass du vor der Ausgangssperre irgendwo unterkommst, wenn du nicht einfahren willst.«

Draußen auf der Straße schlug die Wirklichkeit wieder zu. Auf meiner Wanderung durch Chaos und Rauch, während ich versuchte, der Feuerwehr und den rasenden Horden von Plünderern aus dem Weg zu gehen, bekam ich richtig Hunger und fand vor einem Supermarkt zwei Bananen und eine Schachtel Kekse mit Cremefüllung, die jemand runtergefallen waren. Ich versteckte mich hinter einem Müllcontainer und stopfte alles in mich rein.

Dann schleppte ich mich die sieben Blocks zum *Covenant House*. Es war voll. Noch bevor das Telefonnetz zusammengebrochen war, hatten sie gehört, dass das *Children of the Night* auch voll war. Ich war hungrig, müde.

Auf einmal war Nacht und ich stand auf einer ausgestorbenen Straße, die mit glitzernden Scherben bedeckt war von einer kleinen, fast ausgebrannten Einkaufspassage. Ich wärmte mich an den letzten knisternden Flammen. Die Straßenlaternen schienen und die ganze Umgebung wurde von anderen Feuern hell erleuchtet. Aber niemand war zu sehen. Ein Stück die Passage rein, vor einem verkohlten Schönheitssalon, lag ein junger Typ mit dem Gesicht nach unten auf dem Pflaster. Er war klein und hatte einen Stoppelhaarschnitt wie ich. Ein Hund leckte an seinem Kopf. Der Typ hatte etwas Vertrautes, als würde ich mich selbst da liegen sehen.

Vielleicht war er verletzt, und ich würde der große Held sein und ihn retten. Ich ging hin. Der Hund lief weg.

Es war nicht ich, und er war tot. Das Oberteil von seinem Kopf war weggesprengt, und so ein rotes Glibberzeug hing raus. Der Hund hatte davon gefressen. Mir sträubten sich sämtliche Körperhaare. War ich auf der anderen Seite von einem schwarzen Loch, das den Tod von Dad verschluckt hatte? Hatte mein Dad auch so ausgesehen, als sie ihn erschossen? Plötzlich war mir, als würde mein Magen mir zu den Augen rausplatzen, und ich kotzte alles raus – Bananen und Kekse, die jetzt sauer-scharf waren. Aber danach ging es mir besser. Ich musste es unbedingt wissen. Also hockte ich mich neben ihn und schaute ihn an. Ich hatte schon Zillionen von Menschen sterben sehen, im Fernsehen, im Kino – aber ich hatte noch nie einen wirklichen Toten gesehen. Ich berührte seine Finger. Er war steif, aber noch ein bisschen warm. Ich dachte, vielleicht war er vor ein paar Stunden noch mit seiner Freundin zusammen. Vielleicht lebte sein Sperma noch in ihr, schlängelte sich voran. Vielleicht hatte er auch mit einer Schrotflinte auf einem Dach gestanden.

Ich wollte sein Gesicht sehen.

Ich fasste ihn an der Schulter an und drehte ihn herum. Der Mittelteil war noch nicht steif, und er verdrehte sich ganz komisch. Natürlich war er nicht ich und auch nicht mein Dad. Er sah koreanisch aus, älter als ich. Seine schräg stehenden Augen waren einen Spalt geöffnet und starrten mich an. Einen Moment lang dachte ich an Shuga. Das war wie das, was Chino gesehen hatte. Ich versuchte mir vorzustellen, dass ich Chino war, der diesen Typ da liebte und ihn jetzt so tot daliegen sah. Das Bild von Harlan, der Billy tot daliegen sieht und ihn berührt, kam mir nicht – ich wusste damit noch nichts anzufangen. Ich fasste die Haare des Toten an, dann die rote Glibbermasse. Sie war kalt und nass. An meinen Fingern klebte ein Geruch wie von frischem Hackfleisch.

Auf dem Rückweg zur Highland, wo ich mich sicherer fühlte, hörte ich durch ein Fenster einen Fernseher. Die CNN-Frau sagte, es gäbe vereinzelte Unruhen in Pasadena, im Valley, in San Francisco und Chicago. Ich ging die dunkle Straße entlang. Alle waren in ihren Häusern – Lichter an, Tore verriegelt. Endlich fand ich einen Unterschlupf auf der Innenseite der Hecke zum Golfplatz am Beverly. Dort rollte ich mich zusammen. Das alte Gefühl mit den fließenden geometrischen Formen kam wieder über mich, und ich floss aus meinem Körper heraus und flog ohne Raumschiff durch die Tiefen des Alls. Dort, weit draußen, war ein Sternennebel, der in allen Farben des Regenbogens flackerte. Ich war ein blinkender Stern – an, aus, an, aus, lebendig, tot, lebendig.

Ich schreckte hoch. Als ich aus der Hecke kroch, war der Himmel vom Rauch verfinstert wie nach einem Vulkanausbruch. Die Blätter waren verrußt. Die Rasensprenger waren an, als wäre ein ganz normaler Tag. Während ich mir das Gesicht wusch, sah ich, dass der Golfplatz menschenleer war. Die Autos, die an der Straße standen, waren mit einer Rußschicht überzogen. Es war Zeit, zur LAYA zurückzugehen.

»Es ist noch niemand weggegangen«, sagte Sylvette. »Die Lage ist zu brenzlig. Tut mir Leid.«

Entmutigt war ich schon am Gehen, als sie sagte:

»Ach übrigens, dein Freund, wie heißt er gleich.« Sie durchforstete die Papiere auf ihrem Tisch. »Er hat in der ersten Nacht hier eingecheckt. Das besetzte Haus, wo er gewohnt hat, ist abgebrannt.«

»Noch mal.«

»Dein Freund Shane ... Shawn. Ich wusste gestern nicht, dass er hier ist. Eine Kollegin hat ihn eingecheckt.« Sie nahm eine Akte in die Hand. »Er benutzt einen anderen Namen. Er ist reingekommen, um mit mir zu reden, und ich habe ihm gesagt, dass du ihn gesucht hast.«

»Wo ist er?« Ich spürte den Eisnebel.

»Er ist gerade weg. Er hatte Paranoia und wollte nicht hier bleiben.«

»Hat er gesagt, wohin er will?«

»Nein.«

Die Energie explodierte in mir. Ich raste hinaus.

»Übrigens, er hat ...«, schrie sie mir hinterher.

Ich rannte den Flur entlang, rempelte Angestellte an, raste durch die Eingangshalle, knallte auf einen großen schwarzen Jungen, fiel fast die Stufen runter, stolperte auf die Straße. Ein paar abgeranzt aussehende Kids standen rum und rauchten.

»Shawn!«, schrie ich. Sie glotzten mich an.

Ich rannte zur Straßenecke und schrie dabei seinen Namen. Ein paar Typen, die gerade Dope vertickten, starrten mich an. Ich rannte in die andere Richtung, wieder am LAYA-Eingang vorbei bis zur Ecke, schaute hektisch in alle Richtungen. Ich sah ihn nirgends. Ich hatte meine einzige Chance verkackt. Wäre ich nur früher aufgewacht!

»SHAAAAAWWWN!«

Die Straße war leer bis auf ein Mädchen in zerrissenen, verrußten Jeans, das an der Bushaltestelle stand. Sie bog sich unter der Last ihres Rucksacks und hatte eine große dunkle Sonnenbrille auf.

Ich lehnte mich gegen die Backsteinwand und weinte. Als ich aufsah, schaute mich das Mädchen immer noch an. Sie war dünn, mit Schorf auf den Armen von alten Verletzungen. Sie sah aus wie eine von Teaks Freundinnen aus der Clubszene. Ihre kurzen Haare unter dem schwarzen Käppi waren lila gefärbt, verklebt und verdreckt. Ihre Haut war kaffeebraun. Sie war mit Tonnen von Make-up zugekleistert, außerdem trug sie einen Nasenstecker mit einer Perle und Plateauschuhe. Als sie die dunkle Brille abnahm, blinzelten ihre schräg stehenden Augen zwischen den schwarzen Lidstrichen. Ihr Blick war nervös und ängstlich. Sie starrte mich an. »Finder?«

Ich starrte zurück. Das Mädchen drehte sich weg, als hätte sie Angst vor mir und wollte über die Straße gehen. Dann sah sie mich wieder an. »Ich bin's«, sagte sie mit einer Stimme, die mir bekannt vorkam.

»Orik?«, sagte ich ohne es zu glauben.

Sein Gesicht und seine Augen zeichneten sich wie durch Geisterhand unter der Schminke ab. Er war derselbe, aber irgendwie auch nicht derselbe. Ich fühlte überhaupt nichts.

»Gehen wir«, sagte er.

»Wo hast du die dunkle Haut her?«, verhörte ich ihn.

»Bräunungscreme. Komm ... lass uns hier verschwinden«, sagte er.

Als wir die Straße überquerten, war ich mir immer noch nicht sicher, dass es Orik war. Ich musste immer auf seine kleinen goldenen Ohrringe schauen, seine langen künstlichen Wimpern, seinen lila Lippenstift und seinen Nasenstecker. Sogar lila Nagellack und silberne Ringe an den Fingern. Er schaute sich nervös um, als würde uns aus jedem Schaufenster jemand beobachten.

»Wir finden irgendwo ein Gebüsch«, sagte ich.

»Nee. Nicht sicher. Zu viele Tierchen.«

Wir kamen an dem Dealer vorbei, der auf Kundschaft wartete. Er sah uns an. Wir gingen weiter.

»Warum hast du hier übernachtet?«, fragte ich.

Er kratzte sich zwischen den Beinen. »Mein Haus ist in der ersten Nacht abgebrannt. Ich hab alles verloren außer dem Rucksack und den Klamotten, die ich anhatte. Hier haben sie mir ihr letztes Bett gegeben. Bist du auch von zu Hause abgehauen?«

»Lange Geschichte.«

An der Ecke schaute er sich nervös um. »Hast du Kohle? Ich bin am Verhungern. Vielleicht finden wir was, das offen hat.«

»In West Hollywood ist es sicherer.«

»Wieso?«

»Einer, den ich kenne, ein Detektiv, sagt, dass es dort nicht knallen wird.«

Die Busse fuhren immer noch nicht, also latschten wir die ganzen fünfzig Blocks und machten einen großen Bogen um die Brandzonen. In WeHo war es genau so wie Chino gesagt hatte – alles ruhig. Die Bürgersteige waren voller Menschen und alle redeten über die Unruhen. Die Bars und Restaurants hatten tatsächlich offen. Vom verrauchten Himmel und der Rußschicht auf den Autos mal abgesehen, war es ein Gefühl wie auf einer Party. Orik schaute sich nervös um.

»Willkommen in der Homostadt«, sagte er.

»Na und?«

»Vergiss es ... ich rieche Essen.«

Wir gingen ins erste Restaurant, das wir fanden, weil ich nicht in die Six Gallery gehen wollte, dort hätte Mom mich suchen können.

Drinnen hockten wir uns in eine Sitznische. »Was soll's sein, Miss?«, fragte der Kellner Orik. Ich kaufte uns große Teller voll mit Eiern, Bratkartoffeln und Toastbrot. Orik aß schnell und sah dabei die ganze Zeit aus dem Fenster. Während ich seine harten Augen und sein verschlossenes Gesicht betrachtete, zündete er sich eine Zigarette an und zog daran wie eine Expertin, betont stilvoll.

»Wie kommt's, dass du durchgebrannt bist?« Er bot mir einen Zug an.

»Es ist alles so kompliziert geworden.« Ich paffte auch. Ich sagte nichts dazu, dass er rauchte, und umgekehrt auch nicht – das wäre uncool gewesen.

»Deine Mom ist doch voll in Ordnung.«

»Mein so genannter Vater ist nicht so in Ordnung.«

»Hat sie wieder geheiratet?«

Der Aschenbecher füllte sich mit Kippen, während er meiner Skandalstory von den vertauschten Reagenzgläsern lauschte. Seine eigene Story behielt er für sich. »Das ist ja ... *sooooo* abgedreht.« Er hörte sich an wie Teak und das ärgerte mich. Er steckte sich noch eine an und kratzte sich wieder zwischen den Beinen. »Aber wenn dieser Kerl dein richtiger Dad ist und nicht gemein zu dir ist, warum haust du dann ab? Deine Mom liebt dich. Du hast sie nicht alle. Ich hab keine Wahl, aber du schon.«

Das haute mich um – mein Freund, so alt und abgeklärt, der sich benahm wie ein Commander und mir sagte, was ich zu tun hatte. Irgendwann wurden wir rausgeschmissen, weil sie den Tisch für andere Kunden freimachen wollten. Wieder auf der Straße sahen wir in die orangerote Sonne, die tief am rauchverhangenen Himmel stand. Der Qualm hatte sich ein bisschen gelichtet. Ging der Krieg der Welten zu Ende?

»Wir müssen irgendwohin«, sagte er. »Ich bin jetzt ein Vampir – ich kann nicht lange im Freien bleiben. Wo hast du gesagt, dass dein Dad wohnt?«

»9022 Rosewood Avenue. Da lang.«

»Ist deine Mom dort?«

»Wahrscheinlich ist sie ausgetiltet und in die Stadt gefahren, um mich zu suchen.«

»Würde sie mich bei meinen Eltern verpetzen?«

»Sie *hasst* deine Eltern.«

»Dann bleib ich bei ihr.«

Er ging los in Richtung Rosewood. Ich stand wie angewurzelt.

Er drehte den Kopf nach mir um. »Na komm, du dummes Ding.«

»Ich *hasse* dieses Haus! Ich geh da nicht wieder hin!«

Orik drehte sich um und streckte die Arme zu der brennenden Stadt aus. »Hey, Finder ... dann find's doch raus. Vielleicht findest du da draußen ja irgendwas. Kannste alles haben! Es gehört dir!«

Er ging weiter. Ich sah ihm nach, wie er die Straßenecke erreichte, und fühlte mich mitten entzweigerissen. Als ich ihn nicht mehr sehen konnte, bekam ich panische Angst und rannte ihm nach, was meine Beine hergaben, stürzte fast, schrie: »Warte ... warte!«

»Was?« Er drehte sich um.

»Da bist du nicht in Sicherheit. Deine Eltern haben einen Detektiv, der das Haus beobachtet.«

»Was – heute auch? In diesem Chaos?« Er ging immer noch in Richtung Rosewood.

»Es gibt ein sicheres Haus«, sagte ich und dachte an Rose und Vivian, die ein paar Häuser weiter wohnten. Selbst wenn der Schnüffler der Heasters direkt von der Straße aus Harlans Haus abfilmte, würde er auf das Haus der beiden Frauen wahrscheinlich nicht Acht geben und wir kamen über den Fußweg hinter den Häusern dort rein.

»Ist es wirklich sicher?«

»Vertrau mir.«

»Ich vertraue niemandem, du Schlampe.«

Meine Wangen brannten. Er hatte sich wirklich verändert.

»Du musst es ja wissen«, schoss ich zurück.

Uns taten die Füße weh und ich hatte eine Blase. Ich führte uns über einen Zickzack-Schleichweg. Im Garten hinter einem unbewohnten Haus, das zum Verkauf stand, warteten wir im Gebüsch, bis es dunkel war. Dann eilten wir den Weg entlang zum Haus von Rose und Vivian und klopften an die Hintertür. Sie waren natürlich da und ließen uns rein. Ihre braunen Gesichter waren vor Sorge ganz angespannt. Mir fiel ein, wie ich sie damals am Matador Beach kennen gelernt hatte und wie Chino mich gefragt hatte, ob ich ihnen gern die Kniescheiben zertrümmern würde.

20 Die Rückkehr der Voyager

Ich sagte zu Rose und Vivian: »Das ist der Freund von mir, der, äh, abgehauen ist. Ich bin ihm da draußen begegnet. Er braucht 'n Pennplatz. Geht das?«

Als Rose und Vivian nicht lächelten und mich nicht umarmten, wusste ich, dass ich richtig Stress kriegen würde. Aber im Augenblick hatte ich noch eine Verschnaufpause, weil sie sich zuerst um Shawn kümmern mussten. Er strahlte etwas Geheimnisvolles, Gefährliches aus, wie der Commander einer bemannten Raumsonde, die gerade von einer Reise durch das Sonnensystem zurückgekehrt war, Beinahekollisionen mit Kometen und Asteroiden registriert hatte, um ein Haar von Jupiter geschluckt worden wäre.

Orik schielte Rose mit einem Blick voller Fragen an. Er war immer noch nervös und kratzte sich ständig unter den verklebten Haaren und zwischen den Beinen. Rose bemerkte es und förderte aus dem Verbandskasten in Chinos 4Runner Flaschen mit Kopf- und Filzlauskillern zutage.

»Ihr ruft doch nicht bei meinen Eltern an?«, fragte Orik sie.

»Nicht, wenn du das nicht willst«, sagte Vivian.

»Bitte nicht«, sagte Orik, und Rose warf ihm die Entlausungsmittel zu.

In der Waschküche zog sich Orik an der Waschmaschine ganz aus. Er schmiss alles hinein, auch seinen Rucksack, während ich Chlorox reinschüttete und die Maschine anstellte.

Im Bad stand er nackt da und massierte sich das Zeug in die Kopfhaut und die Schamhaare. Er war größer als ich geworden, schlanker, aber muskulöser, hier und da verschorfte Wunden, seine Geheimwaffe größer und mit mehr Haaren dran – eindrucksvoller als meine. Sogar seine Titten sahen erwachsener aus. Wo das Lila rausgewachsen war, kam sein Haaransatz blendend hellblond zum Vorschein. Es schien ihm egal zu sein, ob ich seinen Körper betrachtete. Ich sehnte mich wahnsinnig danach, ihn zu umarmen oder so. Aber wir waren wieder in die alte Machokiste zurückgefallen. Und er kam mir jetzt so fremd vor und älter als Harlan.

Während ich ihm Jeans, Unterhose und T-Shirt holte, quartierten ihn Rose und Vivian in ihrem Gästezimmer ein. Orik befühlte die frische Bettwäsche. »Das letzte richtige Bett, in dem ich geschlafen hab, war in Sunny Valley. Wenigstens Bettwäsche gab es bei diesen Nazis.«

Er schlüpfte unter die Bettdecke, räkelte sich, legte die Arme hinter den Kopf. »Ich ... äh ... ich hab deine neue Adresse verloren, als ich aus Sunny Valley abgehauen bin. Sie ist mir nicht mehr eingefallen.«

»Ich hab auf dich gewartet. Dich überall gesucht.«

»Ich konnte nicht lange an einem Ort bleiben. Die Eltern waren mir überall auf den Fersen.«

Er rollte sich von mir weg und vergrub sein Gesicht in dem sauberen Kissen. Weinte er? Ich wollte die Hand auf seine nackte Schulter legen, auf hoffentlich männliche Art. Eigentlich wollte ich zu ihm unter die Decke kriechen und ihn wärmen, auch wenn vielleicht immer noch lebendige Läuse auf ihm rumkrabbelten. Aber es war nicht die Art Wiedervereinigung, die ich mir ausgemalt hatte. Dann hörte ich an seinem Atem, dass er eingeschlafen war.

Draußen sahen Rose und Vivian mich lange an. Auf einmal war es, als wenn ich sie zum ersten Mal sehen würde – wie sie für mich da waren. Ich hatte sie immer nur als etwas Selbstverständliches wahrgenommen, als praktische Geldquellen und Chauffeurinnen. Ich wusste nicht viel von ihnen. Und ich hatte damit geprahlt, dass ich Rose verführen wollte. Als was sahen mich diese beiden schwarzen Frauen?

»Wir mussten deiner Mutter Bescheid sagen«, sagte Vivian.

»Ja, ich weiß«, sagte ich. Ich hatte es alles satt.

Als ich in Harlans Haus zurückkam, stand Chino da mit einer großen Kaffeetasse in der Hand und fixierte mich mit seinem durchdringenden Blick. Ich hatte gebetet, dass mich nie dieser Blick aus seinen Augen treffen würde. Die Hand mit der Kaffeetasse zitterte vor Müdigkeit, er hatte seit achtundvierzig Stunden nicht geschlafen. Ich sah mich um – sah Harlan, der seine Pistole überprüfte. Mom, die mit verschränkten Armen dastand – sie und Marian waren auf Schleichwegen in die Stadt zurückgekommen. Sogar Pauls Katze spürte die negativen Schwingungen – sie schaute mit einem nervösen Miau zu Chino hoch.

»Du hast meinen ausdrücklichen Befehl missachtet«, sagte Chino.

»Aber ich hab Shawn gefunden.« Es kam quäkend raus. Zu allem Überfluss erwischte mich jetzt auch noch der Große Fluch des Stimmbruchs.

»Du hast unser Leben aufs Spiel gesetzt. Wir haben in dieser Hölle da draußen nach dir gesucht. Du hast *mein* Leben aufs Spiel gesetzt. Ein paar Typen haben versucht, mir den Weg zu versperren und Stress anzufangen. Ich war so nah dran, abgeknallt zu werden, wie sonst nur in Vietnam.«

»Ich ... tut mir Leid.« Ich wurde tiefrot vor Verzweiflung.

»Das reicht nicht. Warum willst du deiner Familie wehtun?«

Das versetzte mir einen Stich. »Welcher Familie denn?«, sagte ich.

Harlan schüttelte den Kopf, drehte sich weg und ging in die Küche.

»Ich hab keine Familie«, brüllte ich. »Das ist alles Lüge.«

Chino sah die anderen an. »Ich geb's auf.« Er ging ins Wohnzimmer.

»Ich hau morgen ab«, schrie ich. »Ich und Shawn, wir kommen schon klar. Da gehören zwei dazu, weißt du noch?«

»Geh nur«, sagte Chino aus dem Wohnzimmer. »Du hast keinen blassen Schimmer, was *eins* ist, von *zwei* ganz zu schweigen. Vielleicht lernst du das auf der Straße. Harlan«, rief er, »übernimm du die Nachtwache. Lass mich bis 0700 schlafen. Weck mich, wenn etwas Ernstes passiert.« Langsam legte er Waffe, Munition, Messer, Piepser und Handy auf den Kaffeetisch. Dann legte er sich angezogen und mit Schuhen aufs Sofa und machte die Augen zu.

Mit einem Mal bekam ich quälende Gewissensbisse wegen allem Möglichen, aber ich konnte nichts zurücknehmen.

Alle anderen saßen zusammengesunken auf den Küchenstühlen und stierten niedergeschlagen vor sich hin. Harlan und Mom sagten kein Wort. Die angestauten Gefühle der letzten drei Tage waren zu viel für mich – meine Schultern wurden von Schluchzern geschüttelt. Dann krampfte sich mein Bauch zusammen und ich schmiss meinen Rucksack an die Wand. Ich rannte ein paar Mal gegen die Wand und ließ mich zu Boden fallen. Seltsame Tiergeräusche kamen aus mir raus. Kam denn niemand und tat was? Große Überraschung, niemand eilte zu meiner Rettung herbei. Der alte Psychotrick – wenn der Junge seine dramatische Show abzieht, einfach ignorieren, dann gibt er seine Erpressungstour irgendwann auf. Also versucht man, das Drama immer noch schlimmer aufzudrehen.

»Mach das in deinem Zimmer«, sagte meine Mutter mitleidlos.

Ich schleppte eine Decke auf die Terrasse und lag dann im Dunkeln auf Vince' altem Liegestuhl, lauschte den CNN-Berichten, die durchs Fenster nach draußen drangen und döste allmählich ein.

Plötzlich zuckten meine Muskeln zusammen. Ich hatte den Kopf des Toten gesehen, aus dem der rote Glibber heraushing. Die Nacht war in einer Nanosekunde vorbeigegangen. Das gespenstische rote Licht der aufgehenden Sonne glühte auf den Bananenblättern über meinem Kopf. Ein neuer Tag im Krieg der Welten, in der menschlichen Supernova. Pauls Katze lag auf meiner Brust, und ihr Kopf ragte in den Himmel wie der Katzennebel damals, vor so langer Zeit. Drüben auf der Robertson heulte eine Sirene. Aus dem Haus roch ich frischen Kaffee und hörte immer noch die unermüdliche Stimme der CNN-Nachrichtensprecherin. Über dreitausend Brände waren gelegt worden. Aber die Unruhen verloren allmählich ihre Sprengkraft – die Nationalgarde rückte in die Stadt ein, viele Festnahmen, Menschen, die in den verkohlten Trümmern nach Leichen suchten. Der tote Koreaner lag jetzt wahrscheinlich in der Leichenhalle. Würde seine Familie ihn finden? Welche Familie denn?

In der Küche hielten die anderen eine Besprechung über mich ab. Ich spionierte am Fenster und lauschte. Die Bananenblätter um mich herum bedeckte der Ruß von dreitausend Bränden.

»... liegt wie ein Schatten über uns. Er wird immer dunkler, immer dunkler.« Mom kippte die Stimme weg. »So viele Tote. Wir haben so viel verloren. Nach all den Jahren, die ich um ihn gekämpft habe, hab ich jetzt Angst, dass ich ihn ganz verliere.«

»Wenn er ein Student von mir wäre, würde ich seinen Eltern sagen, dass er eine Therapie nötig hat«, sagte Marian. »Vielleicht müsste er sogar eine Zeit lang in eine Privatklinik.«

Scheiße. Wollten sie mich in einen Psychoknast stecken wie Orik?

»Nur über meine Leiche«, sagte Mom. »Er braucht keine Dreckspillen und keine Psychiater. Was er braucht, ist, dass dieser Schatten weggeht. Der Schatten ist nicht seine Schuld. Er wusste lange nicht, was es war, aber er wusste, dass es da war, und er hat sein ganzes Leben dagegen angekämpft. Das sehe ich jetzt.«

»Unsere Schuld ist der Schatten auch nicht«, bellte Harlan. »Niemand hier hat Richard Mech angestiftet, Billy umzubringen.«

»Der Schatten ist immer noch da, und *das* ist unsere Schuld ... wir lassen ihn nicht weg«, fuhr ihn Marian an.

»Wir müssen dafür sorgen, dass er weggeht«, sagte Mom. Sie fing an zu brüllen und sie klang genau wie ich. Das Brüll-Gen hatte ich eindeutig von Mom. Aber diesmal schrie sie gegen das ganze Universum an. »Ich bin Mutter, ich weiß, dass Lebendiges leben muss! Ich lass mir mein Kind nicht von einem gottverdammten Schatten wegnehmen! All die Toten, die uns nicht verlassen ... die verfolgen uns nicht. Wir *wollten*, dass sie hier bei uns sind. Wir lassen das Leben nicht rein. Chino ... seit zwanzig Jahren verheiratet mit einem Häufchen Knochen irgendwo im Dschungel. Marian, die sich an Joes Sarg festgekettet hat. Ich, die Marlas Geist hinter sich herschleift. Und Harlan, nach fünfzehn Jahren willst du Billy *immer* noch nicht gehen lassen. Du hast ...«

Ich hörte Harlans Faust auf den Tisch knallen. Geschirr zerschepperte. »Du hast kein Recht, so mit mir zu reden!«, röhrte er.

Jetzt knallte die Faust von meiner Mom. Wieder klirrte Geschirr. »Und *ob* ich das Recht habe! Ich bin die Mutter deines Kindes, das du mir untergejubelt hast. Du hast es versucht, ich weiß ... aber dir hängt immer noch Billy um den Hals wie eine gottverfluchte Goldmedaille. Kein Wunder, dass William diesen Traum nicht loslassen kann von einem Vater, den er zu haben glaubte! Er folgt nur deinem Beispiel!«

Es war lange, lange still, nur ein klägliches Miau von Sohn-der-Nofretete war zu hören. Ich konnte fast die Rußschicht in die Bananenblätter eindringen hören. Dann ein Klappern – jemand sammelte das zerbrochene Geschirr auf. Irgendwann sagte Harlans Stimme leise: »Früher habe ich um Erlösung gebetet. Vielleicht war es nicht genug. Vielleicht sollten wir beten ... Chino?«

Chino antwortete aus seinem Zimmer: »Ja.«

»Dieser Ort, wo du immer hingehst, wenn es dir schlecht geht?«

»Mhm.«

»Vielleicht sollten wir alle dahin«, sagte Harlan.

Eine fremdartige Erregung aus den tiefsten Tiefen des Alls kam über mich. Er meinte Point Reyes. Die Abschussrampe des Geisterschiffs.

»Würden *Mylady* geruhen, mit mir zusammen zu beten?« Harlans Stimme klang leicht sarkastisch.

»Warum nicht? Schaden kann's nicht.« Mom klang müde. »Vielleicht ist es das, was William braucht ... zu sehen, wie wir alle zusammen etwas dagegen tun.«

Schritte – ein paar von ihnen gingen aus der Küche.

Ich schlich zum Haus von Rose und Vivian zurück und schaute durch Oriks Fenster. War er abgehauen? Nein, da lag etwas in seinem Bett.

Während die Stadt sich beruhigte, gingen Mom und Harlan mit Orik zu einem Arzt und ließen ihn gründlich durchchecken. Sie hatten die Paranoia, dass Orik sich irgendeine Krankheit eingefangen hatte, die er an mich weitergeben konnte. Orik wusste, was ihnen durch den Kopf ging, er sagte nämlich: »Ich dachte, Aids ist was, das nur Schwule kriegen. Da haben meine Eltern mich wirklich angelogen.« Er hatte immer noch Angst, dass seine Eltern ihn finden könnten, und ging nicht aus dem Haus – er ging noch nicht einmal in die Nähe eines Fensters. Seinen Fummel behielt er an.

Ich hatte meinen besten Freund finden wollen. Jetzt war da dieser alte Fremdling, der Oriks Gesicht trug wie eine Halloweenmaske. In diesem Gesicht sprossen dichte blonde Haare, schon fast ein richtiger Bart. Er rasierte sich jetzt fast jeden Tag – Harlan hatte ihm neues Rasierzeug besorgt. Orik war von Harlan fasziniert und redete lange mit ihm, was mich ankotzte. Wenn wir in seinem Zimmer alleine waren, erzählte mir Orik von seinem halben Jahr auf der Straße. Wir lagen auf dem Bett rum und quatschten, aber wir zogen uns nicht aus und es war nicht wie früher.

Ich brannte darauf zu wissen, warum er sich nicht gemeldet hatte. »Du bist also deiner Mom durch die Lappen gegangen?«

»Die hatten mich auf irgendwelche Hammerdrogen gesetzt. Ich war echt durch den Wind. Aber immer noch klar genug um am anderen Ende von diesem Kaff eine Fernfahrerraststätte zu finden ... ich wollte trampen und dich hier suchen. Ich kann mich nur bruchstückhaft erinnern. Ich bin immer wieder weggetreten und dann wieder aufgewacht. Hab die Raste gefunden. Ich war halb verhungert und halb erfroren ... hab den Truckern zugehört, hab mitgekriegt, dass einer nach L.A. fährt. Als er rein ist zum Essen, hab ich mich zu ihm gesetzt ... hab ihn gebeten, so zu tun, als wär ich sein Sohn. Er wusste, dass ich ein Ausreißer war, aber er hat mitgespielt.«

»Spinnst du? Das hätte ein Pädophiler sein können.«

»Was sollte ich denn sonst tun? Bei Mami und Papi anrufen? Er hat mir ein großes Steak mit Pommes spendiert und mich die ganze Strecke mitgenommen.«

Und du hast ihm einen gelutscht oder was auch immer, dachte ich. *Als Bezahlung*.

»Auf dem Weg hab ich die meiste Zeit geschlafen oder war weggetreten. Ich kann mich kaum an was erinnern. Er hat irgendwo angehalten, um zu tanken und so und uns was zu essen zu holen und seine Frau anzurufen und ...«

»Seine *Frau*?«

»... und seine drei Kinder. Er hat mir Fotos von ihnen gezeigt. Dann hat er am Truck rumhantiert und Essen geholt und hat neben mir im Bett im Fahrerhäuschen gepennt.«

Meine Haut kribbelte, aber ich wäre eher gestorben, als ihn direkt zu fragen, ob der Trucker ihn begrapscht hatte.

»... als wir in L.A. waren, hat er mir fünfzig Dollar gegeben und mich an der ersten Ampel auf dem Freeway rausgelassen. Hat noch gesagt, am Hollywood Boulevard steigt die Party.«

»Und dann?«

»Ach ... ich hab ein paar Tage aus dem Container gelebt und im Griffith Park gepennt. Hab gelernt, in den Fastfoodläden das mitzunehmen, was sie wegschmeißen. Irgendwann haben mir welche von der LAYA erzählt und ich bin da hin. Schien mir ein guter Deal zu sein – einen Monat dort schlafen und essen, während ich mir 'n Job suchen konnte. Die Notunterkünfte schmeißen einen nach einem Monat raus, wenn man keinen Job hat. Drei Wochen später, immer noch kein Job. Jemanden in meinem Alter will niemand einstellen. Und ich hatte immer noch diese Filmrisse von den Psychodrogen ... die Leute haben mich für 'n Verrückten gehalten. Ich konnte mich nicht an meine Sozialversicherungsnummer erinnern. Für eine falsche Versicherungsnummer und falsche Papiere braucht man Geld. Mein Geld war futsch. Ich hatte keine ordentlichen Klamotten für die Jobsuche. Meine Buskarte aus dem Orange County galt in L.A. nicht. Letzte Woche hat mich die Sozialarbeiterin ins Büro bestellt ...«

»Sylvette?«

»Genau. Sylvette war schwer in Ordnung. Ich hatte ihr erzählt, wie mein Dad mich verprügelt hat, die ganze religiöse Scheiße, sie kannte das Problem also. Sie sagte, meine Eltern hätten sich gemeldet. Die haben bestimmt in allen Notunterkünften im ganzen Land rumtelefoniert. Ich war so blöd gewesen, ihr meinen richtigen Namen zu geben. Sylvette hat mich gewarnt, dass meine Eltern kommen, obwohl sie das nicht darf. Sie hat gesagt, ich soll versuchen, in ein gutes besetztes Haus zu kommen. Ich hab wahnsinnig Schiss bekommen und bin gleich abgehauen. Dann stand ich da, Hollywood Ecke Fuller, mitten in der Rushhour, Milliarden Menschen, die in ihren schicken Karren vorbeifahren, das war so ... da wusste ich, dass ich ganz allein bin.«

Die Frage schrie immer lauter in mir. Warum hatte er mich nicht angerufen? »Ich hab dich gesucht und gesucht und gesucht«, sagte ich. »Im *Children of the Night* ... im *Covenant House* ... zuletzt bin ich zur LAYA, aber da warst du schon weg.«

»Bis dahin hatte ich ... na ja, so Verschiedenes gehört, was man tun kann um zu überleben. Es hat noch ein paar Tage gedauert, bis der Containerfraß mir zum Hals raushing, und da ...«

Ich erstarrte. Jetzt kam es raus. Jetzt sagte er so was wie: ... *und da bin ich halt rüber zum Strip und hab zwei Freier an einem Abend gemacht ... beide Mal hundert Dollar gekriegt. Beim zweiten konnte ich mich auch noch ordentlich satt essen. Wenn du's einmal gemacht hast ... dann weißt du, dass du immer ein letztes Mittel hast, das ist dein Körper, und der Rest ist ein Kinderspiel.* »Manche gehen ja auf den Strich«, sagte ich.

»Hey ... nichts gegen die arbeitende Bevölkerung. Wenn du seit vier Tagen nichts in den Magen gekriegt hast als ein Stück Pizza aus dem Müll, dann denkst du schon an die Rieseneinkaufstüte, wenn du das Glück hast, 'n Freier mit 'nem schicken Auto aufzureißen.«

»Du bist also auf den Strich gegangen.«

»Ach was.«

»Du hast dir von Hunderten von Typen die Muschi streicheln lassen. Du bist *in Frauenkleidern* anschaffen gegangen. Ich glaub, ich spinne. Warum hast du das gemacht?«

»Ich *hab* nicht angeschafft. Was hast du bloß?«

»Verarsch mich nicht. Ich merk doch, woher der Wind weht.«

Er machte das Fenster auf, lehnte sich raus und zündete sich noch eine Zigarette an. Rose und Vivian hatten gesagt, sie würden ihn umbringen, wenn er in ihrem Haus rauchte. Orik von Sol hatte sich in einen Kette rauchenden Nikotinjunkie verwandelt.

»Hey«, sagte er, »es gibt Dinge, die hab ich nur deswegen nicht gemacht, weil mein Dad glaubt, ich wär böse genug um sie zu tun. Ich bin nicht anschaffen gegangen. Ich hab keine Drogen genommen. Aber ich hab andere Sachen gemacht, über die Dad nie geredet hat. Zum Beispiel war ich der ultimative *Dieb*, Mann. Ich hab gestohlen.«

Meine Kinnlade klappte runter.

»Das achte Gebot hab ich zillionenfach gebrochen. Ich hab diese Gang kennen gelernt und war gleich mit von der Partie. Die Klepto Kings ... wir waren zu fünft. Wir haben zusammen in 'nem besetzten Abbruchhaus gewohnt. Wir haben in Geschäften eingeklaut. Wir haben uns Handtaschen gekrallt. Manchmal haben wir 'ne gute Handtasche erwischt, mit Schmuck, Kreditkarten. Wir haben kistenweise Zeug aus Lkws gezogen, die sie am Entladen waren. Dann haben wir alles weiterverkloppt ... außer den schicksten Klamotten. Wir waren *gut*, Mann.«

Aus irgendeinem Grund war ich auf diese Möglichkeit nie gekommen. »Und was ist aus den Klepto Kings geworden?«

»Keine Ahnung. Ich kam nach Hause und der ganze Block stand in Flammen. Das Haus war weg. Ich weiß nicht, ob die da drin waren oder was. Meine ganze Kohle und das Zeug, das ich angesammelt hatte, alles verbrannt. Und meine Perücke! Ich bin gleich wieder weg, weil alles voller Bullen und Feuerwehr war. Nee, nee, angeschafft hab ich nicht. Ich hatte wirklich keine Lust, wegen Prostitution einzufahren und meinem Dad ausgeliefert zu werden mit dem Sperma von irgendeinem alten Knacker im Darm.«

Ich biss die Zähne zusammen. In mir brodelte es.

Er lachte. »Jei, du wirst ja richtig *böse*.«

Ich lief rot an. »Du hast sie nicht alle.«

Er sah mich über die Schulter an und der Rauch stieg an seinen langen aufgeklebten Wimpern und seinem Ohrring vorbei. Er sah so schön aus, ich hätte ihn fast auffordern mögen, beim Schulball mein Mädchen zu sein. »Ich hab meinen Stolz, *fruta*«, sagte er. »Gewisse Dinge habe ich *nicht* gemacht.«

Im schwulen Code kannte er sich also ein bisschen aus. »Nenn mich nicht *fruta*! Du bist hier die *fruta*!«, schrie ich. Ich stürzte mich auf ihn um ihm eins aufs Maul zu geben, aber er verpasste mir einen echten Straßentritt vors Bein und warf mich zu Boden.

»Und so was hab ich vermisst, so einen blöden Philistermacker«, sagte er und fing an zu heulen – genau wie ein Mädchen.

»Hey, Jungs«, rief Rose. »Jungsss. Was ist denn mit euch los? Kriegt euch wieder ein, okay?«

Chino war beeindruckt, wie Orik den Profis von der Polizei und zwei Privatdetektiven, einschließlich Chino selbst, durch die Maschen geschlüpft war. »Verrätst du mir deine Tricks?«

Orik lachte. »Ich glaub nicht, dass William das hören will.«

»Warum nicht?«, sagte ich achselzuckend.

Er öffnete eine Seitentasche an seinem Rucksack, der nicht der alte war, an den ich mich erinnerte, und zog ein paar geknickte Polaroids heraus. Chino, Harlan und ich schauten darauf. Sie zeigten ein schlankes Mädchen in extremen Model-Posen auf der Straße neben dem Eingang zu einem Club. Die schwarzen Netzstrumpfhosen und Plateauschuhe verlängerten ihre Beine ins Unendliche. Der schwarze Samtrock war in halber Schenkelhöhe abgerissen. Ein fieses Bustier schnürte ihr die Taille zusammen und drückte die kleinen Brüste hoch. Darüber trug sie Kettengürtel, an denen Totenköpfe baumelten. Einen langen silbernen Schal hatte sie sich um den Hals drapiert. Das Gesicht war zum Totenschädel geschminkt – ganz weiß mit pechschwarzen Augenhöhlen und schwarzem Lippenstift. Die schwarzen Haare waren zu allen möglichen irren Zöpfen und Knoten verdreht.

»Meine scharfe Perücke«, sagte er. »Die ist im Feuer verbrannt. Darum hab ich das Käppi auf.«

»Hübsches Mädchen«, sagte Chino.

»Abscheulich«, sagte Harlan.

»Bezaubernd, nicht wahr?«, fragte mich Orik.

»Sehr, wenn man auf Vampire steht«, sagte ich. »Geht sie nachts kleine Kinder aussaugen?«

Oriks Papiere steckten in einer anderen Reißverschlusstasche. Er hatte einen Schülerinnenausweis und eine Busmonatskarte für L.A. auf den Namen Martha Bane. Das Geburtsdatum machte ihn knapp über achtzehn. Auf dem Foto waren die Haare etwas gekämmt. Es gab Zeugnisabschriften von der Belmont Highschool. Briefe von »Mutter«.

»Warum hast du das getan?«, fragte ich Orik.

»So hab ich *gelebt*, du Idiot. So bin ich durchgegangen. Das war *die* Methode, mich zu verstecken.«

»Widerlich ... als Mädchen leben.«

»Mein Gesicht war auf Plakaten, auf den Milchkartons im Supermarkt«, schrie er. »Was hätt ich denn tun sollen? Mich schnappen lassen? Hallo, Sunny Valley?«

Aber du hättest mich anrufen können!, wollte ich aufschreien.

»Welche große Meisterin der Illusionskunst hat dich in die Lehre genommen?«, fragte Chino.

»Heliotrope. Sie war sooo grandios. Ich hab Drag Queens nie gemocht, bis ich sie kennen lernte. Sie hat für viele Club-Kids die Visagistin gemacht.«

»Heli kenn ich«, sagte Chino. »Ich bin ihr auf dem Strip begegnet, als ich dein Foto rumgezeigt habe. Ich hatte das Gefühl, dass sie dich kennt.«

»Tja. Jetzt ist sie im Knast. Wir haben eine Trauerfeier gemacht, als sie eingefahren ist. Da drin ist sie praktisch tot.«

»Und wenn du gerade nicht am Klauen warst, hast du ...?«, bohrte Chino nach.

»Bei den Kleptos gab es eine Clubgänger-Clique. Ein paar von den schicken Sachen, die wir gezogen haben, mussten wir schließlich auch tragen. Ich hatte sogar ein paar Mal ein Date, wenn ich mich sicher fühlte ... wenn ich ein gutes Essen in einem edlen Restaurant kriegen konnte ohne meine Jungfräulichkeit zu gefährden.«

Ich war wütend, dass er so darüber redete, vor den Erwachsenen, und gab ihm, was er erwartete. »Mit *Männern*?«

Er grinste. »Warum nicht? Ich war die schärfste Braut von Hollywood.«

»Und wenn dich einer angegrapscht hat?«, wollte Harlan wissen.

»Ein paar Mal musste ich mein Karate einsetzen«, gab er zu.

»Einen hab ich wohl zum Eunuchen gemacht. Der ist mit mir den Laurel Canyon hochgefahren und wollte auf halber Strecke plötzlich anhalten. Ich hab ihm satt in die Eier getreten und ihn aus seinem BMW geschmissen. Aber ich wollte nicht mit seiner Karre fahren und mir die Bullen auf den Hals holen. Also bin ich den ganzen Weg zu Fuß zurück.«

»Aber ... angenommen, er hätte gemerkt, dass sein heißes Date ein Er war?«

»Ist nie passiert. Heli hat mir das Wegstecken beigebracht.« Chinos und Harlans Gesichter zeigten, dass sie über das Wegstecken im Bilde waren.

»Und du bist nie verhaftet worden«, sagte Chino.

»Beinahe. Zweimal. Aber wir sind ihnen durch die Lappen gegangen.«

Chino klopfte Orik auf die Schulter. »Gut gemacht, Junge.«

Orik ließ die Schultern hängen. »Noch ein Problem. Ich kann nicht aus dem Haus gehen ohne neue Kleider und eine Perücke. Ich hab nur noch das, was ich auf dem Leib hatte.«

Alle halfen ihn ausstatten. Chino ging in sein Zimmer und kam mit einer Kiste voller Schminksachen und Frauenkleidern wieder. Ich war nie auf die Idee gekommen, dass Chino bei seiner Detektivarbeit manchmal als Frau auftrat. All meine Vorstellungen über seine Männlichkeit gingen dahin. Chino gab Orik ein paar Schminksachen, falsche Wimpern und eine eindrucksvolle brünette Perücke mit langen Haaren, die sich ganz echt anfühlten.

»Ich hab mit der Detektivarbeit aufgehört«, sagte er. »Da kann ich dir die Sachen genauso gut leihen.«

»Ihr habt ja keine Vorstellung«, sagte Harlan trocken, »wie schnell unser Haudegen hier sich in eine mexikanische Señora verwandeln kann. Und wie gut. Sogar mich hat er einmal hinters Licht geführt.«

Die Frauen wurden auch eingeweiht – Mom wühlte in ihrer Reisetasche und fand eine neue Strumpfhose. Vivian steuerte eleganten Schmuck bei, Rose eine Damenjeans und einen Rollkragenpulli. Während alle im Zimmer herumsaßen und zuschauten, führte uns Orik verlegen vor, wie er zwei Kondome mit Wasser füllte und sie vorsichtig in seinen einzigen BH legte, das schwarze Spitzenteilchen, das er gestern bei Frederick's geplündert hatte.

»Heli hat immer gesagt, Mädel, die müssen *wippen*«, erklärte er uns. »Der Rollkragen ist gut, der versteckt meinen Männerhals. Die Hände sind ein Problem. Schwer zu verstecken.«

Er zog sich die Plateauschuhe an und ging umher, im Laufstegschritt, hätte Teak gesagt. Im BH wippte es genau wie bei Ana. Jeder Hetero hätte da gern mal angefasst. Alle applaudierten. Rose und Marian halfen ihm beim Schminken, mit der Perücke und den Wimpern. Bald war mein bester Freund verschwunden und vor uns stand das Mädchen auf den Polaroidfotos.

Orik strich mit der Hand über die Perücke und zog sie sich auf. »Die ist soooo toll. Muss ein Vermögen gekostet haben.« Sein Tonfall nervte mich – er klang genau wie Teak.

»Echtes Menschenhaar«, sagte Chino.

Jetzt wusste ich, wo Chinos Pferdeschwanz gelandet war.

Orik sah mich mit einem Mädchenblick durch die langen Wimpern an.

»Martha, ja?«, sagte ich. Ich war drauf und dran, ihn zu würgen.

»Ja, ich bin so weit. Willst du mit mir ausgehen?«

»Klar«, sagte ich. »Ich werd dich umarmen, dass dir die Titten platzen.«

Um seine Tarnung unter Echtzeitbedingungen zu testen fuhren wir nach Santa Monica rein, wo keine Unruhen waren, zu einem Thai-Restaurant, das Vince kannte. Ich versank in Peinlichkeit, aber ich ging mit, weil ich mir nicht entgehen lassen wollte, wie alle Welt seine Maskerade durchschaute. Aber niemand gönnte dem Mädchen, das mit uns am Tisch saß, mehr als einen Blick. Sie hatte einen Bärenhunger und vertilgte zwei Teller Nudeln mit Rindfleisch.

Als wir wieder zu Hause waren, rief der Arzt an. Er hatte die Proben durch alle Tests gejagt. Die Erwachsenen tuschelten hinter verschlossenen Türen. Harlan sagte: »Ach übrigens, morgen früh Punkt sieben ist Abmarsch nach Point Reyes. Ihr packt also heute schon, Jungs.«

Während ich Orik beim Packen half, sagte er: »Der Doktor sagt, ich brauch ein paar Spritzen.«

»Weswegen? Na, wahrscheinlich hast du Aids.«

»Ach was, nur 'n Tripper und noch ein paar andere Sachen.«

»Wo hast du das her?«

»Hörst du mal auf, mich zu verhören? Vielleicht von 'nem Mädchen?«

»Du hast es also mit Mädchen gemacht.«

»Paar Mal.«

»Als Lesbe, was?« Ich kam mir unglaublich gemein vor.

Seine Schultern sackten ab. Er lehnte sich aus dem Fenster und steckte sich eine Zigarette an. »Meine Eltern glauben an ihre kleine heile Welt. Vielleicht hab ich deshalb getan, was ich getan hab ... damit sie wissen, wie verlogen sie sind.«

Ich lehnte mich auch raus und rauchte mit ihm. »Warum erzählst du mir das alles? Schämst du dich gar nicht?«

Die hübschen Mädchenaugen blickten mich fest an. Rauch stieg auf. »Wenn du mit irgendwas ein Problem hast, sag es mir *jetzt.*« Sein Blick war hart, kalt. Es war wie ein Schlag in die Magengrube. Er war unwiederbringlich nicht mehr derselbe wie früher. In seiner Härte war nichts Bedrohliches wie bei Chino. Er war nur ein verletzter Neuntklässler. Aber ich fing auch an, mich zu verhärten. Nichts, gar nichts war das, wofür ich es gehalten hatte. Die Polaroids lagen auf dem Bett verstreut und ich betrachtete sie.

»Wer hat die Fotos gemacht? Deine Freundin?«

»Die Besitzerin vom Silk. Bei ihr durfte ich umsonst rein. Leute wie ich kurbeln das Geschäft an.«

»Und wer solltest du sein?«, fragte ich.

»Mama Death«, sagte er. »Sie ist sehr schön. Ist das nicht die Frau, nach der du dich immer gesehnt hast?« Er streckte die Arme aus und bekam die Stimme einer Filmdiva. »*Come to me, my precious, and I will take away your pain, and fly you to the stars ...*«

Am nächsten Morgen bestiegen Chino, Orik, Mom, Marian, Harlan und ich alle zusammen den 4Runner. Die Campingutensilien waren aufs Dach geschnallt. Vince blieb mit den Valhalla-Leuten zurück – die Gefahr war vorbei und Vince sagte, er hätte seine Geister schon vertrieben. Chino lenkte uns mit ruhiger Hand hintenrum aus L.A. raus. Er war immer noch angewidert von meinem Verhalten und ließ mich nicht den Navigationsoffizier machen, also durfte Shawn auf der Karte den Freeway 5 mit dem Finger verfolgen. In San Luis Obispo wollte Chino sich schlafen legen und Harlan übernahm das Steuer.

Orik und ich schliefen in unseren Ecken und ignorierten einander. Ab und zu nahm er sein Schminkset raus und überprüfte sein Make-up.

Ich fühlte ein Vakuum in mir – ich war nicht einmal mehr neugierig auf die Abschussrampe des Geisterschiffs.

Mom nickte ein, den Kopf auf Marians Brust, und Marian hatte den Arm um sie gelegt. Es kam mir sehr vertraulich vor. Meine Welt zerbröselte mir vor den Augen, alles veränderte sich.

Es war unsere erste lange Reise, seit Mom und ich mit den Heasters in die Sierra gefahren waren. Die Erwachsenen hatten auf Warp 7 beschleunigt – wir hielten nur zum Tanken, Hamburgeressen und Pinkeln.

Opa und eine Freundin von ihm erwarteten uns in Santa Rosa, in einem *Taco Bell* an der Stadtausfahrt, und wir hielten eine große juristische Lagebesprechung über Orik ab. Die Frau sah aus wie eine alte, *alte* Filmdiva, mit einem monströsen Hut und einem großen Pelzding um den Hals. Ihre eindrucksvollen dunklen Augen sahen mich unter den silbrigen Locken an. Ich wunderte mich, was Opa mit dieser Frau wollte.

Opa (der ja nicht mehr so richtig mein Opa war) betrachtete Kaffee trinkend Oriks Make-up und seine Perücke. Seine Blicke wurden traurig, und da erinnerte ich mich, wie Harlan erzählt hatte, dass er einmal mit einem Mann zusammengelebt hatte, der als Frau durchging. Sie hatten Billy zusammen großgezogen. Niemand hatte es je gemerkt. Ich fragte mich, was in Opa vorging, als er mit seinen scharfen alten Augen Orik studierte.

»Alle Achtung«, sagte er. »Es wippt sogar richtig.« Er schaute in die Runde. »Wieder mal für Gotteslohn, was?«

»Tut mir Leid«, sagte Harlan.

»Ich weiß, ich kann Sie nicht bezahlen, aber ...« Orik fröstelte.

»Kein Problem, ich hab schließlich mehr Geld als der liebe Gott«, knurrte Opa. Er bestellte eine Runde Tacos und sagte dann zu Orik: »Du hast drei Möglichkeiten. Nummer eins: Du versuchst

Da konnte ich genauso gut meine Geheimkiste ins Feuer werfen. Sie war hier, in meinem Rucksack, zwei Meter von mir. Warum nicht gleich den ganzen Rucksack?

Harlan sagte nicht viel, als er sich an Billy und ein paar andere Leute wandte, deren Namen mir nichts sagten. Die Fotos, die er ins Feuer warf, waren in einem Umschlag. Ich fragte mich, ob er erwogen hatte, die beiden anderen Spermaproben zu verbrennen. Was wollte er noch damit? Marian sprach mit irgendeinem Bobby, mit Joe und mit einem Baby, das sie verloren hatte, und verbrannte ihr Hochzeitsfoto. Während Orik und ich immer hibbeliger wurden, schien das Feuer immer heller zu brennen, es toste und brauste und Funkenschwärme stoben in den Sternenhimmel.

Inzwischen konnte ich mir gut vorstellen, dass wir von Tausenden von Geistern umgeben waren – einsame Geister, die den Absprung nicht geschafft hatten und seit tausend Jahren hier auf diesem Land lebten. Ich spürte sie. Sie hingen hier rum, weil seit langer Zeit niemand mehr für die Geister Feuer gemacht hatte, vielleicht seit die Weißen Amerika erobert hatten nicht mehr.

Dann lehnte Chino sich zu seinem Rucksack hinüber und nahm ein mit Drachen bemaltes Holzkistchen heraus. Es war seine Geheimkiste – voll mit Fotos, Militäraufnähern, Zetteln. Er reichte die Fotos sogar rum und wir betrachteten alle die Zeugnisse aus der Frühgeschichte, junge SEAL-Soldaten mit Lumpen auf dem Kopf, die nach einem Einsatz herumsaßen, Jungen, kaum älter als ich und Orik, die Bier tranken und die verstümmelten Köpfe von toten Vietkongs hochhielten. Auf Anhieb erkannte ich Shuga, der in Kampfkleidung unter einem Baum stand. Während Chino leise mit Shuga redete, spülte eine Flutwelle von Schauern über meinen ganzen Körper, als würde ich in gefrorenen Kaktusdornen gewälzt. Es war, als wäre der machtvolle Geist dieses Toten näher ans Feuer gekommen, ja direkt hinter mich getreten. Am Rücken fror ich.

»Bei dir habe ich gespürt, was mir fehlte. Nicht nur Leidenschaft und Liebe. Ich meine Zärtlichkeit ... Achtung ... Vertrauen. Mein Schicksal. Nachdem ich dich verloren hatte, habe ich die Erinnerung an dich zu etwas werden lassen, das mich fast umgebracht hätte. Aber sie hat mir auch eine Familie gegeben ... eine Chance, für Kinder zu sorgen, so wie man für mich nicht gesorgt hat ...«

Eins nach dem anderen tat Chino die Fotos ins Feuer. Fotos, für die Historiker kiloweise seltene Metalle gezahlt hätten. Das Foto mit Shuga drauf hielt er eine Weile zärtlich fest, bevor er es in die Flammen segeln ließ.

Plötzlich war mir das Ganze zu extrem. Ich gehörte sowieso nicht hierher.

»Also, hier hast du *nichts*«, schrie ich und schmiss eine Hand voll Dreck ins Feuer. »Ver-*zeihung*, Billy-Geist. Brauchst gar nicht wiederzukommen, ich bin schon über dich weg.«

Dann rannte ich in die Dunkelheit.

Meine Augen waren vom Feuer so geblendet, dass ich über Baumwurzeln stolperte. Tausende Geister sahen mich fallen und wieder aufstehen und kamen in einer Prozession hinter mir her.

Harlan raffte sich auf um mir nachzugehen.

»Lass ihn laufen«, hörte ich Mom sagen. »Lass ihm etwas Platz.«

Oben, über der Schlucht, wollte ich mit den Geistern mein eigenes Drama inszenieren. Kalt und klar, über den Rand hinaus. Ich stand eine Weile da und schaute hoch in den dunklen Himmel. Noch nie war der ganze Himmel so sehr meiner gewesen wie in diesem Moment. Ich hatte ihn noch nie so dunkel gesehen, die Sterne so hell hervorstechend, ihre Farben so prächtig, wie Juwelen, und die Sternwolken in der Milchstraße so schimmernd vor Millionen von Sternen. Der Nachthimmel war mir Mutter, Vater, Geliebter, Geliebte, alles, was ich lieben konnte. Ich hatte immer zu ihm gehört und er hatte immer zu mir gehört. Die Rotation des Firmaments war mir so vertraut, dass ich genau wusste, was ich sehen würde. Die Leier ging gerade im Osten auf. Es war jetzt ein Sommerhimmel, mit dem Sommerdreieck, das einen erschütternden Einblick ins Zentrum der Galaxie umrahmte. *Wir lieben dich*, schienen die Sterne zu sagen. *Wir sind deine wahre Familie. Wir warten auf dich. Wann kommst du?* Die Renormierung war der Tod. Das wusste ich jetzt.

Rennende Schritte hinter mir. Es war Orik, seine Perücke flog bei jedem Schritt. »Wo willst du hin?«

Ich ging weiter.

»Ich komm mit«, sagte er.

»Bemüh dich nicht«, sagte ich ohne ihn anzusehen.

Er blieb stehen, verletzt.

Ganz allein ging ich über das freie Feld, den Sternen nach Westen folgend.

Auch im Dunkeln konnte ich gut den Pfad durchs Gras erkennen, nach Westen, Westen. Büsche und Felsbrocken warfen Schatten im Sternenlicht. Ich fühlte mich besser, wie an dem Tag, an dem ich weggerannt war, in die Unruhen hinein. Das Schicksal, hatte Chino gesagt. Alle, die am Feuer saßen, waren ganz allein gewesen, als das Schicksal zugeschlagen hatte. Die große Erwachsenenlüge von Familie und Liebe, während du in Wirklichkeit allein bist. Vor mir fiel ein großer Meteor herab, langsam, langsam, laaangsaaaaam ... hinterließ einen grün glühenden Kratzer in der Atmosphäre, explodierte in Feuerbällen über dem westlichen Horizont. Es war ein Signal von den Sternen. Sie zeigten mir, wo ich hingehen musste.

Endlich hörte ich schwach das Tosen der Brandung.

Auf der Landspitze saß ich lange Zeit da, fröstelnd, mit hochgeschlagenem Kragen, die Arme um die Knie geschlungen. Wind fuhr mir durch die Haare. Im Dunkeln war alles größer, geheimnisvoller, schöner. Wie ein veränderlicher Stern erhellte der Leuchtturm den Kiesstrand mit gespenstischen Haufen von scharfgezackten Felsbrocken, die Sternenschatten warfen. Beinahe konnte ich auf den Felsen und den Wellen Gesichter erkennen. Es war Flut und große Wellen gischteten, rumpelten, kollerten herein, höher, höher, über die Felsbrocken, bliesen mich mit ihrem nasskalten Atem an. Der Atem der Geister war so kalt und nass, dass ich fröstelte und eine letzte Beruhigungszigarette rauchte.

Es musste leicht sein, dort unterzugehen, mich von der nächstbesten großen Welle wegtragen zu lassen in die Renormierung. Niemand würde mit Sicherheit wissen, ob ich es getan hatte. Das würde mein letztes Geheimnis bleiben. Die konnten glauben, dass ich im Dunkeln spazieren war und auf den Felsen ausgerutscht bin. Die Küstenwache würde in ein paar Tagen meinen kurzen kleinen Körper finden, wahrscheinlich noch ein paar Zentimeter kürzer als vorher. Ich sah Mom und Marian und Vince weinen, sogar Harlan zerdrückte eine Träne, und Chino düster und schweigend. Und

Orik ... wer wusste, was der tun würde? Wen interessierte das? Alles war besser als diese Quälerei. Wie war es wirklich da draußen hinter der Renormierungsgrenze? Einfach nur ... Finsternis? Einfach ... nichts? Was ich um mich spürte, war das alles nur Einbildung? Gab es wirklich andere Welten, in die man hineingeboren wird? In echt und nicht nur im Sciencefiction-Film?

Ein weiterer fallender Meteor riss den Himmel entzwei wie zur Antwort auf meine Gedanken. Ich zitterte und schlang mir die Arme um den Leib.

Plötzlich bewegte sich eine Gestalt mit Sternenschatten im Dunkel neben mir. Ich zuckte vor Schreck zusammen. Da ging mir ein Licht auf. Ein Geist! Ich wollte schon um mein Leben rennen, da verwandelte der Geist sich in Orik, mit der Perücke, die im Wind wehte. Der Strahl des Leuchtturms erleuchtete ihn. »Hab dich«, sagte er.

»Friss Scheiße und verreck dran.«

»Uuuuh. Böse Worte.«

Ich sagte nichts.

»Hast mich wohl für 'n Geist gehalten«, sagte er.

Ich funkelte ihn böse an.

»Ich *bin* ein Geist, du Depp«, sagte er. »Was hast du denn?«

»Warum hast du mich nicht angerufen?«, platzte es aus mir heraus. »Wir wären gleich gekommen und hätten dich abgeholt! Du wärst in Sicherheit gewesen! Du hattest meine Nummer! Warum bist du nicht gekommen?«

»Warum? Weil ich die Nummer nicht mehr wusste.«

»Ich hab dir gesagt, du sollst sie auswendig lernen«, brüllte ich.

»Hab ich doch. Aber dann wusste ich sie nicht mehr. Die Medikamente, denk ich mal. Mein Hirn war ein einziger Matschbrei.«

Sagte er die Wahrheit? War jetzt sowieso egal.

Ich drehte ihm den Rücken zu, warf meine Zigarette weg und zog mich aus bis auf die Jockey und die Schuhe.

»Was machst du da?«, fragte er. »Das ist gefährlich.«

Ich ging über glitschige Steinchen runter zum Strand. Dann zog ich die Schuhe aus. Etwas Lebendiges glibschte unter meinem Fuß. Orik nahm die Perücke ab und zog sich bis auf seine Jockey aus, die er von mir hatte. Dann kam der BH runter, die Kondomtitten fielen raus. Er rannte mir nach, rutschte auf Steinen und Seetang aus. »Tu's nicht«, rief er.

»Hey, *fruta* ... dir kann's doch egal sein!« Ein großer Schwall Gefühle brandete in mir auf wie eine dunkle, heiße Welle.

Orik schlotterte am ganzen Leib. »Wenn du gehst, dann komm ich mit dir«, bellte er mir ins Ohr.

»Du hast mir geschworen, dass du kommst, und dann bist du nicht gekommen.«

»Ich konnte nicht!«

»Ach.« Ich versuchte cool zu klingen. Ich zitterte auch. Meine Knie bebten, wie wenn ich an Sex dachte.

»Wir hatten doch eine Abmachung«, sagte er.

»Ich hab's nicht vergessen. Aber du.«

»Ich hab's nicht vergessen. Ich bin hier, oder etwa nicht? So finden sie mich *nie*.« Er streckte seine Hand nach mir aus.

Nach einer Weile griff ich nach seinen Fingern. Sie waren ganz klamm, aber sein Griff war fest. Unsere Blicke trafen sich.

»Cool«, sagte ich und biss mir auf die Lippe.

Die Unterhosen zogen wir nicht aus. Es wäre auch witzlos gewesen, noch einen letzten Blick auf die Geheimwaffen zu werfen, die sowieso vor Kälte und Angst ganz zusammengeschrumpelt waren. Dann holten wir tief Luft und wateten raus. Er fasste nach meinem Handgelenk und ich hielt seins fest. Das schwarze Wasser war entsetzlich kalt und prallte mit einer Wucht auf uns, dass es uns die Luft aus den Lungen presste. Es wäre schön, wenn die Küstenwache unsere Leichen übereinander liegend fände. So hätte es ein Drehbuchschreiber hingebogen. Das unzertrennliche Freundespaar, treu bis in den Tod. Was für eine Schlussszene. Nur dass unsere Leichen höchstwahrscheinlich zehn Kilometer voneinander entfernt an den Strand gespült wurden.

Eiskalte, grollende Wellen zerrten mir den Kies unter den Füßen weg. Wir sanken ein und stolperten. Ich strebte vorwärts. Ich wollte, dass es schnell ging.

Eine riesige Welle knallte auf mich, und Oriks Handgelenk entglitt meinen Fingern. Dann fegte es mich weg, wirbelte, schleuderte, zermalmte mich. Ich war allein! Er war weg! Wasser biss mir in die Nasenhöhle. Mein Körper wusste, dass er sterben würde, und kämpfte ums Überleben. Ein Felsbrocken traf meine Hüfte und riss sie auf. In weiter Ferne hörte ich Orik schreien. Mein Mund erbrach ganz von alleine Luftblasen. Ich musste gegen meinen Willen einatmen und sog Wasser ein. Jetzt würde ich langsam und qualvoll ersticken.

Stattdessen erfüllte eine ruhige Wärme mich allmählich, wie ein goldenes Licht. Mein Körper entspannte sich. Ich pisste, glücklich, ließ es laufen. Ich überquerte die Renormierungsschwelle. Ich fühlte mich schläfrig. Schwindel erregende Lichter bestrahlten das Wasser, das mich umherschleuderte. Ich stürzte langsam, drehte mich, um und um, weiter und weiter, tief, tief in ein schwarzes Wurmloch hinein. Das Loch war lang und schmal wie die Tornadotrichter, die ich aus den Nachrichten kannte, nur dass ich jetzt selber hindurchfiel. Erinnerungen umwirbelten mich ... Geburtstagspartys, Spielzeuge, Werkzeuge, Einfälle, Nöte, Triebe, Gefahren. Vor mir eine Öffnung. Dahinter ging ein heißer blauweißer Stern auf, oder auch unter, ich wusste nicht ob auf oder unter ... Er pulsierte, pochte wie ein Herz. Ein heißer Wind, der von dem Stern kam, füllte den Tunnel.

Da stand jemand, dunkel, vor dem Stern.

Ich erkannte ihn sofort. Er sah aus, als würde er schon ein Weilchen warten. Ich schob mich näher zu ihm hin ... irgendwie fühlte es sich anders an als Gehen. Er sah mich an, die Daumen in den Bund seiner Läufershorts gehakt. Sein Trikot flatterte im Sternenwind an seinem Körper. Auf den altmodischen Sportschuhen, die blau waren, stand auf der Seite TIGER. Seine schmutzigblonden Locken wehten im Sonnenwind. Er hatte ein witziges kleines Tattoo auf der Schulter – ein Mädchen. Endlich bekam ich seine Wimpern richtig zu sehen. Sie waren lang.

Ich schämte mich. Ich hatte ihn beschimpft und ihm gesagt, er brauche nicht wiederzukommen.

Billy ging nicht, er glitt einfach. Ich fühlte mich ihm so nah. Er war so wirklich – die Poren und Sommersprossen auf seiner Haut, die kleinen Glanzlichter in seinen Haaren. Er sah stark aus, gesund, gut in Form, als hätte er hart trainiert, so wie ich ihn auf den alten Fotos gesehen hatte. Seine Haare sahen sauber aus, als hätte dieser Sonnenwind sie geföhnt. Ich versuchte etwas zu sagen, aber anscheinend hatte ich keine Kehle, mit der ich reden konnte. Er sah mich einfach voller Liebe und Fürsorge an. Ob es gut war, wenn ich zu ihm ging? Ob Anas Dad auch hier war? Und Shuga? Und wo war Orik? Er hatte gesagt, er würde bei mir sein.

Billy sagte etwas. Irgendwie fühlte ich seine Worte in meinem Kopf wie Hieroglyphen fremder Zivilisationen in seltsamen Farben, die in mich hineinholografiert wurden ... wie diese magische Weisheit, die ich immer gesucht hatte. Er wusste, dass ich eine Entscheidung treffen würde, sagte er. Es war allein meine Entscheidung. Wenn ich mit ihm mitging, aus dem Tunnel hinaus und in diesen blauen, aufgehenden Stern, dann gab es kein Zurück. *Wenn du das tust, dann ist es weder böse noch gut – es ist deine Entscheidung. Aber deine Zukunft wird eine andere sein*, sagte er zu mir.

Welche Zukunft?, schrie ich in Hologrammen.

Billys Hologramme trafen mich hart, in Neonblau und Purpur, mit Xyzium umrandet. *Du hast nach einem Vater verlangt und das Leben hat dir einen gegeben. Wirfst du ihn weg? Du wolltest Commander sein – du hast die Chance, das Kommando über dein Leben zu übernehmen. Wirfst du diese Chance weg? Wenn du das tust, wird es nächstes Mal anders sein.*

Orik war eindeutig nicht da. Durch den langen Tunnel kam ein entsetzliches Weinen hereinholografiert. Irgendwo weinte er und schrie mich an. Plötzlich war ich nicht mehr sauer auf ihn, Frieden und Ruhe erfüllten mich.

Erwachsene redeten viel über den Frieden ... das war nie etwas, was ich mir besonders gewünscht hätte. Aber jetzt fühlte ich ihn. Ich war der aufgehende blaue Stern. Ich war das Licht. Ich war die Liebe, die Billy für mich empfand. Billy hatte dort gewartet, wer weiß wie lange, um mir bei meiner Entscheidung zu helfen. Der Frieden dauerte stundenlang, vielleicht stundenlang, an, bis Oriks Schreie anfingen, an mir zu zerren. »Fiiiinder! Neiiin ...« Die Hologramme prallten gegen mich wie Schockwellen. Farben von Oriks Stimme umwirbelten mich. Er rannte mir auf der Straße hinterher. Er stolperte und stürzte. Ich drehte den Kopf, verlor Billy für eine Nanosekunde aus den Augen und schaute durch das Wurmloch zurück.

Plötzlich war ich im Dunkeln über einem Strand. Ich war ein

einziger Navigationsfixpunkt, der beobachtete. Da unten lag ein Körper auf dem Rücken. Er war zerkratzt und zerquetscht und sah aus wie eine tote Qualle. Es war mein Körper. Orik kniete darüber, drückte rhythmisch auf die Brust, machte Mund-zu-Mund-Beatmung, wie in der Glotze. Er kreischte wie ein Irrer. »Ich *befehle* dir zu leben, Mann! Du lebst jetzt sofort oder ich bring dich um!«

Als er wie ein Verrückter auf meine Brust trommelte, sah ich auf seinem Rücken eine Kratzwunde und die Wunde blutete in seine Furche hinein. Nicht weit von ihm lag die schwarze Perücke auf dem Strand und sah aus wie eine tote Katze.

Salzwasser würgte aus mir hervor, ich lag auf dem Sand und gurgelte, schnappte nach Luft. Ich sah entgeistert in sein Gesicht, in einen diesigen schwarzen Himmel. Sterne schwemmten über mich hinweg. Schließlich versuchte ich mich aufzusetzen. Er schluchzte, drückte meinen Kopf an seine Brust, wie ich Chinos Kopf gehalten hatte, damals auf dem Friedhof. Ich hatte meine Unterhose im Wasser verloren.

»Entschuldige – ich konnte nicht«, schluchzte er.

Nach einer Weile schleppten wir uns zurück und tasteten im Dunkeln nach unseren Klamotten. Wir hatten nicht vorgehabt, sie wieder anzuziehen, deswegen hatten wir nicht aufgepasst, wo wir sie abwarfen. Turnschuhe leuchteten weiß im Lichtkegel des Leuchtturms auf. Orik zog seine Perücke auf, aber seine Socken konnte er nicht finden. Ich fand endlich meine Jacke und zog sie zitternd an. Unsere Zigaretten waren sogar noch in den Taschen und trocken. Wir zitterten und zitterten und rauchten Beruhigungszigaretten.

»Schuldest mir eine«, krächzte er.

In feuchten, vom Sand kratzigen Kleidern stolperten wir langsam übers dunkle freie Feld. Wir waren halb erfroren. Wir brauchten lange mit unseren zittrigen Beinen und den Verletzungen. Eine Wolkenbank zog vom Meer herein und der Himmel war jetzt ganz dunkel. Dann sahen wir aus der Ferne Taschenlampen auf uns zukommen. Stimmen.

»Williaaaam ...«

»Shaaawwwwnnn ...«

Minuten später standen sie vor uns – Mom, Chino und Harlan. Sie sahen böse und erschrocken aus. Ihre Taschenlampen blendeten uns. Harlan sah aus, als hätte er vor Sorgen fast einen Herzanfall gehabt. Ich sah ihm an, wie erschüttert er war.

»Wie habt ihr uns gefunden?« Ich kam mir blöd vor.

Chino sagte: »Spuren im Tau.«

Sie führten uns wie Gefangene ab, ins Zeltlager. Wir mussten uns nackt ausziehen, und unsere Kampfwunden wurden zu unserer großen Beschämung bloßgelegt. Dann kam der Erste-Hilfe-Koffer, brennender Alkohol, schmierige Salbe. Im Feuerschein warfen Orik und ich uns verstohlene Blicke zu. Wir sahen aus wie Kriegsgefangene in den Nachrichten. Ich hatte das Gefühl, als würde ich die anderen viel zu hell und zu scharf sehen.

»Kein Kommentar dazu, wie dumm es von euch war, in dieser Dunkelheit loszugehen«, sagte Harlan beherrscht. »Wir wollen nur wissen, wie ihr in Schwierigkeiten geraten seid.«

Orik und ich sagten nichts. Da wurde Chino sarkastisch. »Vielleicht verratet ihr uns euer großes Geheimnis?«

Immer noch zitternd, schüttelte ich den Kopf. Erklären, was passierte, nachdem ich untergegangen war? Ich würde lieber sterben als zum Verräter an mir selbst zu werden.

Mom rang die Hände. »Seht ihr? Monatelang gewisse Fortschritte ... und *bumm!* Gehen Sie zurück auf Los. Nichts funktioniert bei ihm.«

»Wir sind Laien«, hakte Marian ein. »Er hätte die ganzen Jahre schon in professionelle Therapie gehört.« Marian immer mit ihrer Therapie.

»Nein«, sagte Harlan. »Da würden wir ihm etwas in die Schuhe schieben, was nicht seine Schuld ist.«

Während sie sich stritten, als ob wir gar nicht da wären, quälten Orik und ich uns in trockene Klamotten. Sie machten Frühstück, Pfannkuchen, Speck und alles, was dazugehört, und alle stopften sich voll, alle außer mir. Der Speck schmeckte komisch. Ich hätte inzwischen tot sein können und im Reich der Toten Sternenlicht essen.

Mom sagte zu mir: »Wir wissen, dass du uns etwas verheimlichst. Wenn du bereit bist, reinen Tisch zu machen, komm nicht zu mir damit. Und lauf nicht zu Chino. Du gehst zu Harlan. Es wird langsam Zeit, dass du dich mit ihm auseinander setzt.«

Ein paar Stunden später überquerten wir wieder die Tomales Bay. Chino und Harlan brachten Mom bei, das Boot zu steuern, und sie saßen zu dritt im Heck und Mom lenkte, die Haare im Wind. Orik und ich saßen im Bug, ließen uns von der Gischt nass spritzen und schauten zu, wie das Festland näher kam. Die Bucht war so unglaublich schön – xyziumblau unter wolkenlosem Himmel und überall Fischerboote. Die Farben taten mir in den Augen weh. Alle anderen kamen mir verändert vor, leichter. Sogar das Boot hatte weniger Tiefgang. Ich war der Einzige, der sich immer noch genauso schwer anfühlte. Ich musste immerzu zittern und kotzte über den Bootsrand.

Hinter uns versank die Abschussrampe der Geister für immer im Meer, wie die Insel Atlantis, die in grauer Vorzeit untergegangen war. Ihr Geist durfte endlich zu den Sternen auffahren um eine Galaxie zu werden, so neu wie das Baby, das ich einmal war.

22 Der Weise Alte

Als wir an Land kamen, war ich schier am Verglühen. Alles tat mir weh. Mein Hals war entzündet.

»Grippe«, sagte Marian.

Ich hatte wohl mit dem Wasser irgendwelche Viecher verschluckt. Sie setzten Orik ins andere Auto, damit er sich nicht ansteckte. Ich rollte mich auf dem Rücksitz unter zwei auseinander gefalteten Schlafsäcken zusammen und rutschte ab in ein wirres Durcheinander von Tankstellen, Stimmen, Freeway-Schildern, Aspirinschlucken. Mein Kopf versuchte die ganze Zeit krampfhaft zu verarbeiten, was passiert war, während ich am Ertrinken war. Das war ein Traum gewesen. Nein, kein Traum, ein Erlebnis. Der Billy, den ich dort getroffen hatte, war wirklich, wirklicher als die ganzen Geschichten von Mom und Harlan ... so wirklich wie die gellenden Schreie von Orik, die mich in meiner Bewusstlosigkeit oder was immer das war erreicht hatten.

Alles war hart aufeinander geschnitten. Schlafen, aufwachen. Tür zu, Vorhang zu bis auf einen Spalt, in dem Spalt Palmenblätter, die am Himmel auf und ab schwanken. Blauer Himmel – kein Rauch mehr. Harlans Gesicht über mir. Zu krank, um ihn rauszuschmeißen. Telefonklingeln aus dem Büro. Stille im Haus. Seine Hand mit Tabletten, dann ein Glas Saft. Wieder seine Hände, mit einer Kleenex-Schachtel. Nasses Tuch auf meinem Gesicht. Ein Spalt Himmel, jetzt glühend purpurn vom Sonnenuntergang. Wo war Orik? Irgendwo, in Angst, wieder auf der Flucht? Seine Eltern, die wieder diesen Detektiv bezahlen, fürs Suchen. Eltern finden ihn, entführen ihn.

Ich machte die Augen auf.

Der Vorhang war aufgezogen und wehte im Wind. Der Himmel war so blau als hätte er noch nie was von Wolken gehört, noch gar nie. Heiß, klar, hell, wie vom Sternenwind durchgepustet. Es war die unglaublichste Farbe – ein brodelndes, kochendes Blau, wie geschmolzene Sterne. Ich konnte nicht wegschauen. Meine Gedanken waren klar, extrem klar. Alles hatte messerscharfe Umrisse und glühte von innen heraus, von einem unbändigen Geist beseelt. Ich fühlte mich sehr ungewohnt, sehr verändert. Ich hatte keine Schmerzen.

Harlan saß auf dem Bettrand, ruhig, geduldig.

Da war ich also. Meine Reise hatte mich endlich in Yodas Hütte gebracht und ich sah den Weisen Alten von Angesicht zu Angesicht, dessen Worte der Weisheit das Allerletzte waren, das ich hören wollte. Mir war, als sähe ich ihn zum ersten Mal, ganz hell und klar wie der xyziumblaue Himmel. Harlan war über fünfzig ... er hatte keinen langen weißen Bart, keinen wallenden Mantel – nur einen nachmittäglichen Bartschatten und den Frottee-Drachenmantel, den er manchmal über dem Pullover und den Khakihosen trug, weil seine Durchblutung nicht mehr die beste war. Das blaue Quadrat des offenen Fensters spiegelte sich in seinen Augen und seine Besorgnis auch.

»Wo ist Shawn?«, murmelte ich.

»In Sicherheit. In Malibu bei den LaFonts. Er wohnt in Anas Zimmer.«

»Mom hat mich also bei dir abgeladen«, krächzte ich.

»Ich bin jetzt an der Reihe mit dem Krankenschwesterspielen«, sagte er, wobei er die Decke glatt zog.

Mom hatte mir immer das Bett gemacht, wenn ich krank war. Ein komischer kleiner Stich ging mir durchs Herz.

»Willst du duschen? Hier, zieh dir das über ... das ist warm.«

Zu schwach, um ihm einen Streit zu liefern, zog ich den Drachenmantel über, schlurfte ins Bad und wusch mich mit fahrigen Bewegungen. Aus dem beschlagenen Spiegel starrte mich ein blasser, abgekämpfter Alien-Junge an. Seine Haare und Wimpern wucherten wie Unkraut. Wie lange war er krank gewesen?

»Hunger?«, fragte Harlan. Er hatte jetzt einen anderen Pullover an. »Magst du Toast? Heiße Milch?«

Wie viele Tage war Point Reyes her, wo ich zum letzten Mal was gegessen hatte?

Ich saß tropfnass am Küchentisch. Der alte Hund kam an und legte sich zu meinen Füßen. Während die Milch heiß wurde, legte Harlan mir ein Handtuch über den Kopf und rubbelte mir die Haare ein bisschen trocken. Vor mir setzte wie eine Mondfähre ein Schüsselchen auf, in dem eine gebutterte Toastscheibe in dampfender Milch mit Zucker schwamm.

»Ein altes Hausmittel ... von meiner Mutter«, sagte er. »Bevor sie mich mit ihrem Bann belegt hat.«

Der Bademantel roch nach seinem Rasierwasser. Die Drachen, die er hütete, wanden sich um mich, drückten mir die Luft ab. Ich befreite mich würgend aus ihrer Umklammerung. Plötzlich hatte ich einen Flashback zum Point Reyes, zu dem Moment, wo ich auf dem Strand liegend aufwachte und mit Erschrecken feststellte, dass ich am Leben war. Der Toast schmeckte nach scharf strahlenden Farben, er war so lebendig in meinem Mund, ich spürte ihn beinahe zucken. Die Drachen waren lebendige, feurige Nebel des menschlichen Schicksals, die im All gefangen waren, um mich herum explodierten. Tränen wallten auf. Ich sah den Strand, Orik, der meinen Kopf hielt. Die Erinnerung schnitt wie Glasscherben.

»Du kannst besser kochen als Mom«, flüsterte ich.

Vince kam mit seiner Aktentasche vorbei. Er kam vom Radfahren, hatte sich gegen den Fahrtwind gestemmt. Er sah besser aus als sonst. Er wurde wirklich gesund.

»Hallo, Kleines«, sagte er und struwwelte mir durch die Haare. »Schön, dich wieder hier zu haben.« Er ging raus.

Später zogen Wolken auf. Draußen flüsterte der Regen in den Bananenblättern, Tröpfchennebel hing düster über den Baumwipfeln und Schornsteinen. Ich saß auf dem Sofa in eine Decke gekuschelt, von Drachen gewärmt, guckte Nachrichten und erinnerte mich, dass L.A. gerade eine kosmische Katastrophe durchgemacht hatte. Die Polizei leitete gegen Tausende von Festgenommenen Verfahren ein. Menschen, die in rauchenden Trümmern stocherten. Das alles war Lichtjahre entfernt.

Währenddessen schichtete Harlan im Kamin Feuerholz auf, um es im Raum wärmer zu machen. Plötzlich sprang mein innerer Film von zerhackten Schnitten auf Standbild ... Ich sah ihn jetzt wieder ganz klar, wie er dort kniete, mit Papier und Streichhölzern herumhantierte – als hätte ich an meinem neuen Teleskop den Fokus verstellt und den pulsierenden 60-Sekunden-Stern gefunden. Zum ersten Mal sah ich ihn ganz scharf, bis ins kleinste Detail. Er ließ sich auf ein Knie nieder, knurrte dabei, weil seine Hüfte wehtat. Seine Haare hatten die Farbe von Chinos Waffen – metallisch schimmerndes Grau – und schienen nie dünner oder grauer zu werden, nur noch metallischer. Egal, wie sich alle anderen in WeHo kleideten, Harlan trug immer diese retromäßigen Khakihosen.

»Du und Shawn, ihr hattet also beschlossen, diesem Leben gemeinsam zu entfliehen«, sagte er, fast nur ins Feuer hinein.

»So in der Art.«

»Und?«

»Shawn hat es sich anders überlegt und mich aus dem Wasser gezogen.«

»Dann hat er dich wieder belebt, mit Herzmassage und Mund-zu-Mund-Beatmung?« Harlan entfachte das Feuer mit einem Streichholz.

»Egal, hat jedenfalls funktioniert.«

Das Feuer fraß sich durch das Holz – schönes sauberes Supermarktbrennholz, keine wilden knorrigen Äste wie in Point Reyes. Zum ersten Mal sah ich das Feuer klar. Die Flammen waren rein, wie orangenes Wasser, das nach oben fließt.

»Und was hast du jetzt vor?«, fragte Harlan über die Schulter.

»Weiß nicht.«

»Es gibt diese Null-acht-fünfzehn-Methode mit Therapie und Beratung«, sagte er, während er noch ein Stück Brennholz auflegte. »Da glaub ich nicht unbedingt dran.«

»Beratung ist scheiße.«

»Wenn du es schaffst, mit uns über alles zu reden und ehrlich zu sagen, was mit dir los war, dann geht es vielleicht auch ohne.«

Heiße Tränen fraßen meine Augen. Ich weinte, so schien es mir, stundenlang, vergrub mein Gesicht im Drachenärmel, weil ich mich so schämte, dass ich mich nicht unter Kontrolle hatte. Brach ich total zusammen oder was? Steckten sie mich jetzt in so eine Klinik wie die, wo sie Shawn eingesperrt hatten? Vor dem Haus hörte es auf zu regnen, der Dunstschleier lüftete sich. Dann verfinsterte sich der Himmel und wieder prasselte der Regen. Wind pfiff vorbei – Palmblätter wedelten auf und ab. Regen trommelte gegen die Fenster. Harlan legte noch mehr Holz auf, ruhig, geduldig. Wie durch Magie, aus dem Nichts, hatte er ein Taschentuch. Ich schnäuzte mich.

»Sprich mit mir«, sagte er.

Ich holte tief Luft. »Billy war da.«

»Wie meinst du das?«

Stückchen für Stückchen entlockte mir Harlan die Geschichte. Innerlich rang ich immer noch mit der Frage, was genau es war, das ich gesehen hatte, wie wissenschaftlich meine Beobachtungen waren, während ich ertrank, ob ich mir nicht alles nur eingebildet hatte. Sein Gesichtsausdruck veränderte sich, während er mir zuhörte. Er saß lange da und starrte ins Feuer.

Dann sagte er: »Deine Mom sagt, du hast diesen Todeswunsch schon seit du klein warst. Unfälle ... gefährlicher Leichtsinn ... Du wolltest zu deinem Dad, oder?«

Die Worte brachen aus mir heraus. »Das war ungerecht, dass sie ihn umgebracht haben! Ich wollte was mit ihm unternehmen, genau wie andere Kinder mit ihrem Dad. Spiele spielen. Angeln gehen, mein Gott. Ich meine ... Shawns Dad hat Mom damit fertig gemacht, dass ich so eine *abnormale* Kindheit hätte. Aber es waren Leute wie Jerry, die mir meinen Dad geklaut haben!«

Die Flammen züngelten hungrig in die Höhe. »Du musst dich

nicht umbringen, um bei deinem Dad zu sein«, sagte Harlan ruhig.

Jetzt kämpfte ich wieder wie wild gegen ihn an, war wieder der Philisterspinner, der immer alles kaputtmachte. »Ich hab aber *Billy* gehabt ... ich hab Billy im Traum gesehen ... auch wenn ich nicht sein Sohn bin ...«

»Du *bist* sein Sohn«, sagte Harlan.

»Ich fühl mich, als hätt ich überhaupt keine Eltern«, schluchzte ich.

»Er wollte genauso sehr wie ich, dass du auf die Welt kommst«, sprach Harlan weiter. »Zum Elternsein gehört mehr als ein paar Gene, Junge.«

Glaubte er mir? Wirklich? In seinem Büro klingelte das Telefon und er ließ den Anrufbeantworter rangehen. Schließlich sagte er: »Manche Leute haben einen schicken Namen für so was.«

»Was, so was?«, sagte ich heiser.

»Eine Erfahrung in Todesnähe.«

Mein ganzer Körper kribbelte vor Aufregung.

»Die meisten sehen Menschen, die sie geliebt haben und die tot sind ... Geliebte, Freunde.«

»Hast du schon mal so was erlebt?«

Er schüttelte den Kopf. »Ich bin nicht der Typ dafür. An visionärer Kraft hat es mir schon immer gemangelt.«

Er glaubte mir also. Worte drängten aus mir heraus, verstopften mir die Kehle.

»Vielleicht war Billy da, um dir Mut zu machen, dass du zurückgehst und dein Leben lebst«, sagte Harlan. »Schon mal daran gedacht?«

Ich blickte starr aus dem Fenster. Vielleicht hatte er Recht. Aber ich wehrte mich noch dagegen.

Im Haus von Paul und Darryl nebenan war alles dunkel – es war im Studio wieder spät geworden. Chinos Fenster war dunkel – er war mit Marian in Sacramento. Das Unwetter brach jetzt richtig los – Regen klatschte an die Fenster, die Palmenblätter peitschten hin und her.

»Du hast dich also entschieden, noch eine Weile hier zu bleiben?«

»Warum nicht?«

Er schmunzelte. »Könnte interessant werden. Und du hast deinen Freund wieder.«

Ich war immer noch zu aufgewühlt, um darüber zu reden, und schaute ins Feuer. Es war nicht zu vergleichen mit dem hypnotisierenden, wahnsinnigen Feuer am Point Reyes, aber es beruhigte – auch wenn ich eine Zigarette bitter nötig hatte.

»Shawn hat die totale Panik«, flüsterte ich. »Er hat sich immer noch nicht entschieden. Ich hab Angst, dass er wieder abhaut.«

»Kann ich mit dir von Mann zu Mann reden?«

»Ich bin ein Mann.« Ich sah ihn böse an. War das nicht klar?

»Du bist vierzehn ... alte vierzehn. Du wirst erwachsen. Aber bist du ein richtiger Mann?«

Erwachsene hatten immer so eine wirre Logik. »Find's raus.« Ich zeigte ein überlegenes Lächeln.

»Vor langer Zeit hatte ich auch so einen Freund wie du. Es war eine andere Zeit ... so anders, das kannst du dir gar nicht vorstellen. Alles war steif und zugeknöpft in diesem Land. Die Leute konnten nicht offen mit Sex umgehen, nicht mal mit Heterosex zwischen Eheleuten. Und ich hatte ähnliche Gefühle für ihn wie du für Shawn. Aber ... wir haben beide diese Gefühle verleugnet. Mit schrecklichen Folgen. Lange Geschichte. Also, ich würde mich nie zwischen dich und Shawn stellen. Er ist ein guter Kerl. Aber es gibt hier auch Gefahren, die ich sehe. Ich will also eine Abmachung mit dir treffen.«

»Was?«

»Ihr habt beide Himmel und Hölle in Bewegung gesetzt, um euch zu finden. Wir wissen, dass ihr wieder weglauft, wenn wir euch dazwischenfunken. Das werden wir also nicht tun. Ich habe mit deiner Mutter geredet und wir sind einer Meinung. Okay?«

»Und der Rest der Abmachung?«, fragte ich mit erstickter Stimme.

»Seid verantwortlich. Ein richtiger Mann übernimmt die Verantwortung für sein Leben. Er hat seine eigenen Maßstäbe, was verantwortlich für ihn bedeutet, und er lebt nach ihnen, auch wenn er sich dadurch die ganze Welt zum Feind macht. Bei einer richtigen Frau ist es übrigens genauso. Wie bei deiner Mom. Vielleicht sollte ich besser sagen, ein richtiger Mensch. Also rede dich nicht damit raus, dass du noch nicht erwachsen bist. Das ist Dreck. In anderen Ländern führen Leute in deinem Alter politische Bewegungen an, oder Guerillagruppen ...«

»Hast du etwa immer nach deinen Grundsätzen gelebt?«, schoss ich zurück.

Seine Augen waren glühend, klar, so lebendig. Oder sah ich jetzt alle Farben so? »Meine Akte ist nicht makellos«, sagte er. »Aber ich war umsichtig genug. Sonst wäre ich nicht hier. Die Frage ist, wie verantwortlich wirst *du* sein?«

»Woher weiß man, welche Grundsätze die besten sind?«

»Die Erfahrungen, die du machst, geben dir ein Messinstrument dafür. Wie ein Eichmaß, mit dem du feststellen kannst, ob deine eigenen Maßstäbe die richtige Länge haben.«

»Du meinst ... man muss immer durch alles durch?«

»Ja.«

»Kann man sich nicht einfach ein Video angucken? Wer hat sich das ausgedacht, dass wir diese Folter mitmachen müssen?«

»Was manche Menschen einen Fehler oder Sünde nennen, das ist eine Chance zu lernen, wie es funktioniert. Kleine Kinder lernen, dass die Herdplatte heiß ist, indem sie sie anfassen. Das Leben schützt uns nicht vor heißen Herdplatten. Das ist eins der großen Mysterien, über die ich als Schriftsteller nachdenke – dass die Menschen nur dadurch groß werden, dass sie einen großen Fehler begangen haben, der ihnen etwas Neues aufgezeigt hat. Und Leute, die ihr ganzes Leben nur jammern über die Fehler, die sie gemacht haben, drücken sich nur vor dem Lerneffekt. Die erreichen nicht viel im Leben.«

War das die Weisheit der Alten? Die Arthritis der Alten hatte Harlan jedenfalls, so wie er humpelte.

»Sieh dir Chino an und was er in Vietnam getan hat und wie ihn das jetzt antreibt. Deine Mom und Vince, wie sie gelitten haben und wie sie sich verändert haben dadurch. Sieh mich an! Ich habe gigantische Fehler gemacht. Also, ich kann dich nicht davor bewahren, die heiße Herdplatte anzufassen. Ich kann dir nur sagen, wie heiß sie ist. Aber wirst du zuhören?«

Ich schreckte auf. Ich war auf dem Sofa eingeschlafen. Das Feuer war erloschen und laut der Anzeige des Videorekorders war schon Mitternacht vorbei. Durch die Tür zu seinem kleinen Büro sah ich Harlan im silbernen Bildschirmlicht sitzen. Die ganzen Filme verraten einem nicht, dass der alte Hexer ein Workaholic ist und es nicht fertig bringt, die Zauberei mal eine Weile liegen zu lassen. Es war schön, ihm bei der Arbeit zuzusehen. Er und Mom, die hatten es beide raus, wie man für sich und die Familie sorgte. Harlan hörte mein Gähnen und drehte sich um. An der Wand hingen die Fotos von mir. Mit einem Mal war es mir so klar – wie sehr er sich gewünscht hatte, dass ich Teil seines Lebens war.

»Ab ins Bett«, sagte er über die Schulter.

Der kleine Junge in mir kam durch. »Hey, ähm ... Harlan?«

»Was?«

»Ach, nee. Es würde dich schocken.«

»Ich bin schwer zu schocken.«

»Bringst du mich ins Bett?«

Er lachte, und dann stützte er mich, als ich auf unsicheren Beinen den Flur entlangwackelte.

Während er die Tagesdecke herunterzog, kroch ich in die Drachen gehüllt ins Bett und kuschelte mich unter die Decke. Draußen brauste der Regen durch die Palmen und Bananenstauden. Ein Blitz zuckte auf und ich fühlte mich sicher wie in einer Höhle. Er saß auf dem Bettrand und strich mir eine Haarsträhne aus der Stirn. Bei der Berührung lief mir ein Kribbeln über den ganzen Körper. Er roch nach Altmänner-Rasierwasser.

»Und jetzt willst du sicher noch eine Gutenachtgeschichte«, sagte er.

Ich grinste und zog mir die Decke bis unters Kinn.

»Was soll's denn sein? Ein Märchen?«, fragte er.

»Mom sagt, du hast mich früher Falke genannt.«

»Als du klein warst.«

»Warum?«

»Ich habe Vögel immer gemocht. Sie sind so frei ... und ich wusste, dass ich nicht frei war. Vögel können hoch hinausfliegen und alles aus der Weite sehen. Ich hab angefangen, in Menschen verschiedene Vögel zu sehen – in ihren Persönlichkeiten, in dem, was sie sich erträumen. Zum Beispiel deine Mom. Das ist ein gottverdammter Kolibri. Klein und rotzfrech. Billy –« Er lachte auf. »Billy war ein Roadrunner. Er konnte den Clown spielen und die Leute zum Lachen bringen. Und dann eine Klapperschlange mit einem einzigen Biss töten und am Stück verschlucken.« Seine Miene hellte sich auf, während er sprach. »Und Vince ... den hab ich immer als Silberreiher gesehen – lange Beine, prachtvolles Gefieder ...«

Ich musste lächeln. »Und Shawn?«

Harlan legte den Kopf auf die Seite. »Eine Möwe vielleicht. Er reitet jeden Wind und zieht durch die Lüfte wie er durch die Straßen gezogen ist.«

»Chino?«

»Na, der ist ein Kormoran. Hast du schon mal einen Kormoran fischen sehen? Wie er in die Wellen eintaucht, nie abschmiert –«

Ja, das war Chino.

»Also, einmal haben mich Harry und Chino zu einem Freund mitgenommen, der bei den Green Berets war. Er hatte so viele Menschen umgebracht, dass er nicht mehr unter Menschen sein wollte. Er war Falknermeister und lebte hoch oben in den Adirondack-Bergen, ganz alleine mit seinen Vögeln. Als wir ankamen, hatte er einen jungen arktischen Wanderfalken gefangen. Schneeweiß. Ernie, so hieß der Mann, brachte ihm gerade bei, von seinem Handschuh aufzufliegen. Wenn du einen Falken fliegen lässt, lässt du ihn ganz frei. Ohne Halsband, ohne Leine ...« Harlan hielt sein Handgelenk hoch. Ich sah den Falken vor mir, wie er darauf saß, die Flügel untergeschlagen, aufrecht und stolz. »Und wenn du ihn in die Luft wirfst, fliegt er davon und jagt. Im Sturzflug krallt er sich sein Abendessen ... Zack! Schnappt die Taube mitten im Flug. Aber er kehrt immer zurück ... aus freiem Willen.« Der alte Mann warf die Hand hoch in die Luft. Ich sah, wie der Raubvogel sich in den Himmel stürzte, auf die Jagd ... und wieder herunterschoss, auf den Handschuh.

»Boah«, sagte ich. »Behält ein Falkner seine Vögel, bis sie sterben?«

»Aber nein. Sie lassen sie nach ein paar Jahren frei. Vor allem heutzutage, wo Falken eine bedrohte Tierart sind.«

»Und als ich klein war ...«

»... hast du mich an diesen weißen Wanderfalken erinnert, so wie du dich im Sturzflug auf alles geworfen hast, was du haben wolltest. Von dem Moment an, als du krabbeln konntest. Deine Bauklötze. Deine Spielzeuglaster. Wie du dich auf die Astronomie gestürzt hast. Und jetzt Shawn ... wie du auf die Jagd nach ihm gegangen bist. Himmel, sogar auf den Tod hast du dich so gestürzt.«

Ich erglühte im Schein dieser wundersamen Barbarenchronik aus meiner Vergangenheit. War es eine Metapher? An das Wort erinnerte ich mich. Eine Metapher dafür, wie er sich jahrelang danach gesehnt hatte, dass Mom wieder bereit sein würde, in seiner Nähe zu leben, und er ihr helfen konnte, mich großzuziehen. Er, Mom, Chino, Vince, sogar Marian, sie hatten mich fliegen lassen, damit ich jagen lernte und lernte, nach Hause zurückzufliegen.

Eine Träne kullerte in meine Haare.

Er lächelte ein wenig und schüttelte den Kopf. »Ich bin stolz auf dich, weißt du das? Du hast die Gabe, weit hinauszufliegen und Dinge zu sehen, die die meisten Leute nie zu Gesicht bekommen.«

Auf einmal wollte ich von ihm geliebt werden. Ich setzte mich auf und warf die Arme um ihn. Mein Geist tauchte ein in meinen Vater, meinen Darth Vader, und ergriff seinen Geist, der so mächtig war und so voller Geheimnisse und Schrecken. Sein Geist umfing mich glühend wie ein heißes, goldenes Licht, wand sich in mich hinein wie ein brennender Drache. Er schlang auch seine Arme um mich und drückte mich ganz fest an seine Brust. Er wiegte mich lange in seinen Armen. Ich fühlte, was seine Liebhaber gefühlt hatten – seine starken Arme, seinen Geruch, seine tiefen, langen Atemzüge.

In seinen Nacken, seine Haare hinein sagte ich: »Du und Mom ... könnt ihr euch nicht besser vertragen? Ich meine, können wir vielleicht mal was zu dritt machen, irgendwann?«

Sein Körper wurde von einem tiefen Schluchzer geschüttelt. Also wiegte ich ihn auch ein bisschen. Da saß ich wieder und tröstete einen weinenden Erwachsenen.

Er konnte kaum sprechen. »Das würde ich gern. Red mal mit ihr drüber.«

»Ich will öfter hierher kommen.«

»Du kannst kommen und gehen, wann du willst.«

»Kann Shawn … äh … auch hier sein? Ich meine, mal bei mir übernachten?«

»Wir müssen das tun, was für ihn am sichersten ist. Aber … wenn es das Richtige ist …«

Ein Blitz erleuchtete den Raum – die Möbel, herumliegende Klamotten, das Bild von Billy. Die Kerze hatte seit Point Reyes nicht mehr gebrannt. Jetzt war es nicht mehr wichtig.

»Wegen einer Sache bin ich aber *doch* sauer auf dich«, sagte ich in seinen Nacken hinein.

»Was?«

»Du hast mir nicht das Gen für Großsein gegeben.«

Harlan lachte. Er kniff mich leicht in die Nase. »Aber meine Bart-Gene hast du«, sagte er. »Du könntest dich jetzt öfter rasieren, weißt du.« Er nahm mein krautiges Kinn in die Hand und strich darüber. »Schlaf gut, Sohn.«

»Du auch, Dad.«

Seine Hinkeschritte gingen den Flur entlang, die Treppe hoch. Vielleicht wartete dort Vince, stand nackt im Lampenschein, legte seine Uhr ab. Sie würden einander in die Arme gleiten und sich voller Lust umarmen und aneinander pressen. Hatten heterosexuelle Jugendliche ein gutes Gefühl damit, dass ihre Hetero-Eltern beieinander waren? Hörten sie gern die Geräusche, die nachts über den Flur drangen? Fühlten sie sich sicherer, wenn sie wussten, dass ihre Eltern sich liebten, statt dass sie einander verprügelten und umzubringen versuchten wie in den Nachrichten?

Ein neuer Gedanke leuchtete auf. War es Chino gewesen, der die Spermaproben vertauscht hatte? War es ein Versehen gewesen? Oder Absicht? Hatte er beschlossen, dass es besser war, wenn Harlan der Vater war statt eines Toten? Chino hatte sich auch Kinder gewünscht. Er war sogar bei meiner Geburt dabei gewesen. War ich für ihn wie ein eigener Sohn? Hatte er sich deshalb von mir fern gehalten? Wie groß war meine Familie überhaupt? Wo waren die Grenzen dieses Mysteriums? Es schien keine Grenzen zu haben, wie die Lichtkurve im gekrümmten Universum.

Es hatte etwas Unheimliches, so glücklich zu sein. Wie lange würde es anhalten?

Am nächsten Tag fing Harlan an, von der Kiste zu reden. Vince kam die Leiter zum Kriechboden herunter, mit einer langen braunen Kiste in der Hand wie die, in denen Mom immer alte Finanzamtsunterlagen aufbewahrte. Er stellte sie im Wohnzimmer auf den Boden. Auf der Seite stand »Montreal«. Harlan ging überstürzt raus. Wir hörten, wie er die Terrassentür aufschob und hinaustrat.

Vince seufzte und ließ sich neben mir aufs Sofa sinken. »Also los«, sagte er. »Mach sie auf.«

Frischer Zederngeruch stieg mir in die Nase. In der Kiste waren kleine Zedernholzklötzchen, um die Tierchen fern zu halten und gegen den Mief. Drinnen lag ein Haufen primitiver Archivkram – alt, vergilbt und brüchig wie die Schriftrollen vom Toten Meer oder so was. Zeitungsausschnitte. Eine alte *Time* mit den Gesichtern von Harlan und Billy auf dem Titelbild. Das getippte Manuskript eines Buches mit dem Titel *Der Langstreckenläufer*. Aus einem Umschlag quollen Fotos von der Olympiade in Montreal, die irgendein Presseagenturfritze von der Tribüne aus aufgenommen hatte. Autopsiefotos aus dem Leichenschauhaus in Montreal. Billys Kopf mit dunklen, verklebten Haaren, die Stirnpartie weggeschossen. Darunter lag das Wichtigste: Kleidungsstücke. Eine Wildlederjacke mit einem modisch aussehenden New Yorker Etikett, sehr zerknittert. Billys Laufschuhe und Shorts. Eine Brille mit zersplitterten Gläsern. Ein Trikot mit den olympischen Ringen und ausgeblichenen Flecken darauf.

Die Haare standen mir zu Berge. Genau das hatte Billy angehabt, als ich ihn beim Ertrinken gesehen hatte.

Vince saß still da und fasste nichts an. Auf dem Boden der Kiste lag eine alte Stoppuhr und noch ein Paar alte Laufschuhe, schwarze Tigers, in der Schuhgröße meines Vaters.

Reiche Kids erben Aktienpakete und Häuser in Bel Aire. Kids aus Heterofamilien kriegen Familienalben. Ich bekam das hier.

Billys Jacke war mir zu lang, aber an den Schultern saß sie. Die Uhr schmiegte sich schön um mein Handgelenk.

»Und das ist jetzt meins?«, fragte ich.

»Es gehört dir«, sagte Harlan, der wieder reinkam. Seine Augen waren gerötet.

Ich schleppte die Kiste in mein Zimmer und machte die Tür zu.

Im Licht der brennenden Kerze saß ich die halbe Nacht wach, las den Artikel in der *Time*, sah mir die Ausschnitte an. Mit hämischer Freude las ich, wie berühmt Billy war, wie das halbe Land wegen ihm einen Herzanfall bekommen hatte, weil er schwul war und eine Goldmedaille gewinnen wollte. Ich blätterte Harlans Buch durch und erfuhr überraschende Sachen, zum Beispiel, dass mein Vater eine Zeit lang auf den Strich gegangen war, als er völlig abgebrannt in New York wohnte.

Ein Foto von ihm erregte meine Aufmerksamkeit. Auf die Rückseite hatte er mit Bleistift geschrieben: »Konditionstraining am Washington Square, 1969.« Er war damals jung, sehr gut aussehend, aber seine Augen blickten traurig, als würde ihm schon vieles auf der Seele lasten. Er war nicht glatt rasiert wie die Schwulen heutzutage. Er hatte glänzende, schwarze, krause Brusthaare, Achselhaare, Schamhaare. Er stand mit einem Fuß auf einer Parkbank und band sich diese schwarzen Tigers. Die Beule in seiner Turnhose ließ mich irgendwie seinen ganzen Schmerz und seine Einsamkeit fühlen, eine Nähe zu seinem Sex. Damals war er schon offen schwul und man hatte ihm seine ersten zwei Kinder weggenommen. Er sehnte sich immer noch verzweifelt danach, eine Familie zu haben, ein Kind zu haben, das er großziehen und zu dem er ehrlich sein konnte. Jahre später entschlossen sich er und Billy, zusammen Kinder zu kriegen. Ich sah ihn vor mir in der Arztpraxis, wie er abspritzte, sein heißes Sperma in einem kalten Glasbecher auffing. Das Spermium, in dem die Hälfte meiner Gene waren, war in seinem Körper gewachsen, hatte sich mit seinem Schwänzchen seinem Schicksal entgegengeschlängelt. Meistens wird Sperma direkt in den Körper einer Frau gespuckt, aber diese kleine Samenzelle hatte eine lange einsame Reise auf sich nehmen müssen, wie die Galileo-Raumsonde – so lang wie die Reise zum Katzennebel –, bis sie endlich ihre weit entfernte Galaxie fand, den Körper meiner Mutter.

Ich hatte immer gewusst, dass ich von den Sternen zurückgekommen war um mir Mom auszusuchen. Aber Harlan hatte nach den Sternen gegriffen um *mich* auszusuchen.

In dem Haufen Fotos, in Billys Jacke gekuschelt, mit einem Laufschuh in der Hand schlief ich ein.

Ein paar Tage später kam Chino nach Hause. Es war schön zu sehen, wie glücklich er war, wenn er heimkehrte – wie sehr die anderen Männer sich um ihn sorgten und ihn vermissten. Ich würde mich sehr anstrengen müssen, um seine Achtung wiederzuerlangen. Also beichtete ich ihm alles, was in Point Reyes gewesen war.

Chino studierte mich, wie ich im Drachenmantel am Feuer saß. Er sah verändert aus – klarerer Blick. Er hörte zu, den Kopf auf die Seite gelegt, nickte manchmal. Er wirkte nicht überrascht, als ich ihm erzählte, was ich erlebt hatte, während ich am Ertrinken war.

»Hast du deinem Vater von dem *Memo*-Traum erzählt?«, fragte er.

»Noch nicht. Da waren zu viele andere Sachen, die ich ihm erzählen musste. Aber ich mach's noch.«

»Du hast es also die ganze Zeit gewusst«, sagte er.

»Was meinst du?«

»Wie ich dir gesagt habe ... manche Menschen finden in ihren Träumen Dinge heraus. Wenn Billy dein Vater wäre, dann hättest du in dem Traum sein Gesicht gesehen. Du hattest ein Foto von ihm ... du wusstest, wie er aussieht. Aber du hattest kein Bild von Harlan. Deswegen hatte der Mann im Traum einen Helm auf, der sein Gesicht verdeckte. Verstehst du?«

In diesen Tagen bekam ich andauernd Gänsehaut, aber ich gewöhnte mich nie daran. Diesmal ließ mich das Gänsehautgefühl richtig schaudern. Er hatte Recht. Ich verstand den Traum zum ersten Mal.

»Und dreiundzwanzig ... das ist die Anzahl der Chromosomen, stimmt's?«, sagte ich.

»Vielleicht.« Chino hatte einen entrückten Blick.

»Und was ist mit dem 60-Sekunden-Stern? Was sollte das bedeuten?«

Als ich es aussprach, fiel mein Blick auf Harlans alte Stoppuhr, die ich am Handgelenk trug. 60 Sekunden. War es das?

»Chino, hast du schon mal an ... äh ... Selbstmord gedacht?«

»Öfter«, sagte er. »Bei SEALs ist die Suizidrate hoch. Wir sind so lückenlos überwacht worden wie Astronauten ... nur dass Astronauten nicht morden und brandschatzen müssen. Schwule SEALs haben es besonders schwer. Ich bin wohl der seltene Überlebende.« Er lächelte ein bisschen. »Nicht, dass ich das Thema wechseln will, aber ich habe ... arrangiert, dass der ausgebüxte Shawn laut Zeugenaussagen in Las Vegas gesichtet wurde. Mein letzter Einsatz als Detektiv. Ich glaube, seine Eltern werden die Gegend hier jetzt nicht mehr so aufmerksam beobachten.«

Als es mir besser ging, redeten die Männer endlich ein bisschen über Männerliebe mit mir. Eines Abends machten Harlan und Vince die besten Hamburger, die ich je gegessen hatte, mit Avocados von dem Baum in Rose' und Vivians Garten. Ich fühlte mich wieder gesund genug um mitzuessen, und dann redeten wir beim Abwasch, was zwar eine merkwürdige Art war, sich dem heiklen Thema anzunähern, aber das Gespräch entkrampfte. Das Komische war, dass es ihnen doch tatsächlich peinlich zu sein schien, darüber zu reden. Aber irgendwoher wussten sie, dass Shawn und ich miteinander rumgemacht hatten, seit wir klein waren. Kam jetzt mein Dad-muss-mit-dir-über-Sex-reden-Gespräch, nachdem ich mir das mein ganzes Leben lang mit anderen Besetzungen in der Glotze angesehen hatte?

»Hey«, sagte ich, »wir haben aber nie was Radikales gemacht.«

»Was ist in deinen Augen radikal?«, fragte mein Vater.

»Das, öh, das Eine kommt mir ziemlich radikal vor.«

»Das macht dir Angst, was?«, fragte Vince.

»Irgendwie schon.« Ein langes Auswahlmenü an Fragen rollte auf meinem inneren Bildschirm ab. »Ist das nicht so wie ... äh ... die Frau sein? Ich meine, warum soll ein richtiger Mann so was tun?«

Harlan lachte. »Richtige Männer sind ganz wild darauf, sich zu unterwerfen. Das hab ich gelernt, als ich zu den Marines gegangen bin. Was da ablief ...« Wir schepperten in der Küche herum. Harlan schrubbte den Elektrogrill. Ich räumte den Geschirrspüler ein.

Vince tat die übrig gebliebenen Avocados beiseite. »Also, ich bin schon ein richtiger Mann, würd ich sagen.«

Mein Gesicht brannte. »Shawns Dad hat gesagt, das ist was Schmutziges.«

»Dann ist Heterosex auch was Schmutziges. Heteromänner pinkeln mit ihren Penissen und dann stecken sie sie in Frauen rein.

Aber die Heteros scheinen damit kein Problem zu haben.« Vince räumte den Kühlschrank um. Ein alter Salatkopf flog in hohem Bogen in den Müll.

»Aber bei Typen kann was aufreißen und so ...«

Das Hexerlachen verengte Harlans Augen zu Schlitzen, während er Reiniger in den Geschirrspüler tat. »Hast du dich mal gefragt, woher Jerry so gut informiert ist?«

»Na ja ...« Ich grinste.

»Bei Frauen reißt etwas auf, wenn sie Kinder kriegen. Als du geboren wurdest, ist es bei deiner Mom ganz schlimm gerissen. Ich hab sie schreien gehört ... ich hab einen Riesenschreck bekommen. Und bei einer Frau, die ein Dutzend Kinder geboren hat – da kann sich sogar die Gebärmutter rausstülpen. Und? Ist Kinderkriegen deshalb etwas Unnatürliches?«

Ich fragte mich, woher Harlan so gut informiert war. Mom musste es ihm eingehämmert haben.

»Wenn wir dir also einen Rat geben dürfen ...«, sagte Vince.

»Klar.«

»Sex ist wie einen Hamburger machen ... es gibt unendlich viele Möglichkeiten und sie sind alle großartig. Das Wichtige dabei sind die Gefühle.«

Harlan wischte die Arbeitsfläche. Ich hatte das Gefühl, dass er nicht so ganz locker mit mir über dieses Thema reden konnte wie Vince, auch wenn Chino und Vince angedeutet hatten, dass mein Vater der ultimative Hüter der Weisheit war, was schwulen Sex betraf. Vince machte Andeutungen zu einigen Fotos, die Harlan am Point Reyes verbrannt hatte ... Aktfotos aus seiner Stricherzeit. Er hatte sie aus der Kiste herausgenommen. Vielleicht wollte er nicht, dass ich sie sah.

Harlans Stimme war etwas heiser geworden. »Magst du Apfelkuchen?«, fragte er.

Später saßen wir dann voll gefressen vor dem Kamin und schauten ins Feuer. Ich war müde geworden, saß auf dem Boden, lehnte mich zu ihren Füßen ans Sofa und streckte meine Zehen zum Feuer aus. Ich lehnte mich an Harlans Bein. Es war ein schönes Gefühl, und da stellte ich meinem Vater endlich die Frage der Fragen.

»Hast du ... äh ... hast du je Sex mit Frauen gemocht?«

»Ja, ich hab es manchmal halbwegs genossen. Aber es war mir immer fremd.«

»Mom hat immer gesagt, dass du Frauen hasst und so.«

»Hass – nein. Arroganz durchaus«, lästerte Vince.

Harlan fand das nicht witzig. »Und außerdem verändern sich die Menschen. Ich habe Schwule und Lesben erlebt, die Stein und Bein schworen, dass sie sich zum anderen Geschlecht überhaupt nicht hingezogen fühlten ... und ganz plötzlich treffen sie ein Exemplar, dem sie nicht widerstehen können.«

»Ich war lange bi ... dann hab ich das Interesse verloren«, ergänzte Vince.

»Und wir beide haben Männer gekannt, die hetero waren, aber ein sehr intensives, überwältigendes Gefühl für einen bestimmten Typen hatten. Wer kann das schon erklären?«

»Dann bin ich vielleicht bi?«

»Was hast du für Gefühle zu Mädchen gehabt?«

»Manche Mädchen sind doof. Manche Mädchen sind echt cool.« Mein Gesicht brannte schon wieder. Angeblich hatte man als Teenager andauernd allen möglichen Sex. Das war doch angeblich das große moralische Problem der Nation. Wie kam es nur, dass ich von dem ganzen Sex nichts abkriegte? »Aber ... mit Mädchen ist es was anderes«, sagte ich.

»Wieso?«, wollte Harlan wissen.

»Frauen haben so *kleine* Lippen.«

Beide Männer lachten.

»Jetzt, da du dich entschieden hast, hier bei uns auf der Erde zu bleiben, hast du ja Zeit rauszufinden, wer du bist«, sagte mein Vater. »Das ist das Leben ... Zeit. Aber ich will, dass du eines verstehst.«

»Was?«

»Meine Eltern haben versucht, mich zu zwingen, nach ihren Erwartungen zu leben. Ich werde dir meine Erwartungen nie aufzwingen.«

Leute kamen mich besuchen. Mom und Marian, Teak und Elena, Chino. Und Orik kam, im Fummel. Die LaFonts hatten Mitleid mit ihm gehabt und ihm bei seiner Garderobe ausgeholfen. Sie wollten sich mit dem Rest der Familie wieder versöhnen. Die Mauer zwischen mir und Orik war weggeschmolzen. Er lag auf meiner Bettdecke und legte den Kopf neben meinem aufs Kissen und irgendwie verhakten sich unsere Finger ineinander. Der Himmel stürzte nicht ein und Jesus kam nicht von den Wolken herabgerauscht und war sauer, weil ich mit einem anderen Jungen Händchen hielt.

»Ach du mein Mädchen ... du bist ... äh ... echt ziemlich scharf«, sagte ich.

»Ach ja?« Er grinste.

»Du hast mich gerettet, diesmal in echt«, sagte ich und schaute ihm tief in die Augen.

»Gibt viele Arten, jemand zu retten«, sagte er und schaute zurück.

»Ja.«

»Wenn meine Eltern es rauskriegen, ist mein Dad zu allem imstande ... zu *allem*. Ich bin ihr Leibeigener. Die wollen mich wiederhaben, um jeden Preis. Und sie haben darüber geredet ...« Seine Augen laserten sich in meine, mit einem Blick, den ich mir immer in ihnen gewünscht hatte.

»Worüber geredet?«

»Dass sie *dich* von deiner Mom wegkriegen wollen. Dass sie jemand anderes aus deiner Familie finden müssen, der sich vor Gericht das Sorgerecht für dich erklagt. Meine Eltern glauben, dass deine Mom vom Teufel besessen ist.«

Ein kalter Schauer überlief mich.

»Moms Eltern können sie lange suchen«, sagte ich. »Ihr Vater ist tot. Die Familie ihrer Mutter ist in den Libanon zurückgegangen. Moms Vater hat bei 'nem Ölkonzern gearbeitet.«

»Und Harlans Eltern?«, fragte er.

»Seine Mutter gibt's noch, nehm ich an. Die hat versucht, Harlan Michael wegzunehmen. Aber sie hatte vor Gericht keine Chance, weil Michael schon erwachsen war.«

»Weiß sie, dass Harlan dein Vater ist?«

»Wahrscheinlich nicht.«

»Wenn sie das rauskriegt, versucht sie vielleicht, dich zu kriegen.«

»Opa hat dir schon gesagt, was *du* tun kannst«, sagte ich.

»Das macht mir alles Angst. Egal wie ich mich entscheide, ich kann immer verlieren ...«

»Und, hast du dich entschieden?«

»Ja«, sagte er. »Aber bevor ich das mache, wünsch ich mir noch eine ganz besondere Zeit mit dir.«

Unsere Finger schlossen sich fest umeinander. Ich berührte seine Haare. Es war, als würden sie von ganz alleine hochfliegen, ganz ohne Wind. Wir taten nichts außer Händchenhalten, es hätte ja jemand reinkommen können.

»Wo?«, flüsterte ich und war schon ganz schwitzig und geil.

Er legte sein Gesicht ganz dicht an meines, ließ seine falschen Wimpern an meiner Wange klimpern und sagte: »Disneyland.«

23 Mein erstes Mal

Ehe Orik Opas Rat befolgte und sich in die Fänge der Justiz begab, blieb ihm ein letztes Wochenende in Freiheit. Harlan zog mit Vince nach nebenan zu Paul und Darryl, damit wir sturmfreie Bude hatten. Allerdings behielten sie das Haus im Auge.

Wir planten ein magisches Wochenende zu zweit. Frühmorgens am Samstag, während die Sonne über einem Orange County aufging, das kein Sektor eines fantastischen Universums war, nur Alltag auf der Erde, fuhr uns Chino nach Disneyland. Wir verbrachten dort den ganzen Tag, während Chino in Sichtweite blieb. Wir waren ein Typ und seine Freundin, die ein letztes Mal Kinder sein durften. Unsere Rucksäcke waren leicht – nur Klamotten zum Wechseln, falls wir auf den Wasserbahnen nass wurden. Chino kaufte uns Mickymaus-T-Shirts und wir zogen sie gleich über. Oriks Titten wippten schön unter Mickys Ohren.

Wir waren total aufgedreht, rannten auf Tom Sawyers Insel durch Bäume und Höhlen. Shawns Zweithaar wehte im Wind. Chino ging die Puste aus. Wir machten alle Extremtouren mit, die wir in einen Tag hineingequetscht bekamen, rissen die Arme hoch, als es im freien Fall die steilen Abfahrten runterging. Auf der Wildwasserbahn, als unser Floß den Wasserfall runterrauschte und alle kreischten wie am Spieß, zog Orik sich das Mickymaus-T-Shirt hoch und ließ seinen Frederick's-of-Hollywood-BH mit den wippenden Körbchen Größe 85 in die versteckte Kamera blitzen, die Erinnerungsfotos für Touris schoss. Aber als wir auf dem Ständer am Ausgang nachschauten, war sein Foto nicht dabei.

»Das ist wohl der Disney-Zensur zum Opfer gefallen«, meinte Chino.

Während wir durchs Universum wirbelten, von Meteoriten umzischt durch Galaxien stürzten und uns die Seele aus dem Leib kreischten, durchzuckte mich der Gedanke, dass ich vielleicht den Tiefen des Alls niemals näher kommen würde als jetzt.

Bei Indiana Jones platzte eine von Oriks Ballonbrüsten und das Wasser durchnässte ihm das T-Shirt. Er drückte sich an mich, damit es niemand merkte, und stopfte sich das Körbchen mit Klopapier aus, das er für Notfälle im Rucksack hatte.

Am Abend verschnauften wir an zwei Tischen im Blue Bayou, die Chino reserviert hatte. Das Restaurant war drinnen, aber sie gaben einem die Illusion, draußen unter dem Nachthimmel zu sitzen, wo Leute in Booten vorbeifuhren, unterwegs zu den »Piraten der Karibik«, und zwischen den Bäumen Glühwürmchen leuchteten – ich hatte noch nie echte Glühwürmchen gesehen. Ruhiger geworden, bestellten wir Riesenhamburger und Unmengen von Pommes. Orik flüsterte mir zu, dass die Kellner bestimmt glaubten, dass wir nach der Highschool heiraten, sechs Kinder kriegen und in unserem trauten Familienheim leben würden, bis dass der Tod uns schied.

Kurz bevor die Hamburger kamen, zog Orik plötzlich eine Karte aus dem Rucksack, eine große mit ganz vielen Rosen drauf, noch nass von der Wildwasserbahn. Er schrieb etwas drauf und gab sie mir. Da stand: »Diesen Tag werde ich nie vergessen. Dein bester Freund auf immer und ewig ... Alles Liebe, Shawn.«

Ich kriegte einen Frosch im Hals. »Wieso Shawn?«, sagte ich.

»Wir sind jetzt Männer. Männer haben keine Kindernamen.«

Ich schluckte hart und las die Karte zum zweiten Mal. Was sollte ich jetzt sagen? *Ich kann mich nicht erinnern, dass ich dich jemals* nicht *geliebt habe. An dem Tag damals am See, da hatte der Film schon längst angefangen. Ich hab dich geliebt, als wir Basketball gespielt haben ... als du dich gegen die Masern hast pieksen lassen. In der Blockbuster-Videothek hab ich dich geliebt und in der Mathestunde. Als dein Dad dich verprügelt hat, wusste ich, dass ich dich liebe, und als ich nicht wusste, wo du bist. Ich hab dich sogar geliebt, als wir diese arme kleine* fruta *im Einkaufszentrum klatschen wollten. Aber am allermeisten hab ich dich geliebt, als ich dort draußen war, irgendwo in der Nähe des Katzennebels.*

Wir schlugen uns die Bäuche voll und redeten lange über unsere Väter. Chino aß allein zwei Tische weiter und behielt alle Anwesenden in seinem wachsamen Blick.

Es wurde spät und wir wurden müde, als wir eine Stunde auf dem Bordstein saßen und auf die »Electrical Parade« warteten. Meine »Freundin« hatte den Kopf auf meine Schulter gelegt. Endlich kamen all die fantastischen leuchtenden Elfen und Tiere vorbeigezogen, aber ich bekam nicht viel davon mit, weil Shawns Rücken so unter meiner Hand glühte. Irgendwann war es Mitternacht vorbei und wir lagen aneinander gekuschelt hinten in Chinos Auto, hielten Händchen und befummelten uns heimlich ein bisschen, während er uns nach L.A. zurückfuhr.

Er setzte uns vor Harlans Haus ab und wartete, bis wir drinnen waren. Kaum war die Tür zu, schauten Shawn und ich uns mit eindeutigem Blick an. Unsere Knie waren butterweich. Dann, langsam, gingen wir aufeinander zu und nahmen uns in die Arme. Es machte uns Angst ... diesmal würden wir nicht aufhören, das war klar.

Haare in den Augen, die immer platter gequetschten Mickymaus-Ballonohren zwischen uns, schlangen wir uns umeinander. Unsere Gerüche vermischten sich. Wir lehnten uns an die Wand und zogen die T-Shirts hoch. Meine Hand kroch in seinen BH und zerknallte die zweite Gummibrust. Wir gackerten wie verrückt und ich spielte mit seinen Jungenstitten, und der Nippel genoss meine Berührung und wurde groß und hart wie der von Ana.

Mein Zimmer sah jetzt richtig bewohnt aus. Die Lampe beleuchtete all die Fotos auf meiner Kommode und warf ein wildes Schattenspiel an die Wände. Alle Menschen, die ich gern hatte – Mom,

Harlan, Billy, Chino, Vince, Ana, Teak (zur Zeit verschollen), die Valhalla-Clique und natürlich ein großes gerahmtes Bild von Mom und Marian zusammen. Die Kerze war aus – ich brauchte sie nicht mehr. Draußen sang eine Spottdrossel, von der Straßenbeleuchtung wach gehalten. Billy war ganz nah bei uns und verströmte seinen goldenen Schimmer im Raum, als Shawn sich vor meinen Augen wieder in einen Jungen verwandelte. Den Kopf im Kissen versenkt, sah er mir in die Augen, als ich mich dicht an ihn schmiegte. Mit zitternden Fingern zog ich ihm die Wimpern ab. Mit Creme bekam ich ihn ganz gut abgeschminkt.

Seine Finger zitterten, als er meine Wimpern berührte. »Die sind so schön«, flüsterte er.

»Mädchenaugen.«

»Ein Mann muss schöne Augen haben. Schneid dir bloß nie mehr die Wimpern ab.«

»Ach nee?«

»Kannst du deine schönen Augen nicht einfach schön sein lassen?« Er packte mich links und rechts an den Ohren und fing an, meine Augen zu küssen. Er küsste mich auf die Brust und sagte Baby zu mir. Ich erwischte einen verblassenden Lichtstrahl der Erinnerung an zwei Jungen, die sich in einer dunklen Ecke eines Clubs küssten, mit offenen, aufeinander gepressten Mündern, gleitenden Zungen, Schenkeln zwischen Schenkeln. Ich küsste seine Haare, seinen Hals. Er hatte Narben an den Armen und auf dem Rücken – ich küsste sie. Während er meinen Bauchnabel küsste, zog ich das Klebeband zwischen seinen Schenkeln ab, und jetzt wusste ich auch, wie Wegstecken ging. Er machte Autsch, weil es ziepte. Das ganze bekamen wir hin, ohne die Münder voneinander zu lassen – warmer Atem an unseren Körpern, Wörter, in die Haut und den Schweiß des anderen hineingesprochen. Es war wichtig, unsere Gefühle zu zeigen, denn das ist das wirklich Verbotene – sich Küssen und von Liebe reden ... nicht einfach nur Sex, den hatten wir schon die ganzen Jahre über, nur dass wir es nicht so nennen konnten. All die Predigten und Gesetze und Elternspinnereien hatten uns nicht davon abbringen können. Wir hatten gewonnen. Wir stöhnten vor unerfüllter Sehnsucht, wollten den Kuss totaler, als es unsere Körper hinbekamen. Ich wollte, dass unsere

Geister sich im All küssten, ihre unsichtbaren DNA-Fäden sich ineinander verknäuelten, zwanzig Milliarden Jahre lang, wenn das ging. Das Küssen und Berühren war so stark, dass wir das Eine nicht tun wollten, jedenfalls noch nicht. Also landete das Gummi auf dem Boden und wir machten miteinander alles, was es sonst noch gibt.

Ich schreckte auf. War er weg? Er war bestimmt weg. Nein. Er war da, neben mir, auf einen Ellbogen gestützt, und zündete sich eine Zigarette an. Aber die Nacht war vorbei und vor dem Fenster war es hell. Sogar auf der Erde gab es Zeitverzerrungen. Auf der Uhr war es 6 Uhr 35.

Ich gähnte und streckte mich. Er legte sich quer auf mich drauf und ich half ihm aufrauchen. Seine zerwühltes Haar war so viel gestreichelt worden, dass es aussah wie lackiert. Er leckte mir die Augenlider, fuhr mit der Zunge an der Wange entlang und in meinen Mund hinein, in einen langen rauchigen Kuss.

Er sagte: »Damals am See, da hätt ich dich so gern geküsst. Ich wollte dich überall küssen.«

»Du hast deinem Dad doch nie verraten, was wir gemacht haben.«

»Nein. Er hat versucht, es aus mir rauszuquetschen. Die Psychos haben es auch versucht. Aber ich hab nie was gesagt.«

»Hast du schon mal jemand anderes geküsst?«

»M-mm. Glaubst du mir das?«

»Nicht mal Donnala?« Meine Finger fuhren durch seine Haare. Ich bauschte sie auf, dass es aussah, als würden sie im Wind wehen.

Er lachte. »Ich hab's mit Mädchen versucht. Genau wie du. Ist aber nicht dasselbe.« Sein Körper spannte sich an. »Da sind ein paar Sachen passiert. Aber das nicht.«

Ein paar Sachen? »Was für Sachen?«, fragte ich.

Seine Stimme schwankte. »So Sachen. Ich konnte nichts dagegen tun.«

»Da haben welche, äh, Sachen mit dir gemacht?«

»So was in der Richtung. Paar Mal.«

Vergewaltigung? Er versuchte mir etwas zu erzählen, das so

schrecklich war, dass er es nicht über sich brachte. Auf einmal liefen ihm Tränen die Wangen hinunter. »Aber angeschafft hab ich nie, klar?«

»Hey, schon gut.« Ich streichelte seine Wangen, versuchte das Schlimme wegzuwischen. Er hatte sich gestern früh nass rasiert, aber schon wieder sprossen goldene Härchen aus seinem Kinn.

»Die eine Sache hab ich nie hergegeben. Die andere wollte niemand haben. So was wie Küssen, Liebe ... das wollte niemand. Komisch, was?«

»Du musst mir nichts erzählen. Irgendwie hab ich's schon gewusst.«

»Versprich mir, dass du das nie mit einem anderen Typ machst, okay?«

»Ich schwör's. Und du?«, wollte ich wissen.

»Ich schwör's.« Er beugte sich aus dem Bett zu seinem Rucksack und holte ein schwarzes Schmuckkästchen mit Schnappverschluss heraus. Darin waren zwei goldene Ringe mit kleinen Diamanten in Sternenform, die drumherum liefen.

»Hast du die geklaut?«, fragte ich.

»Wir haben hinter 'nem Juweliergeschäft einen Laster ausgeräumt. Die waren in meinem Anteil. Ich hab sie für uns aufgehoben, wegen den Sternen. Freundschaftsringe, okay?«

»Klar.« Jetzt wusste ich, dass er mich wirklich hatte finden wollen.

Er steckte mir einen an den Finger. »Steck mir den anderen drauf.«

Ich tat es. Wir schauten uns an. Ich grinste, weil es so cool war. Keine Barbarenchronik kam ohne einen Ring aus.

»Komisch«, sagte er.

»Was?«

»Wir haben genau das gemacht, was Reverend Dwight gesagt hat ... wir haben auf den Richtigen gewartet.«

Irgendwann waren wir wieder völlig erschöpft und wachten erst am Mittag auf. Wir gönnten uns ein riesiges Frühstück und einen Film und Liebe – auf dem Bett, auf dem Boden, auf dem Sofa, unter der Dusche. Sogar draußen auf der Terrasse, wo wir nackt herumsprangen und uns mit dem Schlauch nass spritzten. Pauls Katze fand uns auf der Gartenliege, wo wir uns in der Sonne trocknen ließen, und wollte mit uns schmusen. Die Mauer war so hoch, dass die Nachbarn nicht reinsehen konnten.

»Kriegst wohl nie genug?«, fragte ich ihn.

Als wir uns beruhigt hatten, lagen wir uns auf der Liege in den Armen und saugten den Sonnenschein in uns auf, und ich hatte eine neugierige Frage.

»Hey, was hat der Doktor damals mit dir gemacht? Nach dem See.«

»Frag nicht.«

»Ich will's aber wissen.«

Er seufzte. »Das war irgendein anderer Arzt, nicht der, zu dem meine Leute immer gegangen sind. Ich hatte keine Ahnung, was los war, bis ich da auf dem Tisch lag. Sie haben mir gesagt, das wäre eine Untersuchung für die Militärschule. Er hat mich sogar festgeschnallt. Dann haben meine Eltern«, sagte er hasserfüllt, »gesagt, er soll mir irgend so ein Instrument in den Hintern schieben und mich untersuchen.«

»Widerlich! Auf was denn untersuchen?«

»Ob dein Sperma da drin klebt.«

»Um Himmels willen.«

»Es hat wahnsinnig wehgetan. Ich hab ... geschrien und all so was. Da hat mir mein Dad den Mund zugehalten. Und ...«

»Der war dabei?«

»Was glaubst du denn. Nichts, was mir seitdem angetan wurde, war so schlimm wie das.«

Am Montagmorgen packte Shawn seinen Rucksack, während ich unser Bettzeug in die Waschmaschine stopfte. Harlan und Vince kamen rüber, brieten uns ein großes Männerfrühstück und stellten keine Fragen. Dann, ohne jedes Drama, kniff mir Shawn zum Abschied in den Arm und ging zur Hintertür raus. Er war so tapfer, dass es mir einen Stich versetzte, denn er ging auf eine lange Reise – länger als die Reise ans Ende des Universums, tiefgekühlt, damit er nicht auf dem Weg an Altersschwäche starb –, drang vor »in Galaxien, die nie ein Mensch zuvor gesehen hat«, wie die Enterprise. Ich stand in der Tür und sah ihm nach, wie er den Fußweg entlangging und dabei immer kleiner wurde.

Ganz allein, wie Clint Eastwood in die Stadt der Bösen reitet, fuhr er mit dem Bus quer durch die Stadt zum Jugendsozialdienst. Er würde dort seinen richtigen Namen angeben. Er würde sagen, er sei schwul und auf der Flucht vor seinen Eltern, die ihn misshandelt haben.

Als der Jugendsozialdienst den Heasters mitteilte, dass Shawn bei ihnen war, rasteten seine Eltern aus. Aber jetzt gab es nichts mehr, was die Polizei oder die Detektivbüros noch für sie unternehmen wollten. Wenn sie ihn entführten, würden sie größte Schwierigkeiten mit dem Staat Kalifornien bekommen. Der Sozialdienst vermittelte ihn an eine Einzelfallhelferin und steckte ihn mit zehn anderen Ausreißern ins Mary-Byrne-Heim. Opa sagte, der Bezirk hätte sechs Heime für Minderjährige, die von ihren Familien wegwollten. Die meisten waren heterosexuelle Kids, die Drogenprobleme hatten oder selbstmordgefährdet waren oder die zu Hause sexuell missbraucht oder geschlagen worden waren. Im Mary-Byrne-Heim waren alle lesbisch, schwul oder bi. Manche von ihnen, darunter zwei Mädchen, waren positiv. Ein Mädchen wollte sich umoperieren lassen. Manche waren auf Bewährung. Manche kamen aus dem Psychoknast. Früher, sagte Opa, gab es keine Zufluchtsstätte für Minderjährige, wenn sie zu Hause Probleme hatten. Jetzt gab es für die gesamten USA immerhin diese eine Stelle, die 400 Wohnplätze zu vergeben hatte.

Shawn rief einen Hetero-Anwalt an – Opa zeigte ihm die Nummer in den Gelben Seiten. Die Kanzlei half Jugendlichen, ohne Honorar zu nehmen. Im Beisein seiner Sozialarbeiterin und des Anwalts teilte Shawn seinen Eltern mit, er wünsche, dass sie auf das Sorgerecht verzichteten.

Ich wäre zu gern dabei gewesen ... eine Szene, wie sie in keinem Film vorkam.

Zuerst waren die Heasters schockiert. Dann waren sie beleidigt und wütend. Sie fuhren ein Dutzend Mal nach L.A. hoch und versuchten, allein mit Shawn zu reden ... probierten die ganzen faulen Tricks. Er sei doch gar nicht schwul. Es sei doch bloß eine Phase. Der Teufel sei schuld. Er würde an Aids sterben. Laber, laber,

laber. Marilyn hörte gar nicht mehr auf zu heulen, und Shawn sagte später, dass seine Mom irgendwann vorbeikommen dürfte. Aber Jerry hatte Shawns Vertrauen bis ins Allerletzte zerstört. Darum weigerte sich Shawn mit ihnen zu reden, außer in Anwesenheit der Sozialarbeiterin und des Anwalts. Die Sozialarbeiterin fand heraus, dass er in Costa Mesa zweimal in die Notaufnahme musste, weil sein Vater ihn verprügelt hatte. Sie konnte die Krankenhausakten seinen Narben zuordnen. Sie sah ihm seine Angst an.

Als ihn seine Eltern immer noch nicht in Ruhe lassen wollten, brachte Shawn schließlich den Mut auf, ihnen die richtigen Knaller vor die Füße zu schmeißen. Dass er mit Männern zusammen gewesen war ... dass er als Fummeltunte gelebt hatte. Er schleuderte ihnen die Club-Fotos ins Gesicht.

»Wenn ich an Aids sterbe oder sonst was, dann ist das *mein* Problem. Mein Leben gehört mir!«, schrie er.

Als Jerry das hörte, war es gelaufen. Für seinen Sohn würde er sich keine Gummihandschuhe anziehen. Er konnte es kaum erwarten, die Erklärung zu unterschreiben. Der Bezirk sei auch vom Teufel besessen, weil er für perverse Jugendliche sorgte anstatt sie zu bestrafen und auf den rechten Weg zu führen. Marilyn weinte, aber Jerry brüllte sie an und sie unterschrieb.

Ich hätte nie gedacht, dass Jerry so leicht aufgeben würde.

»Das steht doch in der Bibel«, erklärte mir Harlan. »Und wenn dich dein Auge zum Abfall verfuhrt, reiß es aus und wirf's von dir.«

»Du meinst ... richtig sich das eigene Auge rausreißen?« Mir wurde schlecht.

Shawn ging auch vor Gericht um seinen Nachnamen zu ändern. Er nahm den Namen Shawn Sun an, und das stand dann auch auf seinem Ausweis. Er hielt dicht und der Bezirk und seine Eltern fanden nicht heraus, dass er mit uns Kontakt gehabt hatte. Aber die Heasters schrieben Mom einen langen Drohbrief und gaben ihr die ganze Schuld daran, dass sie ihren Sohn verloren hatten. Und sie würden jemanden aus unserer Verwandtschaft auftreiben, der vor Gericht Chancen hatte, das Sorgerecht für mich zugesprochen zu bekommen, und so würden sie mich aus dieser sodomitischen Höllengrube herausziehen, in die Mom mich gesteckt hatte. Sie würden zu ihrem Abgeordneten gehen und den Jugendsozialdienst schließen lassen, weil der Bezirk nichts unternahm um Jugendliche vor der Homosexualität zu bewahren. Jerry war in so eine Organisation eingetreten und schwang große Reden, dass man der Unmoral im ganzen Land den Garaus machen müsse.

Opa heftete den Brief in seiner Shawn-Akte ab.

»Zum Glück wissen sie nicht, wer in Wirklichkeit mein Vater ist«, sagte ich zu Opa.

»Hoffen wir nur, dass die Heasters das nicht herausfinden. Wenn sie Harlans Mutter und ihren Sohn Kevin auftreiben«, knurrte er, »werden die ihnen mit Freude behilflich sein.«

Die Bezirksbehörde war sehr kontrollwütig. Es gab Millionen von Regeln: kein Sex im Haus, keine Drogen, Rauchverbot, Ausgangssperre ab sechs. Das Rauchverbot war das Schlimmste. Shawn musste sich einen Job besorgen und arbeitete als Kartenabreißer im Kino. Der Lohn ging an den Bezirk, der Kost und Logis davon abzog, den Rest auf sein Konto einzahlte und ihn nicht ranließ. Er musste bitten und betteln, um auch nur mal fünf Dollar zu kriegen.

Die vom Bezirk sagten, er müsse zur Schule gehen, und meldeten ihn beim EAGLES an, der Schule, auf die auch Teak und Elena gekommen waren. Die meisten dort waren Desperados wie Shawn. Manche waren aus der Gegend und hatten es satt, sich anspucken und herumstoßen zu lassen. Manche waren Ausreißer, die nach L.A. gekommen waren und auf eigenen Beinen standen. Manche gingen anschaffen. Sie wohnten bei Freunden oder in besetzten Häusern und kamen in heißen Klamotten zur Schule, direkt vom letzten Freier der Nacht.

Ein paar waren auf Bewährung. Ein paar waren der Vormundschaft des Bezirks unterstellt wie Shawn.

Die vom Bezirk konnten in Pflegefamilien kommen. Sie versuchten, auch Shawn in eine Pflegefamilie zu stecken, aber er tat alles, damit die Pflegeeltern nicht mit ihm klarkamen, und kam wieder zurück. Ein-, zweimal die Woche fuhr Shawn zwischen seinem Job und der Sperrstunde des Heims heimlich mit dem Bus zu uns nach West Hollywood.

»Ich brauch keine Pflegeeltern – ich hab ja dich«, sagte er zu

Mom, als er sie das nächste Mal sah. Er weinte an ihrer Schulter. Mom tätschelte ihm den Kopf, wie sie es bei mir gemacht hatte. »Warum musste meine Mutter sich so verändern?«, wollte er wissen. »Warum konnte sie nicht so bleiben wie sie war?«

Zu Hause, in dem abgedichteten Plastikzelt auf meinem Tisch, lag immer noch das Spiegel-Desaster im Diamantstaub und wartete.

24 Gute Enden

Mein Vater sagt, eine Geschichte muss in 120 Minuten zu Ende erzählt sein. Die Spezialeffekte-Leute sprengen das Gebäude in die Luft, Held und Heldin entkommen in letzter Minute, noch ein Kuss und dann ist Schluss. Und Lukes Vater stirbt zwar, kommt aber mit Obi-Wan Kenobi und Yoda aus der Geisterwelt zurück, weil sie Luke so gern haben, und so hat *Star Wars* auch sein Happyend.

Im richtigen Leben ist es wohl nicht wie im Film. Also stellte ich meine *Star Wars*-Sammlung bei Harlan und Vince ins Regal und ließ sie dort stehen.

Mein Vater arbeitete an einem neuen Buch über all die Ereignisse seit Billys Ermordung. Ich fragte ihn, wieso er sich mit so was Steinzeitlichem wie Büchern abgab, wo es doch Fernsehen und Internet gab. Er sagte, die Geheimnisse, die man aus Büchern erfährt, werden immer wichtig sein. Man braucht nicht die letzte Version von irgendeiner Software, um in ein Buch reinzukommen. Ein Buch kann man auf eine zehntausendjährige Reise ins All mitnehmen und es funktioniert immer noch, wenn man aus dem Kryotank krabbelt. Wenn also der Große Knall passiert und die Technik verschwindet, wie es in den Filmen gezeigt wird, dann wird der Tauschkurs für ein Buch ein Tütchen Samen oder ein Haufen seltene Metalle sein. Vielleicht sogar ein Leben für ein Buch, wenn das Buch gut ist.

Am siebten September wurde ich fünfzehn und es war mein

erster *richtiger* Familiengeburtstag. Wir feierten bei Marian, weil ihr Garten größer war. Der Rauch vom Grill trieb durch den Garten, wo die Kids in einer Ecke lagerten und die Erwachsenen in der anderen Ecke und ich immer zwischen beiden Fraktionen hin- und herpendelte. Elena kam, Teak war mit seinem neuen Freund Emilio da und stolzgeschwellt. Shawn konnte nicht kommen, weil sie ihn beim Rauchen erwischt und ihm Hausarrest aufgebrummt hatten. Es kränkte mich, dass er sich nicht mal meinem Geburtstag zuliebe aus Scherereien raushalten konnte.

Beim Apfelbaum standen Mom, Harlan, Vince, Chino, Paul, Darryl und Michael rum. Alle waren in Smoking und Krawatte, sogar Mom. Auf einmal brachen sie in Gelächter aus. Vince machte eine Bemerkung und Mom stieß einen kleinen Schrei aus und dann lachten alle noch lauter. Harlan wollte Mom an der Hand packen. Sie war schneller und zog ihre Hand weg. Es war ein schönes Gefühl, sie so fröhlich zu sehen. Mom hatte sich die Haare extrakurz geschnitten und das erste Grau kam zum Vorschein. Sie sah ziemlich cool aus. Vince sah erstaunlich gesund aus und trug eine rote Rose im Knopfloch. Harlan war im August 57 geworden. Chino war jetzt 42. Mom war 35. Opa war über 60. Marian war irgendwas in den Vierzigern.

Meine Familie. Und Shawns Familie. Wenn Shawn nicht dabei war, war das sein Problem.

Stolz stellte ich meinen Freunden Mom und meinen echten Vater vor.

Harlan überreichte mir eine von diesen männermäßigen Glückwunschkarten, auf der stand: »Herzlichen Glückwunsch, mein Sohn.« Auf dem Bild waren ein Vater und ein Sohn am Angeln. In der Karte lag ein Sparbuch für ein Konto mit 500 Dollar. Und ein Schlüsselanhänger ohne Schlüssel. »Ich verdopple jede Einzahlung, die du machst«, sagte er. »Wenn du sechzehn wirst, kannst du dir ein Auto kaufen.«

Seine Arme fühlten sich so gut an – mein Gesicht vergrub sich in sein weißes Hemd und sog seinen unspektakulären, aber Geborgenheit verbreitenden Rasierwassergeruch ein. Dann durfte ich Chino umarmen. Er hatte einen reinen, klaren Duft wie ein Baum. Mom roch nach Wildblumen. Der Turm von Geschenken und der

Schokokuchen, auf dem mein Name stand, waren fast zu viel für mich. Es steckte so viel Liebe drin. Ich heulte wie ein Baby, als alle »Happy Birthday« sangen.

Opa kam mit seiner Bekannten, Francesca Bellini, die er allen vorstellte. Sogar ein Trampel wie ich konnte sehen, dass Frances eine sehr elegante Dame war. Teak starrte sie an, blass vor Neid, und zischte mir ins Ohr: »Uuuh, die sieht ja aus wie Madonna, nur *alt.* Die ist ja soooo schick. Und zum Sterben schlank!« Francesca trug ein altmodisches, filmdivenhaftes schwarzes Kostüm. Auf ihren silbernen Haaren im Pagenschnitt saß ein schwarzer Hut, der aussah wie eine fliegende Untertasse, mit Unmengen von Federn dran. Sie hatte eine schöne summende Stimme, gar nicht kratzig wie sonst bei alten Leuten. Ich mochte Frances wirklich, aber ich verstand immer noch nicht, was Opa mit ihr wollte, bis er sagte: »Frances ist eine wichtige Person in deinem Stammbaum. Nachdem meine Frau mich verlassen hat, haben Frances und ich Billy zusammen großgezogen. Wir haben uns getrennt, und dann, vor ein paar Monaten ...«

Frances lächelte. »Also bin ich praktisch deine Großmutter, mein Schatz.« Sie gab mir die Hand. Sie trug doch tatsächlich schwarze Handschuhe. Ihr Parfum hüllte mich ein wie ein unsichtbarer Sternennebel.

Teak konnte die Augen nicht von ihr lassen. Schließlich platzte er heraus: »Gott, Sie sind die erste alte Drag Queen, die ich je gesehen habe. Ich meine, man sieht sonst überhaupt keine *alten* Queens. Ups – ich wollte Sie nicht beleidigen ...«

»Ich weiß, was du meinst. Oh ja, ich bin wirklich in Würde gealtert, nicht wahr?« Frances zwinkerte ihm bedeutsam zu.

Ich zerrte Teak ans andere Ende des Gartens und zischte: »Das ist keine Drag Queen, du Idiot. Das ist eine Frau.«

»Das ist die ultimative *loca*, mein Guter.«

»Ver-*zeihung*! Meine Oma ist keine Fummeltunte. Fick dich! Willst wohl was auf die Fresse?«

Wir beendeten unseren Streit nicht, denn in diesem Moment hörte ich Eileens Stimme hinter mir. Sie und Glenn waren gekommen und standen mit einem merkwürdigen Lächeln dicht beieinander. »Überraschung!«, sagten sie und traten auseinander.

Hinter ihnen stand Ana.

Ich vergaß das mit Oma Francesca sofort. Meine Kumpeline hatte sich in eine schöne Frau verzaubert. Dazu brauchte sie weder Schminke noch Spezialeffekte. Sie war fünfzehn, aber sie hatte eine Ausstrahlung wie diese Sorte älterer Frauen im Film, die mit Jungs Affären haben und ihnen Privatstunden in Sex und Liebe geben. Sie überragte mich, im langen Kleid, ohne Schmuck. Ihre traumhaften Haare fielen ihr offen über die Schultern. Sie sah aus wie ein Meteor aus weißem Satin. Aber sie war dünner als je zuvor und um ihre Augen lagen dunkle Ringe.

Als ein Junge, der mit den Göttinnen aufgewachsen ist, fand ich schnell in meine alte Coolness zurück. »Ist das die Ana, die mich angerufen hat?«, sagte ich.

»Die Payton-Schule hat uns bekniet, sie ihnen nicht noch ein Jahr aufzubürden«, sagte Eileen.

Ana und ich standen unter dem Apfelbaum. Sie umarmte mich und ich fühlte meinen Hemdkragen an ihren zwanzigjährigen Brüsten zerschmelzen.

Als Marian Teak bei der Suche nach hartem Alk erwischte und ihm ein Donnerwetter verpasste, schnappte er sich Emilio und ging. Sie fuhren wieder in die Stadt, zur mitternächtlichen Tuntenshow in der Arena.

Nach allem, was Shawn und ich durchgemacht hatten, um uns zu finden, war es schlimm, als es zwischen uns anders wurde.

Shawn lebte jetzt in seiner eigenen Welt, im System, und sein Leben war anders als meins. Einmal kam er nicht wie abgemacht zu unserem Treffpunkt an der Ecke. Ich machte mich vierundzwanzig Stunden lang verrückt, rief in seinem Heim an und hinterließ bei allen Kids, die rangingen, Nachrichten für ihn. Ich fand dann raus, dass er mit Shadow zusammen gewesen war ... nur so in der Stadt rumlaufen, sagte er. Er bestand darauf, dass zwischen ihm und Shadow nichts Sexuelles lief. Je mehr ich ihn damit nervte, umso mehr verteidigte er sein Recht, auch mal eigene Freunde zu haben.

»Sei nicht so besitzergreifend. Lass Shawn etwas Platz«, warnte mich Mom.

Aber ich war beleidigt und beschloss, mehr Wochenenden in

Malibu zu verbringen um mit Ana zusammensein zu können. Ana hatte mich in New York total vermisst.

Eines Tages fragte ich sie: »Hast du schon mal über Kinder nachgedacht?«

»Ach, ich find Kinder toll.«

»Aber wie willst du je welche kriegen, wenn du nicht ...«

»Wahrscheinlich sterbe ich als alte Jungfer.«

»Lass dich doch künstlich befruchten, wie Mom.«

»Ja ... na klar. Vielleicht nach dem College und wenn die Grünen die Macht im Kongress haben und so.«

»Ich mein das ernst. Wenn du je ein Kind willst, dann bin ich der ideale Mann für dich. Niemand hat eine positivere Einstellung zur Familie als ich. Wir werden eine ganz normale glückliche Kleinfamilie, mit Truthahn zu Thanksgiving und all so was.«

»Im Ernst?«

»Würdest du gern mit mir ein Kind haben?«

»Unbedingt«, sagte sie sofort. »Wir wären bestimmt gute Eltern.«

»Mmmm.« Ich kuschelte mich an sie ran.

»Aber jetzt noch nicht«, sagte sie.

»Keine Angst, ich mach nichts.«

»Ich würde jetzt sowieso nicht schwanger werden, ich hab nämlich keine Regel. Weil ... weil ich viel Gymnastik mache und weil ich ...«

»Weil du nichts isst.«

Sie sah mir in die Augen und schwieg.

»Wenn meine Prinzessin nichts isst, dann stirbt sie«, sagte ich.

Ihre Pupillen wurden groß und schwarz. Sie sah mich an – mein Vater hätte gesagt, einen Herzschlag lang. Dann flüsterte sie: »Ich will nicht sterben.«

Teak war wieder da. Er warf die Arme um mich und sagte: »Ich hab's ja soooo satt.«

»Ich hab dich vermisst, du *queena*.«

Wir lagen bei ihm oder bei mir auf dem Bett rum und quatschten, und es war wie früher, nur dass ich ihm meinen Liebeskummer wegen Shawn verschwieg. Er erzählte mir seine Abenteuer – wie er zweimal eine Überdosis erwischt hatte und auf der Intensivstation aufgewacht war. Es hatte ihm so einen Schreck verpasst, dass er jetzt versuchte, die Finger von Drogen zu lassen. Er hatte vor, auf die Fairfax zu wechseln, hart zu büffeln und den Abschluss zu schaffen. Wir machten Pläne, seinen Computer aufzurüsten. Teak sah gut aus, aber ich hörte ihn nach dem Essen kotzen. Er sagte, er hätte einen Reizmagen, aber ich glaubte, dass er die ganzen Kilos auf dieselbe Weise wie Ana verloren hatte.

Wir wollten beide mit dem Rauchen aufhören.

An einem Freitagnachmittag kurz vor Weihnachten hatte ich mit Mom das erste Sohn-Mutter-Gespräch seit längerer Zeit. Wir gingen im Alice's Mittag essen. Mom nahm den Mahi-Mahi-Fisch und ich einen Hamburger. Es war ein warmer Tag und wir machten das Fenster auf und ließen die Brise über unseren Tisch wehen. Da draußen war das Meer, wo ich fast zu Billy gegangen wäre. Es lag unter dem tiefen blauen Schatten einer Wolkenbank. Drei Jahre waren vergangen, seit ich den *Memo*-Traum geträumt hatte – drei Umdrehungen des Sternenjahres. Bis jetzt hatte ich alles gefunden, wonach ich gesucht hatte, und manches wieder verloren. Hatte ich alles oder gab es noch mehr?

Der Wind zauste meine Haare ... ich ließ meine Locken jetzt wieder wachsen.

»Mom, warum muss immer alles so wehtun?«

Sie zuckte mit den Achseln und sagte: »Vielleicht muss es wehtun, damit wir es zu schätzen wissen, wenn es heilt.« Sie zog einen Umschlag raus. »Ich hab's nicht übers Herz gebracht, die zu verbrennen. Und du hast sie noch nie gesehen.«

Ich schaute mir die Fotos an, während die Kellnerin unsere Teller abräumte und Mom ihren Cappuccino brachte. Auf dem einen war ein kleiner Junge mit langen schwarzen Locken. Er stand mit zwei Frauen und zwei Typen an einem See und schaute einem Schwarm Wildgänse nach. Die Frauen waren Arm in Arm und die Typen auch.

»Die Typen sind Chino und mein Vater?«

»Bei unserem letzten Zusammensein, bevor ich den Kontakt abgebrochen habe.«

Ein komisches Gefühl schwirrte in mir herum, so wie die beiden Männer dastanden, als hätten sie was miteinander gehabt. Es war nicht Eifersucht ... nur Unsicherheit und Neugier. Es gab immer noch so viel, was ich nicht wusste. Ganz kurz blitzte in meinem Kopf ein Bild von meinem Vater auf, wie er Chino liebt, körperlich liebt, mit dieser riesigen Zärtlichkeit, die er hat. Meine Bauchdecke zitterte.

»Waren mein Vater und Chino mal ... zusammen?«

Sie zuckte mit den Achseln. »Wer weiß schon, was bei schwulen Männern unter Zusammensein läuft?«

»Wer ist die schöne Frau?«

»Das ist Marla«, sagte sie tonlos. »Sie hat dich so geliebt. Sie konnte dich zu Sachen bringen, die ich nie bei dir erreicht habe. Ich musste dir immer alles abringen.«

»Ich kann mich gar nicht an sie erinnern«, sagte ich.

»Kein Wunder, bei allem, was damals passiert ist. Und du warst erst drei. Vielleicht war das der Grund, dass du dich nicht an deine Träume erinnert hast. Du wolltest dich nicht an die Dramen nach Billys Tod erinnern.«

»Du verbrennst sie doch nicht, oder?«

»Willst du sie haben?«

»Ja. Für die Familienkiste. Ich will die ganze Familie in der Kiste haben. Alle Toten und alle Lebenden, alle zusammen.«

»Ach, Kleines.« Mom brach zusammen und weinte, mitten im Restaurant ... sie schluchzte nicht, sie weinte nur leise. Mir lief selber eine Träne über die Wange. Ich fühlte in mir zwei Galaxien aufeinander zu rasen und zusammenstoßen.

Wir hielten uns fest an den Händen und die Meeresbrise wehte über uns hinweg.

Nach dem Essen standen wir am Kai und schauten den Leuten zu, die nach Haien, so genannten Sandtigern, angelten. Mom schnäuzte sich. Wir hatten die Arme umeinander gelegt wie bei einem Rendezvous. Sie zog die Nase kraus und beschnüffelte mich.

»Ich hoffe stark, dass du mit dem Rauchen aufhörst«, sagte sie.

»Ich arbeite dran.« Ich wechselte das Thema. »Und ... bist du jetzt mit Marian zusammen?«

»So kann man es wohl nennen.«

»Was soll das heißen?«

»Es ... entwickelt sich. So wie schon die ganze Zeit.«

»Ich hatte keinen Schimmer, was ich davon halten soll.«

»Manchmal sitzt dir was direkt vor der Nase und du siehst es nicht. Damals während des Studiums hab ich mich sofort von ihr angezogen gefühlt. Zuerst war sie wie eine große Schwester. Die ganzen Jahre ist sie für mich da gewesen ... nur ich war nicht immer für sie da.«

Ich runzelte die Stirn, als ein Typ einen armen kleinen Sandtiger, etwa einen halben Meter lang, aus dem Wasser zog. Der Hai zappelte und wand sich an der sich biegenden Angelrute. »Und ab wann habt ihr's gewusst?«

Mom zuckte mit den Achseln. »Ach, es gab nie den einen Moment, in dem uns der Blitz getroffen hat«, sagte sie. »Für manche Frauen –«

»Aber sie ist doch keine Lesbe wie du. Sie ist doch ... bi, oder? Sie war doch die ganzen Jahre verheiratet und hat Kinder gehabt ... sie hat Joe doch geliebt.«

Mom zuckte wieder mit den Achseln. »Ja, das mit der sexuellen Orientierung ... das ist mir immer noch ein großes Geheimnis. Das ist so veränderlich wie diese Sterne, von denen du es immer gehabt hast.«

»Und du bist richtig verliebt in sie?«

»Ja, ich liebe sie«, sagte Mom zärtlich.

»Was ist, wenn sie in Sacramento geoutet wird?«

»Dann müssen wir damit umgehen, weiter nichts. Marian wäre nicht die erste bisexuelle Frau in einem öffentlichen Amt.«

Ich dachte über den Virus aus Verletztheit und Eifersucht nach, der an mir fraß. Wie konnte ich mir sicher sein, wenn ich es nicht mit Mädchen probierte? Oder würde das zwischen mir und Ana einfach so passieren, weil wir gern zusammen waren? »Da ist so viel, was ich über meine Familie nicht weiß«, sagte ich. »Zum Beispiel, ob Oma eine Drag Queen ist. Ich meine ... ist sie eine?«

Der Fischer nahm den Sandtiger vom Haken und ließ ihn auf dem Kai liegen. Er ging weg zum Parkplatz. Wir konnten unsere Blicke nicht von dem Hai abwenden. Seine Kiemen versuchten verzweifelt, Luft statt Wasser zu atmen.

»Schatz«, sagte sie. »Frances ist keine Fummeltunte. Sie ist eine postoperative Transgender-Person.«

»Hä?«

»Sie hat alle Operationen hinter sich. Dein Opa hat sich finanziell daran beteiligt, nachdem sie sich wieder versöhnt hatten.« Mom grinste über mein schockiertes Gesicht, als ich versuchte, mir eine Operation an meiner Geheimwaffe vorzustellen. Sie kniff mich kumpelhaft in die Seite. »Kein Mensch«, sagte sie, »weiß je alles über seine oder ihre Familie. Eine Familie ist ein Universum. Kein Mensch kennt alles im Universum.«

»Ich hab mir immer eine Oma gewünscht.«

»Na, jetzt hast du eine.«

Der arme Hai war am Vertrocknen. Er rührte die Schwanzflosse, versuchte zu schwimmen. Der Rand des Kais war kaum einen halben Meter entfernt. Er würde es nie schaffen.

»Manche Leute sind solche Arschlöcher«, sagte Mom.

Weil sie eine Kriegerin der Großen Schuhgöttin Nike war, ging sie hin, nahm den Hai am Schwanz hoch und warf ihn über den Rand. Kaum war er auf dem Wasser aufgetroffen, schwamm er in die nächste Welle hinein.

Wir gingen zum Auto zurück. Der alte Rambler, in dem ich den Traum mit der *Memo* gehabt hatte, war weg – Marian hatte Mom überredet, ihn abzustoßen. Auf unserem Parkplatz stand ein glänzender grauer Lexus. Nie wieder unterbezahlte Lehrerin bei den Barbaren. Mom hatte jetzt einen guten Job in der Politik. Sie ging mit federnden Schritten.

Als ich das neue Auto betrachtete, sah ich zum ersten Mal, dass ich meine Mission wirklich erfüllt hatte. Ich müsste eigentlich eine Medaille bekommen. Der Sieg war mein. Weitere Missionen würden kommen und ich würde sie bestehen – hoffte ich.

Während Mom die Alarmanlage auspiepste und die Tür öffnete, sagte sie: »Harlan kommt nachher rüber, dann können wir alle die Köpfe zusammenstecken und ein bisschen Feiertagsplanung machen.«

»Cool«, sagte ich.

»Richtige Familienweihnachten, was meinst du?«

»Hey ... ich kann euch ja Plätzchenbacken helfen oder so.«

Mom lachte, es war fast wie Mädchengekicher.

Als ich die Beifahrertür des Lexus öffnete, blitzte die Sonne in den Sternen auf meinem Ring auf. Es war, als hätte sich der Sternenhimmel um meinen Finger gewickelt. Da wusste ich, dass ich den Ring nicht abnehmen musste.

Und da wusste ich auch, dass der Spiegel noch an diesem Wochenende fertig poliert werden würde. Ich hatte viel Zeit und ich würde sie nutzen bis zum Letzten – wenn's sein musste, vierzig Stunden am Stück. Wie es danach weitergehen sollte, wusste ich nicht genau. Aber es war wichtig, das Teleskop fertig zu kriegen, denn es war Teil der Mission. Egal, wie es zwischen mir und Shawn weiterging, oder zwischen mir und Ana, bei dem Spiegel ging es um mehr – etwas Geheimnisvolles, Magisches, dessen Widerschein ich im Leben aufblitzen sehen konnte. Vielleicht geht es im Leben nicht einzig und allein darum, andere zu lieben. Vielleicht geht es auch darum, mich selbst zu lieben – mit meinem Schicksal verheiratet zu sein.

Vielleicht ist das ja Weisheit ... wissen, welchem neuen Stern ich nachjagen will, ganz gleich, wie weit ich in mir selbst reisen muss, um ihn zu finden.

Bei »Nachtbrenner« bisher erschienen:

Bruce Balan
Cyber.kdz – Virenjagd
(NB 3001)

Myra Çakan
Luke Harrison, Weltraumabenteurer
Begegnung in der High Sierra
(NB 3002)

Patricia Nell Warren
Mission Himmelstürmer
(NB 3003)

Diana Wieler
RanVan – Das große Spiel
(NB 3004)

Anne McCaffrey
Die Wiedergeborene
(NB 3005)

Anja Liedtke
Grün Gelb Rot – Ein Heimatroman
(NB 3006)

www.nachtbrenner.de